丝绸之路

八里荒轶事

陈应松 著

西安出版社

图书在版编目（CIP）数据

八里荒轶事 / 陈应松著. -- 西安：西安出版社，2018.8（2021.4重印）
（丝绸之路丛书）
ISBN 978-7-5541-3249-4

Ⅰ.①八… Ⅱ.①陈… Ⅲ.①中篇小说—小说集—中国—当代 Ⅳ.①I247.5

中国版本图书馆CIP数据核字(2018)第210566号

八里荒轶事
BALIHUANG YISHI

著　　者：	陈应松
统筹策划：	范婷婷　张广孝
责任编辑：	张增兰　崔楠
责任校对：	张忝甜　陈辉　陈俊
设计排版：	李南江　纸尚图文设计
出版发行：	西安出版社
地　　址：	西安曲江新区雁南五路1868号影视演艺大厦11层
印　　刷：	永清县晔盛亚胶印有限公司
开　　本：	880mm×1230mm　1/32
印　　张：	9.75
字　　数：	231千
版　　次：	2018年5月第1版
印　　次：	2021年4月第2次印刷
书　　号：	ISBN 978-7-5541-3249-4
定　　价：	45.00元

读者购书、书店添货或发现印装质量问题，请与本公司营销部联系、调换。
电话：(029) 68206213　68206222 (传真)

目录

001 / 八里荒轶事

056 / 野猫湖

105 / 争渡，争渡

165 / 太平狗

218 / 豹子最后的舞蹈

262 / 蒋王朝的罗曼史

八里荒轶事

风雪弥漫。这当然是冬天。森林像巨大的围网在黄昏里窥伺，在这块荒凉的、乱石滚滚的八里荒，农妇端加荣拄着牛舌镬，看着自己开垦的田地——它们翻开了身子，就像一只只小兽躲在新覆盖的雪下，雪的气味和新土的气味在寒冷的空气里依然强烈，这她感觉得到。"我已经开了十一块了，"她说，"有两亩多地了，我一定要开出五亩，开出二十五块半，我就不求村长也能维持我和两个女儿的生活了。"端加荣抽着鼻子，脸上因为兴奋而被风绷得紧紧的，眼睛发胀。不过她已经快冻僵了，脚上的套鞋就像是双冰鞋，特别是在停下时。她搬运最后一块石头，要砌石堰；石头上有些人工雕琢的纹饰，如蝙蝠纹、万字纹——这是墓石砖。这证明以前的八里荒是有人居住过的，但已经不知是多少代之前。在不远的某一年，听当地人说，一个大队干部带着五个武汉知青要在这儿开垦，学大寨人大战狼窝掌，结果没几天那五个知青都在这儿挂树自尽了。不过那时候端加荣还没出生，或者说刚刚出生。端加荣今年三十五岁。

这是块有鬼气的地方，有人这么说。端加荣往回走。狗在窝棚那儿朝着风雪和黄昏吠叫，告诉她回家的方位。家就是个窝棚。她让二女儿二丫先回去了，刮洋芋煮饭。她往窝棚走着，却看不到窝棚。风雪太大，在挨黑时更加迅猛癫狂，好像拿着个雪筐子往你头上倒一样。雪还砸人，砸得人头上脸上生疼。这雪不是雪粉，是霰子，像猎人的枪弹。在这样的高山上，雪都变成了霰子。她从树丛里穿过去，树是些高山海棠，长着苹果样的小果，极其酸涩，人不能食。这些小果在雪的猛砸下簌簌往下掉落，就像掉冰块，就像有一群爱闹的山鬼在树上嬉戏。

可以想见端加荣回到棚子里的愤怒：二丫和小丫根本没等自己，已端着碗在那儿有说有笑呼呼大吃。端加荣的愤怒到了极点，她突然真想挥起她的镢头一镢砸过去，把两个讨债鬼打烂脑袋。她真是这么想的，有一种玉石俱焚的绝望，打死她们，自己就找根绳子往树上一吊算了。她哪会有这么恶毒的想法？她就强忍，知道自己不会做这种事的，就放下镢头自己去锅里添。洋芋也不多了，加上汤汤水水，添到碗里，就这么闭上眼睛往嘴里塞。还咸，就像盐不要钱，在雪里扒的一样。吃着，咸着，心就软下来了。二丫也才八岁，八岁就煮饭，还与她一起早出晚归地搬石头挖土，鼻头就酸了。吃了个半饱，就趴到地上去吹火，火塘里的火半燃不燃，熏得人直掉泪。还真从心里掉了泪。

"放下，我来收。"她对二丫说。她收碗筷。看着二丫那肿起的手背和一串冻疮，她说。

她也有冻疮，可这不要紧，她是大人。就在给二丫泡脚的时候，二丫强烈反抗，当脚被摁进热水里去时，二丫发出了惊天的、旷世的尖叫："啊！……"这叫声在这个窝棚里像是杀人一样，这叫声让人不停地打战。

"讨债鬼，不要叫啊！一叫把野牲口叫来了！"她说。这双脚不泡咋办？肿了，烂了，流水。八岁妮子的脚，整天穿一双水鞋，跟她一样，跟在她屁股后头，泥一身，水一身，在泥水里滚啊，爬啊，为了开出那些荒地，为了开出五亩共二十五块半田来，让她们明年有吃的。她必须这样，她只能这样，她只能狠心。她给二丫抹着蛤蜊油，就像糊泥巴一样往那裂口处糊。一个小妮子，脚上的裂口深不见底，谁见了都会掉泪。可端加荣不掉泪，她自己也一样，也深不见底地裂口。蛤蜊油不够再糊猪油——

猪油是洪大顺拿来的，除了吃，还能滋润手脚，这是端加荣的发明。

二丫噙着泪噎着喉爬上床去，小丫给她让开了一个地方。风声像哭，山和森林更深了，河水更远了，天气更寒了。

端加荣进了被窝之后，她细细听着山里野兽的吼叫，还有那像丢失了亲娘的娃娃鸡的叫声，觉得自己还是幸福的；一点点的幸福，被圈圈在这个暖暖的窝棚里，人比兽还是幸运一些。

"你们听见了什么吗？"后来她问，问两个女儿。

也许她不该问的，孩子还小，就算有什么，也不能让她们知道。何况这只是疑惑，一个大人的疑惑。这么一问，就把问题在心里明晰起来，就等于自己吓自己。在这里，可不能自己吓自己，她已经吓怕了，吓得太久，吓麻木了。可她正在迷糊和混沌之时，正往梦乡滑去的途中，好像听到了苍凉的嗥叫声。人啊？兽啊？鬼魂啊？——狼？！端加荣是这么想的，心里咯噔一下子，清醒过来。是梦里听到的声音吧？

"坏了！"她又想起来，尿盆还搁在外头，没有拿进来。尿盆是一个狗食盆。白天让狗吃食，晚上人厕尿。端加荣想寻找棚子里的替代品，没有，就一个脸盆，又洗脸又洗脚的，不成。几个碗，一口锅。不成啊，就这么些东西，这哪是家，就是个栖身的小窝，跟自然界的鸟雀一样。再有就是三只背篓了，两只小花背篓，两个女儿的；一只揸背篓，大的，自己的。还有几件筋筋缕缕的衣服，搭在一根竿子上。

端加荣咬咬牙起身去，从门闩里抽出刀（防贼又压秽），拉开闩子，冲出去就拿上装满了雪的破盆，再接着闪进来，把门又死死地关上。这个过程简直只有两三秒钟。

盆子放下的声音惊醒了狗。狗没有吠叫，倒是摇摇晃晃从床底下走出来，走近盆子，嗅嗅，残雪。狗舔了几下盆沿。狗总是饿着肚子，在这里，狗跟人一样，半饥半饱地生活着，饿了就去林子逮蚱蜢和蚯蚓吃，有时候啃木头。

现在，风在外面呜呜地吹着，风的叫声一片混乱。我把所有鬼魅都关在了外头。这没有什么可怕。她想着第二天开荒的事。人一醒来就睡不着了。在阴风中怒号的就是阴魂啊，而不是什么野物。这儿，这儿有往年生活的游魂，有山野精怪，有那五个武汉知青的阴魂。那么，他们也在这里搭过窝棚？可我没有发现，连个采药人烤药的茅棚也没有；那三男两女为什么要吊死呢？是不是他们也夜夜被这阴风惨惨的黑夜吓得绝望了，觉得没了路了？——夜夜都是这样。白天安静的荒野，一到晚上，就会狂暴无常，各种稀奇古怪的声音一起朝这儿猛泼过来。可在深处，在那些混乱的、危险的声音深处，端加荣发现了一种以前未出现过的声音——就是虎狼吧。这不是野兽下山的春天，它们应该往山里扎去，扎到巴山和秦岭那边去，莫非它们也没有东西吃，在四山乱窜寻找着可口的食物？

天亮了，一切都好说了。鸟在雪地上乱叫。

"二丫，二丫呀，起来呀！"

雪天易晴，要赶在晴天多挖一块，要挖到二十五块半。可是二丫不肯起来，缩着小狗一样瘦丁丁的身子，那身子也许还没有一条小狗重。拉开门，雪已把门封了，至少有两尺深的雪。这样的雪如何挖地？这么大的雪还没见过哩，至少在这几年，在二十五块半坳子里没见过。从窝棚檐上垂下的凌钩子有几尺长，大地一片封冻，只有鸟在早晨号叫，那也是因为饥饿。

那就不上工吧。让可怜的二丫休息一天，我这就下去背苞谷种，也要去找找村长，要到田——如不需要开就不开，有现成的田撒种就行了，这苦不吃就不吃，娃们吃不得了，自己又有妇科病，肚腹一使力就疼，整个阴部都下坠得厉害，胀痛难忍。

"我把门锁上，你们就不要出来啊。"她吩咐两个孩子。三下五除二，给孩子们煮好了洋芋，收拾东西。那双给老大王天的棉鞋已经纳好了，放进揸背篓里，想着又能见到十二岁的大儿子，心里漾过一丝幸福。离婚后大儿子判给了他爸。他爸也就是前夫的鞋我就不管了，这个人不是人。再说，给大儿子的鞋也花了她不下一个月，都是收工后晚上一针一线纳的，棉花还是找二组的李登凤讨的，两个丫头的棉鞋说做说做，到如今还没做，可见她心底里还是向着儿子。儿子没妈在身边，跟着那个无能耐的前夫有什么好日子过啊。

太阳真的出来了。太阳只是晃了一下就落进森林。她得快快走。她估算着到二十五块半就到了中午，再背着一背篓苞谷种上来，至少要到五六点才能回来，这儿的夜路一个妇道人家可不敢走，就算你拿着刀。

她要先到草浪坪，就是二组，就是洪大顺、村长和李登凤他们住的地方。雪太厚，跋涉了三里地——两个坡、一个垭子，才到了草浪坪。草浪坪卡在山缝里。走到李登凤的家时，已经是一个雪人。李登凤开门时看见端加荣，吓了一跳。端加荣要她帮忙去喊洪大顺。李登凤说，不行啊，加荣，你这样不到他家去，他父母不肯认你，他也下不了决心的。端加荣看到李登凤一副不情愿的样子，心想人情冷暖啊。可端加荣就笑，说，我是有别的事找大顺，放个钥匙在他手上，让他帮我看看两个娃子。李登凤说，放我这儿不行么？端加荣说不行的。端加荣就走了。

其实，端加荣是个有心人，这两年为求得大顺和他爹妈同意，也给大顺的二老做过棉衣棉鞋，还给他们一人买过一双带毛的高帮力士鞋——这种高级鞋她自己也没穿过。端加荣病病歪歪的，却总能做出一些温暖的东西来暖洪大顺和他爹妈。可尽管这样，尽管洪大顺对端加荣无反感，非常同情（如这个窝棚就是他相帮搭建的），与端加荣母女合一家的事也曾点过头（可能是酒话吧），却有许多解不开的死结。比方村长说，端加荣不管跟谁结婚，都得先结扎，也就是说就算能生育也不能生了。洪大顺是个独子，他父母还要抱孙娃传宗接代的。就算他全家点了头，那第一道就是结扎，她这副病病快快的身体如何能结扎？不结扎就要交一千五百元保证金，保证不生育的。这笔钱端拿不出，洪也拿不出呀。一道一道的坎就这么拦住了她与洪大顺的结合。何况她还大洪大顺十岁。女大男十岁在乡下是个惊天数字。就算洪大顺喝酒喝醉了或者与她缠绵时说要与她合一家，端加荣也会婉拒说："你待不得我的。两个娃子，凭什么你给养？"就算这一切都不是问题，前夫王昌茂还要搅局哩，他说了，哪个敢娶端加荣，他就杀哪个。有几次，有好心人给她介绍了外村外县的男人，但听说了王昌茂在村里的放言，谁都不敢贸然行事，怕真有个三长两短。

　　端加荣来到洪大顺家。他爹妈明显冷淡，说洪大顺不在，话不肯多说，也没让她进屋烤烤火的意思。后来说了一句好像是上山了，听说山上下雪有岩羊子。有羊子却没有说狼。反正下套子逮羊这事让端加荣有了一些安抚，男人总有对付野牲口的能力，不像女人家怕这怕那。女人呀，总归是女人。

　　端加荣像根霜打过的黄瓜，她在大顺爹妈眼里看到了怜悯和绝望。她能给他们什么呢？能给他们儿子什么呢？她来，就是让大顺到他这辈断种的么？还要养两个仇人的娃儿，王昌茂的娃儿。后来王昌茂把大顺另一条腿也快打断了。大顺有次说我要到了你前夫借的钱就跟你合一家。他去找王昌茂要钱，要那些过去欠他的贷款（约有六七百元），王昌茂扯起棍棒就朝他打，说老子还赔你个鸡巴钱，你把我老婆都勾跑了，让老子妻离子散。世上有杀父之仇、夺妻之恨，老子不找你算账你还倒找老子……

端加荣是想把钥匙给洪大顺让他去打打两个女儿的照扶，怕自己在下边耽搁了，赶不回去。两个女儿没有她那就塌了天，还是反锁在棚子里的。看见了村长的家，心就烦了，就闯了进去，她一腔的怒气就倒在了村长身上，巷子里赶猪——直来直去地就问村长究竟几时给她划地。——本来，她就是蓄了火去找村长发的，她已经给逼到悬崖上了，她想无论她发多大的火，都不是她所期望的那个温度。村长烤着火，刚从床上起来或是从厕所回来，有准备下一步吃喝的悠闲打算，披着羊皮袄，满脸是枕头上压出的肿迹。村长说：你若是把二组所有人的思想都做通了，我就给你划地。

——他还是那句不进油盐的老话。他就是不划。准确地说：不调，不把她的地从三组的二十五块半调到二组的草浪坪来。

"村长，这大的雪我来求你，你又不让我结婚又不给我地，把我往死里逼啊？把我们母女三个往死里逼往崖下跳啊！"端加荣鼻头一酸就哭起来。村长的老婆和儿媳都来劝她，给她端来茶水，要她坐下烤火烤烤鞋垫，说不急的不急的。

"你们去看看我们娘母子过的日子吧！八里荒除了鬼就是我们娘母子三人……"

"可你是自讨的，端加荣，你是自讨的，你为什么不回去咧？"村长说。

"王昌茂把我往死里打，村长你不是不晓得，他见了我就要扒我裤子，跟我睡觉，像赶鸡子一样，我过得下去我不过吗？村长你为什么不给我划地不让我结婚？"

"不是我不给你划地，不是我不让你结婚，"村长说起狠话了，"像你这么胡屎乱搞，整天告状，还想怎么便怎么？！"村长进了房里，把门关上了。

"我，我胡屎乱搞哇？"端加荣往二十五块半走去的时候木木地问自己。她是第一个踏今天雪路的人，雪有时没过膝盖，她在雪地里艰难地爬行。她揩着泪，泪已经风干了。

"我胡屎乱搞？我是胡屎乱搞的人？"农妇端加荣抽泣着，咬着牙问大地，问雪野，问天上那厚厚的云层。雪没有下了，斑鸠闷闷地叫着。扑通一声，她踩到了虚处，滚下岩去。"我是找你们解决问题，不是告状。我没有胡屎乱搞，我不是胡屎乱搞的人！……"

等她爬起来的时候，背篓都压瘪了，脚也崴了。她还得继续上路，她不想哭了，只有愤恨。对村长，对前夫，对这个世界。

她走了近三个小时走到二十五块半，看到了自己曾生活过的家，这个十几户人家的自然村子里有鸡叫，有狗咬，有烟囱里热情爬出来的炊烟。她不想让人看见她，她往小路上走。她不想让人看到她这一副失魂落魄的寒碜样子，像被土匪赶出来的。在这里，她不会这么在下雪天行远路背着个揸背篓。她现在一样在火塘前吃着茶，纳着鞋底，四平八稳地唤猫狗。或者在门口腌腊肉，晒豆皮，或者从邻居家出来，手上拿着一碗别人给的酱菜。

现在，她背着揸背篓，作为一个外人，来找前夫要苞谷种的。

"王昌茂！王昌茂！"

这已经不是自己的家了，她踏进去时故意让一种回忆的亲切感远离，她因为愤怒而鼻塞，像一个冷冰冰的仇人喊她的前夫。

王昌茂不在，屋里冷冷清清，这么冷的天大门大开，屋里没有生火，风在屋子里呼呼乱响。

接着她的冤孽出来了，那是她的老大，大儿子王天，一个硬生生的少年。这个衣衫褴褛的少年出来就向他的亲妈大骂撵她滚：

"你个不要脸的，又来了！滚！滚啊！"

王天用他茅草般的头一头向端加荣撞来,牙齿龇起有五寸长,就像一个狰狞的猴王。端加荣没防备,被王天撞得朝后一倒,后脑勺撞在了门上,一阵苦疼。等她让开这个小杂种后,抓住他的头发就劈手一巴掌,打在他的嘴巴上。

"小狗日的,你反了不是!啊!啊!"端加荣声嘶力竭地阻止儿子的疯狂举动,想把他打醒。不是王昌茂这时候闻声进来拉住王天,还不知会发生什么哩。

"你个狗杂种!"王昌茂死死拉住了王天,拉住了要操门背后一把猎叉的王天,缴了他的械,把他一掌推出了后门,推进了后面的菜园子里。

接下来,王昌茂就像狼看见了羊一样,惊喜地把端加荣的背篓下了,把她往房里拉。

"你干什么啊王昌茂,我是来背苞谷种的!……"

端加荣本来就恨他,今天更甚,饥寒交迫,连一星火也没见着,她今天就是死也不从。

"王天,王天,你进来呀!"她这么喊。

王昌茂的欲火就是这样被端加荣弄熄了,像个泄了气的皮球,像个打蔫了的茄子,说——正正规规地说:

"你今日想背什么背什么。"

"我只要苞谷种。我只要'铁籽白',不要'五花糙'!"

"'五花糙'也能吃,二丫小丫也能吃。你不吃,你金贵些,你他妈是贵人,是贵人咋生到这深山老林里扒土种地,瘦得跟鬼似的!"

"那你就不沾我,不缠我,我快死了,我就是鬼,我端加荣快死了,我死了你才高兴咧!"

端加荣把背篓里的东西拿出来,是一双灯芯绒面子的厚厚的棉鞋,是给王天的。她把它放到地上,两只并排放在一起,抹着泪，无声地抹着泪，打开黄桶，到里面去装苞谷种。

"你哭啥哩？又没哪个打你。"王昌茂怔怔地说。

"俺哭自己的命。"端加荣说。

端加荣不敢装，可今天王昌茂却主动给她装，装的全是做种的"铁籽白"。"多装点，要吃哩。二丫小丫还好吧？"

"她们好不好关你什么事？是死是活由不着你来假充善人。"

"她们是我姑娘我咋不心疼？回来吧加荣，我去接你们……"

"回来？你把我名声败了，你把我打惨了。"

"我败你名声？二十五块半哪个不知道你跟那掰（瘸）子鬼搞！你这婆娘还猪八戒上城墙倒打一耙！你搬到八里荒不就是想跟掰子结婚吗？你休想结婚！你要结婚，我让掰子过不了年！"

"不许你胡说！不许你跟掰子过不去！你把我整成这个样子了，为什么还不放过我？啊？！"

"我不放过你？我家破人亡妻离子散，我不放过你？你自己跑的，想去享福的……"

"你逼的，王、昌、茂！"端加荣把她前夫的名字一个字一个字塞进牙缝，用冰水冰了，再一个一个吐出来。

"贱！女人就生得贱！……村长说了，说不给你土地。"

"是的，村长说了。"端加荣说。她想，不给土地我也要过下去，我绝不回来。

端加荣就这么离开了二十五块半吗？她就这么离开了二十五块半。连儿子都不理解她，她还不离开吗？雪还是雪，还那么深。雪后风冷，风从山背后冒出来，就像一瓢瓢凉水往你内衣里灌。二十五块半，她嫁到这里来时对这个地名还抱有好奇，怪哩，还带有憧憬。二十五块半是很久以前一个从秦岭来的开荒人开出的,他开了荒,数数只有二十五块,咋丢了半块呢?后来一拿开自己的斗笠,唷,盖住了半块。这就是二十五块半村民常常呱天的内容。当年,二十五块半的王昌茂还不像现在这样邋遢糟糕,那时的王昌茂整齐的中山装上口袋里还插着一支钢笔,还能在村小学的水泥黑板上写板书——他当了两个月的代课老师——还有人见了他的面喊他王老师。跟王老师结婚后只有两个月大家又喊回了他的原名。王昌茂想富哩,什么都干过,熬过黄连素粉,打过"金钗"(一种名贵草药),还下河炸过鱼。有一次炸鱼,把同行的一个伙伴——就是吴老发的三儿子炸死了,以后再不敢干了。可不敢干生了三个娃子,要吃要喝。眼看家底子越来越薄,三个娃子连墙都要啃穿了,他找不到生财之道,就想有几百块钱可以买些椴木棒子来种香菇、木耳,慢慢发展兴许能成气候,每年能赚个一两千块钱,只要把生活过过去也就行了。

可王昌茂哪有资格贷款呢。因为王昌茂无还款能力,村长不给盖章,他只有干瞪眼。一个没有还款能力的人想贷款,他必须要攻破驴脚拐代销店那个瘸子洪大顺。洪大顺有一年把脚给摔了,就摔瘸了,他就在峡谷口驴脚拐开了个代销店,后来银行不知怎么让他的代销店成了信用店,就是信贷员,搞小额贷款。因为洪大顺是初中生。洪瘸子——大家背后都这么叫他——自当上了信贷员,那个代销店的生意也就好了。他一脸白净,梳着三七开分头,早晨分头用山溪水洗了,丝毫不乱,两只手戴着蓝色的袖套,坐在用柳木板拼成的小店里,待人和蔼,彬彬有礼,就像是从城里来的工作同志。因为是瘸子,也没有哪个女人找他,或者说他还瞧不上一般的女人呢。一个单身汉,嘴上刚刚长毛的毛头小伙子。王昌茂想了想自己家里,想尽了一切,都拿不出什么攻破洪瘸子这个人。后来有一次,他看着自己的老婆端加荣,看她洗澡穿衣时,胸前多出来但已下垂的两坨肉,清瘦的髋骨和平坦的腹部,他心头一亮:只有这个虽然生育过度但多少还有点年轻的老婆了。算一算,老婆大洪大顺十岁,但老婆的眉目间还是有魅力的。征服一个百事不晓的毛头小子,应该是不难的。——心头不算很亮,也有了七八分的把握,不过心还是虚,就怕老婆不肯……

老婆成了他改变家庭环境或者说实现一点小致富计划的牺牲品。一分钱难倒英雄汉,人到了穷处就没什么顾忌了,唉。

这一天王昌茂到驴脚拐——离二十五块半有三四里地,他凑了几天凑了一块五毛钱去买了包纸烟(他抽叶子烟),给洪大顺说对不起呀,上次赊你的一包烟,过几天再还。洪大顺这掰子是个好人,也没找他讨要,给了他买的烟,说行的行的,不碍事。"大顺呐,你可是这个——"王昌茂伸出大拇指来,他又说,"明天到我家吃饭去。"

第二天晚上,王昌茂精心安排的晚餐就开始了。杀了一只生蛋的鸡,要儿子提了些四季豆去到下面喊洪大顺来吃饭。一锅鸡和一壶酒这就拉拉扯扯吃到了九十点钟,天下起了小雨,又出现了罩子(雾)。王昌茂精心地把二十啷当岁的小伙子、心地单纯的残疾人洪大顺灌醉了。灌醉了就留宿,让他到客床上歇息去。从来就只知顺从丈夫的农妇端加荣并不知道丈夫恶毒的计划。那应该是一个冬天,端加荣只记得她收拾完后脱下棉衣要上床睡觉了,丈夫王昌茂说:"加荣,给掰子送点水去。""我要睡了,你送去吧。"端加荣累得只想上床歇口气。伺候酒饭,灶前灶后,桌上桌下,都是她一个人忙,王昌茂是甩着手不干的。可这天王昌茂不让她睡,把她往床下推,并说:

"我又不欠他的鸡,我是想贷点款,去林场买些椴木棒子,花梽木也行。你去再加加温。"

"咋个加温?"端加荣被丈夫推下床了,懵懵懂懂地问。

"你不会来事啊!"王昌茂吐着酒气埋怨说,"人家的老婆啥都赶不上你,还把村长乡长哄得团团转!伤鸡巴心!"

端加荣这就愣住了,说她迟钝也不至于迟钝到什么也听不出。她听出了,要她去哄他。我咋哄他?我咋个样来事儿?端加荣一脸茫然地站在那儿。

"就要我给他送茶啊?"端加荣问。

"走啊,去啊!像截呆木头!……"丈夫拍着床沿小声而严厉地说。

端加荣披上棉衣,就去找杯子找水瓶。她提着开水推开客房的门,那个姓洪的年轻的瓣子早就醉得睡过去了。端加荣说我给你送点水来的。我怎么哄他呢?我笨嘴笨舌,再给他说说贷款的事?……端加荣没有五分钟就回到了自己的房里。可丈夫说:"你咋就回来了呢?"端加荣说:"天冷哩,我不回来我怕冻凉了。"丈夫说:"你去呀,你缠缠他,把咱们贷款的事搞成……啥事咧,你让他怎么都成,我说得还不明白吗?老婆,你头脑咋就不开这个窍呢?"

到这时候,王昌茂把话说明白了,端加荣也就全明白了。他是让我去陪他睡觉,把他勾引了,拉下水,贷款就成了。端加荣看着自己的痛苦的男人,看着眼前这个跟自己生活了多年的男人,她没想到他会这么黑心,拿自己的老婆当诱子去达到他的目的。

"孩子他爸,这可不行呀,咱就是不要这个款也不能这样……"

"莫非咱就天生的穷命,噢?为咱家,为三个娃子你就胆大一点不行嘛?又蚀不了个什么!"

"孩子他爸,你说这话,这可是你亲口说的……"

"是我亲口说的,别争了,去去!……"

丈夫霸着床沿,不让她近身,端加荣第一次发觉自己无家可归，就像不是这屋子的人似的。她在这个屋子里结婚生子，生了三个娃子，每天里里外外，忙了田头忙灶头，忙了白天忙黑夜，忙了丈夫娃子忙猪子羊子鸡子狗子，可她发现她在这个屋子里连栖身的自主权都没有，这个男人一句话就可以把她赶走。可怜的端加荣就是这样怅然若失失魂落魄地再次进到客房的。丈夫怂恿我跟别的男人……在眼皮子底下……农妇端加荣进去浑身都在颤抖，那是天冷或者心冷。她把那个客房的闩子插上了，走到洪大顺床前。灯捻得很小，洪大顺说是哪个？端加荣说看你喝了茶没。她说话喉咙哽哽的，发硬，说不出来。她坐到了床沿，抓到了洪大顺的手。洪大顺醉醺醺地问，大姐，你是咋的啦？他发现她抖得厉害，手冰凉。端加荣听他问更加抖，她知道丈夫要贷的那三百块钱就押在她身上了，让她做那种她从没想过的坏事，坏女人干的事。端加荣还是说，你、你、你喝了么？洪大顺说：茶我喝了，谢谢你了。端加荣不知道下一步应当怎么做，就把他的手抓起来贴到自己胸前，隔着一层内衣。男人应当喜欢那里的，当初王昌茂与她相处最早就是去那里，摸那个东西，以后娃子们从肚里一出来，眼都没睁就抓那个东西。现在那个东西稀稀朗朗了，不再是做姑娘时那么有分量了。一次又一次地哺乳，增大、缩小、增大、缩小、增大、缩小，虽然她才三十岁，可那儿已经松弛，就像被掏空了一半的面袋子，但那时候她还在给小女儿哺乳，也不至于太难看。这里果真管用，洪大顺就把手伸了进去。就是这样，端加荣挨着他躺了下来，甚至无耻地把那个东西送到他嘴边去。端加荣心里咚咚地，直想哭。洪大顺把那个东西叼住了她还是想哭。洪大顺吮着她急切切地说："昌茂哥睡没？"端加荣说睡了。可洪大顺虽吸了几口，却兴趣不大，端加荣去摸他下身，他说："我还是个小娃子，不会做这样的事。"

当然，这样的事端加荣是会做的，就这样，端加荣把洪大顺的童贞给缴了，洪大顺的童贞丢在了端加荣的身上，就在她丈夫王昌茂的眼皮子底下。

端加荣回房去的时候鬼头鬼脑的王昌茂还没睡，还脸朝着里面的墙壁唱歌："姐儿住在三岔溪，相交哥哥打铳的，听到对门枪一响，姐在房中笑嘻嘻，晚上又有鸡子吃……"

"王昌茂，你唱啥啦？"

王昌茂嘿嘿笑着说："我唱'晚上又有鸡子吃'……"

就这样，王昌茂的三百块钱就贷到手了。第二天，端加荣找邻居借了两个私章——洪大顺说要几个人的章一起贷，王昌茂一人贷村长不批，就把钱从驴脚拐代销店拿回了。

王昌茂拿着这些钱，甭提有多高兴了。手头活了，能干事了，抽烟抽纸烟了。得意忘形之际，跟洪大顺一个乳臭未干的娃子称兄道弟起来，经常接他上来吃饭，还时不时让端加荣和孩子给他送些蔬菜下去，让端加荣给他洗这洗那。有时候高兴了，就对她说：晚上你就别回来了。这人不是没了人味吗？王昌茂的确就没了人味。可村里的人都服他，他是怎么跟洪大顺这个瘸子搞好的？要想找洪大顺贷款，都得找王昌茂去说个情。端加荣当然晚上还是回来，可渐渐地，村里就传出了风声，没有不透风的墙。洪大顺成了王昌茂家的座上客，端加荣经常在代销店出入，人家也不是傻瓜，长了眼睛不会看！这就有了闲言。加上贷款的次数多了，洪大顺就躲端加荣。端加荣被指使了去贷款（就是借款），赊烟，她不想去，王昌茂就发狠地说："你去不去？你还不去呀，你这么厉害！"端加荣知道他恫吓她的理——自己的软捏在了他手里。他又从不说穿，就是要她去，一次比一次凶狠。只要去，就容忍她在洪大顺那儿待的时间。端加荣哪敢多待，村里的议论她也感受出来了，她是个敏感的人。而且，去洪大顺那里，一次比一次难开口。洪大顺一次比一次不情愿，甚至不愿近

015

端加荣的身。端加荣知道洪大顺是在嫌弃她，她这个样子，清醒时的年轻小伙是不会对她感兴趣的。可就是自那一次，端加荣勾引醉后的洪大顺那一次，她就在王昌茂面前没了说话和做人的狠气与底气。因为她做了丑事，做了一个良家妇女不该做的事。有时候王昌茂跟她睡觉时，酸酸地说：你莫有了洪瓣子把咱甩了呀！端加荣发现自那以后，每一次睡觉他越干越狠，像干别人的老婆一样，在她身上疯狂。端加荣见他这么酸酸的，说："王昌茂，你说什么啊！咱们是夫妻！"王昌茂说："人家年轻呀，有钱呀，人都想吃口新鲜的，我是老鸡巴一条了，你没兴趣了。"

——从此后，端加荣不能拒绝王昌茂的要求，例假也不行，妇科病也不行。如拒绝，就是那种带暗刀子的话，就说："跟别个有兴趣，跟老子没兴趣！"

洪大顺终于要钱来了，要他还贷了。你猜王昌茂是什么反应？王昌茂是从端加荣口中听到要钱这个话的，他当即摔了碗，破口大骂道：

"你×都卖了，他还敢找老子要钱？"

原来，他认为那个钱就是不还了的，是端加荣卖×的钱。端加荣一听到他这么恶毒地把话说白了，就急了，说：

"你说话咋这么难听啊，孩他爸？"

"你不是卖了×？你的×就白给他这个瓣子捅的，他就不付钱？"

"没有！你不要瞎说啊，王昌茂！"端加荣否认，她当然要强烈否认，可她的否认是无力的，明显中气不足，只能求饶似的对他说，"都是你闹的，你的鬼点子。当着孩子们的面，你可要小声点呀！"

"要钱没有，要命一条。"

端加荣就还是厚着脸皮去找洪大顺，她说："你我发生关系，王昌茂知道。"她只好使出了吓唬他这一招。

洪大顺说："知道，他写的有条子，你也要还。不还我的账拎不拢。"洪大顺不在乎，洪大顺就是要他们还钱。

端加荣有什么办法呢，只好回去。她没能完成任务。她记得就是那天晚上，一个又雨又潮又冷的日子，她与王昌茂又为这事吵了起来，王昌茂终于动手了，不仅说话恶毒，而且出手凶残，拿起扁担就砍，将端加荣的腰砍伤了，头砍出了血。那是往死里打，几个娃子一起呼天抢地。王昌茂不让娃子们拉他，边打边骂："打死你个骚×，你这卖×的偷人货！"

端加荣若是跑得不快，那天她就会死在王昌茂手上。她跑了出去，往二组跑去，跑到好友李登凤家里去。娃子们的呼叫被她狠心地掷开了，越跑雨越大，越跑山越陡，越跑路越滑。可是李登凤不在家，回娘家去了。端加荣站在大雨里，无家可归。她在黑咕隆咚的山道上又溜又滑又摔跤。摔跤不算什么了，爬起来又走，浑身泥水，腰更疼痛，头上的伤口在冷雨中仿佛凌迟在刀刃上，头皮像被人掰开了似的，脑髓给雨水泡烂了……山林里雨水轰响，那是山溪发出的惊天动地的吼叫。到处是泥石流崩坍泛滥的碰撞声，到处是野兽失魂落魄的号叫声。端加荣在山里喊哪，喊自己的亲爹娘，亲爹娘太远，隔了几个县，不会管她了，她已是嫁到这深山里有三个娃子的女人了，娘家已经越来越淡越来越远了。端加荣就是这样跑到了驴脚拐，没摔下河摔下岩没被野物啃掉，拍开了代销店的门。

洪大顺没有把她拒之门外，给她烧水洗，给她包扎伤口，给她把泥浆衣裳鞋子也洗了，升起火塘给她烤衣服。年轻的掰子洪大顺是可怜她。她躺在洪大顺有着男人酸臭味的被子里，在屋子的融融火光中，疼痛和惊悸被这个年轻娃子慢慢抚平了。洪大顺给她洗衣服，可王昌茂从来没给她洗过一次衣服，没有，仿佛洗衣物天生就是端加荣的事情。自嫁到二十五块半来，认定了一辈子就是要洗男人和娃子所有衣物的，生就是王家的奴狗；洪大顺给她端茶喝，热气腾腾的茶水端到床头，可王昌茂在她生病或坐月子期间从没给她端过一杯热茶，都是自己下地自己倒着喝的。端加荣要说感谢，洪大顺说，什么也别说了。

她发现她喜欢上了这个细心体贴的残疾小伙。这小伙腼腆，她勾引过他，不错，她夺去了他的童贞，她是一个荡妇，这都不错。可这不是她的错。她欺负了他，可她感觉到这小伙子的善良、单纯、不谙世事、小娃子般的可爱。她后悔，有负罪愧疚感。

可是，当王昌茂得知那天晚上端加荣是在代销店借的宿后，厄运就落在了她身上。不仅打她，还要与洪大顺拼个鱼死网破。有一次，李登凤请客，把端加荣和洪大顺都请去了，吃到结束时，王昌茂赶了去。洪大顺知趣就出来了，还是让王昌茂从背后给了他一石头，打破了脑壳，当即倒地。端加荣上来制止，也被王昌茂给打翻在地，踏上一只脚。洪大顺毕竟年轻，爬起来与王昌茂对打，将王昌茂身上多处也打伤。王昌茂歪着腰哼哼叽叽地踉跄去乡派出所报案，说是他捉奸却被洪大顺打了。这样的事，派出所见多了，按惯例，双方各罚五十元，还要写下保证书。这也就是：凡是这样村民斗殴打架的事报案，派出所都会稳赚一笔，至少一百元，两败俱伤，让他们从此害怕警察，不再找上派出所的门来。王昌茂罚了款，洪大顺也赔了钱，没有正义，无所谓对错，谁伤谁倒霉。这以后，就不找派出所评理了，王昌茂就报复，见到洪大顺与端加荣在一起，就邀人去打，打洪也打端。洪反击，也邀了一些亲朋打王，不再找警察公断，只凭自己的拳头，自己打死自己埋。打得洪大顺再不敢找端加荣，端加荣也再不敢找洪大顺了。打端加荣是关起门来打的，谓之关门打狗，打得端加荣三昏六醒，五青八紫。可他自己呢，常言说得好：好打架的狗子没张好皮。王昌茂也被洪大顺打得够惨了。乡警不管，村长也管不着这三个人的烂事。直到有一天，背着大红国徽的法官来到村里，宣布端加荣和王昌茂两个人离婚。这个婚离得村长也舒心了一大截，离得端加荣看到了一线人生的阳光。从那个设在村长家的法庭里走出来，端加荣该是多么轻松啊！她看到的是天高地阔，是白云朵朵，是红花绿叶。她如脱笼之兔、离绳之犬，终于摆脱了王昌茂的魔掌，成为自己的主人了。虽说断给她两个女儿，可精神轻松了，魂儿又回到了体内，生命和希望像一双强劲的翅膀，借着这高山的气流，要开始自由自在地飞翔啦。

可是她高兴得太早了。她还是得住在二十五块半，还是得住在王昌茂家隔出的一间屋子里，共一块菜园，撇成两半的田地还是连在一起，只是端加荣自作主张用石头垒起了个田界。一起下地，一起收工，一起做饭，一起喂猪；同一条路，同一个屋场。这哪儿是离婚哪，这就是两口子怄气。刚开始，端加荣还无法犁地，无法使牛，要耕地使牛，还是要求王昌茂，就要丫头去喊；病了，她挑不了水，只好请王昌茂挑。儿子王天吃饭，有时还是过来吃，甚至王昌茂死皮赖脸也过来吃；背重的，端加荣背不得，被王昌茂打残了（基本上残了），只好要王昌茂背。王昌茂也残了（被洪大顺打得吐过血，躺在床上半个月），可毕竟是男人。王昌茂瘦，瘦得有骨头；端加荣瘦，瘦得像根筋。问题是：只要求王昌茂帮忙干活，王昌茂就要跟她睡觉。离婚以后，王昌茂性欲更旺盛了，就像跟别的女人偷情，田头山坡、竹园牛栏，都是王昌茂的发泄场，不睡不给干活。高兴时性交，不高兴时就打，跟婚内一样，甚至比婚内更残暴。说要把她打死，谁要她离婚跟洪大顺的。

有一天，她喊道："救救我！"这是向天呼唤的。端加荣，向天呼唤着救命。有一天，她带着两个娃子，来到了二组（她不是来投奔洪大顺的，是想离李登凤近一点，李登凤的娘家跟她娘家是一个村的），想要村长给她母女三口调一下田，调到二组来，躲开那个像鬼一样缠住她的前夫。可是，没调，不给，端加荣就只好到八里荒搭了个窝棚，决定自己开荒养活自己。

端加荣受了儿子的气从二十五块半出来，在雪中哭着走着，她想到乡政府去。她想找乡长评理去，要乡里解决她的土地问题。当她踏上去乡政府的路时，又记起了钥匙在自己手上，两个娃子还反锁在窝棚里。如果现在去乡政府，晚上断是赶不回来了，就要到路上讨歇。她没有办法，背着苞谷种，只好先往八里荒赶。

现在，就来说说这天晚上所发生的事吧。端加荣总算在天黑前赶回了八里荒的"家"。两个孩子在棚子里哭得昏天黑地，特别是小丫，她姐姐二丫打了她，因为她尿了床。想生火，又没有软柴，门被锁了，不能出外寻柴。两个女儿你抓我，我打你，在地上滚得像两个泥人，敞着衣，赤着脚，锅朝天，碗朝地，狗也被心烦的二丫打得嗷嗷乱叫，也是因为饥饿。家里像遭了劫一样，心也烦得很，各给了两个女儿两巴掌，就生火，做饭，烤衣，喂狗。好在从二十五块半背了些蔬菜和懒豆腐，一锅煮。

正吃着时，听到了敲门声。问清楚是洪大顺，开了门，洪大顺掰着腿背了块血淋淋的岩羊肉裹着一身风雪进来了，且脸色苍白，一副紧张惶恐的样子，进来就迅速关上门说："不好了，有野牲口跟上我了！"

听说有野牲口，屋里大人小孩三个人都瞪大眼看着他。端加荣问："你咋知道的？"洪大顺说："进了八里荒垭子口，林子里就有响动，有个野牲口一直跟着我。"

"是啥哩？"端加荣问。

"好像是狼。"

"是吧？！"端加荣说。她想起昨天晚上听到的声音，这更加证实了昨晚她的感觉是对的。八里荒虽然有些鬼鬼祟祟的野物，可白天是安静的，晚上也相对安静。有一天端加荣在地里收工晚了，拿着工具正准备回家时，曾看到过一头小熊在林子边打量着她，不过她一声大吼就把熊给吓跑了。不管怎样，野牲口总是怕人的。特别是那些獾啊狸啊山猫啊野羊啊，见了人就跑。

"你这两天是上山下套子去了吗？"

"是下套子去了，几个一起去的，是听说狼来了，大家去套狼，从秦岭那边过来的，套到了几只岩羊子。"

"你这么背来，狼闻到了腥味哩，"端加荣说，"你不该这么背的。"可一想，他是给她们母女背点肉食来的，他是一片好心。可好心看来办了坏事。昨晚的狼兴许是在这一带游弋，没吃的就走了，下山也好，去巴山也好，秦岭也好，反正八里荒没啥可吃的。这下，狼来了，问题就难办了。

端加荣心里乱乱的，洪大顺就劝她不要着急。今天反正是招了狼，不能回了。当晚就把那岩羊肉煮了，棚子里的四个人还吃了一顿羊肉消夜。棚子从中间拦了一道，前边用木桩子搭了个客铺。端加荣与洪大顺睡在客铺上。雪应该是住了，风也停了，外头正悄悄地、精心地冻着凌，把大地冻成一块死尸般的冰壳。可是，他们听见棚子外头有什么走动的声响，并且，窝棚壁子有什么扒动的声音。

"果真啊！果真啊！"端加荣说。可傍着一个男人，端加荣没有很害怕，手只是紧紧地箍住洪大顺，箍住洪大顺温热的腋窝。

"不要怕。不要怕的！它陪我来的！"

"果真啊，是狼！"

狼见过，可狼今日在八里荒。好在有一个男人，可也正是这个男人,把狼引来了。事情就是这么,你感激他,你埋怨他。

狗很灵敏,狗叫了起来。

"不要怕的,我说了,就是狼,明天我喊村里的人来,它也不得活的。"

"妈,妈呀!"两个女儿在喊。

端加荣只好去照顾两个女儿。两个女儿吓得抱成一团,往被子深处拱。洪大顺睡不了,他也有点恐慌,寻刀,又去火塘拨火,把火烧大,抽烟,说:"狼见了烟火味,就会走的,它不得活的。"他反复说。

端加荣说:"这么大的雪,它们肯定没吃的,见了这些肉,它们哪不想吃一口呢?肯定不是吃咱来的。"

洪大顺说:"肯定,是啊,它咋吃你们呢,人哪这么容易被它吃了!"

端加荣问:"没有拦你的路啊?"

洪大顺说:"我照见林子里有两只牲口眼睛,绿莹莹的。它不敢轻举妄动,就证明它没有成群。"

"一只?"

"就一两只,我估死了,狼跟虎豹一样,都是独心独肝。不要怕的,不得活的。狼现了身,在这里不得活的。"

"可这不是在草浪坪,是在八里荒呀!当初你为何不把肉甩给它算了?"端加荣说。

"人都没吃的给它!"

"现在咱把煮熟的甩出去喂它行吗?"端加荣问。

"不行的,喂白喂了,明天先看看再说。"

后来,洪大顺看着端加荣,看着这个大自己十岁的女人,看着这个棚子里的一切,说:

"住这里,也不是个事。"

这时候，狼，狼的叫声真的清晰地传来，是在风中。起风了，河谷在低低地吼叫，荒野浩荡，那声音像一把剑横扫过来，发着寒光。

"那又住哪里？我愿意的么？我疯了，有地方住会往这里跑？我不开荒翻过年我们娘母子三人吃啥？村长又不调换地儿，你说我能住哪儿去？"

她最后一句话是想洪大顺接茬的，如果洪大顺下了决心，把她们母女接走，接到草浪坪他家去，那一切不就解决了吗？

洪大顺不接茬，他欲言又止。端加荣故意这样说的，让他很不自在。逗逗他，有时，看他被弄得浑身不自在，端加荣会在心里笑，笑过之后轻松些。洪大顺毕竟是个小青年，整整他的蛊。端加荣见洪大顺又卡住了，就说：

"大顺，我不是逼你呀，你不消吓得。"

洪大顺说："我又不是吓大的，我晓得，反正……反正你们住在这儿总让人捏一把汗……我要是接你们走呢？"

端加荣说："你搁不得我的。大顺，算了，我知道自己的命，我就这个命。你这么说，理不直，气不壮，声音打战哩，我不会当真的。"

她这么说，洪大顺就越觉理亏，就越想把那句话铁板钉钉决定算了，可……

"我来这儿，又不是像别人说的，是来投奔你的。我住这离你那么远，我不住草浪坪，我住孤魂野鬼住的八里荒，看哪个嚼舌根子去！你接我我都不去的，我就要争这口气！"

他们撕着苞谷，他们听着外头的风声。雪不知还在落没落，雪落是无声的。

"明天，我到乡里去！"端加荣说，"大顺，明天劳烦你照看娃子，就打一天照扶。"

023

"还开不开荒呢？"洪大顺问。

"开呀，咋不开？没看我苞谷种都背来了么。"

"你果真要在这儿长期住下去？"

"我说了一百遍，长期。"

"换给你田也在这儿住？"

"也！"

女人的声音有点嘶哑，可很决绝、干脆。这个女人！……

早上一打开门，就看见了雪地上有零乱的兽迹。端加荣喊洪大顺来看，洪大顺看后，果断地说："狼的，说不定不止一只哩！"

"那它们去了哪儿呢？或是藏起来了？"端加荣问。

洪大顺掰着腿，踏着狼的脚印看了一段，指给端加荣看说："它们去了北边的林场，估计是那儿羊多。"

"林场养的羊子啊？"

"正是。"

这么说，端加荣心就放下了一点。不过她依旧放心不下，问："它们还会不会来呢？或者，藏在对面山上的林子里了？"

——那儿，离端加荣开的荒田不远，那儿也有些兽迹，乱七八糟的。

"甭怕哩。"洪大顺不在乎地说了这么一句。他又补充说："昨晚咱一个，还背着这么好的肉，它也没敢上来，兽总是怕人的……"

端加荣就无话了，就要去乡里。

雪没有化的意思，踏在上面像踩一个硬壳，每踩一步都要下很大的劲，好像要捅破一层玻璃似的，令人心惊肉跳，还格外吃力。路上已有些脚印，路两边的雪地有许多神秘野兽的脚印，大的、小的，零乱且多，雪下过之后，通过这些脚印，清楚地感觉到昔日死气沉沉的山林里是很热闹的，熙来攘往。不过也平添了一份寂静的恐怖。她就这么去乡里。她过去就没有去过乡里吗？去过一百次，可乡长是县里派来的（不是当地人选的），三天两头找不着，人家住县城里。就算找着了，事儿多呀，这点调田的小事就打回村里去，要村里解决。听说现在新调来一个乡长，这就让端加荣下了决心再去找一次，人与人总归不同的。但我该跟他咋说呢？……我要说，我不是搬到八里荒，我是逃。我是逃跑的，从前夫非打即骂、整天追着强奸你的魔掌里逃到八里荒的。我是在村人的指指戳戳甚至是家人的误解下逃离村庄的。是呀，我不再有能力承受那样的流言蜚语，我内伤严重，精神崩溃，走投无路，最后跑出了人们视线，跑到山林里，成为野人，带着我的两个女儿，成为与野兽为伴的山林孤客，没有亲人，没有田地，没有住处，无家可归。我先是住山洞，后来洪大顺和李登凤见我可怜，帮我搭了个窝棚，可也四壁透风。前不沾村，后不靠店，每天对着荒山、太阳，在石头缝和荆棘丛里开荒寻地，垒石填土，过的是比野牲口都还艰难的日子。我躲避了，心情轻松了，身体完蛋了，两个娃子嗷嗷待哺，上学更是奢望，可村长还说我是自讨的，是胡尿乱搞，我这样一个形同叫花子的女人莫非是个坏女人？……

  端加荣想得心潮澎湃，想找一个好乡长倾诉一下，积郁太深，心里要发泄，要找人评评理，让世人明白是非曲直、好坏善恶。

  可是，乡是个小乡。乡政府小院的门口两边，是几家农户的猪圈牛棚，散发着稀奇古怪的臭味，每来乡里，心情就坏了、乱了。乡政府院子里断砖遍地，野草深深，雪没人扫，走了进去，没见一个门是开的，没一点生气，没一点光明。几只铜嘴八哥在雪地上寻草籽吃，发出苍老的叫声，雪地上有几串黄鼠狼和大山猫的脚印。

　　澎湃的心潮骤然间止息了，冲口而出的火炭般的话语咽下了，跑了，无影无踪了。脚下冰冷，头昏眼花，找个人问问都不行，拍门，无望地拍门。走到前面的农家——一个代销店问问，代销店的老板是人称"瞟花"的斜眼老孙，他家里其乐融融，老伴正抱着被大红大绿毛毯包着的小孙子笑呵呵，儿媳刚生过娃子，脸红红的。看看别人的家，看看别人的幸福与温暖，端加荣的眼泪都快掉下来了。可她忍了忍。这家人家知道她来的意思，说这大的雪鬼才会上班，公路不通，封了山，汽车开不进来，都躲到县城去了。——又是一个从县里调来的乡长！端加荣几近绝望，就去选镢。她还要一把镢头。就选个镢板，镢柄儿要洪大顺配配。

　　老孙他们知道她目前的处境，还是同情的，看她选镢板的那双手，那双比男人还糙还破、血痂累累冻疮片片的手，就说，田总是村里的事，总不能没田还让人活吧！端加荣笑笑说，你活是你自己的事。她眼是肿的、红的，嘴上都有裂口，血水丝丝往外渗，舔舔是咸的。可这一切她并没在意。她精心选好了一把镢，又买了两盒蛤蜊油，还把那柜台上的棒棒糖抽了两个下来，给两个小女带回去。她背上揸背篓，迎着风就开门走了。

　　"这不算什么。"她鼓励自己。

　　"这根本算不得什么。"她对自己说。她想着那个蓄得白白胖胖的媳妇，那个抱孙子的大娘，那一家人，泪水流了出来。"这没有什么，"她揩着泪说，"我也会有幸福的，以后，我也会挣来我的幸福……"

　　天色晦暗，前面碰到一个在雪路上赶羊的人，跟她打着招呼说了几句含含糊糊的话，那话被风抢去了；那话在那人匆匆地走过后让端加荣回忆了半天，说的好像是狼。狼？！

狼与这风雪，这天色，这羊和挥鞭赶羊的人……

端加荣是走到她的八里荒地头遇见一只狼的。本来她可以迅速地回到她的窝棚，可她看看自己戴的电子表，时间还早，虽然天色看起来快近晚了。她在路上想着：如果我不去这么求他们，如果我自己能刨出二十五块半不求他们，刨出五亩——我现在已刨出了十一块了，我还有劲儿，心中的热望还没冷却，希望还没死去，我就省得这么一遍一遍热脸贴冷屁股找各级领导，被他们看轻被他们羞辱，被他们误认为神经病。因为我拥有了五亩地，又离前夫王昌茂远了，就算洪大顺不答应，他家不认我，我也不靠男人能生存了。要男人干什么呢，我所见到的男人，想依靠也依不了啊，他们哪叫男人啊，就像是些没有目标的野牲口，像些没头苍蝇，你无论怎么努力也难换来一个男人对你的温热，不是让你遍体鳞伤，就是让你声名狼藉，遇事了就用酒来麻木自己，或打老婆娃儿出气。我如果努点力，拼点命，我会比他们活得更好！……这么想时，她就站在了自己这一个秋冬搬石挖土砍树根垒起来的一片田地面前。可是，她看到了田头蹲着一个黑乎乎的家伙，那家伙眼又闭着，使你看不清它是个什么活物，仔细想想该不是自己砍的来不及火烧的刺蓬吧？可记忆不会这么糟糕，我的田块里从来收拾得干干净净。就算不干净，蒙了雪，也不会黑乎乎一片。就想到鬼。这八里荒是有鬼魂的，还有山精木魅、山混子、野人"家家"（外婆），有那五个武汉知青的冤魂哩……这样的念头都是一闪而过的，端加荣的判断最后只在野牲口进而在熊瞎子和狼之间，最后的意识定格在"狼"上面。

"哪个？！"自己的寒毛已经竖起了，话一吼出口，身子就提紧了，就拿出那个新买的镢头。

没有回音。那东西还是那么蹲着，蹲在白茫茫的雪地里，透着诡诈的森凉。

"我砸啦！"她这一声喊去，手上的镲板也就狠狠地掷去了，可惜没有打着，打在雪地上，溅起雪粉，那东西倏地就跑。端加荣从喉咙深处发出了比野兽更恶躁的嗷叫："嗷呀——"她同时跑过去捡镲板，从那雪地上摸到了镲板，又朝前面奔跑的东西砸去，又捡石头，一块一块地向林子里砸去。

后来，她害怕了，腿软了，连镲板也不要了，拔腿就向自己的窝棚猛跑，边跑边喊："大顺！大顺来呀，打狼呀！……"

端加荣发着高烧，洪大顺烧了一碗姜汤端给她喝，还给她的颈上和背上刮了痧。这个女人的颈上、背上全是骨头，皮肤黄黄的、松松的。他去摸她的脉，脉跳得凶快，就像是跑了几天几夜没停下来似的。还说着胡话，喊"娘"，喊"爷老子"，喊"王天"和村长的名字刘绍五。这个女人张大着嘴巴，像一条旱坡上的鱼喘气，气急，带着死亡的呢喃，基本上疯了，认不出人，眼前金花四溅，被鬼魂缠身。两个女儿睁着小羊般的眼睛望着乱喊乱叫的她，不停地颤抖。

这个屋里鬼气袭人，叫天天不应，叫地地不灵。深夜的风在林子里放大了声音，像一群发病的病妇，像端加荣们，在外头与她呼应。洪大顺端着那个散发着辛辣气味的碗，看着这屋子里病的病、小的小，他掰着脚不知如何是好。有时候同情心大增，有时候又恨不得拔腿拍屁股跑了。

后来床上的病人渐渐平息下来了，世界安静了。洪大顺翻出来两根棒棒糖，给两个小女说："你们的妈给你们买的。"

他看她们吃糖，小心翼翼地吃糖，四只巨大的眼睛像四颗寒星，可怜巴巴地瞅着他。洪大顺直打瞌睡，对她们说："你们睡吧。"

第二天，端加荣醒了，可头依然沉，像有千斤磨盘压在头上,昨夜的经历像梦一样。可她的烧退了。洪大顺就说他有事要回去一下,到时再给她弄些生姜来。洪大顺说:"那我走了,你们小心一点。"端加荣知道留不住他,可没一个男人,她毕竟心虚。她发现,在这样的地方,身边不能没有男人。她想错了,没有男人会十分可怕的。

"走吧走吧。"端加荣不耐烦地说。

洪大顺心里想飞跑,可脚步又期期艾艾,欲行又止。这样的男人真是难受。她又说了一遍:"走吧走吧。"

洪大顺满脸歉意,加上没睡,年轻的脸上蜡黄蜡黄,眼睛充血,就像用红色染过一样。

"你今天就别出去了,特别是晚上,要把门关好。"

"晚上你不来啊?"她傻乎乎地问。

"晚上……"洪大顺总是不想来的,洪大顺说,"晚上再看吧……我去田头转转。"他拿起了一根当柴烧的树棒子,"肉还有,我到时拿些白菜来……"

狼就是他的肉引来的,是洪大顺引来的。可他不会这么说,他也是好心。端加荣和两个女儿吃着在吊锅上煮的野羊肉和一些杂拌菜,想着下一步怎么办。她当然还得去搬石头开荒,她不能因为狼就把她的宏大的计划给中断了。她不会这么容易半途而废,落荒而逃。她咬着牙,每当这时她就要紧咬牙关挺过去,不能打退堂鼓。

"回去吧,妈。我们回去好吗?"二丫突然对她这么说。

"不。"

她的二女儿已经背上背篓了,双手揽在背绳上,手上的冻疮看着都心疼。

"不。"她又说,这是对自己说。她背上背篓。

那个她恨的男人,那个她的前夫,如果把他叫来,对付一阵子,也就好了。把两个女儿送回去,她一个人在这儿?这当然也好,可是,她就败了,就等于是向前夫屈服了。为了争这口气,她要把两个无辜的女儿绑在这儿,绑在一起,成为悲壮的胜利者。

有一会儿她真的是想下去叫前夫王昌茂的,可当女儿这么一说,她却打消了这个念头。

这个晚上,发生了一点事。

这天因为风雪又起,刚出门的端加荣又回来了。到了下午,洪大顺顶着风雪给她送来了白菜。她的心一热,她的心很热。洪大顺脚一颠一跛的,在这么大的雪中,走这么远的路又跑来,给她送白菜和生姜,着实让她感动了一阵子,就赶快做饭给他吃。还有酒,是洪大顺自己带来的。正开锅喝酒时,她的前夫从天而降,推开棚门,是一个被白雪覆盖了全身的雪人。是来看她们的,提着一只毛锦鸡,是死的。

"你?!"

"你!"

两个男人就这样怀着微笑的仇恨打过了招呼。两个人一个站着;一个在木桩凳子上拿着筷子抹着嘴,却动弹不得。

两个女儿就去喊她们的爹,这一喊把紧张的气氛就冲淡了。端加荣就说:

"你吃饭了没啦?"

他就坐下来,王昌茂就坐下来,就望着洪大顺的筷子和酒、咕噜咕噜的锅里。

"那就吃啦。"

端加荣拿来杯子,给前夫倒酒。

两个生死冤家的男人这就坐下来一起吃酒。这种一起吃酒的时候过去有过,过去王昌茂要贷款时经常这么吃,喊洪大顺洪掰子这么吃,还碰杯,杯子碰得咣啷响。今天没碰杯,也没有发生战事；战事过去发生得也多了，两个人打得死去活来，鼻青脸肿，动锹动扁担，打得两个人都瘫了，加上端加荣，都瘫了，瘫在床上像快死的病人。今天各自喝了几口，搽各自的肉吃，王昌茂就要把沉闷的、快爆炸的气氛冲破。王昌茂张着牙齿说：

"毛锦鸡吃了饭我给你剐，我给刘村长也提了两只去了的，我要他一定不给你调地！"

他大声地说，大大咧咧地叉着腿，在洪大顺洪掰子的面前。

端加荣知道他从大雪里进来，火烤了，酒喝了，暖过来就要闹事了，他肯定心想别看见自己的仇人，可恰恰在这里见到了仇人，见到了最不想碰见的人。也恰恰，端加荣心里大呼悲兮——咋就在这里让他们两个碰上了！

"你为什么还要管我，不让我调地？"端加荣问。

"我就是不让你调地，不让你到二组去。我说你搬出来就是为了他，果真你就是为了跟他在一起。"

"他就给我拿了两蔸白菜来，就走的。"

"这肉呢？这野羊子肉未必是你偷来的？"

"你姑娘在吃咧，不是我一个人在吃咧！"端加荣提高了嗓音。她要镇住王昌茂，她生气，他一次次阻止她，阻止她的幸福，像一个恶魔缠住她。为什么还给村长去说这个？村长的口气会慢慢松的，可他这么一闹，调地不就要彻底泡汤了吗？

洪大顺不说话，洪大顺不说话是对的，吃着，还烤着腿上湿湿的裤子。他不说话，却不能走，走了王昌茂就占了上风，说不定会闹起事来。他不走，就可以镇住王昌茂，至少与他形成对峙。洪大顺那么吃着，搁着酒杯，很少喝。王昌茂喝了几杯。

"你不让村长调地，是不是想逼死我们娘母子三个？逼死了有你哪一点好？啊？"

"老子就是不准你跟别人。我今天把话说在这里，哪个想跟你,我就跟哪个拼命!"王昌茂说。

"嘿嘿!"洪大顺笑了,主动跟王昌茂碰杯,"来,把这个干了。"

洪大顺今天拿捏得很准,没让王昌茂发炸,这样就把场面控制住了。洪大顺说狼,他转开了话题,说端加荣你昨天让狼吓了,对王昌茂说她让狼吓病了。

"狼?"王昌茂当即脸就变乌了,说他还不是今天要到这里睡的。那是撵洪大顺快些走。他看他不得,看了就不舒服。

洪大顺把酒倒进了嘴巴,只吃了个半饱就说走了。

可天黑了,本来洪大顺是可以在这里住下不走了的,这么晚的天,冰天雪地,又出现了狼,他一个瘸子走夜路那一定是危险的。洪大顺本来就不打算走,也可以照顾照顾端加荣母子,可王昌茂一来,就没他的位置了。

洪大顺要走,端加荣就赶紧说:"王昌茂你跟他一起去,去登凤家讨个歇。"她这么说,是想让王昌茂给洪大顺做个伴。可王昌茂一听跳了起来,说:"啥?赶我走啊?我是娃子们的爹,狼来了,我不护住她们谁来护?你野老公来护?"

"不要你,这里不要你!这里我哪个都不要!"端加荣说。她打开门,发誓要把王昌茂让出门去,让他跟洪大顺一起走。

风呼呼着灌进门来,人禁不住簌簌发抖,那是旷野深寒的雪风,带着阴森森的气息。

"走啊,你们都走啊!"端加荣喊。

王昌茂就只好走了,两个男人都走了。端加荣给了他们一个竹子扎的火把。两个男人举着火把,踏进雪原,火把将那条隐约的雪路照得通红。雪野里,那个火把燃烧着,两个男人深一脚浅一脚地渐渐消失了,消失在火光的尽头。连同火光,一起被黑暗吞噬了。

端加荣又感到自己突然寒战起来,牙齿咯咯地打架,连锅碗都没收就赶快钻进被子里。闭上眼,眼前又出现了各种各样的幻觉:鬼、神、兽、妖……

不大一会儿,就听见窝棚外出现了呵斥声,端加荣从迷糊中清醒过来,仔细一听,确是外头发出的声音。有什么人在外头争吵。她披上衣服跳下床,从门缝里朝外看,感觉到是两个人,听那声音是前夫和洪大顺。打开门,用电筒往那边一照,在雪地里,果然是王昌茂和洪大顺在厮打,打得雪粉纷飞,打得衣衫褴褛。端加荣看到这个情景,就冲了出去,对两个男人大喊:

"别打了,你们别打了!"

两个男人还是恶狠狠地踢打着,在雪地上翻滚,爬起来又打。电筒照处,两个人脸上都淌着血,头发零乱,敞着怀,张牙舞爪,打得难解难分。

端加荣上去死死地拉着他们,想把他们拉开。后来终于把他们分开了,让他们站在两边,两个人喘着气。端加荣又说:"你们为啥要打啊,有什么话不能好好说啊!……快进去呀,在外头要冻死的!……"

两个男人发恶地吐着血水,捋着袖子,跟着端加荣进到了窝棚里。端加荣看到洪大顺一只脚已没有了鞋子,穿着尼龙袜子站在地上,太阳穴那儿有一道深槽,正从鲜肉那里沁出血来;王昌茂的棉袄已经破了,拉出一挂棉絮来,脖子上她过去给织的毛线衣也拉开了一道口子,露出肮脏的秋衣领。

"为什么要打!酒喝多了发酒疯是吧?!"端加荣泪水四溅,大声嚷嚷。

两个男人现在心平气和了,互相指责。王昌茂说洪大顺在他后头砸树,吓掉他的魂哩,还拿石头砸他,他以为是狼。洪大顺说他走不快,在后头走,看到树上有只灵猫,以为是豹子老狼

033

哩,就拿石头去砸,砸下来的树叶掉到王昌茂头上了,王昌茂就恼了,跑过来就与他打起来了。

"你们都滚!都给我滚啊!"端加荣听后发起了脾气,赶他们走。

"你们这些吃多了没事干的,给我滚远点!我不要你们,都不要,一个也不要!看见你们烦!"

端加荣不管他们破衣烂衫,不管已近深夜,就把他们往外推了。两个女儿在床上哭着喊:

"不要让爸爸走,爸爸太远了!"

王昌茂可能喝高了,醉了,这时蹲下去,在雪地上大声地呕吐起来。吐够了,气息奄奄地站起来对端加荣说:

"好,我走,我走。让你跟瘸子享福,在这里享大福!"

王昌茂摇摇晃晃地走了。洪大顺呢?洪大顺用一把干茅草包住了脚,那只瘸脚,也没给端加荣打一声招呼,抹抹额头上的血,也走了,留下端加荣在那儿哭喊着:"走吧!都走了就留下我一个,都走光了才好!让我一个人在这里,我一个人待在这里!……"

可这时候,王昌茂又摇摇晃晃走回来了,对端加荣说:"你提醒我了,我想把二丫小丫带走一个,这么晚了,总要有个人做伴。"

端加荣不干,说这么晚了让一个孩子跟你行夜路不行的,我不会让她们跟你走的。王昌茂一定要带走一个孩子,说是你说的么就留你一个,说她们跟你在这里受的是哪门子罪啊,不饿死也得冻死。王昌茂就要上床去扯小丫,说:"小丫,跟爸爸回去,回二十五块半去。"端加荣说:"二丫小丫判给我了,与你不相干。"王昌茂说:"你养不活的,我给你减轻负担还不行吗?你看看她们手上脚上的冻疮吧!"端加荣说:"到你那儿冻得还狠些。"王昌茂哄着小丫，小丫竟心动了。王昌茂再一次被挤出大门后，小丫竟哭着下了床，大喊着"爸爸，爸爸"，光着脚丫子追了出去。端加荣气不过，追上去，给了小丫一巴掌，把她提起来就拽回了棚子，把门砰地关上了，任王昌茂怎么敲也不开。

第二天，天放晴了。

端加荣吃力地睁开眼皮看看门外，天已晴了。蓝色的天与白色的雪就像一个脸盆的底和沿，干干净净，一尘不染。昨晚两个男人的打斗没留下什么痕迹，有一些脚印，也加入了一些兽迹。两个男人是死是活又关她什么事呢？没有他们，心里还一阵别样的轻松，就跟这干净的天空和雪原一样。经历了这些，她更加坚定了要尽快开出那剩余的十四块半来的决心，要在八里荒，凭她一双手，不，还加上不到八岁的二丫的一双手，母女的四只手，重又开出一个二十五块半，在八里荒，造出一个村庄，只有她一家的村庄，在这里建造她的幸福的生活。不要男人，她也应该有幸福安宁的生活。

二丫被她强行拉起来了，强行拉入空气依然凛冽的荒野中。假定两个男人都死了，冻死了，让虎狼狗熊吃了，那不更好吗？端加荣就是抱有这种让人畅快的恶毒的想法，背上背篓和镢头，走上大石坡。

那些大大小小的石头像披着孝衣在雪原中窥视的怪兽，像一群吊丧的精怪。而那天晚上那只狼蹲的地方，只有阳光在那儿红红地印染着，后来的风雪已经把那儿抹平了，仿佛没有任何野物光临过。风摇动衰草，石头拖出阴影，更远的山坡下，森林晶莹剔透，树挂雍容华贵……

端加荣一镢头刨下去，就刨出了一个吼子（竹鼠），在洞里伸出两颗大啮齿朝她大吼，蓝闪闪的毛皮煞是好看。

"我得惊扰你们,快搬家吧!"端加荣刨地,扒开积雪刨地。她不想打死那只吼子。

二丫搬石头的手套有几只指头伸了出来,端加荣见状,就把自己的手套拉下来,戴到她手上。自己就光着手,刨石头挖土。

上午真的挖得很快,流了一场大汗,身子竟然好多了。挖出了一大堆草根树根葛藤,又点火烧着了,端加荣和二丫在火边烤火。将这些东西烧了,又会成为肥料,一举两得。当火噼噼啪啪在棕红色的新土中燃烧起来,周围的雪野都似乎映红了,雪地上出现了蹦跳的小松鼠,火焰腾到高空,仿佛春天就要来了,泉水就要解冻,冰雪就要融化了。如果我一开春种上三亩地的苞谷、两亩地的洋芋,在石缝、田边种些南瓜、蛾眉豆、刀豆、芝麻,那一定是一幅兴旺的景象。到了秋天,再搭一个守秋的棚子,人住在高高的棚子上,望着自己成熟的田地,晚上睡在厚厚的茅草里,看着八里荒格外明亮的星星,通红通红的森林,雪白雪白的瀑布,满山的野葱野蒜;有猪,有狗,有鸡,给女儿们讲着古老的故事,唱个山歌子。如果身边还有一个能疼自己爱自己的男人——没有男人那也是十分惬意十分美好自在无拘无束的生活啊!……端加荣在火焰燃烧的幻景中看到了自己的未来,不禁泪水涌出。

可是这一天她总有一点惴惴不安,心里好像有什么硌着一样,好像有谁催她回窝棚去,窝棚有什么唤她回去。当她匆匆拉着二丫回窝棚弄中饭吃时,还没到窝棚,就看到窝棚顶上升起了一股青烟。她飞快地跑向窝棚,打开门,棚子里烟雾弥漫,床上已经着火了!是床上,她冲进烟雾,同时喊小丫,听见了小丫在壁角那儿哭泣。她向水缸冲去,菩萨保佑,还有半缸水,她用脸盆舀水向床泼去。终于将火泼熄了,可被子和垫絮都烧掉了半边,棚子里一片狼藉。问小丫究竟是怎么回事,小丫呜呜呃呃哭诉说她冷,就吹火想烤烤火,把火星子吹到床上去了,燎到了床沿的茅草,火就烧起来了。

端加荣只有庆幸,得亏回来得及时,否则后果不堪设想,窝棚没了,连小丫也会烧成灰的。

看着这个"屋子"的一片惨状,欲哭无泪,娃娃还小,打也无用,大难不死,就是万福了。只好收拾屋子,烤那未烧光的被子,好在客床上还有一条被子,晚上还能有个栖身的地方,有个东西挡挡寒。

下午,当她再一次出去的时候,小丫就不干了,不要一个人被锁在家里,跳着脚哭着紧紧抱住端加荣的大腿,要跟她一起去。端加荣怎么也脱不开身,怎么哄也不行。她心软了,只好给小丫的头上围了一条枕巾,把她带到山坡上去了。

野外的风就像锐利的镰刀,砍得人身上生疼,热气全无。小丫又不能站在身边,碍手碍脚,看她冻得清鼻涕直流,就找了块避风的大石头,又给她抱了些上午砍的枯草葛藤,点燃了,让她烤火,并吩咐她不要乱跑,就在这里好好坐着。之后端加荣就和二丫一起干活去了。

下午的进度非常快。端加荣搬运着土石,甚至忘了大石头后面的小丫。有一会儿,当她想歇口气时,陡然想起了小丫来——那边没有冒烟,火定已熄了,可小丫没吵没嚷地没了声息,怕不是睡着了?这地儿是不能睡的,气温太低,就踅到大石头后面去。上了个坡坎,一抬头,在离石头不远的粗榧间,看到了一个野物,狼!是狼!那狼一身灰白色的短毛,且很零乱,两颗眼珠子像要射出的子弹瞪着她,蹲着,就跟前天晚上看到的姿势一样!而且狼的嘴边和嘴里到处是血。那血鲜红鲜红的,就像狼的嘴被人撕开了一样,就像衔着一支红梅花!

"狼!狼呀!"

端加荣看四处竟没有可抓的东西，抓起一把雪朝狼掷去，雪在空中就散了，狼惊了，猛地向后退去，退进粗榧深处。

端加荣"狼呀狼呀"地喊着就朝小丫坐着的石头后头跑去，火熄了，柴散了，哪还有小丫的影子，就一条枕巾散落在地上，血却是格外鲜明的。端加荣嘶喊一声："小丫！小丫呀！"就顺着血迹去赶，在另一块石头边，小丫还在，倒在那里，半边脸已经被啃得没有了。

"小丫呀！我的小丫呀！这叫我怎么搞啊！"端加荣和闻声跑过来的二丫抚着小丫的身子哭喊着，号啕着。她抬起头要寻找咬死她小女儿的仇人——那只狼。一下子就在不远的石头边，看到了那只灰白色的狼。它还没走，它还在原地，等着人走后它继续来吃这个小孩的尸体。

"狼！打死你！"

端加荣冲到田里，拿起了她的牛舌镬，对不知如何是好的二丫说：

"快去叫登凤阿姨来啊，死鬼呀！"

端加荣不顾一切地朝狼扑去，狼紧闭着血糊糊的嘴，向远处逃走。端加荣拔腿就追，她要与这只狼拼个你死我活。要把它打死，为小女儿报仇！

一口气追了两个山坡、一道深沟，她紧紧地跟着它，没有让它跑掉。在雪地里行走，雪太厚，一步一步都很吃力，她吃力，那么轻快的狼也好像很吃力，走得太慢。风把眼泪淅干了，眼睛越来越明亮，她终于看到了那只狼，它毛色很差，许多地方都脱掉了毛，而且极其瘦弱，就像副骨架，瘪着肚子，走路打瘸。这是只饿极的狼，而且，她断定是只老狼。走了一会儿，她还突然感到，这是只孤狼，没有同伴。

狼叫起来。当它爬上一个山坡时，向着山里发出悠长、急切的嗥叫："呜——"

可是，狼的叫唤换来的不是其他狼的回应，倒是传来了人的应声。是不是有人来了？可是那声音很远，很远很远，但却给了端加荣一种支持、一种希望。

狼继续走着，偶尔回过头来，睁着红红的眼睛（因为吃了人肉，它的眼睛是红的），带着警惕甚至乞求、无奈、绝望的眼神看着她，希望她饶了它。

我不会饶了你的，你在打什么鬼主意呢？

狼隐隐地、不声不响地走着，时不时转头看她。这情景又持续了至少三里地，进入了林子，进入了一片野生的蜡梅林中，里面榛莽丛生，到处是常绿灌丛，也没能甩掉她。可也让端加荣的脸上、手上划得伤痕累累。

狼啊，我与你无冤无仇，你凭什么要咬死我的女儿？我是个苦命的女人，一心想在这里躲开前夫的虐待、村人的指戳，开一点荒，过一点清静日子，没沾惹你，你凭什么下这种毒手，掐断我的希望，把我往死路上逼啊？狼，都说人毒，人再怎么毒也不敢杀死我的孩子。我死了孩子，我活着还有什么意思，拿什么给我的亲人交差？拿什么去堵村人的嘴巴？……

走到一片高坡处，她知道这是雨行崖，过去这里总能听见从高顶上飞下的泉声，但现在飞泉全冻成一片冰瀑，晚霞亮了，照到这里，像是花开冰崖。她看到那狼确确实实是一只又老又饿的狼！这更加坚定了她杀死它的决心。我要割断它的颈子，喝它的血，吃它的肉！我要报仇，我要把它撕成八十八块才解恨！

那狼四腿叉开，站立不稳的样子在那儿喘气，嘴巴发出含混的呜呜吼叫，好像是烦了，好像是绝望和痛苦。它好不容易跳上一块石头，想拉长脖子大声嗥叫，端加荣大喊一声"杀死你"，就将镢头朝它砸去，那狼吓得蹲下岩石，又朝前头跑去。

这时候，看见了如血的晚霞，照在白雪皑皑的群山之上，端加荣突然感到一阵虚脱，冷汗直冒。这两天本来人就昏沉，发着低烧，一点劲都没有。女儿被狼咬死了，人就垮掉了半边，又这么一步不停地在雪原上追撵了十几里地，已达生理极限。气喘吁吁，胸腔里的心脏好像要爆炸了，血已经涌到眼睛边上，要从眼眶里往外喷出，而且下腹疼痛难忍。天快黑了，要二丫去喊登凤，不知喊了没有，会不会还有狼在那儿，把二丫也吃了？……她不敢往下想，害怕，快疯掉……如果就这一只狼，如果她喊上了登凤……可登凤一个人也不会来，会喊上她丈夫，或者喊上洪大顺。可洪大顺是个瘸子，走不快……登凤一定会去喊王昌茂的。我叫二丫喊登凤，其实是想让她们叫上王昌茂来。是他的女儿，是他的女儿被狼吃了，昨天他还要小丫跟他回去的，小丫也想跟着爸爸回二十五块半的，咋就不让她跟去算了呢！跟去就没这个事，命就不会丢了！命丢了，王昌茂会放过我么？他会不会打死我？……

天黑了。天暗下来了。天青似镜，一轮明月从镜子的中央垂挂下来，像一个圆溜溜的气球。……有一次上街，小丫要买一个气球，我硬是没给买的，要三角钱，我哪会花这么多钱给买个吃不能吃喝不能喝的空心玩意儿……现在小丫死了。小丫呀小丫，我可害了你了，你妈为争一口气硬拗着到这八里荒把你给弄丢了，弄没了，你妈我该死呀！可也是他们逼的，他们把你妈逼得没了路，我想走出条路却又把你走没了，哇嗬嗬！……

过了鹰窝嘴，她知道过了鹰窝嘴。这狼把她引向何方呢？这狼要到哪里去呢？这狼已经快死了，却又不死，是想把她引进狼群？这狼是不是要逃到秦岭去？

狼的眼睛盯着她时，绿莹莹的，时不时嗥叫一声。它快死了，她也快死了。这两条生命在比着脚力，比着生命的长度，比着韧性。她拄着镢头,连镢头都背不动了,可没有镢头不行,要打死狼;镢头还要开荒的。我是要开荒的,是不会退却的!

雪地的反光刺得她眼睛生疼,她感觉到前头的狼越来越慢,就从心底聚积力气,想在这儿下手,将狼打死,或者与它搏斗一场!她这么想,当狼几近停下来时,她终于从喉咙深处爆发出憋了一生一世的力量,大喊道:"杀死你!"就挥起镢头向狼锄去。

那狼突然将身子调转了方向,将屁股对着她,四肢奋起,刨出一股雪粉来。

这山上哪来的雪粉,全是雪子儿,一颗颗黄豆大的雪子,像霰弹一样向端加荣飞来,端加荣完全没有防备,被打得疼痛难忍还眯住了眼睛。强行睁开眼一看,雪子落下处,没了狼的影子。

她揩了揩被雪子砸出眼泪的眼睛,靠着一棵大树四下看着,终于在前头又看到了那一双狼的眼睛。我不会放你走掉的,就是要追到天涯海角,我也要杀死你,替我的女儿报仇!

在月光下,静默的山冈,鬼域似的森林,深深浅浅的雪原……

已经是半夜了,端加荣困得不行,头沉如石。

一个大草垛!不知到了哪一个村子的边缘,狼绕过一个大草垛。她小心跟着,却迎面撞到一棵树,那树齐眉的地方刚好被人剁了几根树丫子,就像一束利剑朝她刺来。要是她躲闪不及,一双眼睛就要捅穿了!好险呐!她暗中惊叹。走着走着,又是一棵树,又是一排树枝桩子,刚好砍到眼睛那儿!又躲过了,脸却不小心拉开一道口子。定神一看,就是那棵树,狼牵着我在草垛边转圈哩!毒呀,这老狼!她就知道了,就停住了,手举起镢头,躲在草垛边,只等狼再转过来。

可狼没有转过来,狼不见了。

杀死那只老狼是在第二天。端加荣迷迷糊糊地跟着那只狼，不知不觉已走到东方发白。狼快走到生命的尽头，不停地哼叫，却又时常爆发出一两声凄厉悠长的怪嗥，歪歪欲倒。端加荣也歪歪欲倒。她快倒下了，可她告诫自己，不能先狼而倒下。眼看着东边的山上露出了一线红光，端加荣在嘴里塞满了雪，又用雪擦了一把脸，可是她突然感到胸中一阵憋闷，一阵浓郁的植物气息扑面而来。看看四周，这不是迷魂塘啊？

后面有喊她的声音，这也是在此刻突然出现的。那声音她没听出是谁，逶迤在远处，可精神为之一振，但是，植物和浓郁的草药的气息浓得化不开，将她熏得头闷闷的。这就是迷魂塘，有许多奇怪的草药和植物，许多采药人都是在这里失踪的——它迷人的魂！在雪没能完全覆盖的沟坎间，那冬天依然郁郁葱葱或半枯萎的硕大无比的虾脊兰、开口箭、八角莲、忍冬、苦参、鬼桑子、醉醒花草，密不透风。端加荣心想这狼真有心计，把她引向这个鬼地方，这不是要她的命吗？——就是借刀杀人！

端加荣双手握着镢头，想扒开那些植物，却见植物上红烟袅袅，上面浮出一个红衣女子。那女子驾着烟雾竟跳上她的镢头！

端加荣记起村里的采药人讲过，那都是死里逃生的采药人，说是在迷魂塘会遇见红衣女子，敢情就是这个，这是人被这里的气味熏昏了产生的幻觉。端加荣要让自己清醒，她记得采药人说过千万别理这女子，那是迷魂塘的秽物下的障子，你若与她拼命，几天几夜会打得没完没了，最后丢了命。

她分明听见也看见那女子在撩惹她，在唤她，糟践她。端加荣把镢头猛挥，想用镢头锄她，可锄了几下，烟雾散去，那女子依然在镢头上。

我是在追狼哩！端加荣忽然记起了自己的使命，我是来与狼拼命的，狼吃了我的女儿，我是杀狼的，你这妖魔女子，快走开些!

　　端加荣强令自己清醒,跟着那狼。可狼和那女子在眼际迭现,有时狼就是女子,女子就是狼。沟越走越深,雪也越来越深,而且头更昏沉,幻觉频现,林子里竟然有野兽的骷髅在飞来飞去……这都是障子,狼下的障子,狼借了沟里的瘴气下的障子。这沟里密不透风,这样寒冷的季节也没一丝风。她咬嘴唇让自己清醒,再看那狼,狼正在吃一种草藤,吃沟坎下吊挂的一种草藤。端加荣也跑向前,去抓狼吃的草,拼命往嘴里塞,一顿猛嚼,一股辛辣味立马蹿入大脑,石头一样的头顿时清醒了,扩开了。飘飞的骷髅不见了,红衣女子也不见了。再看那草藤,原来是钩藤子。

　　不仅清醒,而且力量猛增,她知道机会来了,狼没吃多少这钩藤子,正倚着一块石头喘气,身上肋骨毕现,快站立不稳了。她用尽全身力气大吼道:"打死你——"那一镢过去,却松松地落在了狼的尾脊上,镢头震掉在地上。她自己也快倒下了,可她不能放过狼。那狼从镢头下爬起来,正待再跑时,端加荣猛地扑上去,用最后的力量,死死勒住了狼的脖子。狼歪过来的嘴巴咬住了她的棉袄,牙齿进入了端加荣的皮肉深处。一阵巨痛,可她绝不会放手,她更加用力勒狼的脖子,死死掐住,掐住,狼终于松开了口,身体的挣扎踢蹬也在慢慢减弱。端加荣用一只膝盖抵住狼的肚子,张开嘴,嗷地大叫一声,就咬住了狼的颈子。她咬住,往深处咬,死咬,终于咬断了狼的喉咙,一股骚腥的液体冲入口中。她听到了越来越近的喊她的声音,她用眼角看到了后头一个一步一挪的人,是洪大顺。洪大顺拿着一把猎叉。

　　她依然死死咬着狼的喉管。

　　他们把那只狼和小丫埋在了一起。在端加荣开垦的田边,用石头垒了一个小小的坟，让狼垫在小丫小小的棺木下面。作为陪葬。端加荣在那天呼天抢地地哭着，没谁能拉住她。端加荣拍打着雪、冰碴、泥土和石子掺和的坟堆，哭说着：小丫呀，你可就守着咱们的地儿了，你就在八里荒扎下根儿了！你这小不点儿的妮子可啥也没看啥也没吃啥也没喝跟着我托了回人生几年就去了，我该死呀！你奔着我来投我的胎就是让我带你在这儿让狼咬一口的呀！……

村长说你甭哭了，哭也没屁用了，人死不能转来，就只当少生了一个，这个也是个超生，该罚的款你们还挂着哩，这就了啦，你们也少了笔账了。乡里会来人的，你先搬到二组去住。

"不，我是不会搬的，除非给我调田，把田调了我就搬！"

"你这人，再被狼吃我可不管你啦！"村长忿忿地说。

大家都骂村长是一个乌鸦嘴。正在劝端加荣搬家的时候，两天不露面的端加荣前夫王昌茂来了，而且还有他的姐夫、妹夫、妹妹，加上儿子王天，一大帮子人。他们不是来跟死者告别的，是来抢人和找洪大顺打架的。他们把小丫的死迁怒于洪大顺，认为端加荣是鬼迷心窍被洪大顺哄骗了到这儿来的。不过这一次他们是连端加荣一起打的。

这伙人一来就揪住了洪大顺，把这个走路不利索的人打了个半死，当着村长的面。又有几个围住端加荣，对她也是一阵拳打脚踢。村长去劝架，被打折了两个指头。村长只好不管了，并且甩下一句恶话说："都是一伙胡屁乱搞不守本分的家伙，让你们狗咬狗。"

洪大顺被几个人按在雪地上暴打的时候，王昌茂找他要人，要死去的人。说你这个掰子真搞得老子家破人亡了，我今天不打死你我不姓王。洪大顺被打得吐血，端加荣怕出人命，不顾一切上去护洪大顺，说这事与他无关，要杀要剐她担了。那些人又扑上来打她。不仅打她,并且要抢去二丫。

这已是她唯一的孩子了,身边唯一的孩子。儿子王天已不属于她,今天又参与了对母亲的殴打,虽然被愤怒的李登凤拉开,但还是在一旁骂骂咧咧,完全向着他爸那一帮子人。"二丫不能给你!"当他们把二丫带出窝棚时,端加荣冲上去紧紧抱住她,忍受着那些人雨点般的拳头。

"不,你们休想把二丫带走!不!不!……"

二丫被两边的人拉得嗷嗷大叫,虽然王昌茂和那几个男将女将一起来夺,可端加荣抱着二丫就像用铁箍扎住了桶,任由他们打击,就是不松手。

"王昌茂,这是我的娃儿,是判给我的,是我的!你们不能让我什么都没有!"

王昌茂说:"让狼也把她吃掉?你这个臭婆娘,跑到荒郊野地跟男人玩,把我的娃子玩没了!"

端加荣怎么也不放手,二丫就像长在她身上一样。她给二丫说:"二丫,你不要离开妈呀!不要走!跟妈在一起!"

"你们不要妄想,除非把我打死!二丫就在这里!"她的头和背被人像击鼓一样擂打,咚咚直响,可休想把她那双手掰开。

"你们杀了我吧!杀了我,我就把二丫给你们!……"

没有谁敢杀她。夺不走二丫,他们就让她没有栖身之地,就一把火把窝棚烧了。

他们点燃了火,他们走了。他们抢走了她们的生活用品包括那个脸盆,一把火,就把窝棚给点着了。

这是要把她逼上绝路的,要她心回意转,没了路,回头乖乖地回二十五块半去。

可是不!那个赖以栖身避寒躲兽的窝棚在大火中呻吟时、缩小时、爆响时,端加荣疯一样冲进了火海,任何人也扯不住她。

045

她抢出了半背篓苞谷种铁籽白。她一个一个把苞谷抢了出来,有烧着了的,有没烧着的,有烤熟了的,有没烤到的,有半生半熟的。她后来一颗颗抠那还能做种的苞谷籽,她知道哪些埋进土里还可以发芽。她抢出了苞谷。在窝棚坍塌、化为灰烬的一刹那,她站在自己的土地上,抢出了那些做种的苞谷。她的头发和眉毛都给火烫焦了。

还有女儿,还有女儿二丫,这是唯一陪伴她的亲人了,还有小狗灰灰。有一个女儿,有一条狗,有种子。端加荣笑了,抱着二丫和苞谷种子笑了,含泪笑了。她遍体鳞伤,笑了。她站在废墟旁,青烟袅袅。那个过去有些微欢笑的简易窝棚,有炊烟和门的屋子,透风的屋子,门口有农具和一条狗叫唤的屋子,面对着永恒寂静和山冈的屋子,没了。那个窝棚是她一镰刀一镰刀割来的芭茅搭盖的,还有洪大顺从家里背来的材料,有他用破篾扎的架子,有两个女儿一块石头一块石头捡来压好的边檐……现在都没了。不要紧,你们吓不倒我的,掐不死我的。

就是在这天,在两个人歪歪倒倒、瘸瘸拐拐去乡里报案的这一天,在结冰的路上,洪大顺忽然提出来要跟她结婚。她是要坚持去的,去乡里,她要找到正义,要向领导申诉。哪怕打成这个样子了,走不动了,爬也要爬到乡政府去。别人都说她发神经。她就走了,把二丫交给洪大顺就走了。洪大顺又将二丫交给李登凤,掰着腿去追赶她。

这是个北风呼啸的傍晚,滴水成冰。端加荣这个瘦丁丁的农妇要爬向十几里外似乎从来不见办公的无人在的乡政府,去凭说道理报案告状,她刚死了女儿,追了两天狼,房又烧了,一无所有,噙着一辈子悲愤屈辱无处诉说流淌的泪水,要去那个挂有"××乡政府"小牌的小院找人主持正义,一般人是不可能也不会去做这种傻事的。洪大顺对李登凤说:"她呀!"

他是去拉她转回来的，没有用。即使要这样，也可以歇一宿再说，再去不迟。李登凤说端加荣是被逼成这样的，快逼疯了，你一定要拉她转来。洪大顺就是这样去追端加荣的。这样的女人十分可怕。她咬死了狼，她像石头，在风中越锉越硬。你就是把她打死，她也不会低头。可这几年她为什么会变成这样呢？刚开始，他与她认识时，她并不是这样的，是个逆来顺受，被丈夫指使，要她向东不敢向西，要她赶狗不敢撵鸡的驯善女人。可现在，她那几根仅剩下的骨头成了铁。前几天追她，她要与狼拼个你死我活，胆子比擂椒钵还大，就是不顾一切了。可她战胜了狼，一个人把什么都豁出去了，就什么都不怕……洪大顺追到大岩口时，依稀听到了夜的深处传来的救命的声音。他找呀找呀，在大岩口的深沟里，找到了摔下去的端加荣。

毫无疑问，如果不是洪大顺，那一夜，无论端加荣是铁打的还是铜铸的，都会冻死，冻成一根柴火棍子。

端加荣走得很快，那不是逃走。她明知道去乡里等待她的是什么，可没有办法，她当时的冲动就是往那儿走去，那是政府，她相信政府，这最后能给她解决问题的地方。每次她都是这样。被那个冷冷清清的小院拒绝一百次，一千次，吃一万次的闭门羹，她一万零一次也要往那儿跑。她自己笑自己：路都跑成槽了。别人也笑她：路都跑成槽了，腿都跑细了。就是这样，她还要往那里跑。整个胀坠的下身和闷痛的右腹部因为追狼而更加严重。因为结冰，走几步就会滑倒在地。那个电筒她花去了多少电池，她不记得了。从泥土里扒出的几个钱都买了电池。没吃没喝都买了一号电池。如今的电池寿命忒短，打着打着就变成了红火，就朦朦胧胧了。一步没踩稳，就摔进了深坑。她醒来的时候发现是在深坑里，四壁滑溜，她就喊呀喊呀，救命呀，救命呀……她后来又冻得昏死过去，坑并不高，就差人拉一手，结冰后的坑壁就像玻璃,想找块石头垫脚,石头全冻在冰雪下。可她也没有绝望。脚是摔坏了,脚踝像被人砍过一样。她不停地在坑底走来走去,大喊大叫,拼命喊叫,直到再一次昏迷……终于,她的救星来了,她预感到会有人来找她的,在她的身后,有个人一定会出现。在她追狼即将倒在迷魂塘的时候,那个人出现过。她用她的毅力,感动了这个人,这个人现在与她难解难分,不会坐视她一个人向危险的路途走去。这个小伙子,对她有了一丝依恋,他们很快成为命运共同体。终于,她听见了有人唤她的名字,一个男人。在快与死神相会的时刻,那个人看见了她,向她伸出了一双手。那个人终于把她拉了上去,并用自己瘦弱但还是热气腾腾的胸膛暖她,暖她的手,暖她的脚。那个人说:"加荣,你是为何哩!你何必要这样哩!你吃这样的苦不划算哩!……"那个人捏着她的手,捏着她的脚,想把她捏到阳世间来,那个人说:"不就是要让我答应吗?我应了,我应了还不成吗,回去吧,回去吧……"这个人掰着腿扶着一拐一拐的她往回走。端加荣胜利了,她得到了他,意外地收获了他,在八里荒的荒山老林里。这也是一种耕耘。两个人伤痕累累,可她收获了最好的东西。那个人说:"有个二丫就行了,我不要别的了,不生也行,你这身子也生得累了,活着就不易。"她紧紧地抓着他,生怕他跑了似的,抓着他并不宽厚的肩膀,可这个人实在,不打她,这就够了。后来她大哭起来,快到洪大顺的家了,很少流泪的她像小孩子一样号啕大哭:"我不去,我不去你家,我要回八里荒!我要回我的窝棚!"眼看到家了不知为何端加荣大哭起来,这让洪大顺很诧异。他提醒她说:"不进去咱们两个都要冻硬了。"三十五岁的端加荣却死活不走,像个小娃儿一样坚持要回到八里荒去。"那窝棚不是没了吗?小丫不是走了吗?八里荒什么都没了,你去那儿干什么?""我就是要回八里荒去!我要我的那十一块地！我要回那儿去，我要去看二丫、小丫和灰灰！……"她像个小娃儿撒刁。洪大顺拿她没有任何办法，问她："是不是怕我爹妈不认你，赶你出来？"端加荣不回答，紧紧抱住洪大顺，生怕他飞了似的，依然说："我要回八里荒我的窝棚去！……"

她是回去了。第二天。她要在她开垦的土地上重新开始她的生活。她什么人的话也不听，洪大顺的也不听。她喜欢上了八里荒，而不是草浪坪，虽然草浪坪要接纳她。她要守着小丫，也让小丫伴着她，在早晨和晚上，让她的小丫能看到她的身影，能看到妈妈的身影。她在那烧毁的废墟上重新搭起了她的窝棚。依然是芭茅为顶，依然是当地人说的千脚落地的剪夹棚样式，但对付常常落下的大雪最有用，不会因雪厚而压坏屋顶。令人不可思议的是，村长也送来了材料，态度来了个一百八十度的大转弯。因为新来的乡长亲自指示要解决端加荣的问题；这一次，派出所也破天荒没罚洪大顺的款，而是只罚了王昌茂的款，且是一百元。王昌茂把一头小猪卖了才交了这个钱。一个警察去二十五块半还让王昌茂写了保证书，并且说那一百元就算取保候审了，再犯就抓走——如果他再聚众斗殴、行衅滋事和对前妻打骂的话。端加荣的土地问题，乡里将派人来调查，与村里协商解决。

我就住在这儿！如果再没有前夫的骚扰，端加荣就会有安宁的生活；如果身边有个男人，那么狼和熊又怕什么呢？八里荒能开垦出二十五块半的五亩甚至十亩，到处是庄稼，到处是鸡飞狗跳、炊烟袅袅，狼和熊就不敢来了，她也不怕了。她是这样安排自己在这儿的未来的：我买一条犊子，有牛，养几只羊，两头猪，弄一把猎叉。灰灰也会慢慢长大，它是条猎狗。再不成，还弄条赶山狗来。种下苞谷、洋芋、红苕、芝麻、刀豆，在窝棚四周种上葫芦和南瓜,让它们爬满棚顶。弄一张小桌,在夕阳西下时,将小桌摆到棚门口,我、大顺和二丫,一家三口好好地吃着自己种下的菜,喝一杯自己酿制的苞谷酒;过年杀一头年猪,一年四季都有肉吃了。当然,还可以下套子套一点与他们为害的野牲口、糟践庄稼的毛雀子。到了春天,这儿到处是野菇、野笋、野蒜,都可以采了晒干,以备日后吃喝下酒。我与大顺都有痨伤,经常喝点酒可以除伤痛……

端加荣美滋滋地想着,在继续开荒中等待着乡里派来调查情况的人。

在她等了半个月,开到十九块地的时候,一个硬丁丁的乡政府办事员终于等来了。这个人头发快掉光了,脸色青黄不接,看上去年龄并不大,架子却蛮大的,一副公事公办的样子。他像伟人一样叉着腰在八里荒的山坡上张望了一会儿,摸摸树,又踩踩端加荣新垦的土地;接过洪大顺递去的烟却怪异地、从上至下地打量了洪大顺两眼,再打量了端加荣两眼,问:"你就是那个咬死狼的女人?"然后居高临下道:"哪个批准你们在这儿乱挖的?"端加荣感到来者不善,不是来调查她土地要与村里协商给她调田的吗?那个人问,你叫什么?多大年龄了?你家里有些什么人?你为什么要上访?你们是怎么认识的?你跟王昌茂离婚后,发生关系没有?你为什么要和洪大顺结婚?你的腿是怎么掰的?王昌茂找你贷了多少款,还过没有?你们一共打过几次架?交代你的简历(确实如此!)。你把与端加荣发生男女关系的情况再讲一遍。到现在为止一共开了多少亩荒地?是哪个同意你们在这儿开的?村里给了你几亩地?……那人将记录稿重读一遍后,让端加荣和洪大顺在最后写下:上述情况属实。并在记录错了、涂改、添加的地方按上手印,然后签字。

不对么,像审犯人似的,这是为什么呢?我无家可归,生活无着，我自己开荒种一点吃的也不可？你才管得宽哩，非但不同情人家反而指指点点。可你有什么权力批评我在这鸟不生蛋的乱石缝里刨点土出来种庄稼呢？土是搬了许许多多的石头从深处挖出来的，到处是鬼魂的野山里，莫非你们想把我赶走？

端加荣在忐忑中猜测着结果，她并不相信就这个阴阳怪气的人来了就完了，她与洪大顺的结论不一样。洪大顺说，可能有麻烦呢，没吃上狐狸肉，惹了一身臊呢。她去找村长问情况，乡里不是来人与您协商了吗？村长说你等着吧，等着就是了。

端加荣还是要在田里搬石头。天气十分寒冷，每天早晨开垦过的田里结上了一层冰，土垡冻得像石头，石头冻得像铁。她依然要把土和石头都刨松，然后一块一块、一层一层垒石堰，以免日后水土流失。她垒砌的石堰就像城墙一样，就像过去土匪的寨堡，路过的打柴人采药人看了，哪个不说这石堰垒得就像铁打的荆州城啊！

那同样是一个没有阳光也没有暖意的日子，山上冷得应该是更加瘆人，风就像老虎跑过时的样子，卷起雪粉，横刀砍杀着世界。就在这呜呜的北风中，几个人出现在八里荒。为首的是一个乡林业站的什么头头，穿着羽绒服，后面跟着三个五大三粗的比野人还高的巡山员。这三个人穿着迷彩服，手上拿着棍子。那个林业站的头头来了就对端加荣和洪大顺说："你们必须马上停止毁林开荒，从这儿搬走。"

那人指着端加荣的鼻子说："你破坏和违背了《森林法》《水土保持法》，滥伐树木，破坏地表植被。现在是法治时代，依法治国，你知道啵？要依法治你们这些毁林开荒的农民！"

端加荣只知道天一下子黑了，这儿，这些辛辛苦苦挖出来的十几块土地将不属于她了。而且那些人要她马上搬走，不能在这儿搭建房屋。

"可不要啊！"她说，"鬼都不愿意住的地方我才来住，碍着你们什么事了？"

她后来说："这样吧，我不要你们调地，把我二十五块半的地拿了，抵这儿的地，我开出的地，算村里调的行么？"她几乎是哀求地说，她差一点就给那几个人跪下了。

后来村长也赶来了。村长说："没有办法，他们要你回到三组去，王昌茂已经答应悔改了。这是乡里的意见。咱也没懂法没学法，以后都要好好学习呢。"又压低声音对她说："活祖宗，你在这儿悄悄地种悄悄地收就是了，你自己反映到乡里去把事搞砸了么……"

"我不回去！打死我也不回去！我不能回去！……"端加荣面对着那些要拆掉她第二次搭起的窝棚的人，怒吼起来。她看见那些人要用木棍撬掉她的屋顶，要卸下她的门——门上还有被火烧过的印迹。

"你们不要动我的房子！这是我的房子，我的房子呀！"

她挣脱了村长和洪大顺的拉扯，站在自己的窝棚门口，手上操着她开荒的牛舌镘，打过狼的牛舌镘，浑身颤抖着，保卫她的屋子，不让那些人上前一步。

那些人看着这个瘦小的女人要以死相拼，就胆怯地往后退去，不敢轻举妄动，以免那个女人的镘头落到他们头上。

那个头头说："没判你刑没把你抓去就不错了，你犯了这么大的法，还不配合我们，真想逮进去吧？！"

"你们判我，你们来抓！你们只要动一动我的屋子，我不要你们抓，我今天就死给你们看看！"

"就是不拆，你也休想住这儿，必须恢复这儿的植被，县里下达的硬指标！你开的荒交给村里，开春后补种树苗……"那个穿着羽绒服的人把颈子恶狠狠地从羽绒衣领里伸出来，暴跳如雷地说。

事情已经这样了，无可挽回了。就这么剑拔弩张地僵持到天黑。那几个人一直怀着想冲过去把端加荣按住的冲动，可是没有得逞。村长只是点头哈腰吭吭着说照办，不时喊话要洪大顺劝端加荣。村长跳着脚说："洪大顺，就是你掰子把端加荣害了！"

端加荣说："这与大顺无关，是我要来这儿的，与任何人无关！……"

就是在这一天的晚上，天晴了，一轮满月像灯笼挂在八里荒的上空，林子像镀了层银子，雪地上反射的光芒就像燃烧着某种焰火。八里荒在寒冷的空气里就像白昼。端加荣背着镢头来到了她的田头。她在小丫的小坟头坐了一会儿，积雪把她的女儿抱在怀中。在更深处，那里有她亲手杀死咬死的狼。那是复仇。可是，在多年前，我是个爱鼠常留饭、怜蛾不点灯的女人，现在我可以用牙齿咬死一只狼。看看这大半年来我与二丫挖出的土、砍出的灌丛、垒砌的石堰，在月光下，它们像一座座房屋的山墙，衬出棱角分明的投影。这相当于我建起了一座又一座房子，甚至正在垒起一个村庄的雏形……我这么干究竟是为了什么呢？不，不仅仅是为了给自己开出一片未来的生活，我就是要赌一口气，就是要做给人看看，我端加荣不仅仅是男人手上的一样农具，用时捏在手上，不用时扔在墙角里……可我为了争这口气，现在，这所有付出的心血都将白费了，田将不成为我的，为了争这口气，小丫也付出了她小小的生命。我以为这块自己开垦的土地会成为我幸福的归宿，它却成了比过去的一切都不幸的坟墓。我付出的代价太大了！不！田我不能交给他们，不能把我的劳动拱手让给他们。这是我的血汗换来的，是用生命换来的。我不可能就这么轻易地交到他们手上！

一股愤怒的激情在这寂静寒冷的夜晚越烧越旺。她忽然操起镢头,朝那坚实的石堰刨去。又是刨着,又是撬着,那些石头纷纷向坡下滚去,土石纷飞。她大声地吼叫着,像一匹母兽发出的沉痛的号叫,像是恫吓和申诉,又像是撕心裂肺的喧泣,就这样,她像疯了一样毁着自己的劳动成果。她浑身发抖,同时喊叫道:

"不给你们!不给你们!"

阒寒、高远的夜空里全是她可怕的喊声,那声音一直震荡到远处的森林和山谷,叩击着满天冰凉的星星。

当洪大顺打着火把寻找到她的时候,她还在继续毁灭着她的"工程"。她在月光下像一个荒林中的女妖,披头散发,猛烈地与石头和土地对抗,镢头在石头上迸射出一串串火星,好像她在与整个世界战斗。

"加荣,别!你在干什么呀!别这样!"洪大顺喊道。

她无法停下来,她,端加荣,这个孱弱的女人现在变成了一架毁灭世界的机器。可是,他也看到了这个女人瘦小的身体中所散发的能量,同样让他震惊。"不给他们!不给他们!"——那团愤懑狂乱的影子在他走近时,在手上火把卷燃的火光中,越来越长,越来越大。那拒绝的吼声在这片荒凉的深夜石坡上,就像是阴魂的呼号,被带向月光的深处,变成了山峰和传说。

大约一年后的春天,万物花开的时候,端加荣穿着整齐的、漂亮的服装来到了这儿;有人看见了她,出现在八里荒。这一年,有传言说,有人看见端加荣和洪大顺在十堰市开了一个副食商店,就在火车站不远。八里荒的这个窝棚并没有拆掉,倒是成了采药人和放羊人躲雨避风的极好的地方。不过那片毁弃的田地已新种上了树,是一种长势十分凶猛的笔直的日本落叶松。这松树的叶子连羊都不吃,吃了会浑身浮肿,甚至死亡。有人看见端加荣在她小女儿小丫的坟前扯着草,并且挂上了一串彩色的气球,气球就系在一棵小树上。她还烧了一个塑料的好像是汽车的玩具,并且供上了果冻、糖果、酸酸乳等一堆吃食。当然,还有一双漂亮的翻毛皮鞋,那可是真正的皮鞋。

　　春天在八里荒充满芬芳,银莲花、报春花、驴蹄草花,花朵高挑娇嫩,就像孩童,就像孩童的身子,散发出浓香、郁香和清香。有人看见端加荣一个人在这里悄悄地哭泣着,抬起头来,站起来,她胖多了,脸色也有了红润。

　　就是这一次,听说她将洪大顺的爹妈也接去了十堰。

　　她在更远的地方找到了她的幸福。

野 猫 湖

  风加大了。湖水和芦苇爬上岸来，猛摇窗棂。大地嘎嘎作响，天空在哀鸣。下雨了。雨在天上乱飞，酥着暮春狂暴的墒汛，田野喜。这场雨把日子给害惨了。牛在拼命喊叫，在湖滩。谁家来不及牵走的牛，被遽至的雷电或者偷牛贼擒伏了吧？不是烧焦就是失踪。牛没有好下场。天空给炸裂开了，碎出蓝瘆瘆的口子，仿佛咬牙切齿的痛。屋后的树林呜呜叫着像鬼魂——总是像鬼魂。她盼她来，庄姐。她想给她打电话，可这时不能打电话，电话拿在手上就发麻，全带电。巧的是电话响了，是她。香儿吗？我来吗？回家啦？个鬼崽子！等等。好暖的声音。有声音在屋里走动，就不怕了。或者说从来就没怕过，没人说"怕"这个字，从来就一个人——至少今年。再黑再长的夜，也没怕过。没人说怕，没人提起这个怕字来，就不怕，就只当生活本来如此。总不能每天睡在人堆里，睡在村头的麻将馆里，那里人多。可她没这个习惯。儿子乌子在镇上学校住读。村里的学校因生源太少给撤了，有一半的孩子跟外出打工的父母天南地北了。湖又大，人又散，村庄像些被丢弃的螺壳，是散的，没聚人气，这个沟那个汊，这个湾那个墩，等等，都在游移不定，东躲西藏。只有千年的湖荒在唱，野猫在唱，一群一群的野猫，在沿湖的野猫沟，嚣张咆哮，成为夜晚的残暴歌声。习惯了，就不怕了。

  她声音沙哑，她热情随和，她热心快肠。香儿与她来自同一个地方，落帽桥，嫁到同一个地方——野猫湖。

  庄姐你就别来了。

你真不怕啊？你有多么不怕？喵呜……她学野猫叫。

雨哗哗地响，路早就淹了。秧苗也淹了吧？那是一定的。那田，我的田，窝在最低处，叫冷浸田，去年种了一年荸荠，人都挖死，与丈夫三友两双手的指甲壳都挖翻，每天还要坐车到荆州城里去卖，赚的钱交给了客车公司，剩下两双没指甲壳的手。今年种谷，三友不在家，种荸荠种怕了，逃到城里。种谷也不是她的主意，心里没谱，是庄姐的主意，庄姐说。没男人咱就不活了？偏要种。他们不敢种的咱们更要种，种给他们看看。人争一口气，饭争一口烟。

牛。去看牛。现在偷牛贼太多，村里乱成一锅粥了。牛在后门小院的一排小屋里。一个厨房，一个牛栏，一个厕所。就是小天井，放个桌儿，放两把椅子，过去与三友在这里吃饭。一个人在家，也这样。可以吹到南风，看到星星，也不怕的。还放些杂物。牛在黑暗中吃草和反刍。牛像老瞎子，安静地想自己的前世今生，不出声，很深沉的样子，眼珠放光，不与人交流，我行我素。可它是个生命，硕大的生命，又逗那些坏人青睐，偷到了，卖到杀牛场，三千五，自己偷宰了卖肉，可卖到五千元。这么金贵的东西，偷一头牛相当于种四五亩地，可种四五亩地要摔碎多少红汗黑汗！一年种下来，人身子都刮去一层皮。机械化了，除草也有除草剂了，种田还是累活儿、苦事儿，种田没有欢歌笑语的。牛看看她，她看看牛，心有感应与怜惜。雨在外头下，牛身上干干的，这是幸福。跳着水冲过小天井，头上湿了。雨下得可大哩。上了床，野猫求偶的狂叫声在雷雨中穿梭，凄厉得很，撕扯着黑夜沉沉的铁栅。

早上起来，天换了个幕布似的，大地发出镜子一般的光芒。晴了，万朵红霞，一股脑射向人间。小南风吹得人像草芽子一样直往上蹿。呼吸都是嫩绿嫩绿的。庄姐像庄稼，蓬蓬勃勃地来了。她提来了两把香椿芽儿——她在村头的桐梓树下卖菜和水果，香椿芽红漆漆的，就像是红木家具上长出的东西，说，炒鸡蛋的。说，地米菜你吃不吃？香儿说，地头上全是哩，我自己剜就是了。庄姐说，雷没把你劈死呀？香儿说，咱又没做亏心事儿。庄姐说，哪个晓得，让我看看睡得好不？香儿说，你咋看得出我睡得好坏？她说，看你有没有眼袋袋。

她摸着她的脸，摸着她的眼睑，说，完全没睡。香儿说，死猪样的，还没睡。庄姐说，眼圈都是黑的，黑眼圈的女人是偷人精哩。香儿就要打她，说，你这张嘴，还是姐呢。庄姐说，多久没做了？想那个不？又说，我是好多年不想那事了，我都变成男人了，让我做你老公吧。我要是有你这么漂亮的老婆，我还去城里，不天天抱着你享受！说着就要来亲抱香儿。香儿躲。她就说，你田淹了哩。淹死了也不怕，再种荸荠么。香儿说，你咒我死吧。种荸荠的事她知道，她帮香儿代销过荸荠，量不大，一天几斤。村里人没什么消费，这湖区野荸荠也多，就是个儿小点，比人工种植的甜。

她陪香儿走到水田里，果然一片汪洋。香儿快哭起来。庄姐就说，我三亩多呢，我还没哭出来，你咋脸拉得驴似的了，你哭不好看。香儿说，这一淹，又排不出来水，养鱼啊？离湖太远，连那野猫成群的荒沟都比她的田高。田就在野猫沟边，野猫抓来的死鱼，扔得到处都是，一片腐败腥臭的气息。嘿嘿，她说，该你种荸荠。

香儿去找马瞟子，马瞟子是村长。她问村长该怎么办啊。马瞟子瞟着眼要摸她的奶，还要吃。他看哪儿啊？他看地上的狗屎其实是看女人的胸脯，那眼瞟的！马瞟子差不多吃遍了村里女人的奶，老的少的。马瞟子说，要你喂我的鸡不喂是吗？还是喂我的鸡。这个他说的不是荤邪话,因为他是鸡头——村里人都这么说的。村里有八九个养鸡专业户,都属他管,因此是鸡头。他的养鸡场最大,成千上万只鸡,鸡的叫声翻江倒海。他说,咱就爱这个热闹劲儿。他把鸡给你养着,供你鸡苗、饲料,还打预防针,都是他的,你出人工,他给个保底价,鸡肥了,你给他。他干赚,你得了小头。他还说,带领全村致富哩。可细算,也不得了,四元一只给你,一千只就是四千元。可他说是妇女创业,不给男的。那不是黄鼠狼给鸡拜年,没安好心么?话又说回来,村里也就是女的了,男人都走了,赚城里人钱去了,才不会喂那几只骚臭鸡。只有又穷又贱的女人才会喂村长马瞟子的鸡。那些一手鸡、一手钱得了村长好的女人,也就半推半就,又喂鸡又喂奶的。"你能种四亩地么?"马瞟子问她。当然是种四亩地。他说的是给她一千只鸡苗,全部解决了。一亩也就千把块的收入,一年上头,累死累活。三友走时就警告了的,不得喂马瞟子的鸡;你喂了,我回来,全部杀死。也不知说的是人还是鸡。

"三友不让我喂。"她说。

"三友让你去吃屎你也去吃屎咧?漂亮一点的女人都是脑壳子进水的。"

她就挣扎,就离开。不离开,奶要被他抓烂。他是个铁耙子手,他爹生他时十四岁,他妈才十三岁,哪里有奶吃,他就抓呀抓呀,把他没发育的妈几根肋骨都抓翻了,抓到狗裆里去了,吃狗奶长大的,因此手爪上有铁,也就馋天下女人的奶了。据说跟他儿子夺奶,儿子饿得面黄肌瘦,他却叼着老婆的奶日夜不放,吃成了"三高"(高血脂、高血糖、高血压)。这样的人,政府还让他在村里主事儿,到哪儿讲理去?

她坐在荒沟的一块墓石上面,看着遭受没顶之灾的秧田。云低垂，太阳全钻进乌云中去了。天晴得很不爽，忸忸怩怩。湖上的风死气沉沉，平贴着地面滑过来，弄得人浑身黏疲。还指望打千儿八百斤呢，全在水下了。突然记挂起儿子，在学校里的儿子，怕他一个人走回来，路上碰见吹管毒狗的，吹到儿子身上该咋办？一想到这事，心里就疼，心像用根线缠着的。三友这狗日的跑了也不跟家里联系，干脆我也跑了算了。这屋，这田，这伢，都不管了，我又不是没脚。

有鬼鬼祟祟的人走过来，先是影子很小，后来影子很大。以为是村里来帮排渍的，不像，没拿家伙。又以为是捕鱼的，也不像。就怕是吹毒管的，偷牛的。不是，走近一看，是拿着蛇皮袋子的，两个人，一高一矮，高的是牛垃子，矮的是个陌生人，半大糙子。哦，是来野猫沟逮野猫的。牛垃子长着一双游手好闲的跛腿，两只比贼还精的眼睛，两个青绿色的大眼袋。

牛垃子吊着跛腿，身子不稳当，过去有大臀，后来一走一跛，臀没了，活像个在水中漂浮的葫芦。他呵斥那个半大小伢。半大小伢神态僵木，皮肤一块花一块白，估计是白癜风，蛇皮袋子蹭着瘦短的腿，紧跟在牛垃子的后头。

他们离她不远，牛垃子也许没有看到她。她坐在野草里，说准确一点是坐在青蒿里。青蒿被雨拔高得有些夸张，像树林一样密匝着高挑着。接着她就听见一阵恐怖的野猫惨嗥。她把头伸过去看，牛垃子他们真逮住了一只野猫，已经把它按在地上，装进了袋子里，正在揉麝。前些时，或者大半年前，牛垃子也是在这沟里逮猫揉麝，让马瞟子割青蒿的爹精神发狂，用镰刀薅了他的腿。还不能报案，因为听说牛垃子在城里犯了事，欠人钱债，逃回的。也没囫囵治，腿就萎缩了。牛垃子哑巴吃黄连，偷了马瞟子一车鸡卖了。马瞟子呵呵一笑，这事就算了了，只当赡养了爹一回。逮野猫揉麝太恐怖啦，简直就是杀人。杀人也没叫得这凶的。雷公不劈死他们算是没长眼。那两个魔鬼在猫肚子上一阵猛揉,猫是野猫,有野性,在蛇皮袋子里狂挣乱扎,又抓又咬,死命尖叫。牛垃子大声叱咤那白癜风伢,大约要他摁紧。两个人弓着腰,衣裳翻飞,露出赤裸裸的腰背,就听那小伢一声凄厉嚎叫,举起的手已是鲜血淋漓,灿烂辉煌。那野猫竟隔着袋子把人抓咬了。白癜风小伢呜呜地哭着,那只硕大的褐色野猫这时趁机破袋而出,逃之夭夭。

牛垃子这才看见她,说,香儿,你好大胆。她那时一定很惊讶地站起来没动,牛垃子一只手捏着另一只手,好像也已负伤,血光闪烁了一下,牛垃子怪怪地看着她,眼里有麝。莫非,他想要揉我的麝?她心里一紧。揉一只野猫的麝,是颗粒状的,听说卖到药铺,可得几百块钱。倘使运气好,可揉到块状的——那就要把野猫杀了。牛垃子看着她,又说,香儿!她想跑,可路已经让牛垃子给堵了。她突然怀疑村里的牛都是他偷的,狗都是他吹的。那些牛很怪,不见的牛。虽然派出所要村里在各个路口布了岗,但晚上牛仍是不见,仿佛是鬼吃了一样,或是从天上飞走了。这让所长很头疼且没有面子。那个所长在开摩托车追赶一个吹狗的贼时,太快,摔到水泥地面上,把一张脸给锉了,后来只好用屁股补,等于是换了一次肤。四十多岁的男人,脸上光滑得就跟婴儿的屁股一样——本来就是屁股嘛。后来老百姓私下里就叫他屁脸所长。屁脸所长常常在村里自言自语:"莫非牛飞到天上去了?"

牛垃子染着一身野猫和死鱼的腥臭嬉皮笑脸走过来,意图非常明显,就是要对她非礼的。她想走,她看着这个跛子。跛子基本没有看相,还蛮自信的,嘴角上沾着白沫就凑来。他不知道女人那种本能的反感是很强大的,有了这种反感,你再怎么也是白搭。何况香儿不是那种撩蜂惹骚之人,可村里的男人们为何总是如此呢？只要你有点模样儿，就要占你的便宜揩你的油。喊谁也没用，这荒郊野水，任他去了？他嘴上没得逞，手却不甘心，抓野猫的手，就朝她抓来。"我喊啦！"她狠狠地说。他难道没见她的绝望？没见她心乱成这个样子，情绪坏到极点，还有心思干那事？男人未必不知道那是需要心情的？男人未必是畜生，不看场合，跟猪狗一样？眼睛一闭，见了就上？听说在有蛆虫的厕所也发生过强奸，男人不是比猪狗还不如么？现在反正没人管了，男女之事就跟猪狗的环境差不多了。她很气愤，甚至暴怒，说："我身上没有麝！你个恶觫人的狗东西！"可男人毕竟是男人，腿跛劲不跛，她发现胸部散了，乳头生疼。两人扭打在一起。苍天有眼，这时候庄姐来了，她自己的田要挖排水沟，跟邻居吵了起来，邻居喊村长来调解的，庄姐就说正好把香儿叫一起谈排渍水的事，从她家里找到田里，这就撞上了。

"牛垃子！你个鸡巴日的干啥哪！"庄姐沙哑的喉咙老粗，身坯也大，运动服，挽袖子，手脚并用，一把就揎开了牛垃子。牛垃子快得手了，却摔了个跟头，爬起来一看是庄芝华，拔腿便跑，乐呵呵地边跑边说："香儿你比麝还香哩！……"

她们气喘吁吁地赶到庄芝华的秧田那儿，邻居是个老人，仍然坚持不能挖沟，只能埋涵管，说破他的田就是破他的祖脉。这老人固执。找来论理的马瞟子村长，马瞟子肺都气炸了，说，这也是村里的事儿？庄姐说，你狗日的跟我粗暴啊！马瞟子说，你是个寡妇，我不跟你一般见识。庄姐说，我这寡妇，就是胖点，你要是喜欢我一身肉，老子也不给你。马瞟子说，我不吃肥肉，我"三高"。那个老人急于解决问题，对马瞟子说，村长，你总得给个理儿吧？涵管你总得给人家庄芝华吧，人家孤儿寡母不容易。马瞟子一跳五丈高，说，我去偷涵管？我一年工资才五千块钱,上面天天在这儿吃喝,来了一人还一包烟,都成规矩了。我找哪个报了的?吃去了我几多鸡?全是骚鸡公,还要放花椒,放荆州豆腐。吃不垮国家,吃垮我鸡头马迎财(大名)。你们谁理解我了,谁心疼我了?今年我买了五百米涵管埋完了,要我买五千米?村里办公经费才五千块钱,没见到副村长去代销店赊烟赊菜跟叫花子似的?我上任三年,修了多少路埋了多少涵管?得凭个天地良心。咱村要修三座涵闸才能解决排渍问题,一个涵闸至少三十万,国家不拨钱,咱有什么法?庄姐说,那就不管了?那今年绝收咱找谁要口粮?还有香儿的,你赔不赔?村里牛啊狗啊羊啊偷的偷毒的毒,人啊畜啊都没个安全保障你也不管么?马瞟子说,咋不管?咋叫不管?说到底还是钱,晓得吧,派出所办案要咱出钱,他们在这里布两个哨,吃你的喝你的还要你用车送他们到荆州去唱个歌洗个脚啥的。说到底,还是男人们都走了,村里空虚了,不怕你们这些老弱病残,就偷疯了。你庄芝华常说向毛爹爹发誓的,毛爹爹那会儿,哪有这么多强盗,捉到了就狠狠地打,打得你像乖乖伢。再往深里说,揭老底儿,社会变坏了。

　　后来调解让庄姐给老人买包黄鹤楼的烟,才答应在他的田垄开膛破肚。庄姐要香儿去镇上接伢,本来这天该庄姐接的,一人一星期,周五去。两人的伢都在住读,怕吹毒管的误伤了伢们,一上身,就是条性命,因为毒管上涂的是"三步倒"。

　　去镇上又是一场雷暴雨。这雷暴咋不断线哩,没个歇息?刚踏上那辆乌漆麻黑的公汽,却撞上了马瞟子。冤家路窄。"嘿嘿,你们倒霉,我比你们更倒霉。"马瞟子说。马瞟子解决了挖地纠纷,给人家去送鸡苗,被一条老母狗咬了,腿上一圈深深的狗齿印。狗齿印是紫色的,有点像牡丹。马瞟子腿上牡丹花开,脸上龇牙咧嘴,去镇上打狂犬疫苗。他说,别笑我,人都有背时倒灶的时候。我看你那油菜，结荚也不欢实，要施硼肥和生命素。排水我虽无能为力，给鸡你喂还是能帮一把的。又说，三友都不管你了，你让我管？你又不让，以为我吃你哩。我吃了你么？我是个吃人的村长么？

这马瞟子见香儿就往她座位上挤，车是乡村班车，破破烂烂的，坐垫上和靠背上的泡沫都让手痒的抠走了，人坐在车上就像坐在铁上。路又孬，一蹦三丈高，人的椎骨就往下压缩，有坐这车腰椎折断的，高位截瘫，自认倒霉。可马瞟子被狗咬了还笑着，像坐在婚车上。雷打得紧，司机也紧，想躲过这场雷暴，于是车就像一头发疯的牯牛在路上乱窜。司机是个瘦子，有一种破罐子破摔的心理，反正是条烂路，把人骨头颠散架，把车颠散架了事。车往前冲的时候，泥水大作，车内还颠出一群灰尘，噗噗地落到乘客的头上和嘴巴里。有人就大喊：师傅，你就不能开慢点么？司机大家都认识，是镇上卖肉的刘大奶的老公，婚姻可能不怎么幸福，性生活也不和谐，眼窝深陷，眼里绝望通红，还怵雷电。

香儿不说话，马瞟子挤她不舒服。你哥来没？你嫂子来没？三友回来没？三友只怕变心了，你还为他守身如玉啊。自己该快活不快活，让晚上一夜一夜都空着，身子是你自己的哩……

一车的人，一车他的村民。可他就是不放过香儿。大家都在看。他接人的烟，抽着，让香儿呛。香儿扇烟子。烟子浓他的手就不老实，干偷鸡摸狗的事儿。你还一把劲呢，他说。香儿想换位子，刚好车窗溅雨，她就起身换地方。马瞟子不高兴，这是杀他的威信哩。可这时上来了一个更漂亮年轻的女伢，马瞟子就喊，莫丫头，来，跟老子坐。给香儿说，是草台墩老莫的姑娘，在镇招待所端盘子的。

香儿站着。后来飞快下车，没让马瞟子陪她买生命素和硼肥，她自己买了。一说她就懂，记住了。还买了些奶粉、蜂蜜、黑芝麻糊,回去给嫂子的,给落帽桥的嫂子。嫂子病啦,不明不白就口齿不清、双腿无力不能走路了,两三年了。这莫非是天意。她不愿这么恶毒地想。不会的,不会像嫂子。我要去看她,给她买好吃的,人真可怜。田是我种的,嫂子若活着,能吃,我到时还背一麻袋新米回去给她吃。过去嫂子经常不给她饭吃,或让她吃馊的。咱种的是二系(杂交)的,二系品质好,一亩收得比三系少点,也少不了一二百斤,自己吃的。

嫁给嫂子的表弟已经有十二个年头了,伢都有十岁了,可她才二十八岁。这伢咋生的?有人这么问。就这么生的呗。很早的时候,爹在河里淹死了,母亲有一天说去走亲戚,就再没回来,改嫁了。她一直跟哥嫂过。初中毕业嫂嫂就到处给她说媒找婆家,哥哥总是拦嫂子,嫂子却恶毒地说,你不让她嫁,把她留在家里给你做小(老婆)?她亲眼见哥哥手握菜刀在厨房红着眼珠子发抖。她从没指望过他们什么,从来都是自己的事自己解决,包括来潮、买内衣,自己摸索,多走了几步弯路,还是都会了。老师惋惜地说,吴香儿你这十个手指是弹钢琴的。她手指特长。她笑笑说咱玩具钢琴也没见过哩。春天跟人去湖里打蒿子,秋天刂苇。还跟男伢们去庌鱼罩鱼,寒暑假的时候到镇上做零工,赚钱来给侄儿买雪饼、衣裳和书包。她学得为人乖巧,不会让哥哥很为难,不会让嫂嫂无故刁难她。后来嫂嫂以为她不会答应她这个表弟的,可是她竟然应了,觉得三友还顺眼,心眼也不坏,不像他表姐,于是把年龄加了三岁,嫁了过来,这让嫂嫂松了一口气。

有一次——结婚后生了伢的一次,去荆州城瞎逛,竟然看到有一家卖乐器的店,里面摆着那锃亮的黑钢琴,照得出人影。她心里嘣嘣跳着走进去,看那钢琴,暗暗看自己的手,想在那键上弹一下。手已经因劳动面目全非。有人弹了起来,多好听呀,一个小姑娘,脸圆圆的,手指并不长,没她长。这是不是小时候的自己？当然不是。她走出去听，流着泪，捏着自己的手指。

庄姐后来捏着她的手说，我就看出了你的手与众不同，前世定是城里的千金小姐。她没说是弹钢琴的手，说是挑花绣朵的手。三友人洞房那天也说，你这手怪哩，这么长，做小偷掩人钱包好哩。

买了东西，还在刘大奶那儿割了三斤牛肉，哥说嫂子现在唯一能吃的就是煨烂了的牛肉，还很喜欢吃。得送回去。做人要做得让人不说闲话。她待我怎样我不管，我回给她好，四邻就会说这小姑子会做人，真是不错哩。在娘家时那么待她的，嫂子这样了，还这么贴心。落个好口碑，咱就是为这个。还买了豇豆、瓠子和本地的光皮黄瓜种。庄姐说光皮黄瓜炖泥鳅最好了，要她买，她就买了。又去学校接伢，两个都接到了。

回来是雷暴的尾声。还是雷暴。是雷暴的喘息。雷暴倦了。田里都是白花花的水。

"一只死狗！"有人在喊，车也惊得蹦起来。大家拿眼睛去看路边，水杉树下的泥泞中，果然有一条黄狗倒在路边，龇牙咧嘴。

"不是雷打的！是用毒管吹的！"

"又有一只！"又有人喊。大家叽叽喳喳地议论开了。有人说一家人家花几万元买的藏獒也给吹死了，毒狗哩，扒了内脏全卖到镇上的"农家乐"去了，一只要卖两百多……

有四五只毒死没被拖走的狗，香儿捂着两个伢的眼不让他们看。她吓得不住地发抖，真是吹管吹的，那狗身上还有绿色的毒镖。这要是误吹到伢们的身上怎么得了！给乌子和庄姐的儿子小奋说要他们一定小心，走路要留个神，离狗远点，不要把膀子腿子露出来。可再一热，衣裳穿单了，又该咋办呢？遭天杀的！想起都肉跳。

村头一片混乱，有人议论黄老倌的一匹马不见了，找了一整天，许是被偷走了，或是被雷打了。因为湖滩上隐隐传来肉体烧焦的气味。正准备送小奋回他家去,就听见躲雨的人一片惊呼:"啊,马!"

一匹马!一匹从红色闪电和惊雷中,从低低的乱云翻滚的田野上跑来的马,出现在人们眼际。那马拖着黑烟,从雷阵里翻滚出来,紫檀的身子。有人在喊:"黄老倌的马回来啦!"这马终于在雷声中回来了,是匹大马。这马啊,咴咴悲鸣,长鬃飘飘,因为惊恐,胯下的屌垂下来有一尺多长。那东西黑得发亮,像是根沥青棒子,富有弹性,闪着吓人的光泽。敢情这畜生跟人不一样,一受惊吓那东西反会硬挺起来。大家就兴奋起来,忘了一堆死狗的恐怖,叽叽喳喳地说着邪皮邋遢的话。香儿赶紧带着两个孩子离开了。

本来自己回去做饭的,无奈庄姐强留,就和乌子在那里吃了,将买给嫂子的奶粉给她放了一袋,并邀她一起回趟娘家。庄姐说,咱们还是分开走吧,你那牛咋办?现在强盗这凶,我给你照看。庄姐还说,我回娘家去多了,这边的婆佬妈(婆婆)还生疑心,还有上十万的抚养费在他们的手上攥着。庄姐的男人死了,是在南边打工时车祸死的。有三年了吧。那时香儿还没跟她打交道,只知道她也是落帽桥嫁过来的,讲落帽桥的弹舌音。有一次是去镇上办身份证,又听说派出所楼顶上死了个流浪汉,就都去看,看到庄姐在那个屁脸所长办公室里,跟屁脸争吵,听出是她男人遭了不幸,那时她一脸的浮肿灰暗,是来让派出所出一份证明,人家那边好赔钱的。可屁脸所长就是不出,说不该他这里出,说:"我咋知道他在那边有无犯罪记录?"人家只要证明上有这一句,是走个过场,户口在老家,这个非得要。反正人已死了。可屁脸所长说:"假如他犯过罪呢?杀过人放过火呢?"人都死了,还指望以后鞭尸不成?赔几个钱是个安慰,人不在了,你所长就做个顺水人情盖个章蚀了你什么呢?那一天据说她气愤难耐,掀

067

了所长的桌子，说是妨碍公务罪，生生被人家关了七天。她才死了男人啊。后来，香儿就常常去庄姐摊子上买菜，一个地方的人，这就成了好友。

吃得很好。庄姐能烧一手好菜。那天吃的是黄古鱼煮蒿菜。咱这里有顺口溜说：山珍海味我不爱，只爱黄古鱼煮蒿菜。正是嫩蒿芽出来的时节，蒿的那点药味刚好压黄古鱼的腥味，而黄古鱼的腥味又刚好压蒿菜的药味，一中和，味大出，加点辣椒大蒜，汤浓绿而诱人，百吃不厌。两个在学校憋了一星期的伢子，就像从饿牢里放出的，一条黄古鱼到嘴边，一拉，吹口琴似的，就剩下一根光溜溜的鱼刺了。蒿子也是鱼味儿。

香儿去看嫂子，泪水两行。嫂子坐在躺椅里，一具骷髅。

她把钥匙给了庄姐，让她喂牛。庄姐说晚上就睡在她家里，给她照看牛和家。嫂子坐在躺椅里，已不能言语，眼泪婆娑地看着她，自己的小姑子。人一病，脸上就有善良了。她还有一事，是找哥哥求援的，秧田排渍的事。

她给嫂子说，你还认得我吗？嫂子点着头，流着口涎。她给她擦口涎。她拿出那些东西，营养品，还有牛肉。哥哥说，她就爱吃牛肉，要煨得稀烂，不能放辣椒，吃一点辣要呛半天。她说，嫂子，我给你煨肉去。哥大声地说，是香儿给你买了带回的。香儿流着泪，给嫂子把鞋穿好，给她掖好了盖在腿上的旧棉袄。她去厨房，给嫂子煨牛肉。哥哥命真孬，咋摊上这么个不死不活的病人。这个厨房全是蒙灰尘蛛网的坛坛罐罐，锅朝天，碗朝地，没个女人主事的家就是个破败的家。这厨房过去全是她待的，过去被她收拾得清清爽爽。她收拾，洗盥，切菜，刀响砧板响，家才有生气。火上煮好，再把嫂子推到阳光下晒太阳。村里的人见香儿回来了，都来打招呼，说她嫂子的病。说她哥很艰辛，可遭孽了。天不亮就到田里，人家起来，哥已犁了两亩田。还说她心肠好，过去在娘家时吃没吃什么穿没穿什么，嫂子太抠，哥哥不敢说话。你哥哥是个老实坨子，这个样子了，还天天守着你嫂子，端屎端尿，哪里去找这么好的男人。你们吴家男男女女真是好人哪……她喂嫂子吃肉。三天后她走了。哥哥说，你的田我无能为力。哥说他走了嫂子谁管？她娘家基本当死人甩给他了，有时一个月也不来看一次。哥还说，你那么点田，要抽水机什么的，拖去一趟都划不着，豆腐盘成肉价钱，趁早改种别的，种荸荠不行，种水芹菜也行。她没提三友的事，只是说他去打工了，其他什么都没说。

她回去的时候，下了车，看到桐梓树下庄姐那个卖菜的小棚是锁着的，没出摊，就打她手机，原来在她田里。她立忙去田里，一看，天，庄姐不知从哪儿弄来了小柴油抽水机，在给她抽水。软管铺了百多米，秧苗已经露出头了。庄姐呀，你咋这么好哩。庄姐从泥里拔出头来说，是我撺掇你种的，你没收成，我心里过不得，也赔不起呀！哈哈哈！不过她说机器是借的，你出点油钱就行了。

这让香儿说什么好呢，她又不会说光溜话，问明庄姐还没吃饭，就忙去村头早酒馆里炒了两个盒饭，拿回在田埂上吃。还给庄姐买了瓶啤酒，她是喝酒的，酒量好像还不小。她有男儿气。她们坐在荒沟上，背后是碧水涣涣的野猫湖。夜色缭绕，月光迷蒙，野猫在水中捕鱼时的眼睛像暗绿色的渔火，它们欢爱的叫声格外响亮凶猛。与它们应和的是那一如既往的持续不断的蛙鸣，此起彼伏。抽水机的声音倒在旷野里显得小而单调，有如田野之夜广大声音的伴奏。不能忘记那样的蛙鸣。一直以来，蛙鸣是她热爱乡村生活并活下去的理由。蛙鸣在春天里和草芽与希望一起苏醒，温暖起来。它像一种极富魅力的召唤，让人偷偷滋生活着的动力。这夜晚乡间原始的音乐，这小小生灵大片的歌声，这水的温润和风的吹拂，深绿的藻蔓和嫩绿的秧苗，还有小巧的荷叶和水帘草，都与蛙群的热烈倾诉有关。蛙声是乡梦的一部分。看这风，已经是进入五月的风，风是从地心深处鼓腾起来的熏风，像少男少女的呼吸。

她们在水里清理水下的水草，以防泵体和叶片堵塞纠缠。再挖深排水沟，让水来得畅些，爬上田埂洗了腿脚。"你困了，躺在我腿上睡。"庄姐说。她们铺了张塑料纸，隔绝了湿气。那一瓶酒庄姐喝了一多半，也让香儿喝了几口。她根本不会喝酒，喝几口也会醉去。啤酒当水喝，庄姐这么说。香儿的头有些昏沉，她听见庄姐在沟边很响地小便。她真的有些发困了，累了。庄姐的腿伸过来，她就当作枕头昏昏睡去。这只是一种昏寐。她记得她在给庄姐讲嫂子的事，讲嫂子是一个活骷髅。她听见庄姐说，再强大的人也会死的，活一天就要把自己活好。白天太疲倦，早晨起得很早，又在班车上颠簸了一天。几个来捕野猫的男人提着电筒经过这里，她听到有人说话便醒过来，可是那些人已经走了，声音在风中飘走了。庄姐在说些什么，声音若有若无。庄姐的手放在她的肩上，抚弄她的头发。她感到她的手慢慢摸进她的脖子。这都在蒙蒙眬眬中，那时她确实大脑有些发困昏沉，仿佛有一个人死命把你往梦乡里拽。她听见她说，你的皮肤啊，个鬼崽子，在全村绝对是最好的，哪像生过伢。她的头埋在庄姐的髋弯那儿，暖暖的有种体温，像儿时埋在母亲的怀里。她的手隔着衣裳从她的胸前一直下滑到腹部，说，你没肚腹哩，跟姑娘伢一样哩。她是在喃喃地说，就是一种给婴儿的催眠吧，有一下没一下的。她的脸触到她的脸上，甚至嘴唇触到她的嘴唇。她没有太大的动作，像是无意识的。香儿没有动，只当是睡过去了，却不迎合。但触到嘴唇的那一瞬，一种麻意贯遍全身。就这么了，似乎怕她寒冷，她脱下上衣，盖在她的身上。怪怪的，那是女人的嘴……她甚至完全醒了，却没有睁开眼动弹一下。谁这么呵护过我？这样的时刻，她还是佯装睡着。蛙声震荡田野，在星空之下，浩大的蛙声如奔流的雾霭，漫过这个夜晚，覆盖了她的梦境。那只悄然滑动的手，还在她的身上，若隐若现。星空呈弧线，像一口装满水晶的大锅倒扣在大地上，一些萤火虫在周围明明灭灭，像星星的碎屑飞扬。她的上身被她的运动衣裹着，很暖和。世界好像没注意到那只手，正在改变一个人的一生。蛙声仍然固执地传递着季节的盛大信息，占领了田野，动情演奏着，在这个即将进入夏天的夜晚。

湿土播种。种黄瓜。是荆春40号，本地的，条形非常好，无刺无毛。还有准备上架的豇豆。那个夜晚奇异的感觉恍若梦中。那个早晨她醒来，露水湿了衣裳，是被人的说话声弄醒的，一看，庄姐在与那个租抽水机的人算账，那个男人已经把抽水机和水管往摩托车上绑了。她抢去付钱。水抽干了，太好了，她的田有救了。庄姐走了，她胖胖的身影匆匆走了，说是要出摊，水果不卖都要烂了。对她说你快回去好好休息，你身子薄哩。那个男人点着钱说，今年的虫害没了，这水一泡，哪还有什么稻飞虱卷叶螟的，没啦，坏事变成好事，祝你们今年大丰收。男人用摩托驮走了一切，生活又回到常态，那个好久没人抚摸的身子，那像一只水蜘蛛在水面滑动的手，轻轻的走势，她想怎样？……想到这里身子总有些紧，好在阳光明媚，一个人在菜园中，四周是不相识的树木。荆春40号也是她让种的。这仿佛是一个轻盈的契约，正在向她靠近，是什么，她说不清。但是耕种变成了一件有意思的事情，在田垄上、湖边上是很美妙的事儿。踩在墒情正好的松软土上，有一种被种子拱着的烘热感觉。往这样的日子里播种、培土，人像是这地块上的一部分，难舍难分哩……这地方，陌生的湖滩和野地，自己无声无息地走来的，没有姐妹、父母、兄弟送行，没有隆重的仪式，没有十盘八碗、五桌八桌。仿佛是一粒草籽飘来的，落地生根，还没弄清是咋回事，伢儿落地了，有了家，也还是没家的感觉，仿佛一个人，游走来的。一个谁也没在意你、没觉你存在的女人，一个匆匆生育后速速老去的，在锄头、镰刀、牛绳和锅铲中老去的女人，一个在土里挣扎的女人，像斩断成两截的蚯蚓。

　　床上还有她睡过的气味。儿子大了，自己睡，自己总是一个人，几个月了，一个人。床永远空出一半，总是睡在自己一边，三友的那边不碰，不属于自己似的。一个人在家也不碰，仿佛一碰就疼……床叠得平平整整，牛喂得大腹便便。家里好像还打扫了，连厕所都刷得干干净净。两盆指甲花也浇了水。

　　野荠菜的花白白的，在晴风中蔓延。池塘的小荷顶着阳光在嫩黄地翻飞，有小鱼东奔西走。要丢些鱼进去。过去从来没喂过鱼，三友说是死水。有时去沟渠、水田捡些鳝鱼乌龟都丢了进去，藕是会挖掉的，过年总得吃藕，还得给哥嫂背些回去。鸡咕咕地叫着，不是马瞟子村长圈养的鸡，是散放的，一个个昂首挺胸，没有奴颜婢膝，冠子红红的，爪子硬硬的，大步流星地在园篱边啄食，吼太阳。

　　被露水打湿的身子顺了，太阳加上劳动，疲软的身子有了活力。当时枕着她的腿真的睡着了，睡得很香。她要她回来补瞌睡，说一定要用被子捂捂，露水伤身子。

　　晚上她来了，提了些水果，还有一个塑料袋子，是些滑滑溜溜的小泥鳅。她早说她那塘里要放点泥鳅。你不是今天种了黄瓜么？种子浸过么？泥鳅煮黄瓜，不输黄古煮蒿菜。她们打电筒去屋后放泥鳅，青蛙直朝塘里跳。香儿把塑料袋解开，里面有些水，泥鳅一阵躁动，将它们倒入水中，泥鳅们摇头摆尾散去了，她就说，庄姐，这是你的还是我的呢？庄姐想了想说，当然是我的，你帮我养，我吃两条你吃一条，我比你胖啊。香儿说，好的好的。庄姐说，若是老黄瓜煮泥鳅，还是我来做。香儿说，你的菜做得真好吃。庄姐突然转了话头，说，香儿你穿牛仔裤好看，小屁股包得真是……腿又长。她们在黑暗的池塘边说着话。香儿又说起她菜做得好吃，庄姐说她那位在的时候就喜欢吃她的菜，说昨晚还梦见他找她要酱生姜吃，说在那边伙食太差，阎王爷那边也贪污腐败哩，哈哈哈。香儿问她，几年了，你就没考虑再找一个？她说，麻烦啊，一个人多好，香儿你说，我有什么要求男人的？香儿说，不是求男人，总要有个家。她说，有伢加我就是家，我不要。你还不知，我若找了，这野猫湖我就待不下去了，婆佬妈就要把我撵走，小奋的抚养费只拿到一万。现在他们不给，小奋读大学、结婚，总要给吧？我也懒得跟他争，要打官司，他们铁输，咱一想一家人，他们也没了儿子，也伤心，咱心善，由他们去了。我这是赖这里不走了，也不能找人。再说，要男人干啥！香儿说也是的。她说，说个遭雷打的话，小奋他爸在时，我不晓得挨了几多打，他一走，我不解放了么？没有男人咱照样过，说不定过得更好呢！

她也是苦命，可她看不出苦命。她是个争强好胜心里宽的女人，有英雄气。她敢掀派出所所长的桌子，这里的男人哪个敢？后来她们就回了屋里。她说她是来拿东西的，盥洗用具，还有晾在这儿的衣裳。香儿都给她收叠好了。"昨天我就给你把床单洗了，怕你说我脏。"她说。"哪里，就两天，你也太过细了。我床上本来就脏的，谢谢你呀。"香儿说。"你个鬼崽子是不喜欢收拾哩。屋里总要收拾得清清爽爽，过日子就要把日子过好。"她说。

"那我走了,晚上多留个心眼。我起来要看好几回牛呢,电筒前后照,强盗就怕的。"

"谢谢庄姐。"她说。有一点依恋,在这个时候丝丝缕缕地牵出,像田野上薄纱般的岚烟,近乎无和透明……一个人的屋子是冷清的,两个人的屋子是温馨的。她打开了门,就在这时,屋外一阵嘈杂,有远远的人大喊大吼,很多人,很多声音。有事儿!庄姐停下,伸出头谛听了一会儿,就说,拿把锹来。香儿给了她一把锹,她要香儿也拿上一把锄头,说,有情况。

从东边涌来的灯光很杂乱,人影也很杂乱,在田埂上,小道上,果然有人大喊,抓贼呀!抓贼呀!村庄开始骚动。

"去追!"庄姐让她锁上门,也打着电筒,追赶那些人与灯而去。黑灯瞎火地追贼,香儿的身子不由自主地打起了冷噤,突然像冰天雪地。她们高一脚低一脚在路上飞跑,大喊着"抓贼"壮胆。有骑摩托的呼声从她们身边过来说是吹狗的,好像吹到哪家的羊了。她们跑得气喘吁吁,香儿的身子也不颤抖了,汗下来了。有人回转,就听到一个哭声。一群人抬着东西,是只羊,好大的一只。这只羊总算追回了,可惜已经死了。是宝家爹,他的一只种羊,花两千多块钱买回来的,这下完了。有人照羊,羊耷拉着脑袋,双角朝下。宝家爹抓着一只羊腿哭着。大家就劝,骂吹毒管的丧尽天良。灯火就是愤怒,大家骂村长把治安没抓好,只顾自己喂鸡,引起了众怒。纷纷埋怨。回去的路上,庄姐突然给香儿说,马瞟子真是故意的,就要让村里乱,让人担惊受怕,他就好打女人的主意。香儿吃惊地听她说这些。庄姐说,村里哪个不知道马瞟子爱帮妇女捉老鼠。妇女在家,老鼠乱窜,只好找他。他就正好就汤下面,去了人家的家里。都笑他是"革命的老黄猫"。这个香儿听人叫过,当了面也叫他,他不生气。真是的哩。村里关于他捉老鼠的笑话一箩筐。

这已经是十二点了。夜很深了。走的时候她牵上了她的手,说,如果怕……我就不走了,你睡,我给你值班。

香儿点点头。

没瞌睡等我给你讲几个马瞟子的笑话。她躺到她一头,睡三友的枕头。她钻进被子说,你这里离隔壁左右的太远了,那两夜我还真不习惯哩。不是我吓你,有个什么事到哪里喊人去?

你不要说这些!香儿大声阻止她。

啊啊,不说不说,你胆小。你要打我啊?没事的,有手机。我二十四小时开机,听你的吩咐好吧。说到做到,向毛爹爹发誓。……你想睡了吗?想听马瞟子的笑话吗?……好,我可讲了。她说马瞟子现在玩洋泡子了,到周末,就到荆州城去找小姐。有一回,他回来跟他老婆说:人家城里的女人干那事的时候叫床叫得几好听,你怎么不叫的?再搞时你叫床哟。他老婆也是捡鸡粪长大的乡下人,就问怎么个叫床?马瞟子说叫床就是在床上喊啦。他老婆就答应了。晚上两个人在床上开始做后,老婆就喊了:大家快来看呀,看村长搞屄呀!

这可太好笑了,香儿狂笑起来,她还在讲,说把马瞟子吓阳痿了,说不是你这么叫的,你这个苕货,是叫哎呀哎呀。他老婆说,你先没说清楚。笑得天翻地覆。没想到庄姐还有这个幽默,自己倒不笑。庄姐又讲说马瞟子有一天在荆州城找小姐,恰好那天停电,黑咕隆咚的,跟小姐宽衣解带,那小姐问他是干什么的,马瞟子为把自己身价提高,就说是长江大学的教授。搞着搞着来电了,灯一亮,马瞟子一看那女的,日他妈的,比他老婆还丑,又不好下来,就顺手抓到一本杂志摊开遮住那小姐的脸。搞完了,那小姐说,到底您郎嘎是大学里的教授,搞屄都跟别个不同,照着书本搞的。

香儿笑得肚子痛死了,说不会吧,是你编的吧?庄姐说我这个文化，编得这么好就去当作家了。他自己说出来的，算夸耀呢。他那老婆也说，不晓得丑。你没在我那个小棚子里，天天听他们讲笑话。

"好了好了，明天我还要出摊呢。"她不讲了，香儿还想听。睡意已经没了。没听过这样的笑话，没这么笑过。没想到马瞟子村长干出这样搞笑的事。

油菜花的香味已经被它们结荚成熟的腥味代替，小麦灌浆的甜蜜气息一直送到窗口。有她伴着，什么也不怕了。睡眠来了，像风一样安静。她听见她在说油菜收割的事儿，说可以脱粒的，香儿没听明白油菜咋能用机器脱粒呢？她一只手搭在她的手膀上。在太多莫名恐惧的夜晚，死死关住房门和窗户。如果真有人偷她的牛，她未必敢出房门。有个人在旁，加上一只手，这就足够了。世界多平安。

半夜，感到胸前有东西压着。是一只手。迷迷糊糊间以为是三友回来了。三友过去要抓着她的乳房才能睡觉，生伢后就没这习惯了。那儿也松弛了，不吸引他了。不过近两年又在慢慢充实，三友发现或者没发现？或者不说，只是到了猴急要干那事时才草草摸弄两下，就是一种习惯性的敷衍。不到三十，她的青春其实已经结束了。城里这个年纪还是做女伢打脱甩玩哩。她明白是谁的手。那只手不恶心，不阴谋，它在乳房上。好像她已经睡着了，在梦中。手又信信地挪到私处，停泊在那儿，鼾声传来。她把她的手轻轻拿开。野猫的叫声依然狂野遥远，在麦子和油菜簇拥的香味中流窜。虫子咕呱咕呱，充满警惕，仿佛在抗议和提醒什么。可我又有些排斥，不知为什么。这不是她该做的事，她们是两个女的。她是一个好人。她帮了我，理解我，为我分担。很孤独，人。在独醒的时刻，很伤心。她为什么是个女的？在她的轻抚中陡然发现三友根本不爱我了，没有手的参与就没有了爱。她体贴入微的亲昵是为什么呢？因为我们是好朋友。我们有理由可以逾越。虽然不近情理。事情已经来了。再进一步会是……

迷迷糊糊醒来，她已经走了。

盥洗用具挺立在桌上，没拿走。

也许什么都没有，是我多心，神经质。遭受的骚扰太多。或是她真是那种人，是为我而来的，蛮有心计的。如果真是为了这个，我要啐她，不理她。我明白之后我什么也不顾的……现在要做的事，就是自己把菜籽割了。

牛昂昂地叫着，鸡也叫着，没吃。自己也没吃。看到有收割机从门前开过，也有田头用牛踩菜籽的。拿着一把镰刀出了门。拉着麦子的牛车高高的，拉着豌豆的牛车趴趴的。一个老人赶牛，喔——咻，喔——咻。有鞭声。太阳干爽而明亮。空气里全是收割的芳香。

砍菜籽，这活每年做。且总是她做，三友是不做的。白腹鸟在田里乱飞，还有一些黄黄紫紫的小粉蝶，从菜籽田蹿到小麦田。菜籽和小麦一动不动，因为它们籽实饱满，有了定力。又闷又热。到天黑时那几垄田还没割完。汗水涔涔，放下镰刀，只想先清洗身子解乏。就提了一桶冷水，在天井洗澡。脱下汗湿的衣裳，匆匆冲洗，也没想到拿上干净的衣裳，反正家里就自己一个人。正在洗时，就听见外面有人喊："香儿，香儿！"声音是马瞟子村长的！不理他。可哪知，这马瞟子却进了门来，如入无人之境。他未必穿墙入室，还是咱忘了关门？……坏了，真忘了关门！急急的出事了。光着个身子，这可如何是好？今日非得要把身子给他？给这个烂人？

"香儿啊，在哪儿咧？人咧？"堂屋里有个灯，天井里没有，只有那朦胧的月光和天光。这人就径直过来了，好像分明看见了她，她一踌躇，闪得慢；光光的身子哪儿躲啊？就往牛栏屋里跑去，还把牛栏门关上了。

马瞟子一时怔住了，他一定是瞧见了她的，这么白条条一个人，别看他眼瞟花儿，可看女人的身子精准着哩。香儿闷在牛栏里，牛的眼睛像两粒鬼火闪闪地瞪着她。她大气不敢出，从门缝里看到马瞟子用手机上的亮照着天井，照到了她那一桶水和香皂还有脱下的衣服。今天完蛋了，今天定是他的一碗菜了！

"啊咿，人咋不见了？跟我躲猫猫，以为我没事儿哩，我是有事的，这香儿！"他故意走来走去这么说。又说："怪事儿，香儿！香儿！大门八字大敞开，也不怕进了贼么？怪天怪地，就不怪自己没个防范意识，啊咿，我来给你当把门将军哩。"

这烂人干脆端了把椅子，大仰八叉地在天井坐下，还拿出烟来点燃，咝咝地吸吐，那个爽啊，那个邪毒啊。还在说，年轻人玩性大，我身为村长，当一回你家看门狗也是我的荣幸，保护村民财产不受损失是我们干部义不容辞的职责。

这可苦了香儿，她在牛屋里，里面蚊子成堆，不得不打，小声地打，可还是要发出声音。这声音在寂静的夜里肯定是很响亮清脆，很悦耳动听，让马瞟子享受得像吃了二十年陈酿。后来，马瞟子沉不住气了，站起来，就往牛栏屋来了。她在里面听见一声拍门声，吓得魂飞魄散，双手抱胸，抵住那门。门是破的，还没栓子，她用一个老旧的铁犁横在那里。可这家伙若把门轰开，她还有退路？束手就擒。不！这是不可以的！死我也不从。

"噢咦，牛栏门咋关了的？明明有声音的，该不会里面有偷牛的吧？香儿香儿啊，牛栏里关着贼呢，还不拿家伙来！"

这马瞟子一定心里笑死，这个狗日的马瞟子真是无聊又有歪才，要逼我出来哩。牛栏屋里的蚊子那个厚啊，那个凶啊，一定要把我撕成八块，把我吸成干柴。我哪里打得赢的，又不敢吭声，就这么忍着。她听见马瞟子的笑声了,马瞟子那颗得意的心脏笑得在稻草上打滚。"我说香儿啊,我晓得你这儿有强盗,所以带警察来了,就在外守着,看这牛屋的强盗哪里逃!嘿嘿!前后左右的警察,都准备好,防止强盗逃跑!"

屏住息,再忍忍。再忍忍。

"……香儿啊,你该不是被强盗抢到牛屋里给害了吧?隔壁去了?菜园去了?家里让强盗搬光了还不晓得。种个什么油菜稻谷吵,要你喂鸡不喂鸡,你这姑娘啥鸡儿都不要,喂了鸡哪这么累的,甩手玩儿!真是傻啊,越标致的姑娘越傻劲,不晓得为何只长脸蛋不长脑的。我懒得给你守了,伤透我心哩……"

快滚快滚!马瞟子你这泼皮无赖,我今天就是被蚊子咬死,也不会走出来让你得逞的。

一个多小时后她才走了出来。马瞟子已经待不住了。这样一根筋的女人,你占不到便宜,弄不好还鱼死网破酿血案。

那一夜她浑身奇痒难耐,那一夜她泪流满面,身上全是密密麻麻的红包,蚊子吸去了她一碗血。一瓶花露水不抵用,溇得那个皮肤呀,像伤口撒盐。妈哟!又疼又痒,抓得皮破血流,体无完肤。早晨再下地去割菜籽时,没几下,一镰割到自己的手。又是一碗血。

周围没人,想找个人包扎。太阳烤得难受,空气里没一丝风。血和泥和汗水,一起。捏着手,等血凝固。坐在田里。看伤口,很深很长。非要去医务室不可了,可又不想碰见她,庄姐。她会说你是怎么了?就知道我在割菜籽了。这次我一定要自己把事弄完,手割掉也要弄完。菜籽散乱放在垄上,原想割完了捆的,只有让它散了。下到湖边去洗手,湖边全是绿蓊蓊的青蒿,还有辣蓼。湖上的蒲草和芦苇英姿勃发,一浪一浪,成为连天的景色。

她来短信了。她回：我不在村里。伤不说。野猫在叫，嘴上衔着鱼。它们看着她。

何必把自己弄得这么惨呢？她还是拒绝，这不符合她心中的想象。细细想来，有羞耻感。肯定会到来的东西她畏惧，不安。直觉告诉她对方已经有僭越之心。这不是好玩的。幸福是她想要的，但幸福不应是从这里得到的。只有再次成为一个人，一个孤立无援的人，会保险一些。这个不怕，因为坚持，所以无助。人的无助是自己造成的。但她素来想证明她一个人是完全行的，做任何事。从小她就是一个人。永远她也是一个人。她脱下一只袜子来包手，她去别人田里找到了给人脱粒的师傅，谈好价，都是一样的，一个价，一百元一亩，但小工你自己做。一百元给你脱了，包括那些没割完的，你得找个人打杂和挑回去啊。师傅很好。她说我手割伤了，问师傅你是怎么脱粒的，师傅说总有办法的，我把滚筒间隙调大一点就成，换了四块磨板。这滚筒是割谷的，这你就不用问了，人家都是这么脱的，给你脱净就行了。活人还能叫尿憋死。一百就一百，打杂的下手到哪儿请呢？有人就说请马瞟子的爹。马瞟子不孝，不给爹妈钱，他爹妈自己也不愿吃马瞟子的。马老倌是个好人，说香儿你这点菜籽几担就完了，事我干，你不管了。今年油菜减产，一亩三百斤就不错了。你给我三五十块钱就行了，随你。马老倌来了，机器也开来了，田里很热闹。还是拿马老倌与他儿子马瞟子的年龄开玩笑，特别是那些嫂子们。说马爹，你生村长时长毛没？你老婆那时只怕还没妈子（乳房）哩。马老倌说，老子的卵毛比你们头发少么？他妈没妈子未必迎财是吃屎长大的？几个大嫂不信，就要脱他裤子看个究竟。说时迟那时快，几个大嫂一拥而上，按着马老倌要褪他裤子。马老倌知道这些女人的厉害，拔腿便跑，几个大嫂追。砍了菜籽的田里菜籽桩像战场上的竹桩阵，看着都吓人。马老倌就往坟岗跑，几个大嫂紧追不舍，硬是把马老倌摁在一个坟堆上给挎下裤子，在他裆里抹泥巴。马老倌一点也不气恼，站在坟顶上，晃荡着被稀泥糊得稀烂的老屌做性交状说，老子搞死你们！老子搞死你们！大嫂们的笑谑声、脱粒机声，组成了丰收的交响曲。

可在香儿面前，马老倌老老实实，也不像他花大虫儿子。手肿了，生疼，加上不停地背抬使力，手伤绷得更开。

装菜籽的蛇皮袋子终于码进堂屋里，象征一个季节过去了。天全黑了，她给牛喂了草料，不想吃，牛栏屋里的粪也堆成了山，蚊子更加疯狂，发出轰炸机一样的声音。这时节，牛应该在野外吃青草，可一个人腾不出时间，牛不能在野外没人照看。若真是牛不见了，这点菜籽抵不到一只牛腿。三友这狗日的回来会跟我闹翻天的。没他的消息，电话那头总是一个女声说电话欠费。也不见他打个电话回来。见到有人从城里回，说看到过三友，不晓得他赚钱没有，反正在城里浪荡。如今你又没技术又没本钱，你能赤手空拳在城里发财？还不是个苦力。苦力不一定有人要呢。

黑夜太黑。她泡方便面吃，袋子还要两手撕，只有用口咬。疼痛加上那蚊子咬的大包小疙瘩的痒，让人烦躁和绝望。痒，每一寸肌肤的痒是旷世的灾难，无法忍受。让身子泡凉水。面的味道也像嚼蜡，吃在口里像吃草绳子。儿子明天要回来，要做饭给他吃，还要给他洗衣。这手咋办？去找王医生，晚上可以不碰见她。可这时候她的电话偏打来了。是她。心里是在期待吧。等着她的音讯。这时候电话铃声是最好的东西，谁的都可以，只要有声音，那是对她来的，这世界有人没忘记她。不过最烦的是那些对你有侮辱之嫌的垃圾短信和行骗短信与电话。什么电话欠费、你在哪里消费欠款、贷款买黑枪、砸金蛋，还有陌生电话一响就挂，你一回过去，你的几十元话费就没了。这些你若是信了，你会被骗得裤子都没得穿。只有不信。对这一切，不信。久而久

081

之,对世界就不信了,这个世界也就完了。世界被世界所有的人抛弃了。

她说明天给她请脱菜籽的人。香儿说已经脱了。她在电话那头不出声,只是"噢"了一下。想再听她讲什么,没了,通话已经结束。她期待她的电话。可接时冷漠如冰。也许内心里不想这样,可嘴里出来就这样了。是这样一个人,有时让人琢磨不定。性格内向吧,从小形成的。内心和表达是分开的。她来了。她知道她会来。她跑得热汗涔涔,进门就是一顿猛叱:哎,你真有能耐啊!你这个人是咋的?怕我占了你什么便宜不是?说好了的,不让我请人你就先通个气儿,不吭不声地你这是怎么啦?你有什么了不起哟?你说你这样对待我公不公平?我是一片好心,未必你的心不是肉长的?你这个人怎么这样呢?你真的太让人失望了,很让人伤心你晓得吧?……你这手,你这是活该!你手割断了也是活该!你这身红包是在哪个男人床上滚了的得了什么性病啊?……

香儿哭了起来。她不想说话。她气得哭了。她哭了那个人才高兴。那个人还在那儿生气,气极,胖胖的脸上红白奔流。她给她带来了酱萝卜皮儿。她重重地放在桌上,看着那堆码得很好的菜籽。她没管香儿的哭泣,或者看她哭了她嘴里才住了疯狂的数落,但嘴依然在颤抖。

我不要你!我不要你!我不要你!她在心里说。这人很陌生。这人发这么大脾气。冲她来干什么?我只是不想让你帮忙。不想太近,不想……她的内心反抗。可她说不出来。她只是在哭,抽泣。

算了,算了。你看你的手,唉!你这身上,明明一股浓重的花露水气味。是蚊子咬的她不知道?没告诉她。香儿是被她拉拽着去村医务室的,她不想去,她强扯着她。

一路上只有伤心。黑暗太重,路不平,村子太死,没碰着人。只有她俩静得死人地行走。没有话。

王医生一眼就看到了她身上脸上,说你这是怎么了,是过敏还是中毒?蚊子咬了?不信。你看你抓得鲜血直流的,是不是农药过敏?哈哈哈哈……王医生笑岔了气,笑死过去了。笑得像鸡捏了脖子。庄姐说,您郎嘎喝了笑婆婆汤?你还活着呀!王医生说她。这是什么意思?王医生仔细清洗她的伤口。她说,您郎嘎笑我什么咧?庄姐也火了,说,是像您郎嘎这么笑的?王医生说,总有想笑的。哎呀,我说了吧,还不是村长说的!庄姐想听,香儿却不安,一定是与她有关的。莫非那天晚上的事马瞟子添油加醋乱讲了?果不其然。王医生说你呀你,说你洗澡不关门,他故意整你开你的玩笑,故意不走,让你躲在牛栏屋里,差点没让蚊子把你抬走。噼噼啪啪打蚊子他咋没听见呢……

不讲了,不讲了!香儿阻拦说。可庄姐非要问这是怎么回事。香儿不说。王医生说,没有什么事,马瞟子村长开个邪皮玩笑。"太不是个人了!"庄姐后来骂,"还是村长哩,就是个流氓地痞,一肚子坏水。"

"怎不是?别跟他当真的,是那种人,稀泥巴扶不上墙。也不是个蛮坏的人,还是个英雄,跟奥巴马一样要得萝卜奖哩。为啥呢?我给你们说个他的英雄事迹。刚听打针的东富讲的。他爹用牛拖石磙碾菜籽,村长去帮忙,牛爱拉屎尿,可不能拉在菜籽里。村长就提个桶子准备随时去接的,只要牛一撅尾桶就要上去。可走了两圈牛没拉,村长觉着桶重了,就放下了,再赶牛碾,这时候,牛却突然撅起尾来,去拿桶又来不及了,村长为了保护人民群众的粮油财产不受损失,手疾眼快,把那沙牛(母牛)的阴部用手捏住,可捏不住,由于压力太大,那尿喷出来,正中村长的头脸,臊了一身。这事他没宣扬,是他老婆说出来的。说老马身为村长，应该和美国的奥巴马总统一样得萝卜奖的，说老马为了保护人民财产，双手捏牛屎，奋不顾身冲向前……嘎嘎嘎……"

"你说是这样吗？你说话。"
"……你说是哪样？"
"你终于说了，你为什么不关门？"
"我不知道。"
"你躲得快哈。"
"我没躲。"
"可你在牛栏里。"

洗澡。用药，用艾蒿洗澡，止痒的。庄姐烧了水、和好药，尴尬地站在一旁。香儿说，你回去吧。有月光。有狗在叫。有很凉爽的风。蚊香烟雾袅袅。空气很干净，没有蚊虫飞舞。很安静的夜晚。你回去吧。她又说。

"你的手不能洗。""我能洗。""你不要我了？你真能啊。你的手是不能沾水的。""我能。总能的。""你给我脱衣裳。""你回去。""请你听话。"

她只能像个小孩子任由她摆弄了。在她的面前她就是一个小伢子。她叫她鬼崽子，可现在没叫。脱她的衣裳。她挣扎了几下还是顺从了，或者根本没挣扎。她举着伤手，像投降一样的。艾蒿水的气味香且润，一股清苦的香，浓郁密布的香，苦草的香。"我来，你给我拧袄子就行了。""你老实地坐进去。"不过朦胧的夜色让人有较好的隐藏，使情况变得较为缓和。况且她的伤手的确不能沾水，也使不上力。她还是个孩子。她真让她洗。羞涩让黑夜掩饰，黑暗有大胆的行动。打药皂，也是在王医生那儿开的。打农药治虫的洗手也要药皂。就像一个母亲为自己的孩子洗澡。没说话。她的手和着滑腻的肥皂沫在她身上揉搓，抓挠。

很舒服，想起小时候夏天傍晚的母亲。热气蒸腾，药香与皂香。那双极像母亲的手，知道孩子身上每一寸的需求。每一个暗处需要的爱。

"哈哈，这下你的皮肤像癞蛤蟆了，太美了！"她奋力洗，奋力说。全身是疙瘩。她说得对。她很有力，有包的那儿停留多一些，多抓几下。胸部，或者私处。"你要多泡泡包才会消的。现在你坐盆里不动，至少半个小时，让药渗进去，才会消毒止痒的。她吐出一口气，累了，伸起腰，汗水滴到她头上。"我能洗洗么？"没等香儿回答，她就去接水了，一桶凉水，呼呼啦啦往自己身上浇。再脱衣。看不见她的身子。再去接水，再一桶，过来把袄子给了香儿那只好手上，命令："换手抠背，帮我擂擂。"她只好坐在药水盆里帮她擂。她胸前背后指挥着，还不时发出夸张的呻吟，好好好好。她自己擦净了身上的水，要她别动。进屋去拿来了一条线毯，将香儿一裹，从澡盆里水淋淋抱起来就走。她的力气真大，三两步已把她丢到床上，又三两下给她擦净了身子。再等薄被盖来，两个人已在一床被子底下了……

那是两个肉体纠缠的生命。没有灯。肌肤的亲昵就像是磁铁。什么都有可能，就像两条在月光野湖里嬉戏的鱼。抚摸和舔吻是她们唯一的瞬间。她抠捣她。她长长的手指也抠捣她。她是什么时候将自己打开？什么时候从对方的舌头上汲取到一缕稻花的香味？她什么时候开始堕落和被淹没，失去了自己？她为什么需要？为什么在叹息中呻吟？她什么时候开始有了冲向云端的体验？灵魂腾起来，长上翅膀……噢，那战栗的身体为何像土地的墒，已经酥了，被蹂躏的肢体，迸溅的汁液……身体的暗泉被谁凶狠地凿开了……可以死去，可以抛弃。幸福的极致是死，死的极致是幸福……是一次深深的自戕自毁？一次被自己默许和怂恿的强暴？什么都给她了。什么都不留下。猝不及防的她，把过去阴暗的生活丢了。她的呼吸在进行垂死的挣扎和战斗。到处是爆炸和侵犯,交融和呐喊。黑夜属于勇敢的幽灵。湖水在咆哮。牛发出一声一声的长哞。

她像一摊水一样瘫软在床上。

阳光是昨日的。人不是了。在挥霍中体验第二个青春和生命的感受。

短信铃声。两个字:老婆。

她似乎病了。手很痛,因为那种疯狂一定波及伤手,伤手惨遭株连。

"爱与不爱,也就一夜。"她的短信。什么意思?

"也许我错了。"短信。

她都没回。香儿。甚至不想动一下。

野蜂嗡嗡地在墙上打洞。牛已系在后面塘里困水,能听见它鼻子的喷水声,也能从窗口瞅到。鸡生蛋了,咯咯嗒,咯咯嗒。脑子里水洗过一样空白。空。突然想起"龙阳之癖"的说法,是村里过去说男人们鸡奸的事。这事呢?昨夜的?……

疯狂得不是地方,不是对象……

庄姐给她把乌子接回来了,让乌子在她家吃了饭,还带了一碗饭来。没说什么。乌子说,妈你手是怎么了?她说是砍菜籽伤了。庄姐给乌子烧水洗澡,还要帮她洗衣。乌子很乖,不问他爸三友,只当没他了。衣洗了,晾了。给她打了一盆水在床前。屋子全收拾了。她做这些时有点异样和沉闷,仿佛做错过什么。

她坐在堂屋里给她发短信:"请你高兴一点。洗了脸吃点。"

她说:"我走了。"她被升起的夜雾卷走了。她带上门时给乌子打了个招呼,说明天还是去她那儿吃饭。乌子点点头。夜晚像懒洋洋的草垛发出窸窣声。田野空豁,传来鸦的孤叫。乌子什么也不知道,打着成人的粗嚯却在厕所喊,拿纸来哟妈,芝华幺幺的酢鱼好好吃!这伢!拉屎还说吃。一定是很好吃。胀出的屎!

难受的感觉和不适被这一切稀释了,罪恶感也稀释了,被她的再次到来和孩子的声音、身影。生活也许就是这种常态。性也罢,情谊也罢,就是这个玩意儿。要也不是罪孽,不要也不是伟大。可以要,可以不要。无所谓的,一切就这么回事儿。不要太在乎。既然来了,就认了。我拒绝过无数的心怀叵测的男人,可眼前的这位却无法拒绝,这也许是一种天意吧。否则怎么解释?解释不通。只能说,这是一种天意和缘。

昏昏沉沉。这样的夜晚,身体的舒适度为一百。蛙声浩荡,芦苇噼里啪啦爆着芽儿。荷叶拍打着水面往上蹿。夜风飞翔如鼓。田野像个大蜜罐。

一个周末的上午。

本来准备下田的。先把牛牵出来吃露水草,却见一个人鬼样地从她篱笆的丝瓜架子后头蹿出来,把她吓了一大跳。定眼看清,是牛垃子这狗日的。"人吓人,吓掉魂,你个砍头的未必不晓得?""香儿哟,可把你等来了。""等人也不是这么等的,晓得你这个鬼在这里想么子歪主意。做人不好,做鬼吓人。"

这家伙还真不要脸,丢下蛇皮袋就一把箍住她,就翘起臭哄哄的嘴要亲。天底下还真没见过这么不要脸的人,三番五次让人难受哩。骨楞楞的脸,嘴巴乌肿,就是个没进化的大猩猩。腿又短了,化纤衣裳沾一层野猫毛,浑身是臭鱼烂虾的味道。恶觫八代人。

"装哩!"他说。

"三友在。"她说。

"在个鬼，以为我不晓得，三友在马村长敢把你抵在牛栏屋喂蚊子？光身子打得啪啪响的 。"

"你嚼蛆哟！"

"嘿嘿，村里哪个不晓得，三岁伢都晓得 。"

"你放屁！"

"好香 。香儿哩 。"

"喂蚊子又没跟人睡，不丑 。"

"那是 。香儿，人是要讲感情要接触，我知道的 。我真心爱你，不是村长瞎鸡巴乱搞，是个洞就戳 。我是当真的 。今日跟我一起去城里看电影好啵？我给你买珍珠奶茶喝 。3D电影，立体的，都说好看哩，跟真的一样哩 。"

跟这样的货去看电影？人也不能这样无耻 。"我跟你看电影还不如在家看癞蛤蟆 。"口里这么说心里在想：他在咱屋后鬼鬼祟祟做什么呢？

挣脱了他的手臂，就听见嘶啦一声，一件T恤就给生生撕破了，那只抓野猫的手就被愤怒的她反掷到树干上 。这回有力 。牛垃子痛得哇哇叫，甩着手说，香儿你绝情呀！

"赔我的衣服！"她大吼 。不知今天哪里来的底气 。

"英雄啊！"他说 。悻悻走了 。

牛也很生气，不吃草 。眼还红红的，憎恨着谁 。她说，牛啊，牛垃子欺负我你也恨？你要吃草，有角去抵他个王八日的 。摸摸牛身子，烫得很 。怕不是病了？牛嘴角还流着涎，拉出它的舌头，几个地方溃烂了 。村里人医兽医都是王医生 。去问，说是缺维生素B，一块四给她一瓶要她掺在草料里，还加了退烧药 。人药兽药一般样 。

前两天有人就给她说秧田要撒肥了，秧苗有点黄 。她去看，天，全是黄的，头都垂下了 。再一细看，秧梗上密密麻麻爬满了小螺蛳。好恶心啦,见过稻飞虱二化螟三化螟叶枯病,没见过这种螺蛳病啊。她是背着喷雾器去的,准备打点"一扫光"除草,再加点尿素。赶忙问另一块田的人,说是要用"灭螺灵",还要请鸭佬,放鸭子来吃。

太阳似火,到哪儿找鸭佬?她沿着湖边去找,人没一个,鸭没一只,却见到野猫沟腾起一股烟雾。走近一看,又是牛垃子一伙,在那儿熏野猫。一个说,我的乔子(情人)来了!一个说,村里最漂亮的小嫂子,你开洋荤!说乔子的那人比牛垃子年纪大,一看就是在牢里熏陶过的,头发稀少,眼睛暴寒,手折草棍,鼻子直喷。

"啊喵!慰劳咱们的。"

"牛垃子,有放鸭的么?"她问。

"哪里有鸭,只有鸡。"三人哈哈大笑起来。

突然其中两个人拔腿便跑。香儿一愣,又看到那两人的前面有一只野猫。野猫黑箭一样地飞跑,那两个人也有跑功,紧追不舍,一下就到了芦苇深处。那些芦苇长势很猛。香儿赶紧也跑开了。不远的水田里有人劳作。

这天晚上,她把乌子弄睡了,自己也睡了。到了半夜,听到一些奇怪的声音,敲打声,拆墙声。以为是梦,分明惊醒的。没有月色,云彩很厚,风有些高,气氛不是很好。她感到敲打的声音就在自己屋前屋后,立马就想到牛栏屋。偷牛的?!既不是敲打我的围墙,也不是撬我的大门——当然,也不排除在梦中我的大门已被拆了,强盗长驱直入。儿子睡在自己房间里,儿子大了,早分床了。儿子该不会有事吧?儿子是我的一切。我所有活着的理由都落实到儿子身上。她因紧张恐惧而喉咙发干发紧。她吃力地睁开眼睛——这对于一个女人是需要勇气的。窗外很暧昧,几乎没有光亮。鸡还没叫,狗也没咬。因为她害怕狗,没养狗。这是让人发疯的时候。好在床头放了一把刀,这很久了。刀很锋利。但真用刀吗?好像很远的事。刀只是安慰心理的。

砖墙的垮塌声,小,但清晰。就是牛栏屋。有挖洞盗牛的!鼓足勇气,拉燃灯,大喊:"哪个!"豁出去了!这一喊,就是箭在弦上了。灯亮了,她也更加孤立无援。去看儿子,儿子好好的,酣睡。带上他的门。看前、后门,也是好的。一把刀,再加上一把镰刀。手刚刚好点。我要砍断你的脖子!一种仇恨油然而生。她冲出后门,两把刀对着天井,对着空空的天井,拉燃灯,全拉开,喊:"杀了你!杀了你!"就是杀,壮胆。果然是牛栏屋,有哗啦啦的声音。她喊:"抓贼!"出口就是声嘶力竭,可邻居家还有两百多米。有一家近点的,早就人去楼空,搬到城里去了。没有回声,死一样寂静,但牛栏屋分明有响动。她把命赌上了,去踹牛栏屋门,一股熟悉的臭味加旷野的气息。墙洞穿了。有光漏出来,牛不见了!她是不顾一切地冲进去的,她要她的牛!她看到牛尾一闪,刚离去,就是那个砸出来的墙洞。"还我的牛!抓强盗啊!抓强盗啊!"这声音绝对是惊天动地的,电筒照见了牛,钻出去,头被一下猛击,从墙外伸出来的家伙,候着的。她还是想看定那袭来的方向和东西,但一下子就没了知觉,就等于死去了。痛感把她锥入地下,让她消失了。

清醒的时候可能起了风,还有几滴雨。这样她醒了。头痛欲裂。终于回想起来那最后消失的自己的喊声,是发自肺腑的,刚刚让胸腔震动过,余音袅袅。睁开眼,还是黑暗,自己没死。黑夜,四野茫茫,她被遗弃在夜的深处。她记起来她倒在哪里,在自家的牛栏屋外头。但是风是野外的风,荒凉无比,仿佛离家很远。想爬起来。这挪动身子咋这么难呢?脚不听使唤。伢还好吧。伢是在家里的。手机在哪里呢?打电话。她想,打、电、话!这个念头很强烈。从意识中凸显出来,牛不见了,也很强烈。很伤心，很空虚。抓扶着一堵墙慢慢起来，腿虚软，但还是要起来。头上脸上有黏糊糊的东西。在黑暗中摸电筒，摸刀。钻进洞子中去，是空了的牛栏。找灯，天井的灯，厕所的灯。"鸟子！"她看见了儿子。她关好后门。儿子爬起来，睡眼红红的，不知发生了什么事。110，110吗？忙音。还是她。这是漫长的等待。是通的！她没关机。只有她。这就是唯一的现实。是施舍也没法。她肯帮我。没有人能帮我。不能让儿子此时出去叫人，这很危险。110通了，噢，睡眼惺忪的女音，野猫湖，几组？……那边有人在值班的，有巡逻的警察，我跟他们联系……等待。牛已走了很远，再追不回来了。庄姐的电话无人接听。等待。海一样袭来的绝望，海一样广大。世上真无助，这种感受常常泛起。没一个朋友和亲人帮助你。孤鸟的叫声像伤口划过夜空。草木是麻木的。湖水发出奇怪的生锈的嘎吱声。到处都是冷冰冰的狞笑，牙齿泛着死尸的白。我要去追！……头突然更疼，钝痛……真的走出去了，要儿子关好门，也拿一把刀。别陪着我，守屋里，有人来的。

一遍一遍地机械地拨。警察呢？走来的众多的脚步声和人声和灯光呢？

凭她使劲想起的模糊印象走进野外。我只要有一口气就跟你们拼了！割你们这些砍脑壳的头！害人精！

"你是……香儿？"

通了。一边走一边拨打。

"你往哪边走的？你在哪儿？你在哪条路上？你说清楚！……"

后来。

"香儿啊，香儿啊。"她把摇摇欲坠的她扶住了，抱在怀里。

也许，因为她给了她某种心中围墙的支撑，她的胆才这么大。

也许真的有一种力量,超越肉体的极限。她醒来,看着她,她的手牵着她的手,传递一种热。"你已经走了三里地,浑身是血,血人了。"她说。医务室里。她望着天花板,有些破烂和灰尘。她是她生命中掖被子的人。她的手像母亲也像父亲。她的眼慈祥深情。

她记得马瞟子也在王医生的后头。还有脸上光溜溜的屁脸所长,也出现在她的眼前。马瞟子眼红彤彤的,估计刚从荆州城熬夜回来。"没生命危险就行。"屁脸所长愤愤不平地质问:"又一头牛飞走了?马村长,你们村净出怪事儿,你们的天上地下吃牛啊?"马瞟子村长说:"所长此言差矣,咱们的天又不是妖怪牛魔王的,吃牛还不吐骨头喽!"屁脸所长说:"你的鸡不会飞,牛却会飞。"马瞟子村长恼了:"所长你不要老是惦记我的几只鸡了,都让领导同志们吃光了。咋不会飞?飞到酒桌上去了。"屁脸所长很尴尬,说:"你那饲料鸡,鸡巴吃头,怕咱想吃的,不是你村里这多烂事儿,请我也不来。"马瞟子村长呵呵笑着说:"酸我哩,所长好口才。至于案子嘛,你们咋一件也没破的?""就是就是呀,你村里就这么尿怪的。鸡不飞,牛飞了。"

王医生张着嘴听他们打嘴仗。庄姐听不下去了,说:"两位领导演二人转不是?"屁脸所长记恨她掀过他的桌子,又找到攻击的对象了:"怎么了?我了解情况不成么?封我的口?"这时马瞟子村长连忙帮所长腔:"庄芝华,又不是你的牛,你热嘴冷口是为么子?你跟香儿玩得紧哩。""那是,落帽桥的,好朋友,你村长管不了人家,咱不互相帮助还有日子活的?"屁脸所长说:"没见哪个死人。"庄姐说:"等死了人你们就高兴了?香儿这下不差一点被打死了吗?非要死到你派出所屋顶上?"这可揭了屁脸所长的老底,让他脸挂不住。眼疾嘴快的马瞟子村长解了围:"哎哟,喂我的鸡大半年一头牛就回来了,香儿我免费赊你鸡,一只保底五块,多别人一块成不?用得着这么激动的。芝华你们两个好,就合伙喂我的鸡,五千只是个什么概念?"香儿惨笑,无力地拿眼看庄姐。庄姐也冷笑:"这一棒还夺出个万元户来了。""堤内损失堤外补嘛。"屁脸所长说。

牛不会像空气一样消失。这个道理都懂。"我要去找我的牛。"她说。不能指望他们。她努力回忆牛是怎么消失的,往哪儿消失的。她找遍了各个角落:邻村、沿湖、十里、二十里,甚至到镇上找杀牛场、问人,闻肉摊的味道——自己的牛有自己熟悉的味道。

身体好了点儿,她来了,说:"老婆,你瘦了。别急,总有办法的。不要怕,三友真敢对你怎样?又不是你卖了的。再说,也不是你一家丢了,又不是你放出去丢的。"香儿说:"你别提他了,我心里有数的。"她说:"你心里有个么数哟,老婆。"

她陪她睡。她给她削苹果。她为秧田治螺害。她望着她,说:"别找了。"

晚上她没动她。她不需要那些。汗加黏液的那些,没这个心思。她知道。也许烦哩。她很紧张,怕她生气。可她不是生她的气,不是。她闭着眼睛,她给她用手指梳理头发,怯怯摸她的脸。"我有一些想法,但现在不能给你说。"她真像老公。"你睡吧。"她睡了,她守在床前。需要她细腻的照料,却想躲避她的靠近。

"你很疲倦。"她说。一觉醒来,她还坐着。"你也睡吧。"她悄悄地过来抱她,她悄悄地亲她。"你头发不能不洗哩。""是有点气味了。"是躲避她。

想拽住牛尾消失的方向,这已经是夏天了,她走到大地的尽头。那就是湖。风起时,蒲草呼啸,芦苇鼓荡,剪子草(慈姑)、水蒿和臭菖蒲则在底层密密麻麻地生长,漫过浅滩。接上岸边的辣蓼与青草。牛在青草中吃啃,蓑羽鹭站在它的背上。可她的牛没有这么安详有趣的景色了。一只傻傻的牛犊子,在一个傻傻的放牛伢手里,紧拽着不放,生怕被人牵走。一个傻小子也能保两头牛。……那天晚上,我并没有偷欢……她突然很羞愧自责。

我应该听马瞟子的,喂鸡?五块,人话鬼话?不知怎么就踅到他的养鸡场。马瞟子像看见什么似的,喜得跳将起来。"香儿香儿,倒茶给香儿!香儿你来了。"这"香儿香儿"喊得肉团团的。马瞟子在孵化场给小鸡儿分公母——这是他的绝活。瞟眼就这个厉害。他正用伟大的瞟眼看鸡,看到了香儿。她是第一次进这个地方,怕。三友在时是不让来的。马瞟子孵鸡不是用母鸡,是用电。蛋进去,鸡出来,一堆堆的小生命像玩具,这些小鸡毛茸茸的,叽叽吱吱。自己是怎么进来的都忘了。不是有求于他,他这么想就错了。人可以过一种不求人的生活。老话叫"人不求人一般高"。这个讨厌的马瞟子抱一些雏鸡儿也是蛮可爱的。如果第一次在这里与马瞟子相遇,极有可能对他产生好感,连城里认钱不认人的按摩小姐也会爱上他,不在乎他眼多瞟。鸡与人,是一幅醉人的画,可以叫《春天的养鸡场》《雏鸡与老农》《孵小鸡的男人》等等。"香儿,你的护花使者呢?"他说。"不要跟我有一种受苦感,"他说,"你究竟是来了,这就好。浪子回头金不换。不要跟那个庄胖子搅在一起。她是什么,你是什么?"……这话让她突然很愤怒。"不许你说她的坏话。你这种人没有权利说她!"

"给吴香儿点两千只鸡!"

"我不是来要鸡的。"

"你要什么?"

"要牛。"

他看着她,有点说不清楚的男人的冤屈和无辜。双手捧着两只雏鸡。鸡是电孵的,有电的味道,不真实。奶声奶气也不真实,没有母鸡带小鸡,鸡是从机器里蹦出来的,叫得不真实,像是机器的叫声,里面有干电池。她的凶相让他不敢相信。神经?牛不见了就犯神经,疯了?

"香儿,你让我很突然哩。你这是……"

"就是要牛。你是村长。我要牛。"她再一次咬着字说。

"牛?我听错了吧,我眼花了吧?香儿,你这脾气。我又没欺负你……"

她心里想笑。她出来了。

田野上的风一扫,鸡场的那种电加鸡粪的气味就没了,心就开了。终于放下了一个心事,不再犹豫。这是很好的哩。不许别人说她。

庄姐给她买来了一件牛仔裤,两尺的腰,很好。黑色的,磨得很好,屁股和两膝是白的。没给她说鸡场的事。气死了马瞟子,她好快活。

晚上两个人煎了一条大鲤鱼。大鲤鱼是庄姐提来的,说是在香儿水田的流水口捉的,去帮她看田,水有点堵,去疏通,原来是条鱼卡在那儿,就用柳条穿了回来。吃了鱼,她说,你跟我走。这样就把香儿带到了湖边。

她从蒲草里牵出一条船来。香儿知道她老公在世时打过鱼,她也打过鱼。以为她是带她下湖捕鱼逗她开心的,或是捕了鱼帮她去买牛犊子的。要她上船,不说话。水打船舷,哗啦哗啦。解缆,她划。有船棚,还有被子哩。这是干什么?

这是夜晚的菰蒲深处,这有点儿神秘恐惧,这像是搞坏事儿。星空广大,湖上黑魆魆的,仿佛临战的前夜,风生水起,虫蛇嘀咕,蛙声轰鸣,鱼乱跳,野猫乱跑,呜呜叽叽。夜晚有浓郁水草的腥气，湖的腥味。空气轻飘飘的，水鸟嗖地衔着什么跑了，有鬼一样。"什么眼珠绿莹莹，什么影子黑压压，"她说，"你也不消怕的，我跟你守贼。""守责？""守贼，强——盗。"她说。"什么守贼？守强盗？水里有强盗？""大鱼。"她说。"大鲤鱼？刚才吃的大鲤鱼？""你给我好好地在舱里待着。"香儿就下了舱，躲在舱口，看她搞什么板眼。

"我们准备十天，风雨无阻，不信弄不出个水落石出。敢么？"她说。

有一个蒿排飘过来了。

像一群人。一群匪兵，潜水而来的。

喵呜……有猫。

这可是要吓死人的。蒿排是湖上蒿草多年腐烂之后形成的一个个小浮岛，随风漂浮在湖上，并且长出青草和植物。有的会结出一个个大南瓜。几只野猫蹲在上面，像土匪。眼睛绿光闪闪，像鬼火。突然一声惨绝人寰的嘶叫，蒿排上的一只水老鼠被野猫逮住了。这叫声太恐怖，就是杀人。她身上起鸡皮疙瘩。她来抱住她说，别怕，老婆。小声。让它们吃去，老鼠。水还是水。船没有晃荡，像搁在玻璃上一样。

"我们看着岸上。"她说。

像两个侦察兵。

这真是很刺激哩。

"老婆，你还怕吗？"

她喊惯了，她也听惯了。她没有喊过她老公，虽然对方很想。

在水面上谛听。天空向更黑的地方滑去，更黑的地方却潜上来一些红光，映照在水面上。蒲草的影子像城墙，它们的倒影像往下围着的茅篱。或者另有一个天空，是向水底延伸的。这样看时，天空就在脚下了，人和船就浮在空中了，快掉下去了。天空深不见底。

我们为什么潜伏在这里？跟着她天不怕地不怕似的，什么都可以做，就像小时候跟着大胆的男伢们晚上去蹚坟山。

她终于说了，她说，牛是会水的，屁脸所长不知道。她说她从小放牛，牛能游很远的水。牛一定是从湖里走掉的，不是从旱路走的。她有点明白了。真是这样啊？这很令人期待。

第二夜。两个人成了水中嬉戏的仙子。很好玩。两个脱掉了这世界和衣裳的女人，在杳无人迹的湖上尽情。两个湖区的女人，会水的女人，多年没玩过水了。在湖区，十多岁的女孩就再不能玩水了，一直到老。水是属于小伢和男人们的。"你下来。"她给她说，她命令她。"有一条小蛇！"是有一条小蛇，划着水迹游来。不过那是水蛇，无毒的。水里的蛇都无毒。等蛇游过去了，她扯她下水。手已经差不多好了。湖里的水并不深。但是夜晚的水是令人恐惧的，在她的身边没有什么恐惧，童真仿佛飘来了，一个小小的孩子，两个小小的孩子。打水仗。水很亲切。水有点微凉，但风很爽。两个人在水里追逐，是水妖。互相抱着，然后她说，看那边。小小的压低的声音，两个人扒着船舷。她的嘴寻找她的嘴。湖水的腥味交融在一起，奋力的吮吸像是撕咬。她的乳房被她咬疼了，那种被摧残的快乐的疼……咬吧，被她翻来覆去地吞吐，她甚至埋下水去，舔舐她胸前的每一寸地方。她把她抱上了船。"你园子里的……"庄姐这样说。是什么，是什么进入她的体内？黄瓜。圆润光滑的本地黄瓜，小巧的，也是凶猛的。……别进……别这样……她摊在船板上……稻子扬花的古老香气再一次降临湖面，覆盖了她们……浑圆的朗月安卧在舷边，菰蒲摇荡的夜潮像箫声。她一次一次地被送上云端，从未有过的快感排山倒海而来……最深的忧郁和孤寂都给挖了出来，抛向雾霭中……她消失了自己。对方的想象力和行动都是爆炸性的，一个接着一个。"你说一个话看看老婆,你说下老婆!……"总是沉默的她终于开口了:"你……吃了我吧……啊……"

早晨她们在阳光中蜷缩在船舱。然后醒来,然后她们各自回去。晚上她们悄悄聚集。

第五个夜晚。

她们终于看到了这样的奇景:一条牛从月光深处走来,从滩头下到湖中,向湖对岸游去。牛在前面犁着水,浮鼻喷喷有声,两个人牵着牛尾,牛与人一条直线,一起速速地游向对岸……

派出所这一次为宣传他们侦破奇案的政绩可下了功夫,大张旗鼓地在镇上开庆功会。请来了县里市里的局领导和记者,说是要先行赔付丢牛户一人两千二百元,每个户主上台去,发给他们一人一个大红牌子,上写着:人民币 2200 元。屁脸所长喜笑颜开,上蹿下跳,说再追缴了赃款就赔大家一千五百元。就是一个牌子,没有见到钱。完了也就完了。报纸登很大的场面,屁脸所长的照片是特写,牛垃子等几个偷牛贼的照片是戴着铐子,还有一堆牛角的照片;他们利用牛会水的特性,随牛一起泅渡到湖心的一个荒畜场上,在那儿宰杀后,将牛肉偷偷运到荆州城批发出售。在那个湖心的荒畜场里,挖出了几十支牛角和一堆牛绳。香儿找到了自己家的牛绳。报纸上说"根据群众举报",一句话抹杀了庄芝华的功劳。她可不在乎,给香儿说,老婆,我给你把牛找回来就行了,哈哈。

谷子收割的日子。

她接到哥哥的电话,说嫂子走了。她匆匆收拾好东西,再背了三十斤新米。庄芝华陪她去的。等于两个人都回了趟娘家。庄芝华帮她背米。车到了落帽桥镇上两个人分手。

嫂子已经萎缩成一个小小的东西,不能叫人。人的最后不应该是这么惨的。这个"东西"曾爱财如命,曾心地狠毒,曾勤扒苦做、节衣缩食,曾追求幸福、养儿育女,最后竟这么快走了,什么都没有享受。我有什么吗?她在嫂子的灵前想,我体验过,那有罪的幸福,偷偷的快乐。当它毫不戒备地到来时,我竟在内心里欢呼且尽情接受。这种生活是否有足够的理由和支撑?幸福是一种假象,也许吧。它击打内心的力量却又是真实的。它胜过一切,让我变得自信、知足和强大。从孱弱中走出来,是美丽健康坚定的女人。

她甚至想急切地见到她。再见到她时,香儿哭了。她趴在她怀里,竟哭得山崩地裂。"你怎么了?"她吻她的泪,吻她咸湿的嘴唇,"香、香、香儿,鬼崽子,老婆,我的好老婆。你不要伤心,人死是不能复生的。""我不是为嫂子哭,为我,为自己。""你怎么啦?""没什么,哭哭就好了。你爱我吗?""爱。向毛爹爹发誓,爱你,老婆。……你呢?你爱我吗,香?""爱。""爱我什么?我不配你。一个老胖呆姐儿……""你人好。我爱的是你这个人,不在乎你是男是女……""你这个俏姑娘啊,算是开口讲了句真话。""可我心里有数的……""我以为,你讨厌我的。""不,我需要……"她瘫软在她怀里,任由她拥吻。"我也要……"庄芝华说。

她们的生活就这么持续着。她甚至忘了三友,还有个三友。可是在一个黄尘弥漫的傍晚,一个灰头土脸的男人出现在她面前。那是个风大如魔的深秋,棉花都摘了,又开始种油菜了,湖里的蒲草枯黄了,芦苇白发满头,大地落叶飘飘。三友像个陌生的乞丐走进门来,让她吃了一惊。

"香儿,香儿。好好的棉花啊。"门口正晒着温暖的棉花,男人回来了。他衣冠不整,他满头风尘,他胡子拉碴,他左提蛇皮袋,右提一只狗胯。狗胯没了水分,肉是鲜的。狗爪子上有黑毛。

"嘿嘿,我回来了,"他说,扬起狗胯,"在镇上刘大奶的摊子上买的。"

没有钱回来,一脸的歉疚,剁狗,做饭。她呆木在那儿。他没问米是怎么来的呢?新米,油闪闪的新米。有姜吗?有蒜吗?有芫荽吗?想吃自家菜园里的芫荽烹狗肉。乌子还好吧,成绩呢?……一大堆问题。

赶快到后面菜园里给她发个短信:"三友回来了。"她说晚上她要来的。差不多总会来。她回:"知道了,老婆。"

"怎么办?"她发信问。

还没等回信,三友喊:"香儿,黄瓜放床头柜上是做啥哩?老黄瓜煮泥鳅的么?"

狗肉已闻到一股异味。她的嗅觉很灵敏的。毒的。

心很乱。不停地看手机屏。已经调到静音了。

野猫湖的狗肉你还敢吃?吹管吹的。吹管你知道吗?偷牛的你知道吗?心里在告诉他。要告诉他!他是无辜的。可谁知道他在城里干了什么坏事!给家里一个电话都没有,伢也等于没有……

要她出去买生姜,她就这么去了。去村头买。短信来了:"没怎么办,凉拌。过你的吧,老婆。我还有儿子哩,别担心我。"

却走到了田野。田野一望无际。收割后的田野显得无比疲惫,甚至满目疮痍。棉梗被人扒去了棉花,剩下骨头。水田的谷茬子全烧了,一片哭泣的黑色。几只鸟在斑驳的犁沟里啼叫、蹦跳。一棵野苎麻上开满的黄花全蒙上灰土。风在老去的丝瓜上啰唆。

一个流浪汉出现在她面前,他一手拿着一只刺猬,另一只手上拿着个铁锤,估计是哪个工地上跑出来的。"大姐。"他说。他说这只刺猬是他在路上捡的,想交给村长。他说刺猬是个孤儿，他把它送到福利院，福利院不收，说它没抚恤金。"孤儿没人管。他们那么多福利彩票赚的钱做什么去了？我都买了好几千块的。"他说，"我要把它交给村长管。"那只刺猬委实可爱，年轻的流浪汉讲外地口音。太可爱了，这只刺猬，可他手上拿着锤子。

"你把刺猬放到地上，我交给村长。"她说。

那个人就把刺猬轻轻地放到地上了。

"你走吧。"

那人衣裳单薄。风很大。

刺猬一动未动。等那人走了，她上前把刺猬拿起来，捧到手上。

让三友吃刺猬，换吃狗肉。那狗肉分明有毒！

她赶紧回去，要告诉他，换下那些狗肉。可是推开门已经闻到了狗肉在辣椒中烹煮的香味。

"给我洗酒杯。"他说。

"嫂子死了。"她想告诉他。她手上是那只刺猬，乖乖地缩做一团，好像所有的刺都变成了小鸡的茸毛，太可爱了。

"你不能吃，"她的心里说，"你吃这个。"可她机械地去洗杯子。他吃饱了，就要折磨我的，硬硬地折磨我。只知道把我压在下面，像按住一个过去的五类分子。

"那是什么呀？"

那只刺猬在案板上。他明知故问。

"你别吃！"她心里说，心里伸出了一万只手，去抓他的筷子。

"你是咋的啦，香儿？你病了？"

"你知道吹管吗？"她说。她大声说。她终于大声地说了。

"你说什么？"筷子停在了空中。

"狗都是毒吹管吹死的哩,你不晓得?牛你没问哩?"

"牛在外吃草。"

"牛被人偷走了,派出所赔的钱还没到位。"

"噢?他们还赔的?"

"狗肉不要吃!"她吼,"你吃新米饭。"他到这时还没问这米是哪儿来的,谁种的,谁收的,饭这么香,可不是陈米。他不关心了吗?我们,他都不关心。

"咦?你是看我没带钱回来不高兴哩。一杯酒。再怎么我还是你老公,有个人回来以后不就什么都会有吗?留得青山在,还怕没柴烧。"

"要死的!"

"说我呢,嘿嘿。今日不生你气,我是罪人哩。"他吃了。他一杯酒倾进肚里,抹胡碴,舒气。他满脸苦笑。

他吃。

他吃。她流泪。

"哭啥哩?说了,以后我会在家好好过日子的,从头再来。"

他的脸开始黄了。汗珠儿滚了。肚子痛了。

"哎哟哎哟,妈呀,喝猛了……今天一天没吃东西……"他说。他捂着肚子,说。

她不顾一切地冲上去,把那一锅狗肉掀了。锅翻了,溅到三友的身上,脸上。溅到她的身上,溅到墙上,烫了皮肉烫了心。

"你要烫死咱的,啊?……今日你这大的气哩……"

他开始抽搐,呕吐。城里吃的一些乌七八糟的东西全呕了出来,全是黄色的。"疼……这是咋咧?胃病啊?毒啊?……"

他抱着肚子,绝望地扬手:"香儿,快跟我……去叫王、王……医生……"

他倒在自己的呕吐物里,已经神志不清了。脸上笑着,拉扯着，一会儿是张人脸，一会儿是张狗脸，一会儿是根苦瓜，一会儿是根麻花。

她把他扶坐起来，给他擦身上的秽物。她想把他往床上移。她太娇小了，男人的身子沉。

可她还是把他抱上了床。哪来王医生的电话？他已经面色发紫了，还在呕吐，那种掺和着浓烈酒味和酸味的胃液不停地涌出。他的喉咙里像有什么堵住了。她背不动他。她想背。她没有动力。

一个小时，两个小时……天色暗了。你走吧，她说，你快走吧。她不敢看他了。她拿着袄子，给他擦，想抚平他抽搐变形的脸和从喉咙深处滚出来的呻吟。她用手拽着他，想让他平静下来。他那恶臭滚烫的身体是一团乱麻。他的脑壳子咋这么小？现在突然变得很小了，就像个在潲水缸里泡过的鸡头，发出一股浓酸的味儿，嘴里也发出鸡打嗝的声音。他突然一阵挣扎，手抓住了她。他的手粗糙，搬运城市的高楼。他在人间和地狱中穿梭。他很疲倦。她想给他盖上被子，她拉上被子时，拉过了头，盖住了那张可怕的脸。这样会好一些。呜……呜……呜……他的呼吸混乱急促，一阵一阵发炸，在被子里像个弹簧。她的枕头，她拿过来压在了他的脸上。她捂了一会儿。她实在不想看他那个样子了。那样她也难受。他终于平静了。一切都好了。他睡着了。

他可能死了。

秋风从窗外呼呼地扑进来。湖水鼓荡着发出怒吼。月亮像一张薄薄的纸在东摇西晃。满天的芦花开始飘飞，钻进窗，布满在屋子里。她坐下来喘一口气。她拨开飞舞的芦花给她发短信："老公，他死了。吃毒狗肉死了。"——这是她第一次叫她老公。

"别开玩笑。"

"他真的死了。"

"快送他去医院！"

"他的确死了。他自己吃的,他自己买的。"
"你再说昏话!"
"他死了。"
"你应该阻止他!"
"来不及了。他死了。我这是为了我们。"
"你想哪儿去了?你这个邪婆娘!"
"他是死了。"

刺猬还在那儿,在案板上,一动不动。她守着他,等待着谁能到来。

争渡，争渡

> 争渡，争渡，惊起一滩鸥鹭。
> ——李清照

一

一个七月的早晨，阳光格外明亮，江面上晃动着一层让人眩晕的波影。这是个渡口，通往县城的渡口。从渡口望去，长江的水就像一头从巫山下来的怪兽，龇牙咧嘴，奔腾着凶猛的躯体，向下游扑去，那气势啊，谁见了都会瑟瑟发抖。特别是大堤，在候渡人的脚下战栗着，江边的野苇被江水拱得左摇右晃，像些发酒疯的人。

没有封渡，大家庆幸。站在渡口的人们，眼巴巴地望着江面，等待县城开过来的船，老甘的船，甘启虎的船。首先是两匹驴叫了，贩驴人在赶县城的早市，杀场那边已经磨刀霍霍，手机响个不停。贩驴人叫三杆子，三杆子在手机里破口大骂道："老子飞过去，啊？老子又不是张果老！"等候驴子的屠夫在江那边给信，说绝没有封渡，渡口没有贴防汛指挥部的告示，而且他听了收音机，水位不升反降，洪峰今日下午才到咱这儿呢。三杆子说："没肉把你自己杀了充驴肉！"如今城里的人好这一口：天上的龙肉，地上的驴肉。县城一百多家餐馆日日爆满，都等待着红烧驴肉、凉拌驴尻。三杆子说："不晓得多杀几匹黄牛充驴肉！苕×！"这时候，船来了，大家看到了那艘歪歪斜斜的船啦。船像醉汉莽撞地在大水的尽头出现了,人群中一阵欢呼。驴却仰天长啸起来,它们是在哭哩,声音异常凄凉,眼里滚出一颗颗黄豆大的泪珠,且是红的,像人血。人们转过头来看着这两匹驴——它们知道自己离死亡越来越近了,县城就是它们生命的终点。

有人就说:"三杆子,作孽哩,这驴哭得这么惨,通人性呀,你就不能干点别的?"三杆子说:"是驴就是一死,是人也是一死,你说我干什么?"没等别人回答,又说,"贩驴不犯法,贩人是死罪,你说我选择哪样?"

船就要到了。那船啊,戴着个艄楼的扁帽,还有一杆半红不红的五星红旗,在阳光下抖抖地飘动。"甘驾长啊,你可真是慢得!""你到发廊里按摩去了?找小姐去了?……"

等船一靠岸,候船的人就高卷起裤腿,踏进稀泥和浅水中朝船上爬去,好占个位置。人流汹涌,老甘在船头差一点被挤下江里。有人真掉下江里了!又爬了起来,浑身湿漉漉的,也没哪个理他。老甘站稳后,两匹驴子就朝他踢了一脚。那一脚踢在他的胫骨上,那个疼哪!胫骨上没肉,硬碰硬的玩意儿。老甘大喊:"三杆子,你今天不要杀啦!"三杆子哪听得到,一片抱怨声、詈骂声,都是对着贩驴人来的。驴还在仰天大哭:"呜呃——呜呃——"红色的泪珠溅到了那块每年丈检核载规定乘员的蓝锡皮牌上,那牌上写得清清楚楚:"涨水:二十五人;枯水:三十人。""莫非……莫非?……"老甘这么敏感地想,驴的红泪是有蹊跷的……他就大喊:"装不得了,下去!下去!都给老子下去!"这水面与舷干只差平齐了,船要沉了。这个地方叫什么?这个地方就叫翻船湾。老甘喊了几十年,沉过一次。可自打他在这儿升了驾长,就没翻沉过。老甘总是这么喊的,吓唬大家,吓唬乡下人。这些乡下人,挑着扛着挽着,筐啊篮啊,横七竖八的扁担啊，攥着破旧的草帽斗笠，还有比炭还黑的毛巾，站的坐的，满满当当至少五六十人。有的爬上了艄楼，有的坐在驾驶室里，有的还吊在两边的废轮胎上，就像玩杂技。

人爆了，驴又在恸哭，一片世界末日景象。

"怪谁呢？"有人说，"怪船不准时！"

"干脆修一座长江大桥就好了！"

"不开！不开！要开你们开，混账透顶，我把舵给你们！"老甘揩着汗，两只眼睛通红，就像里面塞了几个尖辣椒。

这吓不倒人，就算大家是乡下农民，都是常过渡的，知道他是庙里的金刚，不吃人的。

"走吧，开吧，甘驾长！甘爹！甘老师傅！……"那些快中暑的人向他献媚讨好，有的把挑去卖的骚瓜塞到他的怀中。

"赵忠快赚饱了。"他只是这么一下想到，生意越来越好，船却不换。赵忠是他们船业社的社长、书记。船业社就是他的，现在还有个尿组织，他甘启虎都有几年没交党费了。赵忠不收。赵忠只收过渡费，这个渡口被他买下了，船也被他买下了。水手们没钱买这个渡口，反正赵忠是社长书记还是这个渡口的老板，甘启虎过去是职工现在是给赵忠打工的，就是这么。

那就开吧，他甚至想，开翻了算了。不能说翻的，驾船的不能说翻说沉。连筷子也不能说，只能说箸。驾船的只能讲慢，不能讲快（筷），快了就是快完蛋了的意思，祖上的规矩。还不能在船头屙尿哩，可现在驴在船头大屙特屙，臭翻了一船人。

"翻就翻了！翻就翻了！"忌讳是个尿！老甘就是这么把锚拔起了，把船开离了码头。不开又怎么？没人想下去，只要上来了的。只有一两个怕死鬼下去了，自动下去了。有一个在岸上还在喊：

"没看见驴流泪了么？危险呀！畜生是能见到鬼的！"

人们过河去就是要挣几个小钱，赶个早市，谁还怕死？如今没哪个怕死。为了活命，必须争先恐后地前进！

"我们站着不动就是了！"那些英雄的乘客这么保证说。

船进入急流，船在打旋，扳舵的老甘把十二个柄的舵盘子死死地别住，身子像一张弓。两匹驴的尻子对着两个男人的脸，两个男人竟一动不敢动，呆呆地看着江面。江水大得吓人，一些从上游漂下的树枝、草堆也在急流中打着旋。再往不远处看去，有人就惊叫起来：一只鼓胀胀的死猪；还有一个白瘆瘆的人，死尸，男人，四脚朝天，手指白得像茭白，泡烂了。突然水下一个黑乎乎的东西往上一拱，将那死尸拱得掉了个个儿，是匹江猪子，就是江豚，要吃那死尸哩。所有人的眼光都往那儿去，平稳就打破了，船就歪了，舷干舀水了！

"往右边去！往右边去！要死啊！"甘启虎大声喊。那一刻，他可吓傻了。船如果一翻，几十条命就葬身鱼腹，就算他这种水性好的，在这么漫漫的大水中能否逃出还是个疑问呢。

驴叫！人们抓住驴尾，有的抓着驴的脊毛，驴的身坯子大，它们晃了起来，船就摇动了。

"三杆子！把驴看住呀！"

三杆子的汗也在哗哗往下溅，他在想那个上岸的人说畜生见到鬼的话，驴的叫声比被杀了还惨，莫不是看见水中的坛子鬼了？听说这里是有坛子鬼的，鬼在坛子里踩水，到了半夜说话，就像关在坛子里说话一样，瓮声瓮气，若有若无……三杆子一副失魂落魄的样子拽着驴，自己在驴胯里，那老驴的屌条子打着三杆子的头。这时候老驴的屌条子还是硬的，吓硬了！扳舵的老甘看得清清楚楚。手可是不能松啊。他大喊大叫呵斥，人总算平静下来了，靠大家的自然调节把船正过来了。逃过了一段乱水，船就离县城的岸越来越近了，人们看到了希望。

驴哭得更起劲了。驴的葫芦嘴张开，嘴角沾着一层一层的白沫，看着就会恶心，还是什么龙肉！老甘的心烦乱得快要疯掉，只求尽快把船安全送到岸，然后回去，家里躺着个垂死挣扎的人呐！也不知儿子发狗请到代班的康船长没有。这个人也是跟赵忠社长犟着的，不愿为他干事，说自己就是饿死，也不求他（赵忠）的饭吃。但老甘去请，老甘的老婆快死了，让他扳两舵，三两个来回就行了，把钱给他，又不是赵忠给的。老朋友，看着他的面子，这个商量应是打得好的。

船轻轻地靠着了码头——码头没了，水快涨到堤顶上，人们撂下船就到县城。驴却打了一个滑，一条腿跪了下去。三杆子去拉，哪拉得动。驴是不想走，驴是不想进杀场。驴已经欲哭无泪，跪着，就是不走。老甘帮着去蹬驴，驴一动不动。畜生都怕死啊，何况人！

老婆快死了。他就不管那些驴了。抬头看见儿子发狗领着康船长，在卖票的棚子外朝这边看。行了。康船长不愿进棚子，卖票的是赵忠的女儿赵君子，那眼神恨不得发狗和康船长都要买票，是个滴水不漏的售票员，对每一个过路人都不会放过，任何逃票都是不可能的。

"买票呀，买票呀！"

那丫头用尖得不可再尖的嗓子喊叫。可驴的惨叫声把她的声音压住了，就像压在驴身下喘气。驴好不容易被拉到岸上，屠宰场的屠夫张癞子就接过了绳子，他长着三只眼睛。有一只眼睛长在额角上，是只假眼，还有睫毛。驴子见了这三眼屠夫，就往后缩，死也不肯前进半步。缩了几下，蹄子已经退到水里去了，有逃跑的企图。三杆子和屠夫奋力去拉，同时喊老甘，要他搭帮一手。老甘在靠船，三杆子又喊发狗和康船长。几个人就一起来降驴。降了一身泥水，各人得了一支烟。康船长对老甘说：

"老甘，快回去吧，发狗我也不要了。"

康船长过来还塞给了他五十块钱，说是"给妹子买只脚鱼来吃"。老甘不要还不行，那是强迫，就与发狗一起离开了码头。

二

老甘的女儿友珠在给她妈喂凉粉。今天老甘为啥船晚点了呢？他一夜没睡。一夜在医院。老婆欢喜在医院疼得大喊小叫，打了几支杜冷丁才安静下来，早晨的时候，医生对他说：拖回去吧，病人想吃什么给她吃点什么，没几天好活了。就是这样，老甘将老婆从医院拖了回来。老婆欢喜现在躺在床上，已无人相，说兽非兽，说鬼非鬼，病魔把一个人折腾得这么惨，做一辈子人又有什么意思呢？而且还无药医，医生无能为力，花的钱用尺量，所有的亲戚都借遍了，家里的盐罐子都涮干净了，用一穷二白、家徒四壁来形容老甘家是再准确不过。好在还有几个儿女，几个健康的、长相很好的儿女，这就是老甘的全部财产。大女儿早嫁到长沙去了，身边两个，可两个至今也没有工作，今天这里，明天那里，都是临时打工的身份，就靠老甘一个人的工资来生活。家里新添的衣服，无论是内衣还是外衣，都是化纤的。老甘压根儿就没添过新衣，自打老婆患上这个妇科绝症后。

今天，老甘攥着康船长给的五十块钱，很想哭一下。他看着老婆，看着老婆瞪着一双死鱼眼，给她说："康船长送的五十块，要我给你买脚鱼，我这就去买了给你煨汤喝。"

老婆那痛苦的神情哪想喝脚鱼汤，龙肉汤也没有兴趣。她望着地狱，眼里已没有了人间，没有痛苦的人间。人间都不留恋了，还留恋一只脚鱼？！

走到集贸市场，汗衫已经湿透了，街上的人神情也不轻松，都在议论涨水的事,说今晚洪峰是今年最大的一次,不会要倒堤溃口吧?——每当夏日,县城里就有一股惶惶不安的气氛,都是这水闹的。天气热,人心烦,就到了卖脚鱼的摊子。

一问,野生脚鱼两百五十块钱一斤,家养的六十块钱一斤。哪来的野生脚鱼?都是吃化肥激素长大的!管他什么,就挑最便宜的买,也不能把钱全买完,得买包烟抽。就买了一只半斤多的脚鱼。给了钱,提出脚鱼来,想到桑姐那儿坐会儿。上了堤坡,发现塑料袋里的脚鱼咋没动静了,就打开来看。一看,那脚鱼蔫蔫的,用手去拨,还没死,不死不活。这不是我挑的那只啊,莫不是卖脚鱼的做了手脚?

于是转回去找卖脚鱼的理论。卖脚鱼的死活不承认做了手脚。那家伙赤着膊,剃着小平头,脖子上挂一个比狗项圈小不了多少的金项链,也不知真假。那家伙说:"半斤的脚鱼,还做你的手脚,买二十斤看,嗤!"老甘说:"半斤就不是钱吗?你说话咋这么伤人?我选的是个蛮有劲的。"那人说:"热哩。还有气,又不是死了。我出了市场就不认了,晓得你在哪里换了的。"老甘要那人换一只,那人不换。老甘是个船古佬,也是有脾气的,可今天他忍了,心里忍得鼓出个大包,还是忍了。不能跟这个壮他一圈还小他一截的家伙干一架。

老甘提着半死的甲鱼,这就走上了江堤街。这大约是太阳响亮升起来后的十点多钟,狭窄而肮脏的街道旁有一堆人坐在江边吹风看水情,一些人在树荫下斗地主。汛水早就溜进了防浪林,把那些怪头怪脑的柳树狠狠地摁在水里,想把它们摁死。水呢,水窥伺着街道,已上了半坡,往江中走的坡道一半淹在水里。在石岸坍塌的缺凹处,江水哗哗地冲刷着那儿陈年的垃圾和煤灰,几只鸭子和老鼠在那儿争相啃吃着腐烂的西瓜皮,旁若无人。不远处,一些赶在夏天修船的人在高热中为他们的船打着补丁抹着桐油。那些船，无论是五板子、舵笼子、燕子尾、蛾眉豆和长枘铲子船，都将被重新粉刷，闪射着太阳的光芒，也透着一股子再次投入长江浪迹江湖的气概。

老甘迈上桑姐日杂铺的台阶。桑姐的店铺里堆放着乱糟糟的日用杂货。日杂铺的景象就是如此，什么桐油斗笠啦，箩筐筲箕啦，藤器啦，扇子啦，新式节煤炉啦，等等，这些货细看非常齐全，连开水瓶塞子和小漏斗都能找到。南来北往的船只给她捎带来各种当地的日杂，因此江堤街桑姐的日杂铺是两岸农民和居民都爱光顾的地方。

老甘想来给桑姐诉苦，坐坐，这是他的习惯。

老甘见到桑姐，就给她说欢喜拖回了，没法了，给她买了个脚鱼，又忘了买姜。桑姐就赶快从后头拿出了两块姜。老婆欢喜生病这一向，桑姐是打了不少照扶的。她知道他老婆日夜啼号的惨状，放姜在塑料袋里时，看了看那个有气无力的脚鱼，突然说道：

"该不是你家里有什么不干净的东西？"

"什么东西？"

"有没有请个道士看看？"

老甘就明白了，桑姐是迷信，驱鬼或是让道士掰掰，医院不能解决的事，民间的法师说不定能解决的，这也是死马当活马医。

老甘就说：“医院还欠一大坨，哪有钱请道士？”

"你就别管。"

桑姐说了，他也就没什么可说的了。从来都是这样的。桑姐就像欠了他的，欠了他一辈子两辈子。说得不错，一九七九年的那次翻船事件，桑姐就在其间，是老甘把她从水底拖出来的，就是这样，老甘是她的救命恩人，她来世还要报答。当然还不仅仅如此，桑姐全身心地报答，把什么都给了他，把自己的青春乃至一生都准备给他，给这个什么都没有的船工，船古佬，瘦丁丁的男人。女人傻起来，比山旮旯的傻蛋还傻一百倍。

于是这天晚上，老甘的家里就出现了一个手拿木剑、黑袍加身的道士。驱鬼的人本身就像鬼。这鬼样的道士先是将那脚鱼吃了，打着饱嗝，就拿出带来的桃叶煮了锅汤。煮好后用剩下的桃枝沾水挥洒。道士后头，是发狗端着个筛盘。道士点燃一个火把，又从筛盘上抓起早就炒好的火面，朝火把上撒去，火面"呼"地燃烧，就像焰火。这道士手举火把，将屋里的旮旮旯旯、床底桌下烧了个遍，口里念念有词："天煞地煞，天煞归天，地煞归地，年煞月煞日煞共之有一煞，煞随剑出……"从腰间抽出木剑，大喝一声，砍向病人的床沿，又在蚊帐里一阵挥砍。那病人看着木刀在头上飞舞，脸吓得全黑了，眼珠子凸出，叫声更烈。那道士挥汗如雨，最后停下来手指病人床下道：

"妖在此处，床下有坟，如挖到脏物，如骨头、碗碟之类，须寅时到卯时埋到东面防浪林中……"

道士拿了桑姐给的两百元消灾费，高高兴兴走了。老甘认为太贵了，桑姐说没事的，只要病人好了，花钱是小事。于是几个人就将病人的床抬开来，找来了铁镐洋锹，开始挖土。

大门紧闭，不能让外人知道。几个人飞快地挖土，抬土，挖了半米深，什么都没见，还是土。再挖，挖到一米，挖出一些水来。那水越渗越多。老甘说，挖不得了，挖不得了。就往回填土，可水已经从底下汹涌而出，不大一会儿，堵不住了，水像爆裂的自来水管往外喷，盛满了坑穴，又漫溢向整个屋子。屋里的几个人脸都吓白了，像雷打痴了一样，一时间不知如何是好。

需要说明的是，老甘的房子是船业社的老房子，正在江堤的半坡。这水意味着什么呢？意味着——管涌！

113

"发狗,喊哨棚的人来呀!"

发狗得了父亲的指令,箭一样向外跑去,去喊人来。

屋里剩下的人就开始堵管涌了。用了家里所有的棉絮,仍然无法堵住,水已经冲出了大门,水使屋里的东西都漂浮起来。几个人站在水里,一个个英勇悲壮,哪还管得了床上垂死喊叫的病人。病人的床也浸在水中啦,病人知道屋里发生了什么怪事,被道士的刀呀火呀又惊又吓,床下水声哗哗,更是让人胆战心惊,这就加速了病人走向死亡。

水已经像喷泉爆发了,大堤危在旦夕!堤内的整个县城,县城里的十来万人,都将因这个假道士的瞎说沦为水鬼,葬身鱼腹!

终于听到堤上响起了杂沓的脚步声、铜锣声、叫喊声。大门打开,一队解放军战士冲了进来,每人背着草包,纷纷往管涌里投去。更有许多人,在江边去探寻与老甘家管涌连着的水头,又向江中投草包、石头。就这样战斗了两个多小时,终于把水制服了。

老甘的家哪还叫家,这是一个战斗的工事,还是一个不错的工地,一些人高举石硪,高声唱道:

"太阳高照正当顶哟,石硪助我举千斤哟,号子震动天和地哟,要把水患一扫平哟!……"

病人呢?老甘的老婆欢喜呢?那个叫呀,就像是在地狱里受阎王小鬼折磨。鬼真的到家里来了,掐她的喉咙,掏她的五脏哩。

老甘在那儿束手无策。就听见警笛一阵狂响,警车停到老甘门口,从车上下来两个警察,抓住老甘就戴上了铐子。

老甘与警察扭打起来,他不服。他高喊:"为什么要抓我?"

"嘿嘿,不抓你抓哪个?"两个警察笑眯眯的,笑里藏刀,将这个浑身泥浆的船工推上了警车,"你真能挖啊,竟敢挖长江大堤,好本事!"警察向他竖起大拇指。

三

老甘没关在派出所,倒是关进了县防汛指挥部的一间仓库里。那里面堆满了草包、洋锹和苫布。

老甘像一头被关进笼子里的野兽,在那里面跳了脚骂,蚊子像轰炸机轮番向他轰炸,把他咬得抱头乱跑。他后来向外头的人求情:

"放了我!我家里有个快死的病人!出了人命老子拿你们的头抵的呀!"

无论他是骂人、是求情、是摇窗还是跳脚,守他的人完全不理他的茬。他骂累了喊累了,就躺在草包上昏昏睡去,他这几天太累了。

一觉醒来,天已大亮,铁门被"哗"地打开,一眼就看见了桑姐,还有一个领导模样的人,眯着眼,卷着裤腿,抽着烟。烟是桑姐给敬的,因为老甘看到桑姐手上就捏着一盒拆散的黄鹤楼满天星的烟。

这个官儿是个副指挥长,也姓桑,叉着腰,满嘴燎泡,进来就说:

"你挖的堤?好啊,嗯,好啊。"

这人歪着头看老甘,老甘也看着他。老甘还没有完全醒来,他还在梦中,头沉得像一块石头。梦中他的老婆死了,老婆一会儿长着獠牙,一会儿像蛇,从那个挖出的土坑里同水柱一起钻出来,一会儿哈哈大笑,一会儿又向他吐红芯子。老甘看这个指挥长,也像梦里的妖怪。

"是我，桑指挥长，是我一时糊涂请的人来瞎说的，不关老甘什么事，全怪我，桑指挥长大人不记小人过啊。"

"照你说那就不是故意破坏堤防？"桑指挥长对桑姐说。

"老甘可是老党员，二十多年的先进工作者，他跟党和政府有个什么仇，桑指挥长！"

"我是故意的！"老甘这时说了，"我就是恨政府恨你们这些贪官污吏！我老婆住院花了两万多块钱没处报一分钱，你们不管我们死活啊！你们有种的把我拉出去毙了，有种的拉出去呀！"

"老甘你胡说什么呀！老甘！"桑姐吼他。

"好！"那个指挥长说，"你说你是老党员、老先进，你叛了党啊！"

"叛党的是你们这些人，餐馆里是哪个在吃喝啊？是你们这些人！是哪个在贪污受贿啊？是你们这些人！老百姓哪有你们这个条件！……"

"判你十年八年！"那个姓桑的气得双手直颤。

"不不，桑指挥长，他是恨他们社赵书记。那个赵书记让大家都恨他，好好一个船业社，差一点升国有单位了，可后来一改制，他一个人买啦，所有船工都成了他的长工！……"

桑姐是后一脚离开的，她离开时狠狠掐了老甘一把，低声却恶狠狠地说：

"你这个船古佬！我送了两条黄鹤楼满天星人家才松了个口！……"

后来赵忠就来了，老甘的老板、书记、社长。赵忠挺着个粗大的甲亢脖子，鼓起眼睛，进门就说：

"你当着县领导的面告我刁状啊？未必挖防洪大堤也是老子指使你干的？你啥不好挖，偏要挖国家的命根子？"

"啪！"一个巴掌扇过来，老甘接了个满腮，根本没防备。赵忠也是驾船出身，攥过舵盘使过桨的，出手忒重，当即就把老甘的脸打肿了，嘴里流出咸咸的血水来。老甘好半天才回过神来，说：

"你、你打我？赵忠老狗，你敢打我？！"

"敢打。不打还翻了天了！"

"你凭什么打我？"

"就凭这只手，这只手痒，咋的？你还敢还手？"赵忠摇着手说。

众人把发疯的老甘拉住，这才避免了一场战斗。赵忠临走时说：

"你欠打，挖长江大堤，告到温总理那儿，不枪毙你个兔崽子……"

最后还是赵忠四处说情，说老甘是因为一时迷信，老婆患了重病，听信了假道士的谎话才挖的。加上桑姐与那个桑指挥长有点拐弯的亲戚关系，才将老甘从轻发落，拘留十五天。

老甘被投进了县城郊外山上的一个拘留所，每天为拘留所挖石头刨场地。

等他回到家，他的老婆欢喜已经变成了一张照片，挂在灰皮剥落的墙上。屋里呢？还有许多未清扫的白蚁残骸——那天刚好挖穿了一个白蚁窝。难怪的，家里的木头都被白蚁蛀穿了，原来白蚁窝就藏在自己家里。老甘回来就要发脾气了，家里这个样子，连一口热饭也吃不到呢。女儿友珠哪会做饭，过去老婆欢喜宠女儿，家里的一切事都是她亲自动手，女儿就像是家里的长客，长期袖手旁观的。他吼："你们收收屋子啊！""你们想饿死我啊！"

老甘万般绝望，泪水纷飞，康船长就来劝他了。康船长把他拉到江堤街"和谐社会小酒店"里点了个牛杂火锅,两个人在江风中赤着膊喝起酒来。康船长说:"欢喜嫂子的丧事桑姐都打理了,现在就等着你把她接去合一家了。船业社哪个不知桑姐贴金养汉是为啥呢?还不是想有一天与你合一家,扶个正。机会来了,老天照顾她也成全你们。说实话,桑姐配你有多的,你想想你是个啥人,一个船古佬,还是个穷鬼。凭什么人家要巴结你,不就是救了人家一条命吗?人家就非要一辈子当你的奴狗?"老甘说:"你不要开玩笑了,我不会与桑姐合一家的。"康船长当场就摔筷子了,说:"你这个混蛋,你误了人家一辈子,等你二十年呐!"老甘就是摇头。康船长说:"当然,欢喜嫂子刚死。"老甘说:"她死了一百年,我也不会再找人的!"康船长说:"守身如玉啊,佩服佩服。"

　　话说到这份上了,说不下去了,康船长还是要讽刺一下老甘,指着他的脸说:"你这人,该打!"老甘说:"为什么?"康船长说:"该让赵忠那老狗日的打,生得贱呗。"老甘说:"不就是赵忠借了你五千块钱没还么,恨他。"康船长说:"你喜欢他,不恨他,除了你,全社的两三百人都恨他,就你喜欢他跟他穿一条裤子。"老甘这时就跳了起来,说:"老子比你更恨他,欢喜的两万多块钱的医疗费压在我头上,一分都没报呐,欢喜死,听说他就上了一百块钱的人情。他儿子结婚,谁上的少了五百块?这号人,当了老板心就咋怎硬了呢?咱们过去是跟他一起创业的三朝元老啊!"康船长说:"这就对了,你算是醒了酒了。人家因为成了资本家,所以变了,干出压榨工人老百姓的坏事。所以老子就是饿死,也不回去上班,给你代班老子都是强忍着的,恨不得把他的渡船凿个洞沉了,恨不得把他的姑娘赵君子奸了丢到江里去……"

　　"话说走了,话说走了,"老甘说,"长辈呢,与下一辈无关。"老甘又说:"你说得起狠话,你女儿开歌舞厅,给你赚钱;我两个娃子,还在家吃老米,啃我的老骨头。"

四

老甘首要的不是跟桑姐合不合的事,而是要给两个娃子找工作的事,还有就是报销老婆医疗费的事,老婆过去也是船业社的正式职工。他去找赵忠,赵忠说:"企业改制了,你找我要钱,我找谁要去?我自个儿掏给你?贷款都没还完。现在有六十几个退休工人,我还要养他们,死了还要我埋,你说混账不混账!我死了不知哪个埋我。"老甘恨不过,上班也打不起精神来,有时三船就作两船,不再准时开班,也不管渡船干不干净,让猪屎、驴粪蛋、乘客晕船的呕吐物那么搁着,卖票的赵君子有时被乘客催得直跳脚,还挨骂。她找不到人,船又脏,见了老甘就吼,一个漂亮丫头一副凶牙暴色。被晚辈吼上一顿,心里更不是滋味,就想康船长说的也许是对的,把他的船凿个洞沉了,把这赵君子那个了杀了丢进江里,让赵忠这老狗日的哭皇天去!

有一天老甘就反驳了赵君子几句,赵君子就哭起来,跑了。后来赵忠就别着两条腿从江边过来了,上了船,就对老甘说:"老甘,干还是不干的?"

这句话老甘没有准备,口就哑了,不敢回话。赵忠就丢了支烟给他,说:"熏熏臭。"赵忠点上烟,走了走舱里,捂着鼻子,上了驾驶室,说:"老甘,你驾船,未必还要我给你洗舱不成?你这么报复我的?咱们可是屙尿和泥巴的老哥们儿,有话就说,有屁就放!"

老甘说:"都放了。"

"这样,"赵忠说,"我能做到的只能是让发狗到渡船上来上班，半年去考照，考不上没钱，考上了发工资。"

这是一桩大好事。老甘不知道老板赵忠为什么今天突然发这个善心，他还一时没反应过来，赵忠就下船走了。

这可是好事啊，发狗以后就有工资了，家里就少了个负担。他过去——在老婆没死时——是不想让儿子上船的，行船跑马三分命，就这么个儿子，口里不说在心里，都是把他当命根子捧着护着的。可是现在没有办法了，人得活命，找个工作不容易。因从小把儿子娇宠惯了，由着他的性子去，成了个野娃子，读不进去书，混了个初中毕业。那怪谁呢，怪自己的遗传不好，祖宗三代的驾船佬儿，都是大字不识。从来没怪过儿子。不读就不读。可是儿子水性又不错，上了船有天生的平衡能力，这又继承了老子的优秀基因。但老甘特别是老婆欢喜是决不让儿子玩水的，说有个水煞关。为玩水，儿子发狗不知挨了多少打。打归打，照玩不误，儿子天生亲水。但儿子从没想到驾船，大人不让，自己也没这个动力，他认为驾船的低岸上的人一等，船业社的人走在县城，比打工仔好不了几多，让人瞧不起。都知道船业社是藏污纳垢之地，犯罪的多，不良少年多，父母长年在船上，缺少管教和家庭温暖，孩子很早就成了社会上的人，哪还有不学坏的。所以老甘想的是驾船到他这一辈止。现在，他又不得不改变主意，让儿子到船上混混看，当个见习水手。儿子是大人了，他能照管自己，他得找口饭吃。

回到家，他以为说出这个之后儿子会反对的。儿子喜欢岸上的花花世界，县城越来越热闹，到处是台球桌、游戏室、网吧、录像厅，想玩什么玩什么。当然，自母亲死后发狗就很少外出了，也懂事多了。老甘回去一说，儿子竟点头同意了。

"又不跑长水、开拖轮，在渡船上，还是每天回家，上班下班，搞得好，一年后一个月起码有六七百块钱工资……"

"行了，我去。"

不要老甘多说，他发现儿子真的懂事了。儿子虚岁已有二十，是哪天生的老甘记不住，这事都是他妈记的，每年生日下面煮鸡蛋。这些事以后要让他老甘记了，那天他没有想起来。他只是看着儿子，看着头发柔软鼻子通红的儿子，心里有一线近近的、浅浅的暖流。

儿子似乎天生是块驾船的料，他学得非常快，从第二天上船开始，他拿靠球、使尖篙、吹哨子，精精神神的，就像个老水手。而且不到一个星期，他就帮他爹老甘拿起了舵盘子。他趿着拖鞋，穿着沙滩裤，有时赤着膊，露出一身晒得黑黝黝的肌肉，呵使上船的乘客遵守纪律，连驴都听他的。人年轻，就是有煞气。何况他看起来就像个社会上的小哥哥，一脸的严肃，那些进城的乡下人哪个不怕他？他手上拿着帆布手套，有时把手套塞进牛仔裤的屁股荷包里；有时候歪叼着一支烟——烟是乘客敬的；有时荷包里还有几个桃子苹果之类的玩意儿，也是乘客塞给他的；有时倒提着一支扑腾哀哀的土鸡——还是喜欢他的养鸡专业户给他的，要跟他拉交情。这只鸡他就丢给了卖票的赵君子。赵君子这丫头喜欢吃鸡，特别是乡下养的土鸡。赵君子吃了发狗的土鸡就答应去找港监站的人——通过她当交通局副局长的姐夫，让发狗考证。

硬是凭了关系，把完全不可能办到的考证之事，赵君子给办成了——不到半年，发狗成了有证船员，而国家规定要考证起码要在船上待两年。

就在发狗拿到驾证的那一个月里，老甘的身体出现了异样，就是眼前看东西有了黑影，不知是些什么秽物在眼前晃来晃去。刚开始他还以为是驾驶室前的玻璃没擦干净，反复擦过后还是如此，那些东西依然在眼前飘来飘去，有的像蛇，有的像蚊虫，摇摇摆摆，挥之不去。他在船上，看到整个江面上都是这种东西；他上了岸，前面也依然是这些东西。他走到哪这些东西跟到哪。发狗也不知道是咋回事，他姐姐也不知道，姐弟俩就给他们死去的妈烧纸，以为是妈在与爹开玩笑。纸烧过了，爹依然没有好转。又去给江边的冤魂水鬼们烧，一直烧给了清朝的八十一童生——乾隆癸未年九月，荆州府试毕，八十一童生由对岸渡江回县，"昊天不吊，骤然变色，风烈雨猛，白昼如黑夜之状；水涌浪高，江面起数尺之波。艄公仓忙于棹上，叹长江之难过；诸生痛哭于船中，苦一命之难保。一时沉殁，满船皆灭"。从此渡口"露冷闻凄声，天阴则魂哭"，那些呜咽的悲声，据说是八十一人的精魂所聚。一九七九年的记忆同样惨烈。那时翻船湾已是机渡船，不过还竖有桅杆篷。那时的老甘还是个年轻水手。驾长老何喝了些酒精兑的酒，又贪快走扣，满腮出角，致使机船翻沉，死亡十七人。老甘当时年轻力壮水性好，逃过了劫难，还救起了三人，老何也救起了数人，但自感罪孽深重，爬上岸后又重新投水自尽。桑姐就是那一次翻船时被老甘从水底下，从阎王五爹手里救出来的一个，而桑姐的丈夫却在那次事故中沉入水底，成了冤魂。这些古今冤魂们，是不是现在突然出来要兴风作浪，想来加害老甘？——老甘确实感到了它们的威胁，老甘看着前面的航道看花眼了，看到的是一些捣蛋的鬼影，它们紧紧跟着老甘，不离开半步，从早晨睁开眼睛就跟着他。跟得他惶恐不安，有时候甚至因害怕大喊大吼："你们不要缠我呀！"

桑姐就知道了。

那一段时间老甘没去桑姐那儿，总是躲着她，驱赶这些"鬼魂"的时候还喊"这是报应，这是报应"。可桑姐终于知道他这个事了，有一天友珠碰见她给她说的。友珠这孩子很乖巧，面对着母亲生前的情敌，没有白眼与唾弃，倒是"亲热"她，左一个

"桑姨"，右一个"桑姨"，喊得桑姐心里甜蜜蜜的。桑姐就给友珠钱，买这买那，衣裳、鞋子、袜子、零食和上网吧的钱。友珠有什么办法呢？待业在家，手中空空。一个妙龄女孩，正是花费的时候。桑姐又很喜欢她，这孩子天生是个美人坯子，她爹不给她钱，她就很可能变坏，找其他男人要钱，那就要付出代价，说不定会受骗。那天桑姐给了友珠钱，友珠就说到她爹近来的怪事。桑姐是个有点信神信鬼的人，心想该不是上次老甘他们挖出了什么脏东西真把他缠住了？就弄了些纸啊香啊去老甘老婆欢喜坟头去烧，又去渡口烧，还要自己死去的丈夫别找老甘的什么碴，说老甘没有做什么对不起她的事。

烧过了，也把老甘的眼睛看过了。突然想到她丈夫生前在乡下也给人治过类似的病，乡下叫"挂影"，就去找丈夫留下的医学书来对照了看。一看，就对上了，这挂影就是医书上说的飞蚊症，书上讲，是酗酒过度所致。这就说明了，最大的罪魁祸首就是喝酒。老甘抱着酒瓶晚上喝，中午喝，连早上也喝，叫"喝早酒"；这喝早酒是近些年从荆州城传出来的，男人不论老少，一碗面一块锅盔，也能喝个三两二两，啤酒则是一瓶两瓶，全当水饮了。到医院去看医生，医生说出一个惊人的事实：近几年患飞蚊症的呈几何倍数增长，吃药也效果不大。后又去中医院看中医。一个老中医给了他们一个偏方，就是坚持煎田七水喝，还必须每天用热毛巾敷眼睛，酒则是必须戒的。

桑姐买来了田七，给老甘煮水。酒闯的祸，不戒也得戒，可老甘戒酒就等于是戒命（他自己的话），一辈子没离开过酒，没了酒，舵盘都掌不到感觉了。在桑姐和儿女们的劝说下，只好戒了两顿，一天一顿，一顿不超过两盅。

这样过了一段时间，飞蚊症依然不见有大的改观。老甘在亲人们的强烈劝说下，完全戒了酒，可眼前的妖魔鬼影依然时常跑出来。有一次,他差一点与去三峡的旅游客轮撞了个满怀,要不是发狗飞快地抢过舵盘,打正方向,否则后果不堪设想;又有一次,老甘拿舵,撞上了航标艇,导致前舱进水,不是几十个乘客轮流舀水往岸边开,还抛下了十几筐橘子,那渡船的一劫是躲不过的。

这一年,老甘保持了二十多年的"红旗渡口"给取消了,老甘也不是劳模了。劳模不劳模的,老甘无所谓。老甘说:老子当了这多年的劳模,得的钟(奖品)有十几口,县交通局就是要给老子送"终"的。

赵忠在老甘的第二次事故之后,气咻咻的,发誓要他下岗,"回家抱孙娃去","老子一句话,你就完蛋了"。

为了还老婆治病欠下的债,他也不能下岗回家呀,而且回了家,什么都没了。赵忠只给几个中层干部办了养老保险,几乎所有船员都没保险,更不消说缴社保基金。赵忠称:他继承了船业社过去的欠债达几十万元。只有鬼才相信。他在县城最新最好的"荆江豪庭"小区购买了一套两层的豪宅,穿的绫罗绸缎,吃的山珍海味,就跟过去的资本家一样,还一口一声改革开放、和谐社会。要这么"和谐"下去,老百姓只有讨米了。

怎么办呢?桑姐给了老甘一提"三峡剑毫",让他去找赵忠说情。老甘跟康船长不是一个个性么?都是那种饿死不低头的货。"让我去给赵忠磕头,这比砍我的脑壳割我的卵子还难受!"老甘不去,就是不去。桑姐怎么劝说也无用。桑姐就让发狗去。这发狗近段跟赵忠的女儿赵君子打得火热,两个人年龄相仿,还是初中同学,且都是那种读不进去书的蠢货。船家子弟很少有爱读书的,不知为何。

发狗提去了茶叶,加上赵君子说了几句好话,赵忠就把老甘安排到沙市的一个沙石码头上守趸船去了。

守趸船是一份清闲的差事，工资虽比当驾长少，但总可以养活自己的。这样，老甘就要把渡船全部交给儿子了。现在，真正能胜任这个摆渡工作的，也就只有发狗——老甘的儿子兼徒弟了。自从一九七九年那场翻船灾难后，这个渡口就一直是老甘服务的处所，也是专属于他的，他在这里为两岸的人来来往往摆渡，载人也载畜，载花轿也载棺材，载晴天也载风雪，二十多年来没有出现过任何事故，虽然船已老了，舵已旧了，但风里来雨里去，风雨无阻，没误过人的事，没给船业社和赵忠增添过麻烦。现在，真要交给儿子，老甘却又放心不下，儿子一个人，他老甘不在身边，遇上什么险情，儿子能够单独化解吗？这个翻船湾，只有我才能镇住的。儿子只有一个，吃水上的这碗饭，那是要把脑袋掖在腰带上的啊！如今这年头，江上乱啊，个体、民营船舶增多，为了挣钱人们拼了命，船也没空闲修理、刷漆，不少有着安全隐患，行船者又不讲规矩，瞎开乱撞，无证驾驶的也不少，船劣、技孬、超载，事故满江，冤魂满江。儿子要是有个闪失，我咋对得起他死去的妈？……

这个晚上，运沙的船将把老甘载走，载到沙市去。在渡口，桑姐给他提着行李。他们看到从薄薄的雾气中，从朦胧的月光中，发狗的最后一班夜渡开回来了。

江面上响着夜航船的汽笛，沉闷而深远。江涛击打在岸石上，发出森凉的哗哗声。航标灯在江面上像神秘的水兽的眼睛，像古老传说的时隐时现的光芒。鸬鹚和芦雁在沙洲上哦叫。他们看到，年轻的发狗，独当一面驾着渡船回到了岸边。

儿子什么话也没说。他扎了锚，接过他爹老甘给他的一支烟。桑姐说："发狗成大人了。发狗成了船长了。"

"就是个摆渡划子的。"发狗说。

两点香烟的光亮在黑夜里一闪一闪。

老甘说:"一定要慢些开,不能装就不装,不要跟乡下人吵架……"

"也不要喝酒。像我一样,喝成这样死不死活不活。"老甘又说。

"喝酒是最误事的,那一年出事就是因为何驾长喝酒了……咱们是罪人呀,人家坐你的船,就把性命交给了你,你不能把别人的命不当命,那样也就是把自己的命不当命……悔之晚矣!……"

"过去的事就不要提了。"桑姐说。

老甘就要桑姐把火纸拿出来,说:"发狗,你在这里磕个头,让何驾长保佑你,让百贵叔(桑姐丈夫)保佑你,让八十一童生保佑你。"

发狗不太愿意,迟迟没有动作。火纸烧起来了,老甘去拉儿子,才把儿子拉动。儿子这次算是听了老甘一次话,把膝盖屈起来跪了下去。儿子是不信这个的,跪的时候还傻笑了半声,没让声音完全发出来。他磨磨蹭蹭跪下时,运沙的船就来了,就有人向岸上喊:"老甘!甘驾长!"

火被江风吹得歪歪欲倒,忽明忽灭,纸灰很快就被风吹走了,而船的隆隆声向岸边贴来,盖过了一切人声嘈杂,祭奠的氛围没了。新的生活又开始了。

——老甘踏上了运沙船。

老甘走的时候,大声对发狗说:"多听你桑姨的!"

五

老甘交代两个孩子:多听桑姨的。

桑姐想,他们会听我的吗?

有过短暂的缱绻温存,在老甘离去的前夜。那也是两个头发花白的半老男女的温存,没有提与他结婚的事,桑姐决不会提,这些年都是如此。所谓结婚,也就是搬到一起,桌子上多双筷子,床上多个枕头。老甘的言语中多次暗示:他这个身体,不敢拖累别人了。用贬低自己的身体来婉拒她。为什么不能堂堂正正做他的老婆?为什么偷偷摸摸(半公开的吧)地为他献身,贴金养汉?他嗜烟好酒,欢喜根本不会撑持家务、安排家庭,两个孩子身上,桑姐都不知道花了多少钱,这是有目共睹的事实。年轻的时候,能怀上的时候,也给老甘怀过,可老甘非得要她去打掉。桑姐说,我又不要你养,不要你认。可老甘不干,发脾气。桑姐多想有一个自己的孩子,老甘的孩子,救命恩人的孩子。可老甘反对,桑姐只好含泪一个人偷偷地去医院把孩子打掉了。现在,自己相好的两个长大的孩子,会听她的吗?或者说,老甘是要我去他家打个照应,慢慢与孩子融为一体,让他们认可后再说吗?

她没有地方可问可说,在她的日杂店里。

有一天,她买了两条鱼,对上船的发狗说,我这两条鱼,别人送的,给你和你姐做着吃了。友珠不知去了哪里,发狗就把自家的钥匙掏出来,交给了她,这个叫桑姨的她。

就是从这一天,桑姐才有了钥匙,捅开了老甘家的门。

那是一贫如洗的家。桑姐去收拾厨房,厨房乱七八糟,碗堆在洗碗池里,抹布油腻腻的,盐、油、辣椒粉、味精,好像是用了几十年的,灶台下的酱坛子堆满灰尘,还有一些空瓶罐占满了角角落落。这就是邋遢的欢喜工作的地方,既不会收拾,也不会调理,一家人弄得灰头土脸,自己也是个木头木脑、满脸病态、不爱整洁的人,唉,哪知她是有重病的人呢。如今那个人走了,桑姐自信比她优秀一百倍,却不能堂堂正正地成为这个屋子的主人。

她做好了鱼,也收拾好了厨房。她还把几个房里的被子、衣物都洗了。又洗又晒,发狗和友珠就回来了。他们看到了什么呢?他们看到的是一个整洁的家,一桌热腾腾香喷喷的饭菜,看到的是一个比他们母亲还慈祥还和善的女人,而且美丽、健康、善解人意。

这一顿吃得相当爽快。

这一天,桑姐仿佛找到了感觉,做晚娘(后妈)的感觉,也找到了家的感觉。

这以后的一连几天,桑姐都要给两姐弟做一顿好吃的,还给他们买一些日用品,包括袜子、内衣。不知为什么,她特别喜欢发狗,这娃子好像很懂事,自父亲患了病之后,仿佛变了个人似的。她给他买了旅游鞋。有一天他看见他跟赵君子在那个售票室里,想这不错啊,如果他们能玩在一起,老甘不跳起脚庆贺?得促成这事,哪怕有一线希望。于是就在晚饭后悄悄塞给了发狗一百块钱,说给赵君子买点吃的——女孩子喜欢吃点零食,把发狗还弄了个红脸。

发狗有他父亲优良的船工品质,在风里浪里讨生活的人,是让人喜欢的人,也能锻炼人的意志和美德,桑姐就是这么认为的。在风浪里平心静气地劳作,增加着人生和生活的资本,一个男人应该这样。在江堤街的日杂铺里,桑姐可以看到翻船湾那条漆成蓝白相间的轮渡。发狗就在舵楼子里,像他当年的父亲一样,威风凛凛地鸣笛起航,穿行在令人揪心又柔软的波涛间。他的身上散发出的光彩,可能是因为勇猛和无畏吧。

可对友珠,她渐渐发现这孩子有好逸恶劳的倾向,在某些方面,继承她妈欢喜的缺点,既不善收拾,也没有目标,不灵巧,且懒散。按老甘的想法,他希望这个女儿能找个放心的男人过过去自己的生活就不错了,没什么可挑剔的,不要科长局长,不要百万富翁，不要医生教授，当兵的、开车的，甚至街头摆摊修锁的，都行。船业社的男孩子没有一个有出息的，女孩子十有八九名声不好，容易跟社会上的坏人混在一起。县城最早染黄头发穿超短裙甚至吃K粉的都是船业社和另一个单位良种场的女孩子——那些女孩子曾经有一半跟人跑到广州去过。

要将友珠弄到康船长女儿的"巡洋舰娱乐城"当一名收银员的想法，是在见到康船长女儿"巡洋舰"之后。这女子一身白生生的肥肉，谁见了都想啃一口，后来就傍上了一个从温州来的商人。那商人在这里开了一个"人民公社食堂"，就是个酒店，里面挂满了毛主席、林彪的画像，还有一些"文革"宣传画。后来，就投资给巡洋舰开了家娱乐城，人的诨名成了娱乐城名。桑姐是看着巡洋舰长大的，看她成为一个问题少女，十七岁就跟人跑了，一年后回来抱着个胖小子。这胖小子一直叫她阿姨，后来就成了温州商人的妻子，就成了县城屈指可数的富婆，也算是修成正果了。一个女人修成正果必须先变坏，看来这个社会很荒唐啊，一切都是很荒诞的啊，老辈子的道德清规一点都不管用了，现实把传统颠覆得底朝天，就像翻船一样。

"好啊，友珠，没问题，要她来找我就是了，"胖妞巡洋舰爽快地答应说，"我们还是同学哩。"

她所说的那个中学，男老师都色眯眯的，师生恋铺天盖地。那个中学因高考升学率一连十五年保持零纪录而名声在外，后只好宣告倒闭，合并到另一所中学去了。

两天以后友珠就走进了巡洋舰的"巡洋舰"。

这个"巡洋舰"外观就是一艘巡洋舰。走进去，暗如鬼火的灯光，男的女的都穿着海魂衫戴着海军帽。无数的包厢，就像地窖，里面有许多穿着暴露的三陪小姐。空气不流通，充斥着一股浓郁的、沉闷的阴霉味，也有点像男女性器官的气味。总之一进去，人就会升起一股"人生如梦，吃喝嫖赌"的堕落渴望。这个娱乐城的设计者真是个杀人者，他巧妙的构思把人几十年建立起来的荣辱观人生观一下子就打烂了，这艘"巡洋舰"也就像翻船一样。于是，我们一些堕落的官员、商人、市民、男女青年纷纷走进这个地方，品尝着新奇的、堕落的人生。

友珠明明是去当收银员的，可她的衣裳却越穿越薄，衣领越来越低，妆越来越浓，怎么看着像个鸡了？

桑姐慌了。她发现，这个丫头有五个夜晚没回来。而且就算回来也很晚很晚，到转钟两三点钟，坐着出租车，车内还有男人护送。

桑姐问她是不是在收银，怎么这么晚才下班？友珠说她现在是当迎宾小姐。因为收钱收过几次假钞，还错了，就这样当迎宾小姐了。——她说这些的时候，嘴里喷出一股烟味，一股男人才有的烟味。她爹老甘说话就是这种味。

"你抽了烟？"

"别人给的一支，好玩。"

这个丫头的肚脐眼露出来，低腰裤——说得难听一点——连阴毛都掩不住。这是作孽啊！她的乳房有一半在外头，像两个藏了一半的肉包子。这地方是能露在外头给人看的么？没生娃子的女人这地方是不能给人看到的。可现在，这地方就像旅游区，是专供人争相观看的。那嘴巴，湿润润的——是一种湿润的唇膏——仿佛是专门号召男人去咬的。

桑姐决定这天晚上去侦察一下，看看友珠究竟在那个"巡洋舰"里干什么。

"巡洋舰娱乐城"不是她这种人进出的，进出的人都是这个社会活动的主要力量，有点小职位，能吃公款，能被别人请。也有一些是依附在这些人身上，自己没钱，却有个青春洋溢随便给人胡揉乱搞的身子,比如一些县城的女孩。

"他们才是在生活!……"走进去的桑姐看了看在夜生活里奋发图强精神抖擞的男男女女,在心里感慨。

迎宾小姐分列两边,一边八个,细细地看,却没有友珠。这证明友珠在讲假话,诓她的。那些小姐问她,她说她是巡洋舰爸爸的朋友,她爸爸要她来的,就在里面。这些迎宾小姐就没阻拦她,她就往"舰"里走去。吧台里收银的人中,也没有友珠。重金属音乐震得人头皮发麻,一些人在里面群魔乱舞,一些披着长发的男人弹着电吉他,打着架子鼓。还有个不男不女的男人在那儿张牙舞爪发神经一样地唱着歌。她看跳舞的人,为何不好好跳,都在那里摆脑壳?男的摆脑壳,女的摆头发。这是不是吃了摇头丸?是的!桑姐还是知道一点的,常看电视还读读报纸。她曾是县城知青,她是懂得这个的。

"这就是这一代年轻人的生活?"老知青桑姐往里面走,那些包厢还真有新奇的名字,全叫"舱":俄罗斯舱、法国舱、美国舱、英国舱、瑞典舱、韩国舱、印度舱、马达加斯加舱、埃及舱……这些"船舱"啊关着门,门里有人,有歌声。所有唱歌的人都在引吭高歌,尽兴抒情,都在向专业歌唱水平的境界攀登,现在是全民歌唱家的时代,人人都在搞艺术的时代。

就有人上来问她是哪个包厢的,她不置可否。问的人就知道了,就说是来找人?

桑姐就直说了,说我是来找甘友珠的,有点急事,能不能叫叫甘友珠?

那人说甘友珠?想了半天说没这个人。又说姓甘的?是不是"气垫船"?

气垫船?什么气垫船啊?桑姐感到这个黑影幢幢的地方邪乎得不行,就像自己也患上了飞蚊症,就说那、那气垫船在哪里咧？那人上下看着桑姐说您找她干什么？您就没她的手机么？桑姐摇摇头，说我记不住，我找她有急事的。那人竟摇头说不晓得。

她就自己找。桑姐往深处走，推门看。桑姐可能是此生头一遭看到这样的包厢，进去就把里面的人吓一跳。都在抱着搂着坐着，男男女女扭成一团，有的在抽烟有的在唱歌有的在跳舞，灯光更加暗淡，空气更加污浊，有的干脆就等于没有开灯。但每个包厢都是满当当的人，女孩子一概的都像是贱货，男的有老有少。她也不怕他们的惊讶与恼怒。她只是要找友珠，老甘的女儿。她的心里充盈着知晓真相后的激愤，就像看见了一群被剥光衣服的男女，在那儿干着疯狂无耻的勾当、伤风败俗的事。她知道世界就是这样了，世界疯了。可以想见桑姐当时的绝望和伤心。她冲进一个叫"墨西哥舱"的包房时，一眼就看见了友珠。那个漂亮得像小妖精的姑娘——老甘的女儿——正坐在一个四十来岁男人的大腿上，其他的女孩也都一样。

"友珠！"

当时的气氛就凝滞住了，唱歌的戛然而止，跳舞的摆着造型，都朝门口的桑姐看着。

"友珠！"

想不理她的友珠这时候不能不理了，从男人的腿上移了屁股到沙发上，突然一改平时对她的礼貌和笑意，脸就像一块搓板那样又硬又皱：

"你来干什么啦？"

她起身就过来用身子对着桑姐，想是把她的视线遮挡住不让她看到包厢里的一切吧。她像只身塞枪眼的黄继光，就用自己的身体逼退了桑姐，说：

"人家有事，我又没干坏事，你没事就走！"

友珠想去关门,可桑姐这时哪能让她关门,将自己拒之门外。她紧紧地抓住门沿,一只脚不出去,与友珠僵持着。她毕竟年纪大了,而友珠是年轻人。她说:

"友珠,回去,你回去!"

友珠只想将她推搡出去,把门关上,说:

"我又没干坏事,我现在回去什么啊?"

"你爸回来了,要我叫你回去的。"桑姐端出了她爸,这是急中生智,也是要吓友珠。

友珠一听这话,愣了,脸看着白了。她在桑姐脸上捕捉此话的真假。友珠很快就觉出了桑姐的话是假的,是吓唬她的。

"我又没做什么坏事,你不要管我好不好哦!"友珠跺脚。

包厢里的男女都起身了,要离开这里的意思。友珠这下可恼了,这个来找自己的女人要坏她的事,给她的小费还没拿到呢。反正她这时候就不让那些男女离开,桑姐卡在了门缝边,与友珠僵持。

"滚啊!"

桑姐真的被推出来了,她向后仰倒在走廊里,屁股坠地,腰椎往下一矬,那身子就不能动弹了。

骨头老啦,哪受得了这种摔打。可怜的桑姐在昏暗的走廊里一动不能动,一动腰那儿就像断了一样疼痛难忍。包厢里的音乐又响起了,像鬼哭狼嚎。可她坐在地上,不知道把自己怎么办才好。后来走来一个女孩,她向女孩招手,女孩扶她站起来。虽很困难,但她还是站了起来,她咬着牙流着泪,一步一步地向外走去。她在想这怪谁呢?怪自己啊,不是我说情把她弄到这里的吗?如果老甘知道了女儿在这儿干的事,他会原谅我吗?……

桑姐一步一歇地走向大街。大街上华灯熠熠,县城的夜晚依然还在商品和欲望中挣扎,表现出它们的良好体魄。用灯红酒绿、不舍昼夜来形容令她陌生的当下生活是再贴切不过了。她拖着疼痛欲断的身子,爬上江堤,回到自己的家。她走到台阶上,连开门的力气都没有了,就那么靠在墙上,坐着,冷汗已经干了。江风吹拂,江上只有航标灯眨着眼睛,渡口那艘发狗驾的渡船靠在水边,一盏桅灯孤零零地亮着。

"老甘啊老甘,你叫我怎么办啊?……"

六

没有几日,老甘果真在桑姐的念叨声中回来了。

老甘回来,是因为差一点淹死了。

老甘在沙市的趸船上飞蚊症越来越厉害。他又不会做饭,就只好上街买些五颜六色的卤猪肉卤肠子加上花生米加上无法戒掉的一杯酒来打发时光。趸船上太闲,一天就两三条船,接接缆绳,搭搭跳板,剩下的就是枯坐看流水了。这样无聊的日子不靠酒来打发靠什么呢?又没有人劝阻他,酒瘾就这样犯了,蛇影就蹿出了酒杯,在酒杯里进进出出,把他弄得昏昏沉沉。有一次接船拴缆时,千万条蛇影从空中蹿出来,他怎么也接不住缆绳,沙船差一点漂走了。最后抓住了绳子,却掉进江里。好在船工都有好水性,等人把他拉上来时,眼前还是金蛇狂舞,他就说:"我不行了。"

孩子们和桑姐重新迎接和看到的是一个满脸萎黄、双目呆滞、步履蹒跚的糟老头子。这个几十年的劳模,几十年风来浪去的雄赳赳的船工,不知被什么打倒了。一种叫长江的水浇灌塑造了他,而另一种叫酒精和时间的水摧毁了他。一个船工的晚年如此丑陋,一个人会如此快速崩溃?这个岁月是不是太无情了?是岸边的一块石头也会被风浪啃啃得千疮百孔,只剩下嘶叫声。你驾驶着船在长江上劈波斩浪,你拽着惊涛骇浪的脊鬃像一个前无古人后无来者的骑手,你的头发被风吹起,你手拿舵盘,或是手握长篙站立船头,你身手矫健跳下江滩,你的脸和手臂被阳光晒成黑炭一样闪亮的颜色,你吆喝着,唱着船歌,你牙齿洁白,呼吸悠长,肌肉结实得像花岗岩……这一切,只是长江需要你时给予你短暂而丰厚的待遇;当长江不要你了,你就成了一堆浪渣水沫,像一只垂死的螃蟹,甚至瞅不见自己的归宿,带着被遗弃的迷茫,穿行在阴霾和雾茫茫的江面上,像孤魂野鬼……

"我回来了,我不行了,硬是不得活了……"他说。这位父亲和一个女人——苦苦相守的老情人说。

友珠怀着惶恐的心情迎候着父亲的回来。那个时刻想当自己晚娘的女人,用她的呵护也用阴险的等待,企图感化和达到目的的寡妇桑大娥,谁知会不会出卖自己,让她成为那个酒鬼父亲的棒下物刀下鬼。

她不会向那个女人求情,也不会恫吓她。在这一点上,友珠还是个孩子,善良之心未泯。有娱乐城和社会上的小哥哥,知道那个晚上一个想当自己后妈的女人来搅了她的场子,问需不需要给点颜色看,友珠说:"这事与你们不相干,滚一边去!"

她没有去"巡洋舰"了。她观察着桑姐和父亲的动静。她照顾着父亲。

那个叫桑姐的女人腰部好像受伤了,走路的时候或干活时都弯不下腰来,像一根棍子。可她依然带着一点悲伤的笑意,竟将老甘带着住进了县里最大的医院。

钱从哪儿来呢?依然是这个女人全付。她不付未必赵忠付?赵忠说了,斑鸠下地——各顾各(咯咕咕),狗子舔鸡巴——自己舔自己。

这一次使用的是激光治疗与吃药相结合。活该他幸运,来了一个支援老、少、边、穷地区的省里的眼科大夫,还是个博士,要亲自操刀为他做一个手术。——博士一共为该县做八例患飞蚊症的手术。这个县邪乎着呢,人们拼命喝酒,政府的人不说,连蹬三轮车的、嘴上刚刚长毛的,都拼命喝,喝早酒,闻所未闻哩,时代疯了,人就疯了。中国历史五千年,没有喝早酒的习惯。还有更邪乎的呢,这个县的人现在串门,进了门,没茶水喝,进门一杯酒,谓之喝冷酒。再准备上桌,十盘八碗,那就是喝热酒。早酒、冷酒、热酒,男人的眼睛全喝坏了,处处杯弓蛇影;这八例属半免费治疗,老甘只花了一千多块钱,就将眼前的飞蚊游蛇去掉了七八成,基本上恢复了。可酒精中毒是全身性的,蹒跚痴呆无法手术去掉,双目无神也无法去掉。他只能在家里慢慢调养,哪儿也去不了了。

　　谁也不敢相信的是,友珠到船厂上班去了。上班干什么呢?上班抓麻瓤。抓麻瓤是干什么的?就是把麻用铁齿抓成细如头发的丝瓤,再调和桐油,塞船缝。这是一项古老、原始、笨拙、肮脏的活计,木制船舶新建和修理,都是用的这种东西,自古如此,还无法用其他东西替代。就像古代人穿丝麻,现在最好的依然是丝麻。

　　每天呛一鼻子灰尘,穿着旧衣服,在那个江边的破工棚里,同一些婆婆姥姥们抓麻瓤,看她们吐痰,在棚边撒尿,就像一群流浪的乞丐。"我可不是乞丐啊!"想到在"巡洋舰"里吃香喝辣,装假睫毛,抹高级香水和保湿霜,吃乌龟脚鱼,穿时尚靴子,有人给买两百多块钱一件的内衣;隔衣抓抓男人的下身,以假当真的,几百块钱就到手了。这样的抓麻瓤一个月赵忠才给三百块,一个人每天要抓五十斤,少一斤扣五块。有一天,友珠倒贴了二十块。这真是笑话啊!这样的工人阶级当个鸡巴!她在心里泼辣辣地骂。"莫不是桑姐这狗日的婆娘报复我的?上了我的签子？"可一想，爹并没有打骂她，什么也没说，就像什么也不知道的。

她在心里鸡巴卵子地乱骂，反正已不是黄花女了，她的初夜早就被那个温州老板夺走了，就是巡洋舰的老公。那夜她得到一千块钱加上第二天温州老板给她买了一个手机，一共两千多块钱，这就是"开处费"。

巡洋舰不知道，正是她的传经布道，使友珠走上了邪路，也正是她的传经布道和游说，让自己的老公背叛了自己，把友珠送上了老公的床榻。巡洋舰是怎么给到她娱乐城工作的单纯女孩灌输的？她说："当官的有权卖钱，当老板的有产品卖钱，你有啥可卖的？就一个身子，不趁年轻搞几个钱，等你脸上成搓板了哪个给你钱？到处是下岗的，哪有这多事给你做？男人要你是你的福，长丑了还没人要，想卖没人买。二十五岁不赚钱，到五十二岁就是穷光蛋。你只管说自己十八岁，为啥？男人都喜欢十八岁。男人的钱没几个是干净的，不干不净的钱你为什么不能分他几个？这社会就是分赃，可你得付出。"

尽管娱乐城新来的小姐都让她老公那温州老黑吃了头口，可巡洋舰却视而不见，依旧笑呵呵的，哑着嗓说："让他睡去，让他得病，烂掉他的鸡巴！"友珠记着了这温州老黑是个偷腥的猫。果然就来撩惹友珠了。有一天晚上，就把友珠勾到外头消夜，就把她带到早已开好的宾馆里，就这么成了。刚开始，温州老黑喜欢了她几天，就是桑姐发现的那不归家的五夜。五夜里，老黑与她同床共枕，在宾馆看三级片，然后照着做。第六夜，老黑就没兴趣了，就冷友珠了。友珠没了钱，只好去做三陪。其实刚开始她是想气气这个温州老黑的，可老黑不在乎这个，新开的茅厕三天香，他还保持了五天，后面有源源不断的新到的女孩，在娱乐城干活的，一个一个赛天仙，他这一辈子，拿巡洋舰的话说:"他的雀雀可受苦了,比他还累!"偶尔,老黑会陪友珠,那完全是出于礼貌,因为别的男人沾了的女人,他是决不愿屈尊的。有时候打个电话,吃顿饭,买个小东西,那是老黑的心意,你不能再奢求他什么了。可是到了这船厂的麻瓤车间,友珠完全感到天黑了,做了亏心事,又不敢拂逆父亲的意志,在那飞扬的灰尘间友珠忍泣工作,不时给老黑发短信,希望他救救她。老黑哪还有这样的好汉情怀,只是敷衍她。

就是这样,友珠在麻瓤车间的呼呼灰尘里,把老黑这样的男人看透了。她好想找一个男人嫁了算了,找一个对她好的、不是太有钱的平常男人。这种男人往往靠得住,对她贴心贴肺,被她指挥调遣,对她忠心耿耿,过点小日子,平平淡淡,干干净净,光光明明,那就是最好的生活了。

这时船厂的一个小车司机走近了她,有事没事找她聊天,有一天,非要请她去吃烧烤。这一天的烧烤,吃的是假冒傣家的傣家烤肉,肥的瘦的还带皮,用竹片夹着烧成的一大块,价钱是十块钱,还免费送一瓶啤酒,吃得舒服死了。在江堤街上那油渍污腻的小桌子小凳上吃,洗碗碟直接在江中洗,餐巾纸用的是擦屁股的筒装手纸,可这么吃比跟老黑在最好的酒馆吃美妙几百倍,超爽,辣得人想飞起来。

这个男人开着船厂的车要她学车,说学了车可买个小面的载货载客。还没有做好准备,这个男人就对她动手动脚了。她又不是守身如玉的女孩,可不知为什么,她却突然对这种直奔主题的男人厌恶了,于是在车上与那个男人撕打起来,阻止他的进攻,并且扇了那个男人一耳光。那个男人说:"气垫船,你装得蛮像哪!"友珠掩着撕开的衣裳说:"你妈才是气垫船!"

桑姐来伺候他们,甘家老少三个人。面对每天灰一身汗一身的友珠,她当然没什么话可说了。可看到友珠这个样子。她又于心不忍。有一天她就给老甘说了,说让友珠去帮她照看日杂店去。老甘觉得这个好,就征求友珠的意见。哪知友珠坚决不去,说就是在麻瓤车间呛死,也不会去看日杂店。

友珠已经无法回过头来,对劳动的厌恶差不多要成为这一代人的特征,企图不经风吹日晒和艰苦奋斗就想过一种吃香喝辣穿好住好的生活,是每一个女孩子都有的梦想。可是,命运不济,老天爷不支持她。

但也有突然而至的转机。这个转机依然是从"巡洋舰娱乐城"传来的。女老板巡洋舰喜欢上了一个小男伢,是娱乐城里的调酒师,从武汉过来的。不知怎么,巡洋舰被十八九岁的细伢给迷住了。也不知是不是想气气温州老黑,就与那细伢上了床。这巡洋舰几乎是疯狂了,不到一个月,就借给了这个细伢二十万元,说是让他去为他父亲还债。

这件事是温州老黑给友珠说的。友珠在黑暗的麻瓤车间不停地给老黑发短信,让老黑快开他的本田车,将她救出苦海。老黑许是念及旧情,许是被巡洋舰气晕了,真的叫去了友珠。可以想见跳出火坑的友珠当时是多么感慨与感激,倒在老黑的怀里就号啕大哭起来,哭成了个泪人儿。老黑忽然感到友珠真是个美人坯子,抓过麻瓤的手还留有劳动的美好气息。这女孩也并不只是个想傍男人的好吃懒做、好逸恶劳的烂货。农民出身的老黑在友珠身上发现了美好的东西。那天晚上他们疯狂做爱,老黑冒着生命危险,连套子也没戴。友珠在下面兴奋了,紧紧抱着老黑说:"黑哥,我要为你生一个,我要为你生一个!……"

老黑让友珠成了"人民公社食堂"的大堂经理。

老黑给她开的工资是五千元一个月。本来,老黑是要她去"巡洋舰娱乐城"的,友珠死活不去,说家里不让她去。老黑说又不是让你做三陪,是要你当大堂经理。友珠还是不干。老黑说白了，说巡洋舰这狗日的已无心开店，想卷款与那个调酒师私奔，不过钱他已经控制了，准备让调酒师也吃点亏。

就在友珠听到这话不到十天——也就是去"人民公社食堂"上班没几天，有一天晚上，调酒师从巡洋舰租的一个秘密房子里出来，被人治了，砍掉了三只手指，戳瞎了一只眼睛，人就废了。那还不废？一个调酒师，要的就是手和眼睛。可怜的调酒师躺在医院里，日夜悲嗥，像一匹狼。

看着自己的心上人被人害了，巡洋舰怒不可遏，却又无处发泄。她明知道是谁干的，却又抓不住把柄。报案了，那又怎样？派出所的那帮人能帮她破案吗？不就是跟老黑穿一条裤子，天天在"人民公社食堂"被奉为座上宾的吗？这将是一个永远的悬案，作案者没留下任何痕迹。对付一个小调酒师，就像踩死一只蚂蚁。

白白胖胖的巡洋舰就瘦了，疯了，每天跑公安局、县委、县政府检举老黑是幕后凶手，检举他偷税漏税、卖假酒、强奸民女、引诱和逼迫妇女卖淫。

谁都不会听她的，老黑是县里的纳税大户，是县里招商引资的重大成果之一，而且还是县里几次重大活动的赞助单位之一。搞了几个女人那还算事？县里的那些人哪个没在老黑的"巡洋舰"里搞过腐败？说不起话啦。

巡洋舰疯了。有一天她在"人民公社食堂"看到了气垫船友珠，这个与她一起在船业社长大的女人，失踪一段时间后，怎么摇身一变成了这儿的重要人物？莫不是她从中作梗，让老黑坏了我下半辈子的幸福？这个女子没有生育，这个女子才二十二岁，这个女子美不胜收，屁股和乳房都与身体呈直角。老黑在那儿笑着，是不是就想拿这个与她一起长大的女友来气气她、惩罚她，让她什么都失去？

"你是不是想让'巡洋舰娱乐城'变成'气垫船娱乐城'？"

老黑笑。

"你们谁打赢了我娶谁，并且奖励手镯一只。"

友珠笑。友珠说："我是给你们夫妇打工的啊！"

友珠有一天高兴地把温州老黑带到船业社来，这是一个错误的抉择。这之前她在"人民公社食堂"当上了"经理"的事让家人和桑姐都知道了，这是在宣告她改邪归正了。她穿的是一套深黑色的职业装，尖领的白衬衣翻在外头，高跟鞋，亭亭玉立。这样就把桑姐的嘴堵了个严严实实，她爹也十分高兴，并且精神也好多了，重新向赵忠申请去沙市趸船竟然获得了批准。

就在父亲老甘准备重返沙市趸船之时，这一天晚上，大约十二点多，疯疯癫癫的巡洋舰就出现在了老黑的小车旁，小车在送友珠回家的那时停在船业社宿舍门口，也就是在大堤半腰的小平台上。巡洋舰这回是一定要将那艘气垫船撞翻的。巡洋舰不找老黑，直奔友珠，两个女人一碰头，就打成了团，并且爆发出声嘶力竭的叫骂。这一场突如其来的战争让友珠根本没有防备，她突然被一个女人抓了头发，脚就朝她踢来，踢中了下身，马上又被那疯狂的人影给扳倒在地，脑袋又被狠狠踩了几脚，已经是摸头不是脑了，完全只有挨打的份儿，而无还手的力了。

不过后来老黑从车里出来，抓住了行凶的巡洋舰，让友珠得以爬起来，与巡洋舰展开了另一轮厮杀。两个船业社女子的搏斗，惊醒了社里的许多人，人们披衣起来看稀奇。老黑呢？这个温州老板呢？开着车跑啦！要不是发狗开了最后一班夜船回来碰上，将两个女人拉开，谁知会打成啥样。

老黑为什么跑了？老黑这个狗日的！友珠摸着脸上几道被挖开的肉槽，捂着下身，吐着血水，一颗牙齿也松了。可以想见她是多么伤心,刚刚升为"经理"穿一套良家妇女才穿的职业装,手上还抓着个对讲机,在阴暗的、蜈蚣蟑螂爬行的娱乐城包房里和灰尘扑扑的麻瓢车间里的友珠都不复存在了,那都属于噩梦,现在她才是个阳光下的女人,阳光女人,阳光灿烂的女人。可她在自己的家门口遭到了羞辱,虽然没让巡洋舰在床上把他们俩抓住,但这也不比被捉奸好许多。后来她忍着疼痛,给老黑打手机:"你为什么走掉?你为什么不管那个骚逼?"老黑说:"我管不了,你说我怎么管?""她还是你老婆,你还是舍不得啊!"友珠心寒齿冷地说。"手心手背都是肉。"老黑说。

为防止巡洋舰再来行凶,老甘只好将友珠送走了,送到长沙大女儿的身边。那个大女儿就像失踪了不存在一样,连她妈死了也没回来奔个丧。"你让她来吧。"大女儿在电话那头说。

他们乘搭深夜的客车去了岳阳,再转乘火车去长沙。一路上,都是由弟弟发狗和桑姐护送的。他们怕友珠想不开,中途有个什么三长两短。再者,他们怕友珠杀回马枪,返回来与康船长的女儿巡洋舰和老黑拼个你死我活。因为养伤的这些天里,友珠基本披头散发,不吃不喝,口中念念有词,要把巡洋舰杀掉,把老黑鸡巴割掉。

七

老甘决定走了,一家人天各一方。女儿在社里丢人现眼让他不好做人;家里只剩下发狗一个,吃饭就在桑姐那儿吃了,桑姐照顾发狗可谓无微不至。可是,发狗的感情也遭遇到了顽强的阻击。阻击者就是赵忠。

作为一个有证船员,肩负着来来往往乘客的安全,他兢兢业业,不光是为了自己和赵忠,最主要的是想得到那个小妖精赵君子的青睐首肯。两个人二十啷当岁,正是情窦初开的年龄,很容易搞到一起。有一天在那个卖票的小屋子里,发狗就吻了赵君子。不知怎么,他就吻了,赵君子就接受了发狗的亲吻。也没有什么大的波澜,也不存在刻骨铭心。两个细伢就走到了一起。当然,这很难说就是恋爱。两个人之间的巨大鸿沟是存在的。一个是老板的女儿,一个是普通工人,且只能算临时船员、打工仔;一个家财万贯,一个一贫如洗;一个是千金,一个是狗毛;一个在云端,一个在尿浆里。但是青春是无所阻挡的,青春,无所事事的无聊的青春,让晚上的赵君子自然跟发狗牵手走到了一起。青春就是个结伴的过程。发狗能带她到哪儿去呢?电影院,网吧,台球室。

这事桑姐全盘掌握了,她全看在眼里。那个渡口和渡口的售票小屋在她日杂店的视野之下,何况发狗还在桑姐这里吃饭,每一点情绪的变化她都能感受到。她能说什么呢?她只有祝福。如果这一桩婚事能够玉成,对甘家那是多大的好事啊!有好几次她都想问问,但终于还是无法开口。这事与她有多大关系呢?人家会认为你狗拿耗子多管闲事。

这件事情可能没有那么简单。发狗的工资是有限的,现在,虽说加到了五百块钱一个月,但除了吃饭、穿衣他哪还有零花钱呢?衣裳还不敢穿好的,不像赵君子一身名牌。这丫头喜欢穿运动服,耐克、阿迪达斯是她常光顾的地方。发狗是无钱给赵君子买耐克T恤、阿迪达斯运动鞋了,可就算是看电影、泡网吧和吃烧烤,也够他受的。而且走出去,发狗穿的是廉价的五十块钱一条的休闲裤,旅游鞋是硬梆梆的底子,也就是几十块钱的价位。不过,他还是在某一个月咬着牙,买了一双减价的耐克鞋。

这还不是主要的问题。赵君子那丫头年纪还不大,还没有学会势利,与一个人相好时不会太在乎他的穿着打扮。一个年轻人，要是爱了，对方打赤脚也会喜欢，或者对方缺胳膊少腿也要死爱。问题是赵君子的父母和姐姐姐夫。他们走得太近的事就让赵君子家里知道了。有一天，赵忠从别家打麻将出来，已是深夜，看到自己的宝贝小女儿也从外面回来，在那个江边的碎石路上，与人手挽手，男的竟是发狗。赵忠是有身份的人，当时没发怒，回去就对赵君子说："这是不可以的，除非我死了。"赵君子笑嘻嘻地说："我又没说跟发狗谈朋友结婚。""那叫什么？"赵忠问。他是指他们手挽手，又不好说出口。赵君子明白，就说："玩玩。""玩玩？"赵忠大呼不行，"这是可以玩玩的？你是个女孩子，你玩玩吃亏的是你！""哈哈，我吃了什么亏？"赵君子好笑，笑得腰都弯下了，"老脑筋，现在是什么时代了！"又说，"就是不好，结了又不是不能离，老×的姑娘离了四次，第五次结婚，还不是很快活！""快活，好，我看你怎么个快活，发狗那个家伙，是绝对不可以的。"

　　女儿的毫不在乎让赵忠一时无计可施。是啊，年轻人在一起玩玩，又未尝不可。赵忠也不是蛮封建的人，年轻时因为驾船，到处码头上跑，也是个寻花问柳的老手，各个码头，湖南湖北、宜昌黄石、九江安庆，情人一大排。他之所以后来比别的船工优秀，当上了书记经理，又把这个船业社据为己有，是与在女人堆里打过滚有关的。他认为：一个男人是被女人教聪明的，同理，一个女人要聪明，也是被男人教会的。一个人必须要有许多异性朋友，最好是肌肤之亲，年龄比自己大的、比自己小的，都要。那样你才会在这个世界上脱颖而出，应付自如。很多人生的经验是异性教给你的。什么采阴补阳，采阳补阴，不光是说阴气阳气、阴水阳精，就是男女互补的意思，符合毛主席的辩证法。可是，这个补也是要有条件的啊！我赵忠现在是什么人？可不是下三烂的船工船古佬了，我赵忠是一个打领带、吃乌龟火锅的人，是固定资产达六百万元、年创利税二百五十万元的老来俏的民营企业家。当然了我赵忠被工人们称为败家子、公有企业的蛀虫,匿名信写了一箩筐,可哪一个敢与我当面搞?谅他没这个胆子!老甘父子不过是我的工人,莫非想摇身一变成为我的乘龙快婿和亲家?我呸!

这一天,赵忠摇摇晃晃就来到了渡口。他爬上那艘没有油漆的黯淡无光如驴屑的渡船,看了看甲板、驾驶室、船舱,挑不出来毛病。他只能在内心承认,发狗这狗日的还真继承了他爹甘启虎的优良品性,爱船如家、爱船如命、兢兢业业、恪尽职守,是一个未来的、新兴的先进工作者。

"嗯……唔……有什么安全隐患必须尽快上报安监组。"他说。

发狗点点头,毕恭毕敬。因为,在他的心中,慢慢滋生出一棵幼芽,这就是:此人——赵忠书记将会成为我未来的丈人,我孩子的外公。

这棵幼芽是多么美丽,多么诱人啊!它要长成参天大树,郁郁葱葱,招人现眼,让地球人都知道!

哪有什么安全隐患,这个船就是未来他家的船了,赵君子家的财产不就是我家的财产么?——基于这样一个心中的幻景,发狗真的是把这艘在父亲手中破败的渡船收拾得干干净净,好好生生,就像呵护赵君子一样呵护它。可是——

他听见赵忠书记说:"运沙船上缺驾驶,今天晚上运沙船来,你就上船。"

发狗当时脑壳就"嘭"地一下发涨了,就像装在坛子里晒久了的酒糟。这不是把他和赵君子活活拆开么?阴险的赵忠!不,不能,我不能去运沙船!

发狗问为什么。

赵忠说不为什么，下午就有人来接手了。

发狗没找到赵君子，他给赵君子打手机，赵君子不接。好歹对付了一趟轮渡，下了船就去找赵君子。售票室是另一个人了，说是赵君子有事休息。他不敢去赵家，给赵君子发了条短信，说你爸要我上运沙船，请一定帮我说说不让我去，我不想去。也没见回信。发狗就沿着江边的防浪林漫无目的地跑开了。他不想驾船了，如果是这样，他坚决不会去运沙船上的，那就成了跟爹一样一辈子四处漂泊的船古佬，那样赵君子就更瞧不起他。后来收到的短信证实了，短信是："家里不让与你一起玩。""能不能见面我给你说几句话？"——他发信。"短信就行了。"——对方回。

赵君子对他从来就是要理不理的，由着性子来。热脸贴冷屁股的事无数次了。这事一直以来就像走钢丝。

若我也不在家，家就全空了，家就没有了。为什么会这样呢？发狗一个人在家望着母亲的遗像。这房子也不能算房子，船业社当年给船上的人临时安排住宿的砖房，已有十年没维修，屋顶满是从堤上吹来盖满的灰尘，至少一寸厚，上面长着些蒿子瓦松，窗户的窗齿锈得一层层掉皮儿，墙上石灰剥落。这就是我们的家，一个干了一辈子的船工的家。这个家也不让我住了，要我到船上去流浪，一辈子像条无家可归的鱼。看看左邻右舍，全是孤老——船业社有五十多个孤老，因为在船上待了一辈子，女人都不愿找他们，这么一晃就老了，就剩下自己一个人，加上一双喝麻了的眼睛，挨着日子，孤苦伶仃。

发狗没有上船，找了个理由请了个假。主要的是赵君子不理他了。这使他坐卧不安，像丢失了什么最重要的东西似的。这些事他都没给桑姐说，他也走进了"和谐社会小酒店"，像他的爹一样，叫了个农家小炒肉，来一瓶啤酒，喝得酩酊大醉，然后出来，在屋檐下对着长江大堤撒尿，也不管有人没人。

他还抽起了烟。他买了包红金龙的烟，五块钱一包的，还买了打火机，叼着烟，与人打台球。他的球技不错，情绪却很糟，老是指责别人犯了规，宽大的喉结常常滚动着无与伦比的愤怒。焦虑、痛苦、郁闷无处发泄，有一天，竟跟一个也是很横的三十多岁的男人打了起来。那男人很胖，两人争执推搡时那人一下子就坐在了地上，这就恼羞成怒了，爬起来挥起球杆朝发狗砍。发狗挨了一杆，就这么出了手。那个胖人动作不灵活，活该挨揍，但那人也不是软脚蟹，两个人豁出去了，都想把对方搞死算了，手下没留一点余地，甚至动起了砖头，拳头都擂破了。后来，终于有一个老头冒着生命危险上来把他们给拉开。其余的看客要么是怕遭误伤，要么是来当免费观众的。当两个人拉开时，那个胖男人伤得不轻，就拨打了110，发狗的牙齿也被打断了一颗，耳洞里不知为何咕噜咕噜地往外冒血水。

警察来了，是这儿的一个片警，许多人都认识，是个独眼，看人凶狠，还爱扇人耳光。估计与那个胖子关系近些，不然一来就扇了发狗两耳光，说："又是船业社的，到岸上来闹事了！"

发狗就这么被打了，就证明他是错的，那个胖子是对的。发狗作为一个拿工资的有证船员，还没有这样被警察像打小偷一样打过，这让他无法忍受，这是奇耻大辱，自己内心里沾沾自喜的一点尊严竟被两巴掌给打得一干二净。可以想见发狗的愤怒。如果他现在有枪，他就会与警察拼命；如果有刀，当时也捅得进去。怪不得姐姐友珠一再喊要杀人的，人有时候真想杀人啊！看来杀人这个想法是我们这个社会时常让人滋生出来的普遍想法，具有广泛的底层基础。

发狗眉骨伤口的血刚凝固了，一下子又被打裂了。发狗捂着流血的伤口，一路极其痛恨地走回家去。

船业社的就不是人吗？船业社的流氓、小偷多，也不会个个都是坏人！把驾船的不当人！

"我也要当警察！！"

——这天晚上，发狗伤痛难眠，听着老鼠在梁上奔跑的狂飙声，他突然滋生出了这么一个比喜马拉雅山还高的念头。

这个独眼片儿警谁个不知哪个不晓，抽的烟最次也是蓝盒黄鹤楼，还不是别人送的。江堤街这一片，听说个个网吧都要给他上供，个个发廊都要给他交租子，如今也没有谁管谁了，都没了单位，只有警察才是统管，且只有他们才敢管最黑的，而最黑的又偏偏服他们管，县长来了还不一定服啄。由此看来，警察才是最大的，是土皇帝。事实如此，不然，他一只眼睛，凭什么无论老少上去就是两耳刮，打得你金星直冒，不辨东西南北，还要把你骂个狗血喷头，仿佛都是他的孙子。

当然，如果我是一名警察，赵忠敢对我发号施令，把我赶到一条运沙船上去？赵君子会拒绝我？

我要当警察！！

八

他把这个想法非常慎重郑重庄重地告诉了桑姐。

把桑姐吓了一大跳啊！

哪里有这种可能呢？你如今去找一个工作都很难，又没有后台，一个老百姓，想当警察，这不是比登天还难么？

一个人想窄了就会出偏。桑姐看着发狗这孩子青肿的脸和有伤痕的眉骨，加上一双充血的眼睛，她知道他遭受了委屈。从渡船上下来，这其中的缘由桑姐也略知了一二，明显的，赵忠不会同意，不会让发狗和赵君子走得太近。她知道发狗的痛苦正是在这里。她知道这孩子在本质上是老实的，应该不会强迫赵君子做那种事。因为赵君子感觉上是对发狗没那么贴心。但是也很难说，现在的年轻一代对男女之事没了那么多禁忌，叫什么"一夜情"，在网上认识，开个房，就做了，第二天分别时连对方姓什么都不知道，这种事在她爱看的《荆楚晚报》上经常登，会网友而遭骗钱骗色的也大有人在，络绎不绝，前仆后继。但是——桑姐想——不管怎样，一个女人若把自己最宝贵的东西给了一个男人，总会对他有些依恋的，或者说就默认了是他的人。在那个时代确实如此。想到自己，不正是这样的吗？

……那是即将回城的一九七七年，酷热的夏天，作为知青的桑姐，竟被人强奸了。那是不堪回首的夏季，在每天四点半的钟声里被生产队长驱赶着去秧田扯秧，当地无数的夜蚊和蚂蟥开始袭击一群陌生的人，吮吸她们的鲜血，这群人就是知青。桑姐的腿特别爱逗蚂蟥，只要一下水，蚂蟥便纷纷向她游来，爬上田埂，满腿是密密麻麻的蚂蟥，让人恶心。她不停地拍打，鲜血直流，奇痒难挨。大家都说她的一双腿香，她的肉是香的，而许多知青却很少被咬。

她因此走近了大队医务室。赤脚医生马百贵，这个乡下的医生给了她一些避蚊虫的药水，让她擦在腿上和手臂上，不收她的钱。这个姓马的是个钉头细脑的乡下人，他看上了桑姐，那一身细皮嫩肉使他冒着坐牢的危险想要得到她。他明白桑姐满腿被蚂蟥叮过的红斑和疲倦、痛苦的神情，给她出了个主意，说："我在这里给你吊几瓶葡萄糖，你给队长讲就说病了。"葡萄糖是补充体力的，马百贵不收她的钱，又可以休息。她感激他，没有在心里问问这个医生为何对她这样好。

她记得那个下午，从大队医务室简陋的病床上醒来，看到了马百贵在整理他的裤子，而她竟然赤裸着下身！床上黏糊糊的到

149

处是血；那种鲜红的、曾被牢牢紧锁的血，就那么洇进了乌漆墨黑的床单。

她号啕大哭，她听说过从少女到真正的女人要经过的痛楚的一夜，那应该是人生的记忆。可是，她没有记忆，她已经被姓马的乡村医生麻醉了。那本该让人记取的刻骨铭心的痛楚，在她身上没有出现——这女人一生中最痛苦也是美好的记忆啊！……

在薅秧草的农历八月的一天，桑姐站在水田里，看见路上有两个穿公安制服的人押着马百贵。马百贵穿着一件到处是洞眼的红背心，像个失魂落魄的人，在乡亲们的注视下做贼似的向长江渡口走去。他是罪有应得，他犯了强奸知青罪，至少得关个十年八年。那时候桑姐手抓一把稗草，她看见了马百贵的老母亲和他的妹妹在后面送着，哭着，在凹凸不平的乡路上趔趔趄趄。桑姐站在泥水里，远远近近的人以为她会在这个难堪的时候倒下去，倒进沤着腐殖气味的烂泥田里，或者跑到没人的地方去抽打自己两耳光。乡路旁，一丛丛茂盛的茅草摇曳着，时时遮挡了人们的视线，就在那一行人即将消失的时候，桑姐突然从田里踏着淤泥冲上田塍，她手上的稗草忘了丢掉。她像发疯一样地去追赶马百贵和押他的公安人员。坚硬如铁的车辙硌着她的脚板，她的那个草帽飘向脑后，帽绳勒进她的脖子。

"……你们不要抓他！你们不要抓他！是我愿意的……我找的他！……"

她的脸白得像一张纸。她拦住了他们的路。她手上的稗草一直紧紧地攥着。她反反复复地说是自己愿意的。她翻供了，她要留下马百贵，不让他因为自己的揭发受牢狱之苦。

后来呢，后来她搬进了马家，心甘情愿地成为马家的媳妇，成为乡下人。……

就是这样，那个闹得渡口两岸都知道的强奸知青案，成了这样的结果，哪个不说桑姐是个傻瓜。然而，谁又说得清这其中的缘由，时间长了，连桑姐本人也感到迷茫。

她真的想教发狗去这么得到赵君子。可她如何能说得出口？她的暧昧的阴暗的身份，一个长辈，能这么唆使一个男孩去干这种伤天害理的坏事吗？她自己的这一辈子不就是这样被毁的吗？

她焦急万分，不知道怎么去帮一帮老甘的儿子，也就是自己以后的儿子。

她给他说，这事要慢慢来，你拗不过单位的，还是先到运沙船上干一段，不然你就下岗了。如今先有了工资能吃饭了才能想点别的。可发狗不，不上去。他坚称还是想当警察。

把这样的大事托付她，是对她的信任，这让桑姐没来由地感动，可感动之后还是束手无策。

九

桑姐就像病了一样到处求爷爷告奶奶，看谁能不能认识公安局的，或是县里的哪位领导。就是把发狗弄到派出所守门，也是好的呀。听说有合同警，也就是临时在派出所听个差，这也行。这种听说就访到了在航标艇上看守航标的老姜。老姜也跟老甘跟康船长是一拨的，被安排到航道局去看航标，听说也是他那个在公安局的侄子给安排的——他早就给赵忠开销了。也是个爱吵吵嚷嚷的喝得像卤猪肉的酒鬼。船上的人都是些酒鬼；跑下江跑重庆的长水，几天几夜不上岸，只有喝酒。

"那就合同警。"老姜说。这个老姜，是个老鳏夫没结过婚，看着桑姐找来，眼里燃着十八九岁后生们才有的亮光和欲望，满脸的胡子硬蓬蓬的，看桑姐就像看一个小姑娘。这老姜怪怪的，还养着一只呜呜乱叫的猫，看着桑姐提来的泡有多种虫蛇的药酒，还有一条红金龙烟，说："你这么客气干什么，桑姐，桑姐呀。"

桑姐是大家都叫桑姐的。桑姐讲完就尽快走了。老姜的一口应承让她好高兴，也疑惑。太阳热辣辣地在航标艇的甲板上燃烧，猫系在绳子里呜呜大叫，桑姐热汗滚滚，老姜穿一件短裤。老姜也就五十来岁，肌肉十分发达，驾船的嘛，劳动人民。

第二次桑姐给老姜送去了一对藤椅，说是要他交给他侄子。藤椅是四川藤椅，做得很好，是桑姐托四川的船买来的。老姜说发狗的事已经说了，他侄子说研究，还问郊区的派出所行不行。桑姐说行啊行啊，只要有那一身唬人的皮，哪儿都行。

第三次是送的两千元。经常看报纸，一些贪官动辄几百万、上千万，那都是想当官的或者大老板送的。自己这区区两千元似乎拿不出手，可也是她半年摆这个杂货摊积积攒攒的收入。老姜看到钱，说都是熟人熟事的，还要这个干什么，那边有了些眉目，等等再说。那天还有些风，老姜在笨手笨脚地切菜自己做饭。桑姐就说我来给你炒菜，就在艄楼狭窄的厨房里捋起袖子洗手切菜了。可老姜一把从背后抱住她，就把她扳倒在那走廊的甲板上。甲板是木头的，还很干净，只是猫食盆给打翻了，猫在哭似的大叫。老姜很有一把力气，好像是强奸老手，加上衣裳穿得少，极易得手，老姜就得手了。老姜还说过一些"跟我一起过"之类的胡话。桑姐在丈夫马百贵死后的这二十多年里，不知道遇见过多少次这类的骚扰，也不知多少次拒绝，化险为夷；可这一次她却很难有力气拒绝，她知道，自己不算什么，就当是做出牺牲，只要换来发狗的幸福，她这个差不多日落西山的身子又算得了什么……

可是，钱收了，人占了，却没了下文。说是侄子很忙，要研究。老姜说，到我那儿去坐坐。桑姐再不会去了，至少没有进展她就不会去了，她说你得催催啊，拜托你了！她说了不下一两百遍，可老姜总是说慢慢来，这么大的事儿咋能一口吃个饼。

友珠悄悄回来了一次，带回了个男人，男人戴着大板箍（戒指），友珠说是长沙洗脚城的老板。长沙洗脚城多，这里的人都知道，因为这个县靠近湖南。说北京叫首都，长沙叫脚都。友珠听说弟弟发狗在岸上瞎窜，也没上班了，赵君子甩了他了，就很恼火，给了弟弟两千块钱。不就是几个钱吗，他们就是仗着有几个臭钱，我这次回来——她悄悄地给弟弟说——就是怂恿这个大老板来买下巡洋舰娱乐城的。

发狗带着两千块钱去约赵君子，他想可以给她买个什么东西，这个女人好虚荣，又会乱花钱。买一双名牌鞋子？买一个戒指？买一瓶香水？买一个手机？——两千块钱，姐姐给的两千块钱，全做辣椒也不辣，填不满赵君子的血盆大口。人家的这个船业社是花多少钱买的？四百万！可船工们议论，至少也值一两千万，赵忠买了个大便宜。一个千万富翁的女儿，会在乎你这点小钱买的物品？

工人的儿子发狗还是怀着美好的希望去精挑细选了，他在没有穿上一身警察服装前，也想用这一笔大钱（在他看来是）去征服赵君子，如果赵君子一心想跟他好，她老爸又奈何得了她？但是赵君子的不即不离始终是发狗心中的痛。

他挑了一个戒指。对，一个戒指，一个镶嵌有人工红宝石的白金戒指，一千六百元，不知是真是假，但是在大商场买的，余下的钱可以与她去喝一顿，再去蹦蹦迪。这一次，他想与她摊牌：要我吗？要就去给你爸说说，别让我上那流浪汉一样的运沙船，就在这儿摆渡，依然是你卖票来我开船……

这当然是在当不上警察的情况下，退而求之。

就像心中忐忑预感的那样，不成，赵君子不要他的东西，这东西如果接受,那就是定情之物。

当然不是这样。只是预感的灵验是以另一种更令他无法接受的情况出现的——赵君子早就对他没了兴趣,当她正式谈婚论嫁时,她寻找到的是一个与发狗完全不同的男人:一、年龄成熟,是个大学毕业已有数年的近三十岁的微微有些秃顶的男人(秃顶就是知识和地位的象征啊!);二是有极好的工作平台,在县电视台,而且还是一个什么样的制作编导;三是人家家庭,老爸是县商业局的副局长,老妈是一个什么公司的总会计。总之,人家是高山,是金子,发狗不过是一坨狗屎。在那样的男人面前连自卑都没有勇气,更不要说要与他争个鱼死网破了。而且,那个人还有车,那个人会开车,那架势就是把贫苦老百姓不放在眼里的有钱阶级。——发狗是看着那车那人将赵君子载着,当着他的面走掉的。他喊:"君子,我找你有点事。"赵君子看了他一眼,总算看了他一眼,却连一句话也没有,鬼魅地笑了一笑,就钻进了车里。车是有阴暗车窗的车,进了车就隔开了外面的世界。那是一个发狗所不知也未体验过的世界。而发狗所处的世界,被那车和赵君子甩下的世界,灰尘弥漫,遗物遍地,杂乱无章,污水横流。高贵的车辗在上面,给车外世界的人溅一身。

发狗没有被溅一身,他只是看到他们绝尘而去。这个人的来龙去脉是以后打听到的。过去,他抱着眼不见心不烦的心态,以为自己糊里糊涂地过别人就糊里糊涂地过,殊不知,如花似玉属紧俏商品的赵君子是不会这么糊里糊涂空耗时光的。名花终要有主,绝不会去傻傻等待他——等他有了钱或是当上了警察再走向他。

发狗的梦也就渐渐地醒了。可心态不平衡。他找过她一次,找过她两次,找过她三次,找过她N次。有几次找到了她,有一次非要把那个戒指给她。那个被他的手摩挲得有些污黑的小盒子,上面系着一根缎带,还有一个心形的图案。可是赵君子不要。她不要他的这份礼物就已经是铁了心了。

悲伤和绝望就像长江的暗流,在他的胸中翻滚冲撞,漫无目的,发出哀鸣的惊涛拍岸声。他的姐姐倒是胜利在望了,姐姐并没有出面,而是由戴大板箍的长沙老板去收购因吸毒而至门庭冷落的"巡洋舰娱乐城"——果真,要改成"气垫船娱乐城"了!

可发狗觉得这世界若失去了赵君子,所有的幸福都不存在了。过去跟她在一起并不觉得,一旦失去,就凸显她无与伦比的重要性。

一个人在心中折磨自己是十分危险的,没有送出去戒指是一桩丢人的事,他不会告诉任何人。"赵君子是一切"的这种意念每时每刻攫住了他。想着她的吻,想着与她的一切美好的交往。回味加深了失落的痛楚。他的心在刀尖上行走着,跋涉着。

十

想把赵君子杀掉是源于外界力量的推动和内心的逼近。他不是一个具有暴力倾向的孩子。虽然跟社会上不三不四的人玩过,但总是尾随其后,没有什么登高一呼的坏心思,不善于制造事件。因此,他是一个性本善的人。

滞留在岸上的他那几天敏感焦灼,魂不守舍。这时父亲回来了,是康船长将他邀回来的。康船长因为女儿巡洋舰吸毒而气得胆结石发作,住进医院,动了一个手术花去了五六千元,时间仅仅七天,拆了线就出院了。因为赵忠无法给他报销,这就将事情推向了摊牌。船上的人既暴躁也能忍,因为身体好坏事没找上自己,牢骚归牢骚,也就相安无事。可这次,康船长恼了,本应给咱们办社保和医保的,却以种种借口啥也没办,办的是些舔赵忠卵子的人，屈指可数，竟然给上面汇报说已办了百分之八十。康船长邀约了三四十人，占领了翻船湾渡口。

这渡口可说是县里最繁忙的第一渡，又是赵忠的摇钱树，让赵忠的生意崩溃，让他不好给县里交差。断了这条交通线，县城的农副产品供应、肉食水产供应就断了半壁江山。大伙儿还不是想这下让赵忠就范，引起县里对船业社的事的重视。

几十个老头子和接近老头子的男人，坐满了渡口那条唯一的进出通道；再往上，是一块跳板，也坐上了人；再往上，就是那条皱皱巴巴的铁壳渡船，船上也有人占了，驾驶室也有人占了，唯一的目的就是不让开航。

码头上人喊马叫，鸡鸣狗吠，两岸候渡的人像旋涡一般激荡着。这已经是枯水季节了，不知道为何突然来了这么些老头子把持了渡口和渡船。后来有人看见康船长和老甘。老甘！老甘啊，甘驾长，这是何事啊？——人们喊叫着，喊得最凶的是那些等着三杆子们贩驴过来的屠夫，是水产市场的鱼贩子，因为三杆子们在对岸快急疯了，急得快跳河。又没有大桥，一个县不可能修一座长江大桥。可这些从不显山露水的、老实巴交的、即将死去的老家伙，今天就要搞倒赵忠，不搞倒赵忠大伙就没好日子过。管他娘的，大不了拼了！拼了！凿他的船，把他的船凿个洞，让船翻了，让这几十年的红旗渡口毁于一旦。警察来了又奈何得了他们？

——赵忠知道是康船长串联怂恿的，真正地叫来了警察，七八个警察，这一次不敢扇老船工的耳光，只是在那儿规劝，动口不动手。警察让这些老家伙一点儿也不害怕，倒是看到赵忠后把心中的怒火更烧燎起来了。

"砸！砸他妈的个船！"

"把驾驶室掀翻！……"

赵忠在那儿上蹿下跳手舞足蹈手上挥舞着一支烟，他在给那些老头说好话、求情，像一只热锅上的蚂蚁。这让发狗多高兴啊，那汹涌澎湃的人群，就是在杀赵忠，就是在替发狗出气。砸，把赵忠砸个稀巴烂！把他一家砸个稀巴烂，把他杀了，把赵君子杀了！杀光了才解恨呐！

最后是怎么散的，最后渡船又怎么开了，这发狗不清楚。反正县交通局又从其他渡口组织了两条船来增援，才把两岸拥塞的数百乘客疏散运走。

到了晚上，气氛有点紧张了，警车的警笛再一次在老甘家门口响起，发狗看到来了几个警察，像上次挖堤后一样，将他的父亲老甘抓走了。同时抓走的还有康船长等四五个人，这些人是领头者，也有砸了东西的老头。

这一次，赵忠与所有人都撕破了脸；这一次，发狗在全社船工的眼里看到了愤怒，大家在议论纷纷，在谴责赵忠的行为，毕竟是你不仁，休怪船工们不义，他们也是万不得已啊！

听说老甘又被抓去了，桑姐赶快跑过来。这一次，她是没办法把他给弄出来了。

发狗一个劲地给赵君子发短信：你不该抓我爸。你不该抓我爸。你不该抓我爸……赵君子不会给他回信，可发狗就是这句话，这条短信，拼命地发。

当然不是赵君子抓的，这或许与她无关。但发狗认定了是"你"，"你"代表了"他们"，那些人，与他越来越远的那些人。

如果赵君子回一个短信，向他表示一下与她无关，或者略做解释也就不会有以后的事，然而没有。已经有了如意郎君的赵君子是不会给发狗回信了，这不可能了。

这一天，发狗突然来到桑姐家说是来吃晚饭的。桑姐来不及做，她自己一个人常常是炒几个辣椒就对付一顿，就赶快到餐馆去端了个肉丝。这些天她因为自责，没办好发狗的事也不能救老甘出来，就没管发狗的吃喝。看着他失魂落魄的样子，又不忍说破那个结局——她还托人去问了，可恶的老姜竟然根本没给他侄儿说，桑姐给的钱就喂了狗。哪知道老姜是个无赖呢？

"再慢慢找，不要灰心，有办法的。"她说。

发狗已经在桑姐的眼里看到了那个结局。也许，他压根儿就没做打算，这是不可能的，也是不可以的。像他这样的家庭，这种文化水平，顶多只能出一个船工。再则，赵君子如今就根本不爱警察，她爱的是电视台。县电视台正在播放当地的新闻，领导们正在剪彩和开会。发狗恨不得把电视砸了，就从江堤街出来，走上长江大堤的斜坡，就见赵君子骑着一辆电动车迎面而来。他刚刚喝了些酒，视物有些吃力，但对赵君子还是能一眼认出的，这样就拦住了她。果真是她。

赵君子只好停下车下来了。两个人没有讲话，就那么站着，偶尔看一眼对方。这样会增加仇恨。

"你爸爸不是我抓的。"后来赵君子就这样说了。这样说等于是句废话，发狗的愤慨岂止在这些，可他找不出什么话来给对方说。他因为喝了酒，眼里本来就有些灼热，现在又有一盆火到来，把他整个身子似乎都点燃了。他想说："你应该……"他想教训她，可又想乞求她。但什么也无法说，这是艰难选择语言的时刻，让他十分难受。

她知道他的难受。她知道他受了委屈，这时候，一个女性的某些东西就回来了。她竟然说："好吧，到那里站一会儿。"她的手指了指驳岸。那里堆着许多木材，有一个场地，一个能让汽车下去的斜坡。

他们像两块沉重的石头往那儿走去，赵君子推着她的宝蓝色的电动车。

这时的江边当然少有行人，大堤上也时常出现行人和车辆的空档，发狗像过去他们曾经相好时一样，或者因为心切，站定后就去抱她并且想亲吻她。但是这样的日子已经远远地过去了，赵君子不会再让他近身。一个强烈地渴望，一个强烈地拒绝，说了什么话已经不重要了，结果是推搡，是厮打；不是水乳交融，而是水火不容。赵君子在挣脱发狗的时候要推车走了，可发狗不让；那时候他是不会让她这么走的，这么走就意味着永远地走了，意味着留下他一个人，成为沙洲上的一只孤雁，凄厉鸣叫。他不放，并且将手伸到了她的下身。——这样的征服是不得人心的，是无法得逞的。他把她往木材堆的暗角处拉，也只是拉，也没有下好企图强暴她的决心，完全是酒劲上来了。正因为发狗的行动中有怯懦和犹豫的一面，赵君子才完全不怕他，并且在气势上完全占了上风，最后一声"我要报警了"，发狗不知是要去捂她的嘴，还是去夺她的手机。她的上衣被撕开了，掉下两颗纽扣，红色的胸罩在暮色中像一丛鲜花凸出来。"君子你跟我君子你跟我你跟我……"

决不屈服的赵君子在发狗的怀里像发疯的猛兽，让发狗彻底绝望了。在最后一刻他的心里明晰起来：完了！眼中喷着酒火的他从皮带上触到了他平时又当刀使又当改锥的一把小水果刀——只有这个了，只有这个作为他的最后的了断，用铁、用刀、用血、用疼痛来了断这折磨了他许久的一段甜蜜也痛苦的初恋情缘。这也是在走投无路时的一条路吧，也是一个年轻人，一个年轻船工想要极端表达的一种方式吧。——他的刀朝她的下腹部捅去，隔着衣裳朝身体里捅去。

一声尖锐的喊叫，赵君子就倒在了木材堆旁，双手还扶着那巨大的圆木筒，断断续续地说：

"发狗,好……好……你……好……"

发狗就走了,对方软了,发狗就胜利了,至少这一局。

风暴过去了。发狗跳下驳岸,下面是软泥和沙子,他拍打了一下手,往江滩上走。猛一抬头,就发现渡口那儿停泊着一艘崭新的、淡蓝色的钢质渡船。他的心尖怦然一动。他忽然有了一股上船的冲动。

老船没啦!新船下水了。这是好事,父亲在这里几十年创下的红旗渡,也应该换船了,应该有点红旗渡的样子。

他爬上新船。

哦,舵楼好高啊,三块大玻璃显得视野开阔,一览无余。舵楼外,还有一条行走和瞭望的护栏道;船侧的龙骨更加坚硬,双十字系缆桩,工型索耳;更令人叫好的是自动绞车,不需要人力拉缆了。它的舵轮、滚筒、导向轮、舵柄,都透出时代的气息,简直有点时尚。舵楼里的装修甚至有点奢华,墙壁上还有一件女体的挂饰,不过很抽象。

发狗陶醉地看着,摸着。月亮升起来了。一轮黄澄澄的月亮从江面上冉冉升起,照得大江波光粼粼,整个江面上好像撒铺了碎金,到处闪烁跃动,好像要把人往高处抬升一样。人会浮起来,船也会浮起来,船浮向了月光中,浮向了像蓝玻璃一样的夜空中……

警察上船来抓他的时候,他正在那舵楼里,坐在高凳上,手放在舵盘上,舵盘染着鲜血,玻璃上也溅着鲜血——他正在用那把水果刀割自己的手腕。

十一

发狗要送到对岸的劳改农场，在那儿服刑。

发狗在一个薄雾笼罩的早晨跟几个劳改犯一起踏上了这艘新轮。他戴着手铐，头上刮得光溜精亮，走慢了一步，就被公安干警呵斥着往船上赶。

他的父亲老甘和桑姐站在跳板旁。他觉得鼻子好像塞了什么东西，瞅瞅父亲，瞅瞅父亲身边的桑姐，嘴唇动了动，似乎要喊点什么，但新船启动的轮机声把一切都压下来了，那种声音很大，很粗暴，表示着它强劲的马力。"你们回去吧！"他可能说了这么一句。

"好好改造！"他听见桑姐挥着手说，"争取减刑！"

他的父亲老甘只是站在那儿，脸上的肌肉一下下痉挛。

现在开船的是从外地请来的师傅。新船的轮机声愈来愈大，带动着螺旋桨。船拐了个弯，划了一道亮弧，就向对岸驶去。发狗本来是想喊一声桑姐的，他早有这个准备，但是他不知道究竟应该喊她什么好，老远，他的嘴还在蠕动着……

他从来没喊过她。从没有。

他是去江北农场劳改的，这一次他判了四年，因为他没有全力以赴，那一刀探得很浅，只划开了赵君子的皮肉，未触及内脏，无有大碍。

就在发狗去劳改后的那年冬天，他的姐姐友珠竟抱着一个小孩回来了。小孩是她的，她与那个长沙洗脚城老板的，可老板一脚蹬了她，给了她十几万块钱，算是补偿。生过孩子的友珠更丰满了，更像个气垫船。穿得珠光宝气，浑身闪闪发光，就是眼睛无光。

她是先到桑姐那儿落脚,让桑姐慢慢告诉她爹老甘,好有个缓冲。——那孩子就放在桑姐那儿了,压根儿就没抱到船业社来。老甘发了一顿闷脾气,也就接受了。孩子是个丫头。老甘终于有了外孙女。桑姐也就有了外孙女,或者说孙女,反正,这丫头片子自会说话后就叫桑姐桑奶奶了。

友珠拿着那个长沙男人给的十几万块钱,还是想干一点事,她看中了桑姐的这个两层小楼,要把她的日杂铺改造成一个小茶楼。既然江堤路有了餐馆,有了网吧,有了桌球室,就应该有茶楼。既然县城有了大量的娱乐城,有了洗脚城,就应该有茶楼。这个茶楼就叫"江风茶楼",要的就是江边吹来的自然风。

友珠已经是见过世面的人,她有了自己的想法。茶楼投资少,员工稍做培训即可上岗,简单的茶道表演,简单的果盘制作,就可以开张了。

说干就干,桑姐没有任何反对的理由。而且,这样就可以堂而皇之地让父亲与桑姐住在一起合成一家了,房子的租金都不需付。桑姐与父亲,既给她带孩子又给茶楼打打照扶,二楼顶上加了一层简易的房子,作为居住。

很快,茶楼就开张营业了,而且生意不错。这友珠不知是从哪儿学来的,将茶楼弄得十分文化时尚,里面贴满了画着卡通人物的稀奇古怪的名言,都是关于友情、婚姻的,连卫生间里也是。还有留言簿,还有一些她在各地照的照片。这个女老板真是漂亮啊!这个女老板真是很有品位啊!

没有办法,无论老甘怎么客套都不行了,撵走桑姐,要来她的门面,就是以不情愿的老甘与桑姐的结合作为交换的。友珠恶毒啊。为了儿女,老甘还有什么话说呢?可那个没爸的丫头让老甘很不舒服,虽然桑姐将其视为宝贝。因为桑姐一辈子没有孩子,甚至没有生育。

老甘退休了。赵忠总算将老甘交给了社保部门,让他去领取屈指可数的几个退休金。老甘却不愿待在这所谓的"江风茶楼"里,不愿带那个无根无据的丫头,也不愿喝那里面的茶。

他自有他的去处。

那就是江边居委会开的"新风茶社"。里面乌烟瘴气,全是退休的老头老太太,加上修船的船工和淘金的人,一块钱喝一天,茶是粗茶,还有书可听。书讲的是老书,《七侠五义》《封神榜》之类,说书人都是些不爱洗澡的江湖艺人,衣领黑得像炭灰。饿了门口有个卖锅盔的炉子,一声叫,就把锅盔送来了,热气腾腾,外焦内软,比鞋板还大。里面嘈嘈杂杂,到处是老腔老调、咯痰不爽的声音,热闹极了。

有点痴呆(喝酒后遗症)的老甘还是被桑姐照顾得很好,打个盹儿也给他披件衣服,竟问他:为什么总不要我?

"哪敢不要你,我做了太多的坏事,害了人,才落下妻亡子坐牢,还得了个私生(孙)子,报应呀,造孽呀!……"

他就说了,就道出了隐情,原来——

一九七九年的老甘是个路见不平、拔刀相向的老甘,是个疾恶如仇、年轻气盛的小伙子。对于桑姐和马百贵医生的事早有所闻,水灵灵的县城姑娘,成了那个作恶多端未得到惩罚的乡下人的媳妇。渡船翻沉的时机来了,他救起了令人同情的桑姐,当他再一次潜入水中,他又与马百贵遭遇。这一天,是桑姐和她的丈夫在县城进药回去的时候,没想到碰上了这次劫难。老甘那时看到马医生浮出水面,张着嘴喊了句什么,老甘没有听清,他觉得那一张用麻醉药骗奸知青的小脸无比丑陋,他当时只要伸出手抓一把,那张小脸就不会沉没于江底,但他迟迟没动手。他看着一股急流把马百贵卷走,老甘心里愤愤地说:"让你到东洋大海去……"

"我可能做错了事,以后,我就知道我帮了倒忙。多少年来百贵的冤魂都在我耳根上喊叫……其实,只要抓上一把,我没有……老婆死了,儿子坐牢,有个没父亲的外孙女,这都是报应……"

老甘喝了些酒,就把这些说了,说了心里就舒坦了,搁在心里二十多年,说出来了,就放下了一块石头。桑姐当时脸就白了:"真的?真的?百贵这么死的?那你又何必把我救起来,让我遭这后半辈子的罪啊!老甘哪,老甘,你毁了我一辈子的幸福……我喜欢百贵,救人一命,胜造七级浮屠,你为什么见死不救啊?!"

桑姐在楼顶的平台上哭啊,对着长江,哭得死去活来。后来,拿了些纸,就下楼去了,去渡口烧。

老甘也烧,跪着,对长江跪着。纸烧完了,火熄了,灰冷了。桑姐要他起来,说:

"走啊,回去啊!"

于是他们两人一起向江风茶楼走去……

太 平 狗

一

　　程大种烦乱得直吼。自家的狗不知怎么跟上了他。他是出外打工的,可他带着一条狗。嘿嘿!哭笑不得哟!

　　天气还好,路上净是尘土,头上、身上裹着一层磷矿粉;他搭上了磷矿的一辆顺风车,走过了两个县的地界,根本没想到狗会跟着他。他那时站在远安县苟家垭的岔路口上——汽车把他甩下往另路走了。他看天空,舒筋骨,再拦车,就看到后头远远地向他奔来一只紫铜色的狗,溅起一路灰尘,鼻子里喷着糟气。

　　"太平!"程大种惊叫起来。我咋没见着呢?一路在车上往后看哩。"你,你是怎么……!"

　　几百里地,离家已有几百里了,它就这么在汽车的屁股后头跟着?我上车时它藏在哪个旮旯呢?

　　"快回去!快回去!"想起自己前脚才踏出门槛,后脚就有家里的东西跟上来了,这不是不让你走嘛!这鬼狗,比人还讨厌。幺儿还能哄了,说我回来给你带糖吃,幺儿就不赶你的路了。

　　可那狗不服撑,一脚踢去,踢走了两步,又依依不舍地回了头,还向你摇动着谄媚的尾巴。狗不跟着主人跟着谁呢?这让那狗有点迷惘。狗是条神农架的纯种猎狗,当地叫赶山狗,嘴头粗,尾巴直,下巴上两根箭毛,是同村的蔡三爹捉来给他的。蔡三爹过去是个打匠(猎人),家里最多时养八九条狗。狗通红的鼻子,从小就很好看,腿长,眼像镀了层金子似的,炯炯有神;

165

每天睁着警惕的眼睛,对着山、鸟、虫子、老鼠狂噪,连虱子也不敢进他家。它就是一百把安全锁,所以就取名太平。话又说转来,咱丫鹊坳的哪条狗不是太平狗?没有野牲口咬伤人畜事件,盗贼闻见了它们的气味,一泡尿百分之九十撒在裤子里。可我现在不要你,太平,你这哑糊苕!我这不是走亲戚,是去城里找活干的!滚滚滚!滚!回去!

试了几下,一来二去,赶不走,黏上了。就火了,怒从心起,操起路边小卖部门口的一把锨,劈头就照狗砍去。那狗哪晓得主人会对它下如此毒手,防都没防,腰椎就咔嚓一声断了,被打落尘埃,发出悲恸的惨嚎,爬不起来了。

主人准备继续赶路,懒得理这狗了。别人把它拖去剥皮煮肉那是别人的事,与他无关。狠心了结了一桩事,还一阵轻松。人在外,心就狠了,像毒蛇。可狗在后头哭泣着,挣扎着,那小卖部里的老倌子还出来心疼地观看,一个陌生人打一条陌生狗。看狗时,狗又晃晃悠悠地爬起来了,狗很怪,怪模怪样的,一看就是深山里的怪物,与野兽们一起长大的。那怪狗叉开四条长腿站起来,平衡了一下身子,用舌头舔了一下鼻子里流出的血泡——鼻尖通红,不是血。这狗就又向那个陌生的施暴人撵去,夹着粗壮笔直的尾巴。可那人依然不依不饶,一双山魈眼横竖看不惯它,又跑过来操起那锨,又是一锨。这一下,是尘埃落定了,狗再也爬不起来,呜咽着悲愤和绝望,听那时断时续的哀鸣,是在喊痛哩,或者还有什么,控诉一般的。那个施暴人在路上暴躁地走着,拦车,什么车都拦,自行车也拦。后来拦到了一辆长途客车,跳上车去。车就被自己轮子搅起来的漫漫黄尘给吞没了,就像一条沟里的鱼搅浑水藏起自己一样。

一团黄尘在蜿蜒起伏、颠簸如浪的公路上渐行渐远。

半夜时分,昏昏沉沉的程大种从梦中醒来,感到一个暖热的膀子挨着他，这是卧铺客车，心想着旁边的人是个男的，不会离自己这么近，各自在臭醺醺的毯子里睡觉嘛。一睁开眼，一张狗脸在黑暗中闪现。狗，太平！这狗何时爬上客车来了？半路上是停过几次，人上上下下，还屙尿、加油，狗就蹿上了车？狗不是已经给打死了吗？

程大种心像刀子割，这狗可是只异狗，像狗皮膏药一样黏上自己啦。就势一掀，将那狗掀到走廊里，还踢了一脚。狗嗷嗷大叫，好不委屈。一声狗叫，吓得那在半夜漫游的司机从鸿蒙中惊醒过来，差点撒了方向盘，只见车一个炝跃，在路上闪闪失失几下，满车人也都给惊醒了，从毯子里伸出头，一双双通红的眼里全是遭劫般的觳觫。这时就见一条狗从人的头上越过，撵狗人在走廊里高捋着袖子，咬牙切齿，骂骂咧咧。这激怒了一车人，司机在民意的支持下动了怒，将人与狗双双驱逐下车，将他们丢在了荒郊野地。

两天以后，程大种与他的狗才到达汉口。

他是把狗装入一个蛇皮袋子里，紧紧扎着，像装一块石头一样，怕狗乱叫，又将狗两脚踹昏了，这才上了另一辆汽车。

到了汉口，那叫太平的狗还没能吸一口城里的空气，还蜷在自己的屎尿里，在黑暗憋闷的袋子里煎熬着。但从车上下来后，它已经醒过来，浑身疼痛难忍。一阵冷水，浸到心中去了——那是主人程大种在一个自来水管前浇它——是怕它有股子臭味。这样就背到了程大种的一个姑妈家里，可是亲姑妈。这姑妈是随自己在神农架林场的丈夫进城的，在省林业厅一个下属的木制品厂做技术活。那男人——也就是程大种的姑父早死了。姑妈住在一栋灰不溜秋的老房子里，从楼房外一个砖石砌的楼梯上去，进黑咕隆咚的走廊。找到姑妈家，就说：

"姑妈，我给您背一只狗来了。"

那意思是说：您杀了吃吧，神农架的特产，肉狗啊。程大种倒出那狗来，那狗像得了软骨病一样，已经快不行了。哪知姑妈误会了他的意思，以为是让她养这只狗，这只巨大的、长相怪异的猎狗，立马变了脸色，大怒狂呼道：

"还不甩出去！"

狗像一床破棉絮被扔了出去。这神农架赶山狗太平趴在楼梯口那个露天平台上，费了好大的劲才清醒过来，一看是异乡世界，心里火烧火燎，几天没吃没喝啊。

又站起来了，狗的生命力是顽强的，特别是猎狗，野兽只要不把它的身体吞吃，哪怕只剩下一块肉，这块肉也能行走。现在，它急切地寻找它的主人，他踅回去，抓门，啃门，无济于事，就趴在了门口，依然不吃不喝。不见到主人，它是不会吃喝的。这狗倔。

半夜之后，城里的风渐渐加大了，喧嚣小了，冷得不行。水泥地忒冷，像趴在冰窖里一样。太平就用两只前爪垫着自己的肚皮，也就垫了自己的身子。肚子里咕噜咕噜地乱叫，嘈嘈切切，吵吵嚷嚷。它就站起来，想松松筋骨，又疼痛难忍，在黑暗中嗅看着这走廊里有没有可吃的东西。一个洋铁罐里有一些臭水，太平喝了几口，不对味，还烧心。一只老鼠从蜂窝煤堆里探出头来，又缩了回去。太平在那儿守了半夜，没见到老鼠再出来。东蹿西蹿，竟在一个塑料袋装的垃圾里寻到了两块骨头。因为害怕，又吃得急切，骨头没嚼碎就吞进了肚里。那骨头就戳着它的胃，戳着肚皮，用爪子一摸就能摸到，可难受了。太平真想把那骨头抽出来重新咀嚼一遍，没什么危险嘛，何必这么慌里慌张呢？

再趴下来时，胃更难受，就像吞进去了一堆碎玻璃。三月的风蛮横无理，比神农架的风大多啦。话又说转来，神农架再大的风它也有一个草垛呀,有个狗窝呀;在城里它没有。

二

早晨程大种从门里出来的时候,一脸被姑妈数落过的痕迹,眼肿肿的。姑妈被那要死不活的狗惊吓过后,就在侄儿程大种的面前完全变了个人,像个泼妇,像公安局的,对他大加斥责。具体归纳起来有如下几条:

一、你太野蛮不懂事了,弄一只活狗来让你七十三岁的信佛姑妈剐,你是个神农架的野人?

二、自你姑爹(父)死后我就不喜欢别人到我家,逢年过节我也不让儿子媳妇回来。我骨质增生,长了骨刺呢,我这大年纪了伺候哪个吃?我自己都吃不来了。

三、你作为一家之主,丢下老婆娃儿到城里来寻快活,地不种了,娃儿不管了?老大狗儿读初中,正要人管的时候,你不辅导他的学业,丢下不管了,他学习上不去到时考不取大学又像你一辈子在神农架挖山不止,把自己弄得没一点教养没一点出息,你失职哩!

程大种想解手问姑妈厕所在哪儿,姑妈说在楼下往西拐走三百米再靠左进去,有公共厕所,不要在屋里屙。程大种竟不想出去,没了一点尿意。在城里,连尿意也没有,人只有一个大脑和嘴,嘴以下没了知觉。姑妈丢给他一床旧毯子,还是姑爹当兵时用过的,就这么在沙发上对付了一夜。

早上起来的时候他下楼去找厕所,带着自己的狗,那狗(又活过来啦!)找了一棵蔫不唧的树撩起腿排泄了几滴。虽受了汹涌的斥责,东西还是放在姑妈这里去找工作。在没找到工作前还得厚着脸皮在姑妈这儿蹭个沙发。人到了城里就没个尊严了,就把脸皮取下来让人当茅厕板子踩。自己的亲姑妈都这样对待自己，还能指望城里人个什么。也是，她怕个甚！她还怕得罪你不成？她七十多了又长骨刺，还指望重回神农架那老山里让你这侄儿好吃好喝招待她？她也不在乎你拿来的那两包木耳香菇，这东西贱哩，程大种知道城里到处都有卖的，比不得过去连白糖肥皂猪肉都要票。

程大种一脸苦相黄着脸去找工作，后头跟条狗，一肚子火气，糊里糊涂地上了一辆电车。

"呀！狗！"

一声女性受虐的疯叫，一个女子就扑向了一个男人的怀中。这女子正坐在程大种的旁边。

狗在自己腿缝里夹着，狗又没惹事，低着头，让形象缩得很小，可一个男人保护女人的豪气就冲过来了，胡睃着两只眼，说：

"把狗搞下去！"

"这狗……"程大种分辩。

"狗啊狗，这是只乡里的狗！这狗多脏，这狗定有狂犬病！"

一听说有狂犬病，车上的人纷纷挤到车门口拍着门要下车，有人打开窗子就往下跳。一时间电车上乱了，电车的辫子也掉了。程大种惶恐不已，知道自己闯下了祸，在城里这乡下人就很敏感还自责，连连说：

"这狗没病，没有病！它是条猎狗，赶山狗！"

他的意思是说这狗雄壮能干着呐，不是条病狗。可几个不怕事的男人就要来揍他了。因为有几个女人开始哭叫，这是男人大显身手表现自己的好时机。

"没有病！"他喊。程大种喊，想找个能支援自己的信息，目光搜遍了车厢也没有，全是仇恨和冷漠的眼睛。那狗此时也不争气，因为主人在与人争执，就像主人在山里遇见了野牲口，它当然要跳出来,虽被主人夹紧了,可头高昂着,舌头拉长着,牙龇着,猎狗的威风出来了,只等一声喝唤,一阵风,就咬住了猎物,拼个鱼死网破。

"没有病的!"

程大种急中生智就将手塞进了太平的嘴里,紧挤它的两排牙齿,让它咬自己。那狗的上下颚被程大种狠狠地挤压,像压一副磨子。程大种的手指终于凿破了,血从指头流出来,狗嘴里全是红津津的血,人血,乡下人的血。

"不要紧的,没有狂犬病。"程大种高兴地说。

程大种吮着自己的鲜血,走在大街上。黄碜碜的天空根本分不出是早晨还是傍晚,红尘暴土,人流匆匆。他来到了武圣路劳动力市场。那里聚集着黑压压的找工作的人,操着不同的口音;也游弋着一些坏人,眼珠贼溜溜地围着一些年轻的乡下妹子看,不怀好意。那些乡下妹子护着自己的各色背包、款包、旅行包,表情落寞,就像赶集时牛市场那些站在粪水里等人看牙口膘色的牲口。几个卖馒头和豆浆的老太婆穿梭在人群中。一些招工的人站在一块预制构件上大声地宣传着他们的优惠条件,以吸引人跟他们走:"……包吃包住,每月五百元,每天工作八小时,加班另记工资!……"可说破喉咙,周围的人也无动于衷,一副害怕受骗上当的警惕神情。招工的人只好无奈地丢下烟头,啐了一口痰,骂骂咧咧地走了,再去找另一处的女孩。

带着狗的程大种在找工作的人群里,立马就被好奇的人包围了。"这狗好怪啊?是什么狗?""你想卖狗?""这狗脏。""烂狗。"有人捂着鼻子,避之唯恐不及,但还是有许多人要问个究竟。程大种不说话,巴不得别人把这条狗牵走。狗身上有血,有脏屎,有苍蝇一阵阵向它袭击,而且因饥饿使肋骨凸现,走起路来有点喝醉的样子。等有人问清情况后，就给他指点说："带着狗是找不到工作的，又是条老山里的猎狗。不带狗如今都找不到工作。这狗伤痕累累，一看就是条疯狗，你说不是没人信。如今城里人很难信别人说的，报纸上的都不信还信你！"

看狗的人多雇他的人少。谈了几个，没谈拢；有的言谈时旁边的好心人还给他递眼色，意思是不言自明的。

整整一天，程大种徜徉在市场上，有时看着这狗。狗也可怜巴巴地看着他。没有结果，程大种只好回姑妈那儿去。

他走到姑妈门口敲门没有应声。他姑妈发誓不给这个山里的侄子开门。昨天晚上，她无端梦见了老头子，老头子变成了一只狗——狗头，而身子还是人。那狗就是侄儿牵来的那条狗，老头子说：你把我剐了，腌了吃，炖汤喝。她不干，老头子就朝她一口咬来。老头子唉老头子，你咋变成一只狗了？姑妈怀着绝世的仇恨在屋里保护着沉默，并且准备着那个乡下的侄子破门而入。好了，总算这样的结果没有出现，那个敲门声消失了，走远了。老妇人揪着心，终于吐出一口长气，丢进一颗防心脏早搏的药，人紧张啊。

三

程大种原路踅回大街。

黄昏的城市发出冷灰色的光芒，马路牙子上到处是油腻腻响当当的呛人声音，到处蒸腾着炒菜的热气和辣味，到处是泼出的脏水和冲出来的碗筷声。从煤气管里喷出的蓝火发出呼呼的轰响，炝锅的节奏就像是一种嘲笑，对程大种这种人不顾一切的嘲笑和抛弃。乞丐正在沿街乞讨，拿着碗，斜背着用绳子当背带的蛇皮袋子；民工正在啃干馍馍。程大种想起昨夜姑妈数落他的话：不读书就像你们一样，男的出来当苦力，女的当鸡，不是死在城里就是伤残在城里。

程大种吃了一碗热干面，讨了一碗开水喝，然后将碗（一次性的纸碗）装了些残水，让太平舔。太平舔着热干面碗，又瞅准桌底下半截面窝，飞快地叼起来就吃了，又跟着主人在马路上游荡，捡了几个乱七八糟的可食东西如梨子核呀、灰裹的硬馍呀，还有一泡小儿的干屎。

天已经黑了，风加大了。狂怒的寒风趁着黑暗肆虐，横扫着街道和路人；一些店铺的牌子和雨阳棚被吹得啪啪嗒嗒乱响，风沙弥漫，人睁不开眼睛。寒潮下来了。

程大种没想到会遇上这场寒潮的，倒春寒让他一点准备都没有。老山里都已经暖和了，老婆陶花子给他准备所带的衣物时，他坚称别带这么多，硬是把毛衣绒裤放家里了，身上就一件老婆织的旧毛背心，轻装出行。城里的风像刀子，因为你没地方可去，没有一个可躲的茅棚或山洞。到处都是人，到处都是房子，可你进不去。高楼高得望断颈子，无数个窗口和门，那不是你的。背着一个山里的背篓的程大种，带着一条与他一样冻得瑟瑟发抖的狗，行在街头。今夜到哪儿去投宿呢？

狗望着默默无语的主人。程大种没看那狗，他的目光停在了高架桥下的一块地方，那儿避风。有几个拾荒人或者乞丐或者傻瓜聚集在那儿，围着一小堆半燃不燃的火。火很好，柴烧的火很好，很接近神农架。冷了，拾一抱柴，架上，点着，人就暖了。在石崖下，在山洞里，也是几个人围着。

程大种就走过去了。

一个犬牙交错、头发深长的流浪汉对着不肯停息的北风正窝着一肚子火，见一个人牵了条狗走过来，是想避风的样子，找到了挑衅的对象——在黑暗中突然给使了一个绊子，程大种就一个

173

踉跄。

"狗！狗子！狗！"

流浪汉恶躁地吼叫着，操起一块砖头就砸太平。一砖头砸在太平的头上，太平顿时天旋地转，嘴里发出哀叫声。程大种见人砸自己的狗，就拿眼找挥砖人。

"狗又没咬你。"他查太平的伤，太平浑身颤抖着。这时一个老者拦住了撒泼的流浪汉，并向程大种示意他可以不管，可以坐在这里，坐在他们一堆，可以烤火——假如他不想走开的话。

程大种因为整个的表情跟他们一样：无家可归，从装束到神色。那些人就以十分遥远的、敌意的目光接纳了他，有些人还在咕咕哝哝，估计是喃喃自语。火很小，狗和人很大，程大种挤不进去，也没想挤进去，坐在可以伸出一只手去取暖的外围。因是高架桥的下坡，很矮处没有风，几乎没有，还有一扇水泥墙，程大种就慢慢靠上了那堵墙，屁股下也悄悄塞进了一个草垫。

一个遛狗的人横过了马路——被一条苏格兰牧羊犬拽着。那狗看到了太平，就要来嗅嗅它了。狗嗅着狗，不管它脏不脏。一只是干净的喷香的狗，一只是肮脏的发臭的狗；一只精神抖擞、激情澎湃，一只神情怠倦、要死不活。可两只狗都十分高大，差一点就一见如故、一见钟情，但被那城市狗的主人给呵斥住了，并下力地把那城市狗拉开。两只狗以狗的语言吠叫时，太平就显示了它喉咙的粗壮，是一副喊山的嗓子，胸腔有积蓄，气流洪大，吸海垂虹，可以产生坚定堂皇的回音。它还在吠，好像是在继续与城市犬交流，表达自己的礼仪，也表达着自己的存在。以太平的见识，它没有见过这种苏格兰牧羊犬，还有一股奇异的香味，这香味带着令人沉醉的高贵，这是神农架所有的狗没有的。多香啊！太平回味着那狗身上的香味，突然身体有些回温苏醒了。

风依然在残酷无情地吹着，太平还在叫着。它的叫声听起来像是对这个城市的一种警告。至于它让城市小心什么，那是不知道的——它确有一种震慑力。

那些烤火和聚集的城市流浪者这时都不敢出声了，都缄默着，抱着膝盖，不敢再对程大种怎样。那个想给他和太平一点颜色的男人也不再发难了，闭目养着神，并躲着太平。程大种这才回过神来：有一条狗多了个胆啊！这跟咱山里一样，在山里砍柴采药、出坡干活，跟上条狗，就啥也不怕了，坏人不怕，野兽不怕，迷路也不怕。

狂风依然在马路和人行道上狂吼，行道树被风吹得东倒西歪像患了癫痫，发出受虐的呼叫。寒冷和凄伤此时像双剑刺穿了山里汉子程大种。他唯一可以抱着的就是那条狗：太平，被他几乎置于死地的狗。现在，太平是他唯一的亲人，是唯一散发着神农架深山丫鹊坳家中气息的东西，它的那从肚子里发出的温热在一阵阵安慰着程大种，并且暗暗帮他抵御刀割般的寒冷和心酸。在家千日好，出门时时难哪，他在想。不出来又咋办呢？娃子要上学，老母亲好在死了，可自瘫痪之后，加上办丧事，欠了一笔债。收成少，人又没什么本事，不出来找点事干怎么办呢？出来之前，瘫痪叫唤了三年多的老母亲终于闭气了，到天堂享福去了，他也舒了一口气，就想到山外透透气，挣几个钱，然后再打理这个家。希望总是有的，特别是当老一辈的累赘卸下之后，人的担子好像遽然轻了许多，心中有一种隐隐的愉悦。这一点不假，久病床前无孝子啊。我程大种这三年来为妈端屎端尿，擦澡洗身，尽到了一个儿子的责任，病得这么久，也该走了。

可是，我却走到了这里，出门不易哟！

有一种鼻酸。这时那个和气的老者要躺下来睡觉，也示意要程大种躺下来睡觉，还从自己背下拉出来一张草垫给他。程大种这才看到，老人家只有一条腿。程大种看他缩紧身子，把自己钻进一件黑黢黢的棉大衣中去。那些人也一个个钻进桥洞更低矮的地方,默默地躺下了。

火差不多熄了,夜往深处刺去,风越来越大,气温越来越低。程大种枕着背篓,半躺半卧着,狗像一个乖娃子偎在他身旁。他睡不着,看着城市夜空璀璨的灯火。光亮还是有啊,日夜不熄,可就是冷,阒静无人。无人的大街何必点亮这么多的灯呢?还有会跑的、会闪的、会变幻的霓虹灯,在大楼的顶上,孤零零地向天空传情。丫鹊坳的家没有这么明亮,可温暖,家中四壁被烟熏火燎得像刷了一层黑漆,特别是厨房旁边的火笼屋。火笼屋啊,火笼屋。他想。火笼屋。火笼里总是有未燃尽的火屎,壅在那白灰里,什么时候再烧,把火屎拨出来,架上柴,火笼就又燃了,发出噼噼啪啪的声音,火光撩人,人就从寒冷中回到了人间。那壅在灰烬中的火屎,早晨起来总是燃的,那就是灰中埋存的火种,跟庄稼地里的种子一样。有火种,添两把柴,一天热气腾腾的生活就又开始了。冬天我们并不害怕。火一燃,将那铜炊壶的隔夜温水倒出来洗脸,再续上水烧茶,给娃子烘热衣服催他们起来去上早学,然后喝茶,煮汤汤水水的饭吃,门外的雪与风那不是咱十分关心的事了。反正是冬天,反正是要下雪和起风的,冬天就是这个屌样。可城里的春天比咱山里的冬天还冷啊……对了,还有那挂在头顶的一排排腊肉,陈年的,熏成黑炭色;新鲜的,也不几天就熏成了板栗色,透出一股子松针木脂的香味儿。走进火笼屋,全是那腊肉香味——肉是吊在楼梁上的,在楼板上——其实只是用细竹稀稀织成的楼板——炕着因山里过早下雪还来不及成熟的苞谷棒子,靠火笼的热量慢慢炕干,就叫了"火炕籽"。这火炕籽苞谷磨出的粉做的糁子,跟腊肉一样,也有股松香味儿,吃起来那个香呀……鸡笼也在火笼屋里,农具也在火笼屋里,猫、狗也在火笼屋里;打盹儿、唱山歌子、逗娃儿玩也在火笼屋里，咳嗽也在火笼屋里。这火笼屋总像个碉堡，坐在厨房旁，与厨房相通。它不是火塘，火塘在堂屋。小火笼屋让咱家人、畜禽度过山里漫长寒冷的冬天。一坛苞谷酒一到冬天就搬到火笼屋了，吃饭时，取一杯酒，鼎锅煮些懒豆腐或者洋芋煮腊肉，一家人围着火吃饭，火就是桌子，满头覆盖的木柴白灰就是幸福……

太平与主人紧紧地挤着。主人在半夜冻醒之后，摸摸那狗，突然想到要把狗弃了，找个有活干有床睡的地方。

太平在主人决定坚决弃它的时候，正因伤痛和饥饿而悲伤着。主人的两锨已让它大伤元气，无法恢复过来。主人的如此凶残它从未想到，至今还大惑不解。这只狗还有一些没想明白的是：主人为何没一点笑脸？为何睡在桥洞里？为何在城里吃点东西喝上一口水有这么难？饥饿像北风一样呼号在它的体内，折磨着它的梦境。它想到了丫鹊坳那个芭茅草垛的梦境，还有在向阳的时候屋檐下木柴堆上的梦境。它自己在芭茅捆里掏出个洞，把整个身子蜷在里面，通红的鼻子从草里懒洋洋地伸出来。它会经常梦见一个叫火笼屋的地方。梦着梦着，它就会从火笼屋的火堆边醒来，不知道是谁把它弄到火堆边的，毛给火烤得滋滋地响，散发出一种焦灼的恶臭。它与猫拼命地打着架，猫是懒猫，一年四季懒，它看不惯它。它在火边喵喵地叫着，以求得人的同情。可狗是不可能懒的，在冬天，闲得无事的主人会很早唤醒它，带着猎叉和挠钩，奔向雪野和森林。你吃着骨头，你身子暖暖的，没有从早到晚的无望行走；你在森林里狂吠，捕食着毛锦鸡、野兔和竹溜子（竹鼠）；森林滋养你，让你豪气冲天。一只几百斤重的野猪又怎样？只要主人一声令下，你就会将它从刺丛、山沟里咬出来，与它展开绝命的厮杀！肉搏和噬咬，狂吠和奔驰，伤痕累累。可这无法阻挡你内心的狂喜，赶山狗的生命本应是这样的啊……为什么在城里无法狂吠和奔跑呢？为什么不敢撕咬？……

四

太平在没有弄清这一切的时候，就被主人程大种带进了一个乱糟糟的集贸市场。

鸡鸭在以各自的声带拼命嘶嚷着，鱼在砧板上血淋淋地跳跃。活扒鹌鹑的人从鹌鹑的颈子那儿下手，像撕一张纸就把鹌鹑的皮毛给扒下来了，像脱一件羽绒衣，剩下光溜溜的、紫红色的肉；那鹌鹑可怜地还在站着，还能站稳行走，还在叫着，咿耶咿耶……割羊头的先抓着羊头，一刀下去，羊头就掉了，羊四蹄踢蹬着；买新鲜羊肉的妇女们站着队，手上攥着人民币，嘴里流着哈喇子；只等新鲜羊肉扔到案板上，那羊肉还因为疼痛在一跳一跳，一个妇女就机灵地抓到了一块，扔进篮子里，羊肉依然在一跳一跳。

踏着一地鲜血往深处走，就是一个剐狗市场。十几个刽子手拿着刀在研究着屠狗方案。每一条狗因性情、大小不同，屠杀方式也是不同的。满地的狗血、狗毛、狗头、狗屎。笼里笼外，尽是些各种各样的狗。一边，狗与狗在调情；一边，狗在屠刀下被精心地杀戮；狗在笼子里吼着，不停地走来走去，像狼一样发出阴森的嗥叫；有的狗沉静地看着笼外走过的人和屠夫，对身边不远处被宰狗的惨叫声和喷出的狗血无动于衷，没有绝望和恐怖，仿佛永远与己无关。

太平被牵着走到一个戴着一顶帆布旅游帽子的男人那里。那个男人是个秃头，叫范家一，从小喜欢屠狗，靠着一剑封喉的绝招，在肮脏的血水与惨嗥中煎熬地生活来养活乡下的一家人，并建造了村里最高大、用钢筋最多的房子。

太平看到范家一从他胸前挂着的一个小帆布包里掏出一百元钱给主人程大种,程大种说:

"别找了吧,就一百嘛。"

"九十就是九十,找十块钱来。"

程大种面露不情愿的神色,在他的口袋里左抠右掏。范家一就不耐烦了,用一副比狗还不耐烦的嗓子说:

"谁知道你在哪儿逮的这条疯狗,不是疯狗砍我的头!"

程大种说:"这是条猎狗,你杀狗的人不识货啊!"

"猎狗也疯了。"范家一说,手就伸了过来,十个指甲缝里全是乌黑的狗血,非要程大种找回他十块钱。

对范家一来说,他眼里不分猎狗与什么狗,都是狗,都是一块肉,只有肥瘦不同、大小不同而已。

一个人就将太平牵去,关进了一个铁笼子里。太平本来看着程大种与范家一在争钱的,不知怎么就被关进了一个大铁笼子里。这是太平放松警惕后犯下的一个错误,也可能是范家一认为这匹乡犬老实,对它下手迟而留了条命的原因。

太平被关进大铁笼之后,它的主人程大种连看也没回头看它一眼,就莫名其妙地消失了。太平进了笼子,笼子里关着许多狗,一下子置身于那些千奇百怪的狗中间,太平无所适从。那些狗有狗味,却没有狗形——太平认为它们没有狗形;脏——全是街上抓来的流浪狗;怪——一个个长得奇丑无比。你看那没毛的沙皮,毛都没有那叫狗吗?太平还以为是范家一将它给拔了,拔净了呢。这秃狗,光光溜溜的好恶心,城里人爱无毛的狗,还爱没有尾巴的杜宾狗。太平看见一只大约是得了狂犬病的狗,没了尾巴,以为是它惹事给手痒之人剁了呢,心中想笑,但一看,又看到了一只。这杜宾狗,生来无尾,莫非是与人类交配的后代?

179

可太平在山里看到的狗都有粟穗一样的蓬松的尾巴，那是在追逐奔跑时的舵，随时校正着它进击的方向。狗尾竖卷起来就是一股英气，让野兽望而逃遁的旗杆。更丑陋的是腊肠狗，就是狗中侏儒嘛，这狗日的狗，无腿狗——狗为何没有腿呢？腿为何只半扡长呢？可一条赶山狗要的就是四条好腿，翻越千山万岭，追捕飞禽走兽，赶撑着一座又一座山，没有高高的健壮的四条腿，凭什么在山野中生活？狗腿是在山中奔跑的枪刺啊！如果狗是一支箭，狗腿就是箭镞。可城里的狗不需要腿，主人不让它长腿，宁愿让它变态、残疾——城里人爱的就是这种千挑万选、一代代劣胜优汰、残疾繁殖的烂狗！

巨人：一条苏格兰牧羊犬，超凡脱俗的阴森相，一张尖鼻子脸像一张挖锄，可怜只剩下一只眼睛了，另一只眼老瞎了——它是只被主人遗弃的老狗，站着像座山，可太平看到了它虚弱的部分。那色厉内荏的独眼你可以忽略。巨人犹如巨人站在笼子的最中心，以它苍茫的阅历还没见过这么一只紫铜色毛、红色鼻子且下巴上有两根箭毛的高腿厚尾狗。这狗一副响当当的士气，嘴里喷着石头般的气息，一进笼就把一只叫乖乖的拳师犬给踩趴在粪泥中了。那乖乖的两个鱼鳃一样的下巴就像两片破抹布固定在太平的脚下。这又怎么，这无意的一踩莫非不是一种宣示？

八格牙鲁：一条长毛西施犬，因为烧伤被做小贩的主人扔在东湖里，它顽强地爬上岸，还是没逃脱一个专捡湖边死鱼的人抓捕——这条屁股溃烂的狗，给换了二十块钱。八格牙鲁想到那炉火的烫伤，无数的狗舌头就像是蓬勃燃烧的火，正向它漫卷——它又患上了肺炎，眼睛红红的，喘着粗气。如果洗去它身上的污粪烂泥，治好它的伤口，就会发现这是一只纯白色的美犬，它的脸小巧可爱，性情温顺，连哼叫也细声细气。

门槛：一条黄毛獭犬。

还有一条像狐狸的不声不响的金色沙米狗。

"扑——哗——"一盆铺天盖地的脏物从笼顶上泼进来，狗们顿时一个个淋了个五花八门，呜呜地躲着不知为何、受何东西的打击，再一细看，狗身上、头上都挂着一根根的鸡肠、鱼肠子。就像是被猎物唤醒了，加上置身于一堆陌生同类中的警觉，太平已经初步判断它不惧这些城市玩物狗。这些狗来自各地，还没有团结起来以对付一条乡下狗的自觉。何况，它感觉到，这些城市狗根本不懂团结，它们没有团结的概念，除了咬对方，就是向对方展示赤裸裸的性欲。它们自私，矫情，依恋高楼大厦，失魂落魄，疾病缠身，只有等死的份儿。在看到美味的禽鱼下水后，太平虽然睡眠不足又旧伤未愈，可饥饿驱使它向那些食物扑去，胃口极好，被森林、大山和野兽磨炼过的残缺不全的牙齿，恨不得掳进天下的美味，连那些小小的玩物狗也差一点被它的大嘴给吞进去了。巨人这时结结实实地踹了它一腿，乖乖挣扎出两片腮皮后也向疯狂争食的太平咬了一口，可太平没有感觉。

"吃呀，吃呀，这些狗东西！"

"扑——哗——"范家一又一桶连毛带水的脏物泼进来。太平与巨人苏格兰犬展开了搏斗——这是乡村巨人与城市巨人的一场搏斗。无外乎牧羊犬看不惯太平，加上在抢夺食物时太平的牙齿无意间碰到了巨人的那只瞎眼。两条狗在铁笼中为各自的尊严展开了血淋淋的较量。两条在屠刀边缘的狗，无视着共同的命运。虽然，苏格兰牧羊犬有着高贵的血统，也有着伟大的基因和英雄的气质，但它垂垂老矣。太平虽然没有城市生活的经验，可对巨人来说，它同样也没有在一个铁笼里像关鸡一样湮埋在一堆乌七八糟的狗中间生活的经历。老狗、疯狗、伤狗、白痴狗、残狗、饿狗，大家共同要学会的就是在生命的最后日子里如何显示自己的自私和暴虐。

两条狗扑向对方撕咬着。一个年轻的叼着烟的屠夫就喊开了：

"范家一，你的狗打架啦！"

在太平与巨人对仗时，其他的狗汪汪叫个不停，这引发了周围笼中的狗和拴在北风中的狗的回应，整个屠狗场一片啸叫之声，百狗狂吠，世界恍若末日。

太平已经听不见狗叫，它的牙齿在愉快地撕扯，哪是同类，分明是野兽！在那些狗的纷纷退让与叫喊声中，太平突然感到它又懂了不少：只要你拼命，城市犹如大山，没有什么能够抵挡得了你。

但是，面目狰狞的范家一气歪了鼻子和帽子，手拿着一根能把狗皮打松的铁条，朝笼中一阵乱捅，巨人的唯一一只好眼给捅瞎了。太平看见那根捅条刺中了巨人的眼睛，再一猛力地拔出，那喷起的鲜血就刹那间布满了笼子，好像笼子里在下一种红雨。这"红雨"救了太平——太平本已被范家一刺中了几下，几次都刺进了体内，好在太平的皮因狩猎传承了它祖先的厚度，又未刺到动脉。就在它无法躲避时，巨人的血遮挡了范家一的视线。范家一见巨人因瞎了双眼趴下了，还发出老人般的号啕声，就更烦了，大喊道：

"把你宰了！狗日的！宰不光你们！"

那范家一要与巨人斗争到底的样子，人犟了比狗还犟。范家一就用一根极像猎人用的挠钩，打开笼门一钩一个准地钩住了瞎眼的老巨人，老巨人知道了自己的死期，就张开那所剩不多的牙齿去咬挠钩，牙齿又在挠钩上碰掉了两颗。其他的狗这时不是趁机跑出笼门，而是缩向笼子深处，给巨人让路。那老巨人就给钩拽出来了。可是老巨人不会束手就擒，一阵垂死挣扎，又刨又咬，似乎知道自己是被打入地狱去的。在被摁上台板时一口咬着了一个挥刀的十五六岁的年轻屠夫，那年轻屠夫吮着自己的手指，就势一刀屠去。狗软是软了，只见抽搐，却不见出血，甚是痛苦地在台板上挣来挣去。范家一骂骂咧咧，夺过徒弟的刀，在自己的裤子上荡了几下，一刀捅去，再抽出来，那血终于通了，喷泉一般往外飙涌。徒弟拿盆去接狗血，那巨人也就了结了一段尘缘，回苏格兰它的故乡草场去了。

笼子又重重地关上。

五

程大种捏着那卖狗的钱出来，没敢朝后头回看一眼。虽然一阵轻松，毕竟悲伤多于轻松，为自己的那狗。狗千里迢迢跟他来到城里，却被他卖给剐狗人剐了。那是一条灵犬呀，甚至有点灵异。他伤心着，吃了一大碗红油的湖南米粉，还加了荤。辣出了几天未出的汗，把伤感赶跑了一些，就又去了武圣路劳动力市场。

昨天他还要求解木——只拉大锯，今天他就不这么坚持了。甭说昨天，昨天的昨天在此游弋的人，数天在此游弋的人，都没找到工作。

市场旁汽车正在灰蒙蒙的大街上飞速运行，喧腾有如涨水时的河谷。一辆大卡车撞瘪了一辆小汽车，死人血淋淋地从车里拖出来。刚才还是个活人，瞬间就成了死人，比山里的野牲口吞噬人还快呀！一溜的红色救火车催逼人心赶往一个地方；两个在人行道上行走的男人无缘无故地打了起来，打得头破血流，看热闹的人刹那间围了过去，像一群见了甜的山蚂蚁；一个挑担小贩跑黑了脸要甩掉一群城管。城市里充斥着无名的仇恨，挤满了随时降临的死亡，奔流着忐忑，张开着生存的陷阱，让人茫然无措。

可是我已经没有了狗啊,没了累赘。

一无所获的程大种晚上找到了专为找工作的乡下人准备的仓库旅社,两块钱一个铺位。空气污浊,臭不可闻,可没有寒冷的北风。在这两块钱一个的铺位上,程大种躲过了这一夜更加凌厉的寒潮,心中涌动着对"床"的感激膜拜。多好啊,床和被子,磨牙声、打屁声、紧跑慢行的哼叫声,在半夜里恣肆横行。程大种好好地睡了一觉,醒来天还没有亮,上了一趟厕所。再一闭上眼迷糊,太平就向他奔来⋯⋯

狗死了,可我得找工作啊。睡了个好觉,就早起了,第一个来到劳动力市场。风依然很大,吹得人清鼻涕直下。有两个招工的早候在那里了,缩着脖子抽烟,看他背着个背篓,就知是从大山里来的,就问他挖不挖土,二十块钱一天。程大种就说干,干,就跟着他们走了。

城市新的一天又在喧腾中开始,大车撞小车,小车撞行人,来的,去的,车大喊大叫,人不言不语。城市比起那每天安静如初一模一样的山里,还是蛮有活力的,像七岁八岁狗也嫌的男娃子。

程大种来到的是一个修路工地,在几丈深的泥水里挖稀泥埋涵管。程大种不知道,是两个死人给他们让出的空缺——昨天这个深坑旁的挡板垮塌埋下了两个民工,再把他们挖出来时已一命呜呼;这事儿惊动了电视台,还有一个什么领导也亲临现场指挥挖人。程大种他们没有看电视,对这儿的事一无所知。因死了人,挖土的民工跑了大半,工程又叫得急,包工头只好去招了程大种等五六个新民工。

别人给了他一把锹,他就和新来的民工跳到昨天死人的泥坑里去挖泥。那泥坑少说一丈深,两边有人在锤打着安装护泥板,但泥巴还是簌簌往下掉。赤脚站在刺骨的泥水里将泥挖进一个筐中,升降机就将那筐抬升到地面倒掉。

在城里的第三个晚上，太平就挤在了一堆待宰的城市病狗和流浪犬中间，挤在屠笼里。范家一生气暴虐戳给它的血洞除了灌满疼痛外别无其他。狗们堆叠着来抵挡寒潮中的北风，因为饥饿，体内的热量所剩无几，一只只狗都有气无力的，像一群难民，在黑夜中睁着无望的眼睛，或是闭目如死去一样。这些自私的城市狗都各自顾着自己，巴不得削尖身子往深处钻，就像钻进自己曾经十分温暖的狗窝，就像太平钻进那个丫鹊坳的草垛。

害着狂犬病的无尾杜宾狗本就肮脏，它淌下的口涎散发出恶臭，不停地滴到太平的身上。太平嗅出它的病，这十分危险；它因为口渴，不停地发出求水的呻吟。太平必须躲开这条狗，它就干脆让出了有利的位置——因为它身坯大，那些狗都贴它而卧，这为它阻挡了寒风。现在它从狗堆里爬了出来，更多的狗就顺势挤占了那个空间。太平出来，可这又很危险，离笼门太近，就是离死亡和屠戮更近。范家一不会认谁，反正都是野狗，开了笼子，抓钩钩出来一只就杀。但是此刻是深夜，离天亮后的杀戮还早。它钻出狗堆，寒冷是寒冷，就像从火笼屋抛身旷野。屠宰场腥臭的风没遮没拦地恣意横行，数十个铁笼子和拴在墙边的狗们在绝望和苦难中吠叫呻吟，好像是在呼唤着亲人们来解救自己，或者向无边的黑夜申诉。

太平因疼痛而清醒。它在狗们那待宰的状态里突然获得了一股强烈的求生期望——逃亡！这种意向紧紧地攫住它，或者说它紧紧攥住了这根生命叛逃的绳子。对主人愤恨还不是这条狗所能具备的。它只是渴望着逃出去，与主人会合——那个在城市的街头，背着显眼的山背篓的人，那个程大种，时常对它喝吼，还给了它致命两锹的人，过去却对它很好很好，给它吃喝，还时常要抚摸它的人。逃出去！逃出去！向那最广阔的世界奔去，在渐入昏冥的城市灯火深处，海洋一样幽深的陌生世界，那无尽的神秘和诱惑，突然给它旷世的激励！

因为寒潮的到来，狗肉火锅火爆起来了，这是屠宰场的屠夫们没有料到的。凌晨四点多钟的时候，屠狗声就撕心裂肺地在这个城市的角落响起来了。太平打了一个盹儿，梦见了神农架的森林，睁开眼睛一看，影影绰绰的屠宰场已经有了叮当的快刀声和将狗们抬上厚厚的台板过刀的闹吼。那些城市的狗在生命的最后一刻，只是可怜巴巴地叫着，虽然十分凄惨，但并不愤怒悲壮，没有多少像狼一样的叫声，没有穿透力，仿佛这种赤裸裸的杀戮是很正常的，不是一场罪恶。一块活着的肉与刀亲吻时总会那么浅浅地叫上一声，就变成了一块无声的平静的死肉，血糊汤流地扔进肉筐。再一块活肉再叫上那么几声相同的调，在刀下又平静了，分解了，即将变成寒潮来临时餐馆的美味。餐馆老板会说，大补啊，御寒啊，提气啊。狗肉不过是一种菜，一种时令菜，这个大家都清楚，除了狗。

太平醒过来之后，就开始拼命地往狗堆里扎，虽然饥饿、寒冷和疼痛缠住它，但它有着足够的力量，把那些沉睡的狗们掀往两边，劈波斩浪地躲进了范家一的铁钩钩不到的地方——至少第一钩抓不到它。因它的奋勇冲击，笼子里突然闹嚷起来，好在范家一没有听到，他在与徒弟剥另一些狗的皮。太平扎进狗底，那些狗用爪子、用身子践踏着它的痛处，并用牙齿咬它。太平蜷缩着身子，以减小目标，可那些狗爪狗嘴仍持续地、尖锐地制造着它的疼痛。后胛有一处非常痛，像被人用刀在里面搅。太平看到那只叫门槛的黄毛獭犬用尖齿咬着它的皮肉不放，就像在夺一块咸肉。太平回睃了它一眼，可那獭犬十分机灵，一双贼眼似乎还带着神秘的嘲笑，在晨光中明幽幽的，仿佛看透了太平的一切。太平想用腿踢它，但这獭犬钻在狗的最高处。好在这条狗只是只流浪犬,没有病。太平费了好大的劲一点一点地把自己的皮肉从它的嘴里拉开,又拉出了一条口子,太平恨得牙痒痒。机会是在吃鸡鱼下水的时候,借助混乱抢食的那一会儿,太平瞅准了时机,一口咬住了獭犬门槛!它的噬咬野兽的牙齿插进门槛的皮肉犹如梭镖插进敌人的心脏。在争食的吵闹声中,门槛那一阵悲惨的汪叫一点都不引人注目。也许是太平的肆无忌惮和狠厉,先来的那些狗虽然见识了太平作为一条山里猎犬的优秀品质,但是后来者矮三辈,这条粗野的山狗不仅咬了先来的狗还抢夺笼里少得可怜的食物,于是,那条极像大狐狸的金色沙米狗终于站出来对太平呛声,双爪伏地向太平张开了怒斥的大嘴。一时间,无尾杜宾狗、乖乖、连八格牙鲁等高烧得糊里糊涂的几条病犬也一起向太平发动了进攻。为了争夺食物,这些城里狗也焕发出从未有过的英雄激情,大不了决一死战,反正死到临头了。与其死在异类范家一手上,不如死在与同类的战斗中;与其冻饿而死,不如捞一口成个饱死鬼!

  清晨的太阳此刻已经露出来了,在一片低矮建筑的屋顶上,灰霾在阳光里呈现着迷蒙的灰蓝色。范家一正在屠板上喝早酒,脸上笑眯眯的。太平抢占了一个有利的地形将尾部和右边的身体紧靠在笼齿边,以防四面受敌,又能看清范家一的一举一动。然后,它向领头的金色沙米发动了空袭,先是一嘴将它掀成侧身,再快速咬住它裆里的睾丸——这是对付野牲口的绝手。这样的速度也只有在与野牲口搏斗时才可能出现。现在,伤痕累累的它实现了,在没有主人也没有枪支做后援的情况下,在笼子里,它又一次出猎,并且飞快地躲过了一只狂犬对自己的张嘴偷袭。太平咬住金色沙米的睾丸,它只是想教训一下它的,可不知怎的,当它抬起头来去看范家一时,发现所有的狗都睁大了狗眼望着它,就像看一个异物。它这才发现,它嘴里是一个腥臊的东西——那沙米的一个睾丸。它把那东西吐出来，看着沙米在那儿汪汪地抽搐，就像犯了病一样。太平猛然发现自己已变得不可理喻残暴无情了，它变成了一只野兽，不是来到城里，而是没入了大荒。可这分明是城里。

太阳在悠扬地上升，在血水成河的屠宰场。一个范家一的徒弟牵来了几条狗，这几条狗没有被立即宰杀，它们因为有绳子，就被拴在了墙边的木桩上。大小狗的宰杀是搭配的，拴在墙边的几条狗因为胡喊乱叫，被范家一烦了，一个不剩拉去宰杀了。太平它们的笼子一直到范家一宰杀第二十条狗的时候，一直到下午五点，还没打开过笼门。虽然那个被太平咬掉了睾丸的狗嘶叫了一整天，也没有人光顾它们的笼子，对它们的死活痛苦不闻不问。

五点钟过后，又是一阵鸡肠鱼肚加上烂白菜死鱼臭虾的降临。太平津津有味地抢食着，对于它来说，这就是美味佳肴了。在山里，这些年出猎越来越稀少，它除了自己去撵一两只老鼠外，其余就是主人给它的残羹剩菜；骨头不多，最多的是在猪圈里与猪一样咽糠菜。现在它吃着，那些城市狗虽然本能地去抢了一两截肠肚，可对于它们来说，是难以消受的。这些曾养尊处优的狗，这些曾在主人的呵护下过着奢华生活的玩具狗，就算流浪过，就算重病在身，还是无法适应这笼中的环境。在这人间地狱，它们依然显露出它们的矜持，但饥饿很快会狂扫尽它们的尊严。面对下三烂的食物，它们只有适应并吞下去，才能保证悲惨生命的苟延残喘。

吃了一些或者没吃饱一些之后，又一阵冷水来浇透。范家一的自来水管就势将笼里的狗一个个清洗了一遍。狗们趁机大口地舔咽着冷水，又躲着冷水的冲击，一个个像落汤鸡，被寒风一吹就像进了冰窟，狗们奋力地耸着身子，想把那水抖落干净，但这是枉然。一个个打摆子般地抖着,大汪小叫。每个笼子都在重复着同样的骚动和命运。

又一天就这么过去了。

六

　　早晨到来的时候,太平拿眼睛去搜索那哼叫了一夜的金色沙米,看到有两条狗趴在它的流血的裆里,正呼呼大睡哩。当太平站起来想伸个懒腰时,看到那金色沙米的狐狸脸朝它愤怒地瞪着,瞪着。太平没有防备,也没有想到那沙米狗还会有一跃而起的力量,带着复仇的狂怒向它扑来,与它一决雄雌。太平本能地狂吠起来,赶快迎敌,可那沙米狗估计也是野性未泯,或者在难耐的疼痛中磨砺出了斗志,反正一口就咬破了太平的皮肉。那太平也是个伤病狗,在与己拼命的狗面前没几下就露出了自己的软肋。两条狗在笼子中撕咬着,其余的狗都夹着尾巴嗷嗷求救。太平看到魔鬼范家一向这边跑来了——他听到了打斗声和满笼狗的叫唤声。这下要遭罪了!太平想停下来,要那个"狐狸"不再发怒,否则将是它们共同的末日——末日在早晨时就突如其来!

　　范家一这次不是拿捅条,而是拿大棒,拉开笼门就朝里面一阵乱打。那笼子是个大笼,棒子有挥舞的空间。太平只觉得头上、身上落下了雨点似的捶打,整个就被打蒙了。一笼的狗都被打得汪汪直叫,一条从棒缝里没逃出来的狗当场被打死了,口鼻流血。狗们被打着,趴着,跳着,窜着。也就是在这时,太平的命运发生了奇迹般的变化。

　　范家一还嫌打得不过瘾,就把太平和那条沙米狗牵了出来(太平脖子上已套了截绳子),再一顿好打。两条狗被打得奄奄一息,鼻子上冒着血泡。范家一又大声地骂着指挥徒弟把这两条狗趁早宰了。"

太平在棒下想寻找逃生的路几乎是不可能的，它想躲闪也不可能，只能在棒子砸下来时以瞬时的扭摆来保护致命的部位。它也在奋力地上蹿下跳，想一口气挣断那根绳子。

"住手！住手！"

一个年约五十的、头发花白的男子一把拉住了范家一的手，并狠狠地拽住太平颈上的那根绳子。

"这狗休得要打，老范！"他喊。

气极败坏的范家一一看，是住在不远处的徐汉斌，徐汉斌用武汉话愤愤地骂道：

"个板妈，我信你的邪！这狗是么事狗你晓得啵？这是赶山狗，神农架的赶山狗，哪个送来的？"

范家一平时对说武汉话的人是不敢马虎的，他是个粗人，乡下人，在城里占了块地盘杀狗，还不是武汉人的地盘，虽拿着刀子，对武汉人还是毕恭毕敬的。

"拐子，你说么事呀！"范家一别着一口不成形状的武汉腔说。

那徐汉斌就蹲下身来摸着被打得体无完肤的太平，说：

"你还不如这条狗，姓范的，它叫赶山狗，连山都赶得动的！你看这一身的紫铜毛，哪里找得到？我都三十年没见啦！你不识货呀伙计，个板妈，这是真正的猎狗，咱湖北最好的猎狗，咬得死狗熊和老虎的！守家防盗那也是最好的！熊都咬得死强盗咬不死？！哪个送来的？"

"我也忘了，"范家一说，"病狗么。"

"没病。个板妈，从哪儿搞来的？神农架离咱汉口两三千里，这狗平原地区见也不会见着的，生就是山里的狗，昨天晚上我刚好梦见我那条赶山狗，今日就见着了，怪呀！……"

"拐子，你喂过这种狗？"范家一问。

"我是下放到神农架的老知青你不晓得？老子是知青！"徐汉斌拔下台板上插着的砍刀猛力一剁，"我把它带回去！"

"一百五给您啦！"

"个板妈你杀肥羊啊！送条狗我死了人！"

"我买来两百，拐子啊！"

徐汉斌见这人不爽快，想了想，好难受地从他的陈旧羽绒棉袄里深深地掏着，掏着，掏出了所有的钱，就是百把块钱，塞到范家一的手里："行了行了，个板妈不懂味，小气得像打屁虫子。"

"我如何牵回去？"他又说。这老知青捡起范家一的大棒，突然向太平的头上敲去，敲了两下，这两下，太平就晕了。等它再清醒过来，就已经到了徐汉斌的家里。

"……一九七六年的时候，粉碎'四人帮'。我招工啦，我说，大刀啊大刀，再见了，我不可能把你带到武汉去。怎么办呢？我把大刀托付给了康大爹，我说我马上就回来看它的。可是大刀咬断绳子跟上了我，我不能走啦，个板妈，这狗恋我啊。我招工了，要飞出神农架，心里甭提多高兴了，如脱笼之兔，哪能带条狗。我想啊想啊，走了二十多里快出山了又带狗回来了。我想了想，大刀是条好赶山狗，我没吃的它给我抓过好多锦鸡、竹溜子。我一定要让它没痛苦地死去。我回来后就晚上下夹子夹了三只竹溜子，打死，提着，再走。走到野竹崖，我呼唤大刀，扔下第一只竹溜子下崖，大刀是极听我的话的，我想它去抓我扔的竹溜子，就会冲下百米悬崖。第一只它没冲，对着崖下狂叫；第二只我又扔了，拍打它，要它去抓，它还是没冲；第三只，最后一只啦，我就高高地一扔，大刀看着我，它似乎知道了我的心思,是要它永远地留在神农架的,它眼睛湿湿的,恋恋不舍地看着我,就义无反顾地往崖下跳去了……"

这个人在讲另一条赶山狗的故事,太平不懂。它只是虚弱地看着他老泪纵横。可它被这个人打了两棒,现在,他蹲在它对面,给它好吃的火腿肠和猪骨头,哭着,喊着一个它听起来似乎很熟悉的名字——叫大刀的狗很多,在神农架。他叫它道:

"大刀,你是我那大刀么?"

它不是大刀。它叫太平。这个人不知道。

"大刀,呜,喔,大刀,大刀……"那个人不厌其烦地唤它,给它摆弄那骨头上肉多的地方让它看清。

可这个人的老婆并不欢迎太平。这人的老婆是个个子矮矬说话尖声的女人,极度害怕狗。

"哎哟,哎哟,你把它捆紧没有,死东西!"

"个婊子养的,哪儿拖回的一条疯狗啥,你发狗疯?!自己都没得吃的一个下岗工人还给这条大疯狗吃火腿肠?你是发神经吧?"妇人说。

"它是神农架的赶山狗,我下放在神农架你晓得啵?!"那个人吼。那个叫徐汉斌的人一吼,额上、颈上的青筋就像蛇一样鼓胀起来。

"赶山狗,你没看它的架势?你在武汉见过这样的狗?"

"还不是把它丢了。"

"偷的!这样的狗你会丢?咬得死老虎的狗!"

"你看见过老虎吗?你看见它咬死过老虎吗?在汉阳动物园?"

"滚!"那个男人说不赢那个快刀嘴女人,气得喉咙里滚动着无边的恨意,咕噜咕噜直响。

"把它扔走,莫让它咬着我了!"女人把一个桶往门口一蹴,发出清脆的爆破声,桶一定裂了口。太平一惊。太平已经服帖了,两棒就被这个男人打服了,任何一点尖锐的响动都会要它的魂。

武汉的老知青男人是不会屈服于女人的,他给太平洗毛刷毛,给它伤口擦药,还给它颈上安上了一个皮套一根链子。这样虽然皮肉之伤还未愈合,但狗的架势就雄起起地出来了。这真是一条与众不同的狗,它很怪,似狗非狗,似狼非狼,用飘柔二合一洗过的紫铜色毛像森林一样蓊蓊闪闪,高挑的腿,紧巴巴的腹部,竖起的耳朵,就算它十分虚弱疲惫,就算它眼中充满了恐惧忧郁,它站在那里,它出现在人们面前,就会让人大感惊异。

这是一定的。

"……汉斌,好呀你,你的狗?!"

"这狗,老徐,这狗!啧啧……"

"徐师傅,好狗呀!牵紧点,不是狼吧……"

徐汉斌走在大街上,认识他的人争相向他打招呼。他只往有熟人的地盘上走,要的就是这个效果。

"吃皮蛋,鸡巴!它不吃皮蛋!你给火腿肠……"

"个板妈,不认识,神农架的赶山狗。纯种猎狗,专咬老虎、豹子和狗熊的,它咬死过三头老熊!……"

徐汉斌坐在有些阳光闪出的小巷口的店铺板凳上,跷着腿,抽着烟,接受着人们的赞赏和议论。许多人给太平投来食物。一个年轻人还将手上提的一块牛肉甩过来,太平三口两齿就给吞进去了。它不知道它为什么会得到这么好的食物,被这么多人围着观看和议论。

这个晚上在一个风沙弥漫的大排档里,几个当年的知青抱着太平,高唱着"大刀向鬼子们的头上砍去"。他们唱着:"亲爱的江城,我的故乡,我哪年哪月才能回故乡?雄伟的大桥,横

193

跨龟蛇山,想起了故乡我泪水流……"

这几个人有一个是刚从牢房里放出来的;有一个刚割了瘤子;有一个坐在助动车上,是个瘫子;有一个是刚做了奶奶的女人;还有一个当了青山区某街的城管队长。他们喝着白酒,眼睛红红的,有的还从眼里挂出了两串泪水。泪光闪烁在高楼传递过来的霓虹灯光下,风掀动着他们无力的、花白的头发。太平望着他们,听他们在说:按神农架的喝法,敬一个,回一个。徐汉斌一时面前堆了一大堆杯子。太平知道这种喝法。它还闻到了苞谷酒的香味,这多熟悉啊。

"汉斌,这狗是从哪里来的?"从牢房里出来的男人两眼凶巴巴地问。

"实话说了吧,从屠宰场救出来的。"徐汉斌说。

"那屠宰场又是从哪儿搞来的呢?"城管队长正正威武的大盖帽问。

"还不是收来的。"徐汉斌说。

"这狗来路不正啊,"那个当了奶奶的女人用婆婆嗓说,"莫非宜昌、十堰就没有么?这狗一看就是恶斗过的,满身抓咬伤,性恶啊。我那嫂子会答应你养吗?"

"哪让我养?欧阳,你牵去帮我养几天?"徐汉斌说。

坐在助动车上的欧阳卫东大嚷:"我自己都养不活,还养只狗啊?嘿嘿!"

"那你养。"徐汉斌指另一个。

刚从牢房里出来的凶巴巴的人说:"鬼!我还找人扯皮呢。"

大家问扯什么皮。那人说:"老子出来就是要报仇的。"

大家就劝他忍了,好好安心过日子。

"这狗难上户口,还得去打防疫针。这狗恶,我在神农架时最怕的就是狗。"女人说。

"你那时才十七岁,见什么都怕,小女生啊。"大盖帽声音怪怪地说。

"你们把什么都忘了。"徐汉斌失望地说。

后来,太平听着徐汉斌以哭似的、绝望的、怪异的声音唱着"大刀向鬼子们的头上砍去",一路晃晃悠悠地回家去了。

七

"两百?啊?!两百?!"

"一百。"

"人说的两百。"

"把我砍了我也没两百。我荷包里何时捂过两百块钱哟?!我是天下最可怜的人。"

"这狗也不值一百,你竟敢花一百,还请客……"

"我的狗回来了我不请客?"

"你的狗?!"

"我想了三十年!"徐汉斌"啪"地摔碎了一个杯子,这就镇住了他的老婆。

一个人想了三十年,你是拦不住的。他老婆愣了半晌,打开门就冲出去跑了,不回来了。

徐汉斌看着狗,狗看着他。

"个婊子养的!"徐汉斌骂。

"我又不想搞女人,又不想赌博,又不想抽烟喝酒,我就想一条狗!……个婊子养的!……"

一个内心枯竭的人,突然因一条狗,泪腺像干涸的泉眼复活了,许多感情复活了。一条狗,就像一场甘霖。狗的到来打乱了他的生活。回忆像魔鬼,缠住他不放。

"我于1973年1月十九岁插队落户到神农架野马河……"

"我响应伟大领袖毛主席'知识青年到农村去,接受贫下中农再教育,很有必要'的伟大号召,如今,我已老了,一晃,就老了……"

回忆像海潮,不可遏止,铺天盖地;像一场大病,高烧不退,谵语连连。

老知青徐汉斌为了弥合、敷衍与妻子的关系,偷偷地把太平牵到了八楼顶上,在一个角落里撑了张雨布,给它安了个家。

到了晚上,思念主人和故乡的赶山狗太平终于发出了凄厉的长鸣。这是寒潮加深的某一个晚上,太平的脖子上勒着短短的铁链,它无法习惯这么一根链子,在山野,在它的丫鹊坳,它是自由的、奔放的、散漫的,脖子上除了毛就是吹拂着的村风,还有温和的阳光。它在链子里紧巴巴地睡着,虽然没有了同类的觊觎和争斗,没有了大棒和杀戮,可从楼顶望着满城迷离恍惚的灯光,它悄悄地淌下了眼泪。这是孤独的时刻。它想念山冈,黑沉沉的森林,奔流汹涌的峡谷,到处柔嫩的苞谷茎秆。它想念日落时分,早晨。这是什么地方啊?主人程大种为何要将它带向这儿,让它遭受九死一生暗无天日的日子?孤独,离别,无法交流。灯火像星空一样,带着诡异和狞笑,无声地跳动在大地的深处。更远的地方是什么呢?于是,太平像一只狼一样嗥叫起来。它哭泣似的悠长的声音在夜晚的上空刺入城市的心脏。连它自己也说不清为什么会有这样的声音。是呼唤,还是哭泣?是长叹,还是悲号?

那一夜,汉口前进纱厂宿舍区里,听到一阵阵毛骨悚然的狼嗥,就像一种十分阴暗的东西直往人的寝榻而去,在人们睡梦的边缘固执地游荡,犹如阴魂。

第二天晚上又是如此。第三天愤怒的人们找到了那个楼顶上的声源，一起手拿棍棒来厉声质问徐汉斌。这些人都是他的左邻右舍同事上级。他于是牵着太平逃也似的离开了这个厂区，将狗交到了瘫子欧阳卫东手里。

欧阳卫东是一个连自己的生活都无法料理的人，老婆自打他无缘无故地下肢瘫痪后（一觉醒来就这样了），带着女儿离开了他。徐汉斌虽振振有词地说给他找个伴儿，可欧阳卫东被生活压榨得几近绝望。他去摸那狗，狗就虎视眈眈地看着他，极度不信任他似的，那阴森森的眼睛里藏着一万个野兽和森林，并且在晚上发出狼一样的嗥叫，使他想起几次迷路山中饥寒交迫的知青岁月。

欧阳卫东说："狗啊狗，我没法养你，我给你找个好人家吧。"他就把太平绑在助动车后面（因车内太小，装不下这狗），发动车子，带着狗往江南的青山区而去。

太平跟在一辆冒着黑烟的呛人的助动车后面，昏天黑地地奔跑起来。助动车的发动机声异常刺耳，车轮像峡谷的流水一样急遽。太平系在这么一个比鸟飞得还快的家伙身后，四条腿只好没命地迈动。它知道，稍有闪失，它就会完蛋，被这水泥大马路拖成一副骨架。

车上了长江二桥，宽阔的大桥上几乎没有汽车，只有它在铁链的牵带下奋力奔跑着，既不能跑得太前，也不能太后，那链子的长度让它吃过几次苦头，一个趔趄跪地，腿关节就会被路面锉开一道口子。它跟着车子跑啊跑啊，来到了长江南岸的武昌。车还在发疯地前行。不知跑了多久，车才慢慢停下来。那车上的人将它牵到一个楼房里，上了楼梯，去拍门。门半天才开，原来是那个戴大盖帽的城管队长。瘫子欧阳卫东拄着拐杖在门口说：

"二毛队长呀，给你送大刀来了。"

那叫二毛的城管队长没让欧阳卫东进屋，拦着门说：

"给我送狗？我何曾要过这×狗？"说着就唤出了一条狗。那狗扑上来就要咬欧阳卫东和太平。那狗毛耸耸的，像条大狼，嘴里发出空旷凶恶的叫声，好在被城管队长拽住了。

"这是条什么狗啊？"欧阳卫东惶惶地问。

"藏獒，纯种藏獒，全国就三百多只。"

"这要多少钱啊？"

"上十万。"

"你买的？"

"我只要歪歪嘴，就有人送上门。"队长得意地说。

欧阳卫东拄着拐杖下楼来，坐上坐垫，掏出下身向城管队长的楼门射了一泡尿。摸着太平，摇着头，几乎快哭出声。边淌泪边给太平叮里咕嘟地解链子，说："大刀大刀，你向贪官污吏们的头上砍去吧！"那助动车发动了，突然一个急转弯，便自个儿往回路一溜烟地开走了。

现在，太平的身份是一只流浪狗。跟那些范家一笼子里关着的狗一样，身上布满了灰尘，四个爪子上全是黢黑的煤炭——那是在垃圾堆里刨食弄成的。

对着滚滚的长江，对着长江对岸灯火阑珊的汉口长吠着，它是从那里来的。在长江边上的一个破棚子里，是它跟一条破脸狗的家。

是破脸狗把它带到这里来的。破脸狗也是一只乡狗，高大正常的身体，不像城里的那些怪模怪样不成器的玩具狗。可只因为它脑门子上有一撮雪白的毛，乡下叫破脸狗，好哭死人。也就是说，这种狗的叫声像半夜的哭诉，于是这条可怜的狗就被它的主人带到城里给扔掉了。第一个晚上，太平和破脸狗在一家餐馆的大门口，在一个冰冷的石狮下，互相依偎着度过了寒冷的一夜。

它们不知道，这家餐馆的大字招牌就是"狗肉火锅城"。太平第一次尝到了友谊的滋味，一个真正向它示好的同类。它们流浪在青山、武昌的大街小巷，共同啃着一块骨头，共同寻找着栖身之所。因担心危险，两条狗来到长江边，那里荒草稀疏，沙滩清静，在月朗星稀夜风如刀的深夜，太平向着汉口的灯火长长地吠叫着，破脸狗也莫名其妙地号哭着。江水在无声地东流，灯火的波影把城市的梦境拉曳得妖娆奇诡。两只狗嗥叫够了，又找到了一具被波浪送到滩头来的死猪，为了填饱肚子，在黑暗中撕扯着吃了起来。

可它不能留恋，太平。有一个影子，一种气味正在向它招呼，那就是主人程大种，狗的本性使它没有能力恨抛弃并殴打了自己的主人，它依然要向他的气味走去。在某一个夜晚，对那个气味的依恋最强烈的时候，它从寒冷的梦中被唤醒，悄悄惜别了破脸狗，沿着长江二桥，跑向了汉口。

它穿过无数的街道、小巷，在一个高架桥头，它看到了来城里的第二夜与主人一起躲避寒潮的桥洞。那个独腿的好心老汉正一如既往地蜷缩在大衣里，无声无息。它迎着那渐渐强烈恶心的血腥味，找到了那个屠宰生灵的集贸市场，又听到了它的同类们在笼子里发出的撕咬声和在屠刀下的惨嗥声，在深夜，那声音悠长刺耳，让它闭上眼睛就是一连串的噩梦。

主人，你在哪里？

它期望着主人程大种重现，重现在那个集贸市场的门口——他就是从那儿消失的。

尽管狗的嗅觉异常灵敏，能嗅辨出成千上万种气味，可是，森林中的气味是单纯的、冷静的，连风也不会无缘无故地乱吹。在这里，在这气味大混杂的城市街头，气味稍纵即逝，要抓住一种气味并跟踪它，牢牢地把握它，这是根本不可能的。太平躲在隐蔽的角落等候主人的出现。失望之后，它决定在这个浩大的城市里去寻觅那微小的、像一粒蚂蚁般的气味，主人的气味。它必须行动，坐等是不行的。赶紧趁空气中那一丝气味还没有彻底消失时（谁知道呢），尽快抓住它。

那天晚上（最好晚上行动），它从下水道里捞出了一些腐烂的下水（有狗的，也有其他生灵的）吃饱了肚子，就开始了搜索和寻找。

八

城市道路建设委员会的官员们以及包工头们，为了不破坏城市的美观，将施工现场用塑料布严严实实地包在了里面。现场其实泥泞不堪，大小土堆像山一样，挖土的民工像一个个活动的泥塑出现在深坑中，机器杂乱无章，电线像一团乱麻；民工们住的工棚里臭气熏天，吃饭、拉屎都在塑料布里，塑料布外写着"我为城市增光添彩"等鼓舞人心的标语。两个民工还专门用水管子冲洗着塑料布外面的道路，使之光亮如初，让城管人员看不出塑料布里正在施工的乱象，以避免污脏了城市而罚款。

程大种开挖之后便秘了三天。三天里他认识了与他一起来的两个老乡；讲着与他近似的土话，一打听是宜昌兴山人，这就攀了老乡。晚上，他用卖狗的钱买了三瓶啤酒，就着工地食堂的榨菜肉丝（肉丝占十分之一）请他们喝酒。下工后，他们还在一起斗地主。民工们的工作异常辛苦，晚上十点了还在挑灯夜战，一双脚已经被城市深处挖出的脏水泡出了一个又一个大红疙瘩，奇痒难耐。工地包工头后来给他们一人发了一双深筒套鞋，但必须扣除他们一天的工钱。三个人用家乡话骂着穿皮鞋的包工头和城市道路建设委员会的监工们。那两个老乡一个叫大嘴（只因嘴很大），一个叫王长清。三个人年龄相当，经历相近，都是为了给娃儿挣钱读书，都是在山里。对喝啤酒不太习惯，想喝地封子酒，就是苞谷烧。说，最好是有党参酒喝，那才是提热气哩。

三个老乡有时在深坑里挖土埋涵管，有时在上面拉葫芦（提升土筐）和往土山上运土。其实这样的劳力活很容易适应，摆正心态是很重要的。程大种想着每天的二十元钱，刨去吃喝和那双套鞋，每天可以落个十多块，一个月就是三四百元。可恼的是不出五天，坑壁又塌了方，又埋进了一个河南人。等大家把他挖出来，双腿都断了。河南人在医院里上了夹板，就拖回了工地的工棚，每到晚上，就凄凉地悲号。大家每晚不能睡觉，白天又是繁重的劳动，就想把这个河南人赶出去，并要求包工头发发善心把他送到医院去打止疼针。可包工头骂骂咧咧道："我这段工程转了三道手，还死了两个人，又伤了一个，我哪有钱让他住医院？如今住一天医院抵老子们一年的吃喝，我亏了血本啦！"

这个河南人慢慢地开始发臭，两个露在外头的光脚都变黑了。程大种为不让他悲号，给他买了瓶"驴子尿"（啤酒）。但是他喝了依然高亢地悲号，估计是疼得受不了了。没几天，便头发深长，口腔溃烂，人已瘦成一副骨架子。等到他的双脚开始流脓，包工头才把他弄到医院去，听说双腿都要锯掉。这才让大家舒了一口气。就在这天晚上，喝了一顿好酒的程大种起来小解，在工棚门口，看到蹲着一只黑影庞大的狗，那狗呼哧呼哧地喘着气，身上散发出一股恶臭，脏得就像那个要锯腿的河南人。

"这不是太平吗？太平！"

太平把夹了多天拖地的尾巴吃力地、一点一点地翘卷起来，向主人摇动了两下。

"你不是被宰了吗？你是怎么找到我的？！"

太平抬起沉重的头，眼角里挤满了眵目糊，嘴巴脏得像一个下水道,牙齿上沾着血,估计是与什么东西搏斗过。

"你还活着?爹爹!"

狗的一条腿骨外露了,白瘆瘆的,可狗还是靠着这可怕的伤腿行走,终于找到了主人。主人给狗包扎,给它清洗,看着它,泪水哗哗流个不停。狗哼哼着,很轻很轻,很压抑,想把许多只有它知道的东西,轻轻地表现出来,或者是藏着。狗静静地舔着自己的伤口。主人望着这条狗,狗却眼里像没事一样,就像刚刚离开主人一会儿,懒懒地看了主人一眼。

"狗啊!"程大种说。

三位老乡吃着烟,决定保守秘密,暂不说这条狗的来历,只说是收留的一条流浪狗。这条狗回到程大种的身边,这让他感到匪夷所思,也让两个兴山人啧啧称奇。"狗是这样的。"他们后来承认这个现实之后说。其中的大嘴说:"赶山狗赶山狗,就是有名。"他说他们村有个打匠(猎人),就是在神农架买的四条赶山狗。那赶山狗不仅记路,还英雄啊,跟豺狼虎豹斗起来,没有服输的,咬得脖子断了肚子穿了也不服输。有一次两条赶山狗追一只獾子,那獾子也烈,追得走投无路了,就跳下了天坑。天坑几百丈深啊,那两条猎狗也不怕,也跟着跳下了天坑,两狗一獾,在落下的途中,还死命追咬哩,你说那狗性子烈不烈?大嘴说,这事之后,那打匠跪在天坑口足足哭了三天三夜,比哭自己的亲娘老子还凶,没见过这样的赶山狗啊!瘦瘦的王长清也说,他舅子一条赶山狗,白呲呲的长毛,是个白化种,在从神农架回来的路上捡的。别人说不吉利,他不在乎,这狗长大后,常从山里拖麂子啊山狸啊大飞鼠啊回来吃。有一次他舅子去镇上赶集,搭的是林业站拖树的拖拉机。坐上去了,那狗就把他咬下来;坐上去了,那狗就又把他咬下来,不让他上车。他就没上车。结果,到晚上听说那个车半道上翻了,一车人全死了。你看这狗,不是神通是什么！这么说，大家一致认为把这狗养着，又听说狗被程大种打了，卖了，可狗还是找来了，就说着包工头的坏话，说包工头不是连狗都不如么，一点人性都不讲。

　　说这些话时他们是在下雨的塑料雨棚里，三个人身上湿漉漉的，雨棚很矮，只能让人坐着，棚顶上汪着水，雨打在棚顶上，包工头要他们干活哩。多了条狗就多了份粮食，那狗嘴比人嘴还大啊。三个人商量要包工头先预支点工资。程大种卖狗的钱也花完了。三个人斗地主，输了的就输了，赢了的买"驴子尿"。他们去给包工头说，连抽烟的钱也没有了。包工头很烦，朝他们鼓着眼睛说："别带着狗来一起吓唬我，你们快把狗赶走！我已经忍无可忍了！在这个工地上，一只这么大的高脚狗吊着一两尺长的舌头在我面前晃来晃去，我还有威信不？是你们的工地还是我的工地？"

　　程大种又得想着怎么处置这条狗了。城里容不下一条狗。可狗费尽千辛万苦找到了他。狗跟他出来，是没有罪的，先挨了两锹，又给卖了，让人去剐，但不知怎么又出现了。这未必是太平的魂么？程大种总是盯着他的狗看，越看越陌生。他摸着太平，摸着它身上的累累伤痕，不是他的狗是谁的！他只有一阵阵心疼和忏悔。如果回去，讲给老婆和娃儿听，他们会相信吗？如果我讲给包工头和城市道路建设委员会的官员们听，他们会相信吗？不会说我是在说谎，诓骗他们？

　　我只求把这条狗留下，就是讨米要饭，也要把这条狗留下，最后，完完整整地跟我一起回丫鹊坳。

　　程大种牵着歪歪倒倒、一走一瘸的太平在半夜里去找食。狗已经很会找食了，对钻垃圾桶有着丰富的经验。城市的垃圾堆得各种各样：有的是垃圾堆，太平几拱几拱就能拽出一块骨头或鱼

203

刺,在黑暗中嘣嘣大嚼;有的垃圾是在烂竹筐里,有的是在铁皮桶里,有的是在高高的塑料桶里。有时候塑料桶冒着滚滚的浓烟——那是未烧尽的煤点燃了塑料。但太平却能毫不畏惧地、神速地从火堆中扒出一块食物来,而不致身上和爪子烫伤。程大种看着太平的寻食本领,十分惊讶和敬佩,他感到这条狗真有能力在这个大城市生活了,完全能在茫茫人海中找到他。这狗在城市似乎比他多生活了十年甚至二十年。它的老道,它的生存能力和生存经验,已经让程大种望尘莫及。真是士别三日啊!

狗吃饱了,就跟他回来。

有时候,他不用牵它出去,放了链子太平也会自己离开工地去找食。有时半夜他担心这狗,去找它,它就突然从暗处跑出来。这狗为何躲在暗处呢?程大种看到垃圾箱那儿有个捡破烂的。再仔细观察,太平总是躲着捡破烂的。但只要他们在垃圾箱翻箱倒柜过后,太平就会神速地冲过去,去找食物。捡破烂的都拿着一种两齿耙,估计会对着与他们争垃圾的流浪狗狠狠一耙,两个耙齿洞就会留在狗的身上。程大种观察,这些捡破烂的常常有着怪异的举止,衣不遮体,或是身上挂着几十个塑料袋——都是些精神有问题的人。但是,面对其他流浪狗,程大种看到太平总是英勇无畏的:它先是两只前爪伏地,喉咙里像闷雷一阵滚动,然后,发出城里狗们没有听到过的恐怖瘆人的狼嗥。就是狼嗥,夜半山冈的狼嗥!宽大的尾巴紧紧拖着,拧满了警惕和决斗的意志,然后,扑上去用牙齿驱赶它们,把它们远远地逐出垃圾堆。程大种看着太平的觅食表演,真是赏心悦目,惊心动魄。但面对走路颠三倒四、动辄向路人乱咬的狗,太平总是让着,并在程大种身边保护他,防止那些狗咬到主人。那些狗是有病的狂犬。

尽管如此,太平还是饱一顿饥一顿,甚至可以说基本处于饥饿状态。因此营养不良,面目全非,瘦骨伶仃,紫铜色的毛没了一点光泽,像一堆发黄的茅草披在身上,全身的骨头都尖削突出,肚子瘪得像一张纸,随风飘扬。加上它必须不停地与其他饿狗争斗,耗尽了所剩无几的脂肪,最后只剩下皮包骨头了。

工地的伙食差得不可再差,程大种自己都吃不饱,还要进行高强度的劳动,没有一口饭给这条狗吃了。道路正在向前延伸,可修路的伙食却越来越差。有一天,太平终于犯了一个大错误。就在那天,一个叫马二剪的工友吃饭吃到一半,气胀肚子,想去厕所解决问题,就把半碗饭放在了一个土墩上,回来见程大种收留的那条大狗正在代他舔碗呢,马二剪是先来的,底气足,气得青筋暴起就拿砖头劈狗。

这条可怜的狗已经被人打够啦,程大种见了,就大声说了几句。可马二剪正在气头上,要程大种赔饭和碗——碗让狗舔了那还叫人碗吗?两个人不知怎么就动上了手。马二剪的同伙就去劈狗,狗在工棚内外,被打得东躲西藏,落荒而逃;两个兴山老乡将程大种拉开保护了,并且在情急之下说出了这条狗是程大种从神农架带出来的,是只晓人世的猎狗。可愤愤不平的那些人一致要求把这条狗宰了煮汤喝,工地上天天萝卜汤,这狗就算光骨头也总有狗肉味。包工头早就烦了,听两个兴山人这么一说,就对程大种下了最后通牒:"有狗无程,有程无狗。要不,把你们赶走。"

马二剪的人都在斥责这条狗的不是,说这条狗还是什么猎狗,就是条癞皮狗,扰乱了大家的生活。这么大的骨架子,眼里全是腊月的冰块,半夜时还有事没事像狼一样嗥叫几声,听着都骇人。

已经与马二剪打得鼻青脸肿、衣衫破碎的程大种在工地尽头的一堆木板缝里找到了太平,它正躺在角落里呜呜地舔着被砖头劈开的伤口——臀部破了两三条口子,流出的血被它自己一点点地舔干净了，可是伤口却不能舔合拢，依然悲壮地裂开在那里，像无声抗议的嘴巴。程大种说什么好呢，恨它？爱它？都没有了。他只想着怎么办，可有一种思绪是：不能让这些人宰了，范家一都没能宰，这些狗日的民工更没资格宰。他们跟他一样面黄肌瘦，面朝黄土背朝青天，真说起来比狗还不如哩。狗还能在垃圾堆里刨到骨头吃，他们跟他一样，一个星期吃不到一次荤。也不能让裆里满是恶疮的黄牙包工头宰这条狗。不能！这条狗大难不死，必有后福。这条狗一定要坚持住，跟我回去，回丫鹊坳去！

程大种扪抚着太平的伤口，太平看到主人的眼里在黑暗中有闪动的泪光，在城市的灯火下。因为疼痛，寒风挤着伤口，伤口似乎在无限扩大，要把它的身体扒开，扒一条能走汽车的大缝。其实，它拥有许多，当它泡在疼痛中回忆的时候。那深夜的山风正在森林中呜咽蹒跚，草垛被吹得飒飒直响。那只因为没有主人在家而安然熟睡的狗，细匀深沉的鼾声正应和着一阵阵山潮哩。它撵花栎林中的社鼠。它吃猪槽的食。它梦见峡谷尽头落日的余晖。它狂吠不已，那是因为它想吠，没有任何原因。早晨的山冈上满是露水打湿的鸟声和牛铃声。它还有一个家徒四壁的屋子。它有着两头哼哼哈哈的猪，有三只羊，有一只黑白相间的猫。有两个娃儿，一个叫狗儿，一个叫毛丫；狗儿大，毛丫小。它与他们一起上山割猪草，挖柴胡，剥杜仲，下菜园。它还有主人老婆，一个整天忙里忙外吆三喝四的勤快女人，她害着鼻炎，鼻子不停地抽气，发出悦耳的响声。深夜，优美的深夜，一无所想的深夜。夜太长，在柔软的草窝里，它强闭着眼睛一次又一次地进入梦乡，日子一天一天美美地过去……

可它已经来到城市。它已经误入城市。它的眼里滚出了大颗大颗的泪珠，没让主人看见。

它听见主人说:"唉——"
主人说:"我们走吧。"

九

这一次,主人为了狗而离去,最终遭到了厄运。对于太平来说,也当然不是一桩什么好事。

天气转暖了些,程大种已有了些经验敢再一次回到武圣路劳动力市场撞撞运气。他是想找到更好的工作,不再在泥水里,在深深的泥坑里挖泥,两只脚都泡得稀烂了,十个趾缝里流着臭水。他尽量想修路的坏处,包工头和马二剪那一伙人的坏处。想有一个能让太平存在的地方。这样,他就来到了劳动力市场。

坚称还是要干锯木活的程大种最后被一个嘴上栽花的男人带走了。那男人说:"人是活的,活儿是死的,只要工钱对,锯不锯木又有什么卵要紧!"并讨好地称赞他的太平是条好狗,他一定帮程大种养狗。

程大种坐着一辆乱七八糟的车两三个小时后才到一个乱七八糟的地方,一个怪味刺鼻的黑水大湖。程大种要去的工厂坐落在湖边,厂子里也怪味刺鼻。进了一个生锈的大铁栅门时,那嘴上栽花的男人就要程大种把太平交给门房的一个哑巴,那哑巴胡子拉碴。程大种把狗交过去后,才看到门房旁的一排平房雨廊里,拴着两条大狼狗。哑巴拿来一条绳子,就势套住了太平的脖子。

太平面对凶险的未来不是没有预料,当它挣扎着别让哑巴的绳子把自己勒得太紧时,那送走了程大种转来的嘴上栽花的男人露出了狰狞的本相,只等那狗脖系进粗壮的绳索之后,挥起一根钢筋,照太平的脑袋就是一下。太平来不及哼喊,就被打入了地狱。

为什么这样对待一条狗呢?为什么对这条狗有如此深的仇

恨？这些人是不是与它结下了孽，或它冒犯了他们？什么也没有。原因只能说是恐惧，一条太大的狗会横亘在这些人的心上，让他们寝食难安。如果是一只小狗，命运可能就截然不同了。人们恐惧这条怪模怪样、师出无名的乡狗。如今它又因为饥饿与磨难而更不中看，简直像从非洲跑过来的一条饿狗，病入膏肓，颇有侵犯人的意图。人们只求赶快了结它的性命。那哑巴也是个天才，刚才还对着电视里的小品咧嘴傻笑的，现在却磨刀霍霍，拿出一把切菜刀来，就地想把太平的脖子切开。这是那嘴上栽花的男人的"指令"——这男人是该工厂的老板，他要哑巴"切了算了"，同时朝自己的颈子一比画。哑巴没有杀狗的经验，但有杀狗的豪情，一点也不害怕，刀刃在太平的身上荡了两下，又在太平的颈子上比试了两下。太平因躺在地上刀不好下手，那哑巴就试着用刀尖去给太平翻身。刀尖一戳着太平的身时，太平竟一跃而起。对刀的反抗使它残存的生命得到激活。它是不会死的，神农架的狗有无边的神力，因为它是在深厚的石头上长大的，生命与山冈森林一样古老顽强，这是它故乡的大地赐给它的神奇力量！

　　——当它跃起的时候一口咬住了哑巴的手，菜刀当啷落地。哑巴用悲惨短促的嚎叫来证明这一切，并且捂住流血的手拼命摆动。两匹狼狗这时突然像两座黑暗的大山压过来，将苏醒过来的太平制服了，压在地上。太平看到两匹大狼狗的四颗卵子在头上雄赳赳地晃动着，它多想跃起来一口咬掉它们，可两条狗把太平像钉子钉在地上，顾不得它只剩下半口气，用它们罕见的大锐齿撕开它的皮毛，怀着滔天的好奇，要看看这只赶山狗肉里面的秘密。它们一点点撕扯着，就像在表演拉面。那个哑巴一阵奔跑止痛过后，还是提刀来朝太平的身上一阵乱剁，那血就喷得哑巴满身满脸，两条狼狗也止不住地兴奋呻吟，加上哑巴的快意噢吼，几股声音在天空中缠绵回旋，在这清冷的工厂里恣肆穿梭。太平淌着大滴大滴的泪珠，动弹不得，又一次昏死过去。

太平是在夜间逃跑的。因为被扔在地上，它的身子沾上了地气，就会从死亡中活过来。地气有一种让生命复活的伟力，只有在大地和山冈上生长的狗，才能接受到这种地气的灌注，死而复生。对地气的无比敏感和依赖，是那些赶山狗生命力会出现奇迹的根本；它们像一株株植物，承接着、汲取着大地的养分，它们的身体里有这种聚集吸收的根须。它们的生命属于遥远的山冈和无处不在的大地。

深入骨髓的持续痛感在一阵哀风的猛刮下苏醒过来，太平看见了链子锁着的那两条狗绿莹莹的狗眼，而它却没被绳子拴着。他们以为它已经死了吧。

太平摇摇晃晃地站起来，大地推了它一把，将它撑持了起来，四条腿给了它平衡的力量。大地说：你是不死的，你是罪恶城市的邪火中的金刚。大地说：你必死在故乡，安然长眠在阳光的森林里。山冈上的马尾松和清风必是你死亡的见证人；一只蜜蜂在枸兰的紫花笼中为你嗡嗡念着悼词；山坡草地上的芍药是你铺满夏天的白色挽幛；鸟声啁啾，那是天上的香雨，一直穿透你的忠魂，飞入云端……

太平依托着大地站了起来，满眼泪光闪烁，那是感激的泪光。它开始寻找着逃跑的路径。

狼狗开始叫了，它不能再耽搁了，它要逃出去，逃出这个魔窟，这个静静的魔窟！

哑巴因为被太平咬了疼痛难忍不能入睡，吃了三颗安定才进入梦乡，两只大狼狗的叫声一点也没震醒他。加上有很高的墙和带电的铁栅门（一到夜间铁栅门就通了电），所以哑巴很放心地入睡了。

太平试着走了几步,刚挨着铁栅门,就被一股力量掼了回来,重重地摔在地上,所有的伤口都强烈地醒了。它又爬起来,一步一步沿着围墙和灯光的暗处走着——它寻找主人程大种时学会的一系列隐藏术又一次用上了。就像在凶险万端的大街上行走一样,它走得慢,走得无声。但是,越接近那嗡嗡作响的车间越头昏脑涨,刺鼻的气味像一记记闷棍朝它的大脑打来,比神农架森林里夏天那令人惊骇的瘴气凶悍一万倍,顿时刺进它体内的每一寸地方,把它泡得稀烂,浑身无力。它还是坚定地、固执地找着它的主人,它屏着息,在一个灯光模糊的大房子里,它终于看见了许多人——有它的主人程大种!那刺鼻的气味就是从那里面出来的,里面热气蒸腾,毒气一团团一阵阵向屋外涌出来,里面劳动的人在大池子周围运动着,行走着,一个个像一张张薄纸。两个人看管着这些劳动的人。那两个人脸上戴着一种突出的面罩,就像两只嘴腮突出的野兽。太平看着它的主人,主人好像病了,脚踩着浮云,在梦游一样。当他蹲下去的时候,那两个"野兽"突然在他的头上给了狠狠一棒,主人程大种发出尖锐的悲叫。捂着头站起来的程大种,只好又开始拿起一根沉重的棒子在池子里搅拌起来,那腥黄的厚重的热气一下子吞没了他。

太平心疼地看着自己的主人。就在这时,狼狗突然离它很近地狂吠起来,同时响起了叱喝:"抓住他!"荒草密布的院子里出现了奔跑的人影。狼狗向这边奔来了。一个人被打倒了,发出呻吟声。太平赶快寻路逃跑。真是慌不择路,它看见一条汨汨向院墙外流淌的臭水沟,穿出墙洞,那墙洞也就只能一条狗通过。它纵身跳进沟里,臭水滚烫,浑身的伤口如千万把刀割,如万箭穿心,皮肉在嗞嗞地烧灼着、腐蚀着。它游出了院子,吃力地爬上一个草滩。全身的灼疼使它禁不住想狂嗥,可它忍住了,牙齿咬出了血，它知道不能吠叫。

昏昏沉沉中，风把它吹醒了。它逃了出来。疼痛已经使它麻木、绝望，烫热的泪滴也像那奇怪的臭水，淌出时脸面灼痛。它像死了一样地趴在草滩上。天空群星如蚁，银河依稀倒悬。远远的城市灯火依然不舍昼夜地荡漾。这是哪儿？这噩梦一样的地方，主人和我为何会来到这样的地方呢？美丽平和的丫鹊坳为什么把我们推向这样的地方？主人程大种为什么要遭受这种惩罚并且牵累我？

肮脏的大地也是大地，腥臭的大地也是大地。太平用肚腹紧贴着沁凉的泥土，汲取着深处的干净的能量。它站了起来，回过头看着那黑魆魆的院子，那蒸煮着地狱沸水的院子，这莫不是传说中的地狱？

有一片小小的林子，在一个高高的土台上。它向那儿爬去。它爬了上去。在那儿，居高临下，多少能看清楚院子里的事情。太平的眼睛还灵锐，虽然嗅觉已完全被这汹涌的异味破坏了。

它在那儿等着，盼着，盼着它的主人从那个生锈的铁栅门里出来，带着它，回到丫鹊坳去。

十

它晚上出去找吃的，白天，就在自己用爪子刨出来的一个土洞里养伤、休息、避险。有泥土的抚慰，伤口在时间的流逝中慢慢愈合。不过，那被下水道的奇怪臭沸水浸过的伤口，有几处始终不能封口，往深处溃烂，形成窦道，流着黄水。

湖边有许多死鱼，也有扔弃的死猪死猫。为了生存，它必须学着吃那些腐物，刚开始，它不停地闹肚子，但闹过一阵，它挺过来了。再吃就注意吃口感稍好一点的烂货，或者多跑点路，去寻些新鲜垃圾。等身体好转之后，它就在土台周边、湖边和小树林逮老鼠；这里的老鼠泛滥成灾，而且肥硕无比，一只只比狼还凶，也是吃腐物的，可它们的肉质却十分鲜美。

吃老鼠的事缘于一天晚上，它在土洞里被一股森冷的风吹醒，预感到有危险，接着就听到一阵吱吱乱叫的声音。睁开眼探出头往外一看，我的天！有几十只壮如猫的老鼠已围在它的洞口。老鼠们缩着丑陋的鼻子，一排排尖锐的啮齿向太平发出了示威——很显然，这些老鼠是有备而来，准备在洞里围歼太平以吃掉它的。

就算它们凶狠如竹溜子，就算它们是一头头狼，搏斗，与这些不知天高地厚的城市老鼠的搏斗会激发它体内的征服激素，求生的意志也使它的牙齿和爪子再一次有了剑吼西风的英气。那些老鼠不知道太平是一条与众不同的狗，是一条神农架深山里的纯种猎狗，在这个小土台上的战斗，简直不值一谈。于是，太平不顾一切地冲了出去，一个一个地咬死它们；先咬死，再吃它们！老鼠们以为这是一条静静等死的病狗，阳气全无了，可一阵狂风卷来，一会儿就鼠尸狼藉，鼠们被咬死了大半。它自己的伤口再次哗哗震裂了。可是，对敌人的杀戮使它获得了自信。它知道自己是不败的，因为它是一条赶山狗。山都不怕，何惧土台！

喝了老鼠青春的血，体力恢复得很快。它常常望着那个院子里的车间、衰草和人，想悄悄地潜进去，救出它的主人。

春天正在悄悄地到来，在这个城市不被人注意的边缘，在土台和湖边，各种绿色的植物被一阵夜雨染绿了，不知名的野花顶着鲜艳的颜色摇荡起来，腐臭的水边也有不知情的水蒿和芦苇的芽子依然娇嫩地蹿出身，显得尤为壮美。竟然还出现了青蛙的叫声。野蜂和鸟都在自由地飞翔，而它的主人却在里面暗无天日地受难。

212

那些天,到了深夜,终于看到那铁栅门打开了,有轰轰作响的汽车开进去,然后汽车再开出来,大门就被那鬼鬼祟祟四处张望的哑巴急急地、重重地关上了。狼狗牵在他的手上。那两匹狼狗会在半夜在院子里嗷嗷乱叫,偶尔,也能听见人的惨叫声,其中有它的主人程大种。

害怕是肯定的,那种种的惨叫声会让太平听得阵阵发抖,心有余悸。每当看到那个哑巴,它就会莫名地战栗一阵子,好像患了疟疾或遇上了寒潮。

哑巴守着的大铁门是千万不可进去的。好些天,在晚上,太平围着那个院子长长的、泥沼黑臭的围墙转圈儿。唯一可走的依然是它急中生智随水流出的那个下水道。可是,望着那卷着泡沫、冒着热气、怪味难忍的黄水,它就怵了。它试着把爪子探下去,爪子就一阵灼疼。最后,它憋足了劲,屏了一口气,还是勇敢地跳入水中,拼命地向洞里游去。

程大种已经病了三天,不知道是什么病,那个嘴上栽花的男人给他吃了几颗什么药片,他就昏昏沉沉地睡了。宿舍没有窗户,难闻的气味凝滞在屋子里。他的皮肤发痒,一抓一个水疱,流出难闻的黄水,跟下水道的水一个样。恶心,呕吐,眼睛不开,呼吸困难。他感到他快要死了。他身上盖着从家里带来的被子,已经很脏了。可是那被子上的红碎点的花使他的眼前出现了幻觉,老婆陶花子就在那红碎花点中间,纳着被子朝他笑着,有时又骂着,骂得十分难听。

"陶花子!……"

他冷得不住地打着牙磕,身子痉挛成一团,胸口堵得慌。

"我可能……回不去了……还有一个……躺在那儿哩……"他的手给陶花子指指说,"老板不让……我们走,你只要说走……就有人拿大棒打你……"

213

稻草角落里爬着一群群大老鼠，对面床上的那个工友的脚趾已被啃了，成天在那儿哀号，估计又昏死过去了。老鼠估计又在啃他的脚趾。程大种抬起头，想去看看，在黑暗中，忽然看到有一排排荧荧闪闪的小眼睛，这么多的老鼠！是不是它们嗅到了这个工友快死了，准备来饱餐一顿？！

"老鼠！……"他想喊，可喉咙堵了，声音像从墙缝里发出的一样。

他吃力地够着床底自己的鞋子，终于拿起了一只，用尽力气朝老鼠砸去，一阵吱吱的响声，老鼠不见了。

其实他什么也没有看到，看什么都模模糊糊，头沉得像箍了个铁箍子。

他突然想那些老鼠该不会啃自己吧？他也快死了，还管别人！他感到那些老鼠还待在屋子里，正在伺机行动，它们正向他的身体爬来。他昏昏沉沉地想着这事，手脚拼命动弹着，生怕一停下来老鼠就会露出啮齿来啃他。

就在他本能地舞动着四肢时，手触到一个毛茸茸的东西。

"老鼠！"

他吃力地收回手来，吃力地把眼皮撑开，分明是一个大大的长毛的家伙，狗！是厂里凶狠的狼狗？不是，它舔着自己哩，是太平？是我的狗，是太平！

狗像久别的亲人一样用湿漉漉的身子紧紧地摩擦着他，舔舐着他，温热的舌头像故乡的阳光。狗尾巴不停地摇摆着，嘴里发出呜呜的呻吟，并用嘴咬着他的衣服往外拖拽。这狗是在救我，想让我出去！狗啊，它要救我逃出去！一阵感动，接着是一阵虚脱的晕眩，程大种手脚顿时冰凉，晕厥过去。这时候那些脚头等待的老鼠疯狂地扑上来，就啃程大种的脚趾。钻心的疼痛传来了，程大种一声尖叫，太平就起了警觉，嗅觉丧失了，眼睛却一下子逮住了猎物。只见它用极低沉（怕人听见）但很震慑的声音怒吼了一声，就像一只大鸟跃起，朝床上的老鼠罩去。顿时，屋子里飞蹿起一只只笨重的老鼠，纷纷落到程大种的身上、被子上、头上。老鼠在被咬死时，竟发出一种令人毛骨悚然的惨叫，使人知道无辜的死亡是多么可怕。

程大种已无力坐起来。老鼠在屋里疯狂逃窜，叫声一片；它们撞在墙上，撞在门上，撞在天花板上，被撞被咬得鲜血四溅。

"好样的，太平！你真是好样的！"程大种在心里赞叹自己的狗。

一阵狼狗高亢的叫声像风暴在院子里刮过来，还伴有哑巴那含混不清、仇视一切的吼叫。

"快跑，太平！……快！"极度虚弱的程大种在黑暗中摸到狗，用尽最后的力气猛拍它一巴掌。

太平正在亢奋地咬着老鼠，它愣了一下，马上明白了。主人的指令就是一切。

就在狼狗和哑巴赶来时，就见一道粗壮的黑影像闪电蹿出门外，飞进院子的荒草中。两只狼狗马上朝草丛里扑去。哑巴没看清是什么，在那儿正搜寻着想看个明白，忽然一阵狂风，一个黑影罩来，他的腮帮子就被撕掉了一块，发出"噼啦噼啦"的声音。"啊！"哑巴惨痛地叫唤，人竟跳起了三尺高。两条狼狗急急追去，那黑影跳进滚烫的废水中，沿着下水道钻出了院墙。

太平再一次潜入院子是在五天以后，它看见它的主人程大种已经死在床上，七窍流血，骨瘦如柴，老鼠已经啃坏了他的脚趾，两个耳朵也没有了。它躲在那一人多高的野蒿中间，看到哑巴和另几个人把它的主人抬上汽车，然后车开走了。太平潜出来后，追赶着那辆汽车的尾尘，可是到了一个三岔路口，它辨不出车去的气味,空气里的浓郁怪味绞杀了它的嗅觉。

它在城里找了几天,后来来到了一个火葬场,在空气中似乎嗅到了一点点它的主人的气味,那高耸的烟囱上正飘出一缕缕的白烟,它的主人程大种随那缕白烟飞走了。

"故乡!……"它在心底里大声说。它喊。它,太平,一条狗。一定是回到故乡去了,它的主人。那缕白烟正向遥远的天际飘去,在很远的地方,在渝、陕、鄂交界的那一片山冈上,总有这样的烟云,像透明的梦境,从它的眼际飘过!还有一种更醇厚亲和的气味,不是这儿死亡的冷漠气味,那气味突然从很深的地方泛了出来,还没有死去,它蛰伏在太平的心灵深处。那气味使它回忆起了过去的一切;那气味拉拽着它,牢牢地拴住了它,让它不可遏止地带着坚定的步伐,向那儿走去!

它跟着缥缈的主人,跟着云端里的呼唤,在星星的指引下,嗅辨着那若断若续的来路,向回走去。

越过了千山,涉过了万水,不停地行走,不停地寻找着那从小就熟悉的气味。它已经走掉了身上的毛,走秃了脚爪,尾巴被围攻的野狗扯掉了半截,耳朵拉开了口子,一只眼睛也被顽童戳瞎了;它见过了世面,伤痕累累,泪流成河,可脚没有停下半步。它死了,又活了,活了,又死了,九条命(猫狗九条命)已经用了八条,还有一条攥在自己手里。它走着,走着,已经不是一条狗,是一个行走的魂。

在一个深秋,在百果摇曳、万树如火的日子里,狗儿和他的妹妹毛丫看到山路的尽头走来了一条歪歪倒倒的狗,狗一走一瘸,浑身裹满了尘土,身子已像一个纸糊的架子。这狗熟啊,这不是咱家的太平吗?

"太平!妈妈,太平回来了!"他们忙向厨屋里的妈妈大喊。

听到喊声,那个厨屋里的女人陶花子从里面出来,在抹腰上揩了揩手，揉揉被灶火熏红的眼睛，朝那条远远走来的狗看着。

"真是的！太平！太平回来了！"那狗不紧不忙地走了过来，睁着唯一的一只眼睛望着他们，面色沉静，没有表情，尖削的嘴紧紧咬着，眼神怠倦，好像是从一个深深的山洞里走出来似的。

"太平！太平！他爸呢？大种呢？太平！他没跟你一起回来吗？！……"

女主人陶花子蹲下来一把抱住了它，摸着它瞎掉的眼睛和开叉的耳朵，摇着它问着。狗依然没有表情，一声不吭。这时候，陶花子看到它的眼睛里滚出了一滴一滴的泪珠。

生活还在继续，因为日子还在继续。

丫鹊坳和神农架的人都在谈论着这条叫太平的狗，这条神奇的神农架赶山狗。这件事刊登在二〇〇×年十月的《湖北日报》上。

报道说：

狗的主人程大种（化名）音讯全无，狗却千里迢迢回家了。

我希望程大种也能像他的这只神犬一样回家，因为他的亲人们在日夜盼望着他的归来——假如他还活在这个世上的话。

豹子最后的舞蹈

我漫游在星星之间，我深知
即使它们都暗淡了
你的双眼仍能亲切地闪烁

——蒙塔莱

（某年某月，神农架一年轻姑娘徒手打死一只豹子，成为全国闻名的打豹英雄。当人们肢解这头豹子时，发现其皮枯毛落，胃囊内无丁点食物。从此，豹子在神农架销声匿迹了。）

在我生命的最后几年里，我整日徜徉在神农架的山山岭岭。我老啦，这种衰老是无法用言辞来表达的。衰老就是衰老，包括我生命中的各种欲望。我现在唯一的欲望是进食，除了水，我需要肉，带血的肉，嚼它，品尝它，伏在某一棵天师栗树下，或是一处灌木丛中，头上悬垂着紫色的"猫儿屎"和通红的老鸹枕头果。然后，我舔食那些动物的血肉，带着满腹的胀意美美地睡上一觉，不惧寒露和星星，在沉沉的山冈上，在山谷里，重温往日的旧梦。

我是一只孤独的豹子，我的同类、我的兄弟姐妹、我的父母都死了，我是看着他们死去的；有的是无声无息地消失了，像一阵又一阵的岚烟，像一片掉落进山溪的树叶——他们是不会回头的。

孤独，我们的天性。我们天生是孤独沉默的精灵，我们偶尔吼叫，那也是在没有同类的时候，用以抒发我们的心事还有豪气。我们只想听听我们的回音，在山壁上的回音，在茫茫夜空中的回音，那是我们期待的回答。也就是说，我们只喜欢听我们自己；有好几次，在我得意时，我看我喷发出去的吼声是否震落了天上的星星。我以为，我总能震落那些高傲的星星的。后来应验了，在我的一声吼叫后，我看见西南角的星星像雨点一样滑落下来，半个时辰后还稀稀落落地往下掉。可是，我们的孤独是幸福的孤独，是知道在某一处山谷里还有着我们的族群，有着我们的所爱，有着我们的血亲……而如今，我的孤独才是真正的痛苦的孤独，没有啦，没有与我相同的身影，在茫茫的大山中，我成为豹子生命的唯一，再也没有了熟悉的同类。我有一天意识到这个问题时，好像掉进了一个无底的深渊，永远地下坠下去，没有抓挠，没有救助，没有参照物——那一定是时间的空洞，是绝望，是巨大的神秘和恐慌。在那种失重感的恐惧中，有一天我定下心来，我决定活下去。决不决定无所谓，我总得活下去，吃、喝、拉、撒、睡。

我渴望食物，以及在饱食终日中的温暖，这已经是我垂死挣扎的日期了，我的游荡步履蹒跚。我渴望着温暖，然而现在是三月，是严峻的三月，山上的积雪还没有融化，到半夜的时候，偶尔会飘上一场雪花，它们轻盈地落在我皮毛上的样子过去是抒情，现在是寒冷。对于季节的转换我已经心如古井了。我听见了麂子们清长的唳叫，那是对春泉的呼唤。在低山地区，农人开始了选种，他们要上山种洋芋和苞谷了。更多的南麦在早春的寒意中抖索着，生长着，稀稀拉拉。在陡峭的山地上，这些麦子还不及大蓟长得茂盛而体面。我看见了大蓟吗，噢，它们长着坚硬的刺，面色发亮，就是在这儿，我与一头豪猪遽然相遇。只有豪猪才敢在这儿穿行，它们的刺抵御着大蓟的刺。豪猪找到了这样的乐园，也是一个讽刺；它们应该有更温暖的家，可是，哪儿比这更安全呢？在树木被砍伐过的地方，大蓟从海拔零米的地方开始了疯狂的翻山越岭，占领着那些只留下树桩和哭泣的空地，俨然成了山岭的主人。

我看着那只豪猪，在这样多刺的山头它也变得更加怒气冲冲了。我能征服它吗？我看着它毛刺倒竖的样子，我压根儿就没征服过它。可是，我想着它一身刺下潜伏的美味皮肉，便舔着嘴唇。这头豪猪是如此鄙夷地看着我，慢慢吞吞地，知道我没有了力量，过去没有让我战胜，现在更加休想战胜了。

豪猪钻进了大蓟深处，惊起了一只红腹锦鸡，是一只母鸡。这曾是我的美味佳肴，我仰头望着它飞走了，我只能望着，并且不想等候它的飞回。我还知道，在大蓟中，也许有一窝蛋，或是一群嗷嗷待哺的雏锦鸡，但是我不能纵身进去。面对着大片的大蓟，你是无能为力的。

这是一个叫芒垭的岭子，我要到一个沁水的水窝去，我只好喝水。我小心地绕开猎人们下的套子，钢套和绳套，还有阴险的垫枪。我一共绕过了十几个套子。有一天，我经过一个叫凉风垭的地方，见到过一百多个套子。在布满套子的丛林里穿行，对我来说已不算一回事了，不然，我不可能活到如今。我的奇异之处使我成了最后的见证，成为所有痛苦的集大成者、焦点，成为痛苦中的痛苦，孤单中的孤单，死亡中的死亡。

我喝饱了水，看着自己的影子。在小水窝的周围，布满着更多的套子和黑洞洞的枪口，猎人们知道这种地方会引来喝水的猎物，所以野兽们总是匆匆地喝完水就匆匆地走了。而我却想在此待上一会。我累了，我得歇歇，再说，我不再害怕死亡，面对着那些喷火的枪口、滚珠、钢筋头以及更迅猛的铜弹，我没有了惧怕，死亡是迟早的事，而我已经躲过了一千零一次。我看着自己的面容，它丑陋、荒凉、魂不守舍，因饥饿而多少有几分哀伤。我听见了一个农人的歌声，那是农人，不是鬼鬼祟祟的猎人，猎人总是一声不吭，且心事重重，农人总是欢乐的；他在暮色中唱着一首姐儿情郎的歌。我不知道这个季节他们在山上能收割到什么，只能是猪草吧。

"我要吃猪！"对猪的渴念使我不自觉地来到了一处我过去掩埋猎物的地方，我闻着那个地方依稀可辨的腥气，岩羊、青羊和麂子的腥气，甚至还有一只鬣羚的腥气。这只是臆想吧，这已经是多年前的故事了，雨水和时间早把它们美妙的气味冲得一干二净。我又爬到一棵古松上，这儿曾经挂过我的食物，挂过一只小野猪，一只小熊的后胯。

现在，我躺在古松上，刚才用力上树使我气喘吁吁。我望着四周，渐渐沉落下去的白昼，悄悄围上来的黑夜，我直发困，肚里饥肠辘辘。这时我想念起我的兄弟来，他叫锤子。他总是喊着我的名字："斧头，斧头！……"我希望他是喊我的名字，而不是叫我复仇。可是，我听到的却是："复仇啊，复仇！"

老林里此刻又响起了这样的声音，我兄弟的声音。这是耳鸣吗？近来我老是梦见我的兄弟，他老是在梦中向我授意，要我复仇。这已经有几年了。

我与我的锤子兄弟很难说有什么感情，只是在母亲带领我们的那两年里，我们曾经亲密无间过；自从我们长大，被母亲驱赶着分离后，我们就各自占有了一个山岭，我们并不打招呼，熟视无睹，在发情的季节，我们甚至成了情敌，常常咬得鲜血直流。但是我的兄弟老是出现在我的梦里要我复仇，喊着我的名字。他是如此固执，他的阴魂是如此固执。可是他不知道，我是如此势单力薄，就是有三十头豹子又怎样呢？复仇的愿望永远是不可能实现的。

221

我的兄弟惨死在我们共同的敌人老关的枪口。我说的"我们",是指我们所有的野兽,不光只我们豹子家族。我的兄弟的一只爪子被老关砍下来,将其掏空,做成了一个烟袋。这只烟袋的五个指甲完好如初,那是我兄弟的手,它们张扬着,抓得死任何猎物,铁一样的,不然我们的母亲为何为他取名锤子呢?我看见老关在我兄弟的爪子里掏出一撮烟丝来,放进他的烟斗中。那是一支很长的铜箍竹节的烟斗。在某一天黑夜的窗口,我在山头远看他吧嗒着,坐在火塘边,我的兄弟的爪子晃荡在火光里。

现在要说到老关的两条猎狗"雪地""草山"了。它们是人类的帮凶,助纣为虐。我兄弟的最后一口气就是雪地咬断的,草山也曾剜下我母亲的一只眼睛。这些凶恶的猎犬,简直像青鼬和豺,要剜掉所有猎物的眼睛,它们伸出爪子挖眼掏肛,手段极其残忍。难道雪地、草山也是青鼬和豺的杂种吗?

我的兄弟是一只凶猛的豹子,但他缺少脑筋。他对家畜的攻击是十分稀少的,主要在自己的领地与那些温顺的偶蹄动物过不去,不过他就是不伤害一头家畜。老关和像老关一样面孔的人都将把我们斩尽杀绝。可以说,在这块地方,遍地都是我们的仇人。我们和人类的对峙已经有若干万年了,现在这种对峙愈来愈激烈,最后的结果是,我们失败了,我们的亲人都带着仇恨闭上了他们的眼睛。他们至死也不明白,人类为什么会有这么强大,会对我们恨之人骨。我们总是躲着人类行走,这是母亲教给我们的。母亲说,不要惹他们,他们有枪。别看他们会微笑,他们的眼睛深处闪烁着嗜血的渴望。母亲说,有一年大旱,她看见人类相食,而我们这些豹子,就是饿死,也不会去啃啮另一只豹子的肉体。

说到我的兄弟惹祸,是因为他太自信太忘乎所以。那时候,他决定征服一只苏门羚,在当地,它叫大羊。这只大羊是从棺材山下来的。棺材山是青羊、岩羊和大羊们的乐土,甭说是我们,猎人也上不去。可是这只大羊出现在我兄弟的眼里时,我的兄弟产生了一股虚妄的激情。征服这上千斤重的大羊,我的祖先可能有过,但我没有见过。

我无法阻止他愚蠢的举动,我在我的山头隔着一条峡谷望着他。我甚至不给他提醒,我不敢贸然闯入他的领地,在这一点上,我像我的祖先——对自己的同类冷漠无情。我知道大羊是不好惹的。

我的兄弟在第二次见到大羊后,就决定对它动手了。他潜伏在一片老林和草甸的边沿,在那儿,他企图切断大羊逃跑的道路,因为大羊是在老林藏身,而又要在草甸上吃草的动物。它跟一般偶蹄动物不同,喜欢纵深到草甸的更远处,不害怕没有逃跑和藏匿之路。在我兄弟动手之前的几天,我看到了大羊是怎样将一头觊觎它的老熊打得大败的。这是难以置信的,猎人不是有一猪二熊三虎豹之说吗?我的兄弟对此一无所知。

我的兄弟第一次接触大羊是在一个燠热的中午。在夏天,我的兄弟战胜猎物的欲望尤其强烈。他靠近大羊的时候,大羊十分警惕。我的兄弟是没有见过多少世面的豹子,他在打盹儿的时候看见了一只庞大的羊子,他打量它,因为他并不害怕这山岭上所有的生灵,除了人类。他一定在想,今日的晚餐解决了。但是他迟疑着,他一定在想怎么下口,这么粗壮的动物,他怎么才能咬断它的喉管,怎么从它粗壮的肋骨下拉出五脏六腑来吃掉。可惜他没有捕获这种庞然大物的经验,然而经验落后于行动,对于豹子来说,不顾一切地行动是他们生存的魅力,是他们作为一缕绚烂的光芒辉映于山岭的独特风景。就在这时,一声寒鸦的清脆的叫声打破了这儿的寂静,使大羊警惕起来,支棱起脖子四下望着,它看见了我的兄弟,那一团火,在蜷伏时也是危险的,它于

223

是跑了，没命地向一面悬崖跑去。如此笨重的身体在跃上悬崖的时候却又如此轻盈，简直像飞翔的石头。

但是，这片草甸是青翠欲滴的诱饵，大羊总会回来的。它吃了第一口，就会回来吃第二口。可以说，我的兄弟拥有了这山峦的一块草甸，他就拥有了丰衣足食，草食动物都是一些要草不要命的笨蛋。

笨蛋又来了。这是第三天的下午，刚下过一场阵雨，到处的树叶和草尖上都闪亮着晶莹的水珠，空气湿润，暑热消退。我的兄弟扑向了再次光临的大羊。我的兄弟在一些几近枯黄的箭竹和开满蓝花的羊角七藤蔓间穿行时竟然没弄出一点声响，我的兄弟简直是一抹灿烂宁静的晚霞，他在接近他的敌人。因为饥饿，他要咬断素不相识者的喉咙，看它汩汩地冒血。

我以为这将是一场生死追逐，疯狂地追赶与没命地逃窜。然而没有。我看到这只大羊只是在两个转弯后，在一块尖锐的巨石后面突然掉头对准了我的兄弟，出其不意地将它的犄角挑中了我兄弟的腹部。我看见大羊猛冲了！我看见了大羊的肌肉在阳光下聚积着！我看见了愤怒！看见了灰褐色的皮毛几乎要覆盖了我兄弟那淡金色的钱纹皮毛！我看见大羊向我的兄弟压过去！……如此凶猛的大羊，在这些羊类家族中，莫非还有抵抗的热血？我以为它们除了奔跑逃命就没有其他了。其实我清楚，这些大羊就是如此；我的兄弟却不明白。

我的兄弟的腹部显然是受了伤。可是他的英气和傲气不会使他退缩，这是不可能的，哪怕面临着一千只大羊，我的兄弟也会奋勇前进，以死相拼！

我看见我兄弟的血迸溅在那个山岭，这只是搏斗的开始。果然，我的兄弟迎了上去，他跃过尖锐的巨石，像一道闪电，在巨石后面，我看不见打斗，只听得见我兄弟的怒吼和大羊的嚎叫。

大羊的嚎叫简直像一个生产的女人,这与它们的身躯极不相符。后来终于打出来了。我看见大羊的犄角高挑着我的兄弟,我兄弟咬着大羊的脖子。不知为什么,我看见大羊挣脱我兄弟的嘴,收回它的犄角,没命地朝老林里跑去,一下子就没有踪影了。刚才的景象像一场梦,独留下我受伤的兄弟,留下他口里正在嚼着的一块大羊的皮。

我的兄弟好像力气用尽了,他躺在草丛里,浑身发颤,他舔舐着自己的伤口,懒懒怅怅的眼神偶尔向远方望一下。他一定很疼痛,但他决不表现出来。

那一夜,我无望地望着我的兄弟锤子。我朝那个山峦望着,黑魆魆的山峦上高耸着巴山冷杉和粗榧的影子,夜雾一阵一阵地漫上来,在早晨的时候变成了云海。我和我的山岭,都在云海之上了,而我的兄弟却在云海之下,在稍微低矮的地方。就是那个早晨,我听见了枪声。

是老关的枪声。接着吹起了牤筒。云海突然消散了,在牤筒气壮山河的号声中,整个群山开始一阵一阵地发忾打战。这是赶仗的号声,老关和他的三个儿子已经跟踪了大羊整整七天。可是,循着血迹,雪地和草山最先发现的却是我受伤的兄弟。

雪地是一只雪白的母狗,草山是一只草狗,也是母的。雪地的叫声使老关的第三个儿子一跃而起,手拿着猎钩和开山刀向我的兄弟扑去。那是一把三爪猎钩,像锚一样。他钩住了猎物,就用开山刀的刀背猛击他的头颅。老关的三儿子是一个极其年轻而残忍的杀手,他才十五岁,我曾看见他敲击过一头猪獾的脑壳,两下就将那脑壳敲碎了。敲碎的脑壳还在发出凄惨的叫声。

这个十五岁的杀手把长长的绳子甩向我的兄弟,是那么准确地钩中了我兄弟的臀部。雪地和草山更是箭一样冲向我的兄弟。

后来云海湮没了他们,湮没了猎杀与被猎杀、追捕与逃亡。

我的兄弟是怎么跑的我不得而知，在太阳当顶的时候，一群猎人抬下的不是我的兄弟，而是大羊。

我的兄弟逃向了更高的山巅，可是老关知道，我的兄弟是会下来的，他要下山来喝水，他流了太多的血。山巅上扎不住他，那儿没有水，在这炎热的夏季。

第五天，我的兄弟重又出现在老关的视野里。

最先出现的是大片大片的苍蝇，它们围着我的兄弟。我兄弟的伤口完全腐烂了，腹部、臀部。可他的举止依然有着豹子的尊严，多肉的掌子踏着地时富有弹性和自信，但是那么多的苍蝇正在凌辱他，那些肮脏的小虫，它们知道了我兄弟的死期。

老关正在一个水坑边呼呼大睡，他的三个儿子至少两个已经喝醉了，是一种地封子酒。而他的三儿子，正在全神贯注地将一撮头发捅进火铳的铳管中去——火药和子弹已被他填满了，这是最后的程序。

就在这时，垫枪响了，是老关早就安好的，我的兄弟绊上了垫枪的索子，索子上的引信拉响了，几乎在一秒中之内，我的兄弟转过头去，那些钢筋头、滚珠就像碎瘊一样向他飞来。老关的三儿子张大着嘴巴将铳举起来，老关和另外两个儿子睁开眼睛望着天空。可恨的雪地记住了我兄弟的气味，在我兄弟踉跄着倒下又准备奔逃时，它早就蹲到了他面前飞竖着尾巴，咬住了我兄弟的喉管。枪弹有几颗斜穿进腹部。我的兄弟的身子在倒地时是扭曲的，他看见苍蝇像烟雾一样散去，他的头触地，又扬起来；伸直，又转过去。他是想再看看那支阴险的垫枪吗？雪地的扑来遮住了他的眼睛。他是想先看一看，所以对扑上来的那条雪白的影子还没有认出来，他的喉咙已经堵住了，接着穿出一个大洞，从那儿流泻出血，也流泻出豹子的元气。扑哧一声，像轮胎漏气一样，我的兄弟的筋就被人抽走了。肯定是那样的！

我的兄弟倒在水洼边，倒在碧森森的水洼边。这时的雪地还在拼命撕扯我兄弟的脖子，草山也在一旁咬着他的后腿。我最后看到我兄弟就是这样一副样子，无数的狗嘴和苍蝇正在啃噬着他。我的兄弟是渴死的，枪弹的痛感似乎都不算什么，我看见他的眼睛里映着水波的倒影，是那么碧绿，那么清澈。从此以后，我就拼命地喝水，那干渴的知觉传导给了我，我的兄弟告诉我的就是这些。我对水保持了特殊的爱好，在我以后的生活中，我找到了十几处水源，明的，暗的，高山的，低谷的。我想我一定是在替我的兄弟喝水。

除了那个烟袋爪子，我的兄弟的另三只爪子，一只老关送给了大队书记，两只送给了公社的武装部长。那个部长给了他一大把子弹。

我这么回忆我的兄弟的时候，复仇的嚣声小了，我的耳畔隐隐传来了麂子的叫声。现在，无论怎么听，这麂子的叫声都像在哭，虽然我明知道它们是在召唤同伴下山喝水。

我想去见一见我这些昔日的佳肴，逮住它们现在是很难了，我的步履不再轻灵、矫健，走路会发出响声，有时候会喘气，还会咳嗽。它们知道我是一只老豹，除了怜悯我，决不会害怕我。有几次，我跟它们坐在连香树下，周围是浓郁的、散发着怪味的牛蒡子。它们望着我，我望着它们，相安无事。今天我下去了，我除了想喝水外，还隐隐约约地闻到了一点腐肉的香味。我的嗅觉还在。于是我下了山，在一个流淌着巨大山泉的峡谷里，终于看到了半只正在腐烂的麂子。这可能是失足摔下悬崖，也可能是中了垫枪，也可能是被野物咬死的。我无法拒绝这一堆难吃的肉，至少它可以填饱肚子。在我吃它的时候，我终于看清它是摔下悬崖的，它的后腿都断了。山顶上的积雪还很厚，它一定是受到了惊吓，才从有雪的悬崖上滑落深谷。

味道的确不好。这只麂子使我想起多年以前我曾追逐过的一只鬣羚,也是在冰天雪地里。它黑色的尖角和棕红的嘴唇对我充满了诱惑。我并不饿,我记得那一天我吃了太多的食物,是岩羊、角雉还是一只兔子,我记不清了。我只想戏弄它一下,我不想花那么大的气力去逮它,因为鬣羚的步伐也是众人皆知的。可是,勇猛的鬣羚,知耻负气的鬣羚,大义凛然的鬣羚,它竟跳崖了,舍身成仁了。我追到悬崖边,看到底下那雪地上正在痉挛的鬣羚,鲜血染红了白雪。我对它久久地致意,这样刚烈的鬣羚却并不少见。在所有的野兽中,连最弱小的兽类也从来没有束手就擒过,面对死亡,它们一个比一个刚烈。

我实在难以咽下那样的腐肉,在它的后胯那儿我扯下了两块,囫囫囵囵地吞了进去,这只能使我更加饥饿,更加唤醒了胃囊的渴望。我不能吃下这样的东西,我是一只豹子,不是獾,不是兀鹫或者一只苍蝇。

我蹿上一个山脊的时候见到了一只竹鼠。在洞口,我守着它,我想如果我不能迅速抓住它的咽喉,我的皮肉就会被它的两颗门齿深深地扎进去。我放弃了这种危险的打算。我还是饿吧,饿吧,我已经习惯了饥饿。我头昏眼花地盲目乱窜,眼前甚至出现了幻觉。我不知道我何时走进了一个洞口,在两棵粗大的铁桦背后,我睁开眼睛时仿佛看见了我的母亲向我走来,嘴里叼着一只黄鼠狼。我看见了我的母亲,从淡蓝色的光线那儿走了进来,她的轮廓透着山林和草莽的气息,是那么新鲜。而那只黄鼠狼柔软耷拉的样子突然使我的眼睛湿润起来。

我站起来,像儿时那样迎向她,我心里欢叫着:"母亲……"我会像可爱的童年时那样上去咬她的尾巴、耳朵,或者接过她的猎物,兄弟姊妹一起撕扯咀嚼起来,然后听着我们母亲的呵斥。我的母亲总是面目狰狞地呵斥我们,可她的心肠是最好的。有一次,她为我们抓捕一只岩羊,花了三天的时间,越过了几道大垭,还摔断了一条后腿,她瘸着腿将岩羊叼回来。五天以后,因为不能远行捕食,她用尚好的两只前爪,为抓一只竹鼠,竟刨出一米多深的洞,终天抓住了那个肥胖的家伙。

我本想去咬她的尾巴让她呵斥的,我还想吃那只黄鼠狼,可是我定眼看时,我的母亲消失了,洞外冰凉的风雾朝里灌着,发出怪啸。"母亲,你在哪儿?母亲! ……"

啊,我的母亲已经死了。在洞口,连她的魂影也不见了。

我重又软下腿来,蜷在石头上,枕着自己的前爪。一只老鹰飞进洞来,搅起一阵凉雾。洞顶有它的暖巢。

我想念母亲。这是自然的。

我的母亲是一只美丽的母豹。那时候,我们住在白岩对面的山上。白岩离我们有几十里远,可是白岩就在我们对面,它壁立千仞,像一组巨大的远古的城堡,在傍晚,西天的太阳直射在它的壁上,蔚为壮观。我的母亲说,白岩给我们以激励,它的灿烂,是我们明天更振奋有力地活着的理由。白岩就在我们面前,四野是漫山的红叶,我们的童年在那样的环境中锻造着灿烂张扬的气质。有时候,我母亲呆呆地看着白岩,她支起前腿,尾巴铺成一个圆形,围着腰脊。这样的姿势让我赞赏不已。我母亲对我们说:"你只有咬住猎物的时候你才是祖先。"那是在我们问起我们祖先的样子时母亲的回答。另外,我们的母亲还说:"你只有咬住猎物的时候你才是豹子。其他什么时候都不是,是行尸走肉。"然而我认为我的母亲在遥望白岩的夕阳时她也是豹子,而且是最优秀最伟大的豹子。因为那时候,她充满着神秘和尊严。

在白岩的下面,峡谷的里叉河蜿蜒地流着,当它与黑河交汇,生出了一个奇怪的野种,它就叫野猫河,发出惊心动魄的吼叫声。在这样的吼声中入梦,不可能不让我们生出一股豪气。连一片树叶掉落下去的声音也像虎啸龙吟。这儿，人们惧怕老虎，总是叫它们猫，如大猫就是大虎，猫儿岭就是虎岭，野猫河其实就是野虎川。虎，早就是一个传说了，我曾见过虎，但是某一天早晨醒来，虎就无影无踪了。我的母亲和她的家族成了这一带的霸主。不过，我们的成员也十分厉害，那些呼啸生风的影子总是不明不白地消失了，等我们再期盼着他们重现时，才知道是梦境。伐木的队伍，正在飞快地卷上山来，各种套子和枪口都在搜寻着我们，还有与我们共同逃难的熊、野猪、豪猪、九节狸、麂子、大羊和鬣羚（就是当地说的灵鬃羊），豺和狼那些阴险的野兽也基本绝迹了。有一天，我看见一群修简易运木公路的人打死了一只豹子，他当然是我的远亲。我闻见了从野猫河的峡谷里升腾起的我的远亲肉汤的气味，那是痛苦的香味。我还闻见了酒，闻见了一些脏歌的臭气，一伙男人的梦呓和他们伐木、炸石的声音。

我的母亲的死真是一场悲剧。就在我兄弟死后不久，我有一次蹓到野猫河的峡谷里去看我的母亲。我的母亲对我兄弟的死总是保持着沉默和镇定。对我的到来，她并不欢迎，并像过去无数次驱赶我那样；自从我们长大，她就不允许我们再亲近她，视她的孩子为仇敌，冷漠、躲避和怒吼。是谁让我们变成这样呢？孤独，像一种吞噬我们的病菌，我们的祖先就是这样吗？谁不希望帮助与交流呢？可是我们不需要，除了我们自己。是孤独使我们灭绝的？

我的母亲拒绝了我。我原本只想去站在那一个山口，像过去一样，在白岩的金碧辉煌中重温我们的欢悦、激情和童年，可是，这已经不可能了。我们被远远地逐出了我们的故地——不是被别人，是被我们的母亲。当然还有其他的，比如炸山的炮声，树木倒下的哀鸣。不过，我怨恨的是我母亲，对她的恨已经远远超过了那些山林的破坏者。我知道，我们一代又一代在这些怨恨中生活，隔绝了亲情，使我们更加孤独和寂寞，孤立无援，像一个又一个分散的游魂，而这正好让那些捕杀者将我们分而击之。

大火是在我沮丧地离开我的母亲之后的若干天里烧起来的，那时候，干旱袭击着整个神农架山区。两个伐木的工人爬上工棚的顶层——也就是楼上，去强奸一个因病未上山的女工，那个女工打翻了煤油灯。

大火就这样燃起来了。大火燃烧了整整两天两夜，那两个夜晚，整个天空都是通红的，好像涂满了鲜血，烈焰腾空而起，烧得星星砰砰地下坠，野猫河的河水咕噜咕噜地冒着沸腾的气泡。到处是动物们烧焦的气味。在白岩，有几百只野兽跳了崖。那不是因为壮烈，而是因为疼痛。

我疯狂地奔逃是因为我年轻，加上我大约有一点感知未来的灵性。我跑上一座山头，背向大火的时候发现我的嘴里还叼着一只半熟的青麂。我嘴上的青麂是从哪儿来的呢？我浑身觳觫，已经失去了记忆，在这种旷世的惊恐中我用咀嚼青麂的肋骨来平息自己。当然，我无法啃动肋骨，我不是狗，不是老关的雪地和草山，我却必须不停地啃，啃。那时候，我只有一个信念，或者说只有一个意识：啃肋骨，啃它！我什么都不会做了，傻了，我想起我母亲告诉我们的：只有咬住猎物的时候你才是一只豹子，否则，什么都不是，是一堆行尸走肉。我现在咬着猎物（捡的？），却感觉不出我是一只豹子，而是一堆可怜的肉，喘息的肉，死里逃生的肉。

这时候我看见了我的母亲！我的母亲也在拼命地逃命！她在大火中腾跃，她就是一团火！可这团火在漫山遍野的大山里太微不足道了，这火将被那火吞噬。

我的母亲突然生下了我的一个妹妹！我看见她生下来那个鲜

红的幼体，那是我的妹妹！但是我的母亲朝后看了一眼——是在大火之上掉头看的，我那妹妹就被大火烧着了，缩成一团。我的母亲再跑，她跑下了山坡，于是，我听见在野猫河谷里喊起了此起彼伏的芜杂惊呼："豹子！豹子！"于是，有一百多个人开始追赶我的母亲，他们手拿着火把和棍子，有的还端着救火的木盆，用煮沸的河水向我的母亲猛泼。"豹子！豹子！豹子！"

悲惨的野猫河谷，疯狂地逃窜着我孤独的母亲！我看见她又生下一只幼豹——那是我又一个早产的妹妹！我那妹妹一落地就被狂呼乱跑的人们抓住了。我的母亲尾部淌着飞溅的血水，没命地跳入野猫河，在冒着团团热气的河中，越过一块又一块溜滑的巨石。

如果她能顺流直下野猫河，她就有可能逃出人们的围歼，在那儿河谷愈见空旷，火势弱小。然而救火的人们放弃了救火，擒拿一只豹子更能刺激他们莫名其妙的激情。他们围了上去，站在河边用石头砸，用棍子打。雨点般的石头和棍子就这样落在我母亲的身上。那些人喊："打死它！打死它！"我的母亲在水中沉浮着，在石缝里腾挪着。我虚弱的母亲终于被他们逮住了。

谁都没有上去，人们只是用棍棒卡住她的头，又击打她的头。他们不敢上去，整个河谷是黑压压的人。我听见乌鸦开始了鸣唱，它们闻见了血腥。我的母亲被人们制服了，像一张纸那样趴伏在河滩上，石头和棍棒依然投向她。有几个人拿着一捆绳子来了，另外几个人用粗大的树干压住我母亲的头，使她不能动弹。可我的母亲，只要能呼吸，她就会咆哮，呼吸就是咆哮，微弱的呼吸就是轰天的咆哮。她的后肢在不屈地掘地，尾巴像鞭子一样左右地抽打，刨出的沙石打在周围的人脸上。忽然，一个干部模样的人来了，戴着大草帽，高卷着裤腿，手上拿着一根扑火的松枝。所有的人给他让开了一条路。促使我母亲逃脱的还不是这位干部。在人们传诵着"××书记来了"的时候，两个压杠子的人手突然软了松了。人类总有着无缘无故恐惧的时候，他们害怕了？他们压不住那个龇牙咧嘴的豹子头，那猩红的舌头、凸起的眼珠和锐利的牙齿使他们视久了胆寒？人类就是这样的一群东西，他们坚持什么都不能持久，他们总有惧怕的时候。我的已经一只脚踏入地狱的母亲——我相信她的肉体已经死亡了，未死的是意识和精神。就这样，未死的精神拖着已死的肉体，一跃而起，人们像软泥一样地给她让路，不是让路，是闪开。我听见那个尚未走近的领导大声说："好啊好啊，好啊好啊！"

对于那一次大火的记忆我一回想起来就是那种噼噼剥剥狂烈燃烧的声音。我甚至记不起那是哪一年，哪一个季节。在大火和人声渐渐平息之后，我见到了我的母亲。那时我还在啃青麂的肋骨。那还是一种机械的啃，干燥的咯啃声并不是其他野兽的噩梦。我看见了我的母亲，她死亡的肉体和她清醒的精神出现在我的眼前。她身上的毛已经全部烧焦了，伤痕累累，头皮开裂了，牙齿也掉了两颗，尾巴断了一截，两个后爪血肉模糊……她完全是一团被大火和人们重新搓揉过一遍的苦荞面！我说："你是我的母亲吗？你不是我的母亲！不是的！！"

这不是我的母亲，不是那个望着白岩的灿烂辉煌的母亲，她没有了神秘，没有了尊严，甚至没有了那一种温情脉脉的伤感——当她舔舐着我们，让我们扯着她的尾巴时，那壮烈激烈的母性。

我在内心里大声喊着。我的母亲却十分平静，我看见她流出了眼泪，泪水全是血。我们在远远的地方默默地注视着。我的母亲眼里的血流尽了，她没有过来分食我的残羹，她艰难地站起来，向另一片没有燃烧的高山丛林走去。我记得，那片丛林里盛开着比烈火冰凉得多的杜鹃花。

在若干天之后，许是我母亲伤好了些，她开始想念她两个早产的女儿，于是她冒着再一次的生命危险，走进了烧焦的野猫河谷。虽然一场大雨使另一些植物又从焦土里钻了出来，展示着新的超越疼痛的希望，但依然是满目疮痍。

我的母亲在那儿失魂落魄地寻找自己的孩子，在过火林中，在无遮无蔽的河谷，她完全忘记了保护自己，她已经神思恍惚。有时候，她呆呆地望着某一处，望着几根还顽强站着的烧成木炭的树干，漆树、锐齿栎和山毛榉。这样的时候任何侵犯都会使她陷入死亡的绝境，可她全然不顾。她不知道，我的第二个被活捉的妹妹，早就被卖到了城里，在铁笼中，在遥想自己的山林故乡中，供人观赏。

神农架最老的猎手出现了。那一天，老关在他八十五岁生日的喜庆日子即将到来时，带着仅剩的两个儿子最后一次上山，猎获到更多野兽，圆毛（兽）扁毛（禽）。他的二儿子在扑灭山火的战斗中死亡了，他们家因此成了光荣烈属。

发现豹子的踪迹对老关来说无疑是一剂强心针，我们看到这位优秀的老猎人——我们的死敌是如此雄赳赳，气昂昂。他的胡子迎风摇摆着，突然因亢奋而变得发硬；他用牛卵子皮制作的火药囊里装满了黑色的火硝，小布袋里装着的是滚珠、钢筋头和头发。他的大儿子拿的是一条半自动步枪，他的小儿子依然拿着那个猎钩。总之，我们看到老关在劫后的山冈上没有减少丝毫的威仪，身板硬朗，除了脸色有些发灰以外，失子的悲痛没有一点残留在他的脸上。我还记得他穿着"干部兜"，那是他儿子的服装，因此，穿在他日渐枯干的身上犹如一面旗帜，空荡荡的。可以这样说，老关只不过是一个猎人的符号了，他跟我的母亲一样，肉体已经死亡了，而精神与意识还在。他的肉体是被岁月，被无数的爬山、射击、下套子、剐皮、硝皮和肢解肋骨而消磨掉的。现在,它们已经遗失在风中,吹着牤筒的老关是他儿子们心中的幻影,也许他早就不存在了,突然出现的一只豹子唤醒了这个幽灵。

我的母亲被那牤筒叩击崖壁的嗡嗡回声拉回了现实。那是死亡追赶我们的声音,万山皆栗。悲惨呀,这样的声音总是轮番蹂躏我们的美梦,每响彻一次,就会使山上少了一些生灵。啊,这是我们的丧钟!它是如此无情而漫长地在我们心灵的黑夜里不息敲响,使我们夜不能寐。我的母亲像无数次的逃亡一样,惊惶使我们获得了速度,而无边无际的仇恨使我们获得了冷静。瞧瞧吧,我的母亲,她才是一只真正的豹子,她伤痕累累,她面目全非,缺齿断尾,可她依然是一道黑色的闪电,在雪地草山的夹击中,在猎钩中、霰弹中,在牤筒无孔不入的恫吓中,她向白岩跑去。在我的记忆中,白岩是无人能上去的地方,是远古的童话,是一片永远挂在那儿的天堂的风景。我的母亲要逃向那儿吗?她要跃上去?一级又一级的石头砌成的城堡,被岁月和风雨雕刻的城堡。她知道自己的死期已经来临了吧,因此,她要投向白岩的怀抱?

我看见老关的脸胖了起来,那个没有准星的老铳以强大的后坐力撞击着他衰老的面颊,可是我看见老关的脸通红了,头上的白发一下子变得猩红,连胡子也是。英武的老关,他不愧是一个好猎手,身手矫健,在山岩上如履平地,这是八十五岁的老关吗?我看见在他的怀里跑出了一只豹爪——那是他的烟袋,是我兄弟的爪子。他因为扣子跑落了,那干部服的胸前已经敞开,这使他看上去更像一个杀手。我兄弟的爪子击打在他的左胸、右胸。

我的母亲被钩到了,逃脱了。

我的母亲中弹了,逃脱了。

我只能说,我看得惊心动魄。更加惊心动魄的在后面,在我的母亲跃上一个又一个悬崖后。大约在白岩半山中的一块野生芍药地里，那时候，那儿摇曳着一片让人眼酸的芍药的白花，仿佛是悼亡的花圈。我的母亲站在那儿，头顶是无法可上的千丈悬崖，脚下也是陡峭异常的峭岩。她是怎么出现在那儿，她是怎么跃上的，现在想来都是不可思议的事情，可是，面对着死亡的猛扑，什么奇迹都可能发生。

已经没有路了。我的母亲知道，那几个欺凌手无寸铁的弱者的猎人也知道，没有路了，无路可逃了。

我的母亲站在那个岩上，这时所有芍药的花都开始翻飞起来，是风，风让它们翻飞的。风吹着我母亲身上的皮毛，它们虽然变色、残损了，可还是那么高贵，有着不可侵犯的威严，隔绝了任何下贱的企图与阴谋。那三个猎人和他们的猎狗望着她，立住了脚步，端着枪，像几块石头站在那里，高高地仰视着我的母亲。连那两条总是因狐假虎威而躁动不安的狗也没有了狂吠和喘气，他们在我的母亲那儿发现了什么？他们打量的是一个什么东西？是一头豹子、一个人，还是一棵树？或者是一尊从未见过的山神的雕像？

猎人永远是猎人，他们的枪是不会吃素的。我的母亲在他们开枪的一刹那，飞身下岩——我看见我的母亲跃下来啦！我的母亲扑向老关，她一定看见了她孩子的爪子，那是她的骨肉，她认识，她熟悉她孩子的气味，复仇的烈焰将临死前的抗争搅成一团。她落下的冲力将老关结结实实地压倒在地，而这时，枪响了，一股血液冲天而起，那是我母亲的血！我母亲的两只前爪下地时，一只抓到了老关的脸，一只抓到了雪地。

雪地的嗥叫真是一只癞皮狗哀哀的嗥叫，但是草山成了这次杀戮我母亲的帮凶，它在两次狂咬过后，嘴上就衔着我母亲的一颗眼珠。那时，我的母亲已经再也无力反抗了，她受了重伤。草山把那颗眼珠吞下肚里去了,草山嚼着我母亲的眼珠,在那只眼珠里,该映着多少美丽的愿望和仇恨!是的,她的仇恨是美丽的,只有正义的仇恨才美丽。

在沉落的太阳里,在万山的寂静中,他们背起我死去的母亲走了。空气中还时时拂来一股树木和山石焦煳的苦味,整个山峦都在那种巨大的隐痛里迎来了又一个山里的黑夜,它们不知道,我失去了母亲。

如今,我思念母亲,依然万山寂静,太阳沉落。烧焦的树木又长起来了,发出了新芽,但这并不能掩盖群山和我的疼痛。

昨夜,一场绵绵的细雨突然带来了温润,戟叶星蕨和石韦都开始生出大片鲜嫩的叶子,在草丛中,蒿白粉菌和一些盘菌伸展出来了,针芽岛地衣和大叶藓使我行走时出现了沁凉的溜滑。我清楚地记得我听到一些兽类求偶的呼唤。这表明,春天开始从低山向高山浸润了,它将不可抗拒地感染世上的万物,感染一切生灵,提醒它们,复苏和交配的季节到了。可是,这对我又有什么用呢?

我见到的最后一个我的同类,说来也巧,是我的情敌石头。那是一个十分可人的季节,是在流泉淙淙的夏季,溪水边到处开放着金黄色的龙爪花和蓝色的沙参花。我在那里喝水时像幻觉一样看到了水中走来的一个倒影。我以为这世上只剩下我一只豹子了,可是我抬起头来看到了石头。我看见的他是浑身沾满了灰土和草棍的一只脏豹,一只从头到尾都丧失了豹子威仪的流浪豹子。只是,我看见他还算健壮,步子并不难看,也有着玩世不恭的机警。他不停地舔着嘴唇和牙齿,打着哈欠。他的身上,有与我肉搏时留下的伤口,还有另外一些不知出处的伤口,有的好了,有的正在好。他见到我,告诉我的信息是,在后山的那片山林里,三只猴已经掉在了猎人的套子里。

"我好歹吃了一只。"他说。

这是一个快活的精灵。我问他:"你还看见谁了吗?"

"我谁都没有看见,我在心里念着斧头的名字时,我还以为撞上鬼了呢。"

我说:"你才是鬼!"

"你才是鬼!……"

"别争了,我们两个都是鬼好吗。"

我的情敌,快乐的石头。我们靠在一起,我们内心的话是通过眼神说出的。我们的交流靠的是眼神和心灵。我问他红果呢。"她早就被人射杀了。"他说。红果,我曾经追求过她,那是我们共同深爱的母豹,可是她被射杀了。红果跟我生过一只豹儿,这是我在以后听说的,她在哪儿生产并抚养我们的后代,我一概不知,这不是我所关心的事了。我爱过她,短暂的爱,疯狂持久的搏杀,当然是与那些同样和我有着强烈欲求的成年公豹。有一年,我打赢了石头;第二年,石头打赢了我。我看见,在我们用眼睛叙述红果时,我们流下了眼泪,我和石头,两个过去的冤家对头。

他告诉我他是怎样活到如今的,他向我讲述怎样躲过了猎人和套子、垫枪和陷阱,怎样从一座被砍伐干净的山头迁徙到另一座山上,然后再迁徙,迁徙,迁徙……他滔滔不绝,眉飞色舞,殊不知,活到如今是一个悲剧。因为存活者比死者更痛苦。

"你想红果吗?"

"我想老虎。"

"你想斧头?"

"我想复仇。"

"你不是斧头,你是斧头的弟弟锤子。"

"我不是锤子,锤子早死了。"

"你想老婆。"

"我只想老虎……"

那时候,我们在野猫河谷里一个劲地说话。即使这个世界上只剩下我和石头,我们也不会团结在一起,只待了一天,友好、善良而开朗的石头给我叼来了一只林枭,就离开了我。为了抓到这只林枭,我知道他钻过恐怖的大蓟丛。我记得我还讥笑过他,说他是去找红果的。

"对,我找红果去啦。"

那是他留给我的最后一句话。在一个漆黑的夜晚,我走进一个无名峡谷,意外地看见了石头的尸体。我分辨了许久,终于看清了他身边还有一些没有吃完的死鱼,我又看见了河里漂着无数的死鱼,一种比藤黄更毒烈的气味从水里散发出来。石头是吃了中剧毒的鱼死去的。他是一只经验丰富的豹,可是最后却死在毒鱼人的手里,还是不明不白地作为间接的受害者丢了他的性命。

他是一只强壮的豹,他可以捕到更好的食物,他不应该吃这种死鱼,他难道没有闻到鱼身上的毒气吗?可是,如今捕食愈来愈难了,就像人们捕捉我们一样。捕到一只麂子就是一顿最美的牙祭。他说他是去找红果的,他留给我一只林枭,可他却饿着肚子。我的朋友——石头,你的死与我有关,是为了我能吃上一顿晚餐。

我用牙齿把他拖到干爽的高坡上,在卵石累累的河滩,我守着他——石头——我的朋友。在满天星斗下,我独坐无言。

有一瞬,我突然明白只剩下我一个了,巨大的孤独感就向我疯狂地袭来。我向哪儿走呢?我能坚持下去吗?无边的星空正在诱惑着我,可它在我的头顶上不去的地方。从此,我将孤云独去,谁是我活着和死亡的见证?我想喊叫,我想狂奔,我想把山掀翻。我坐在那儿,一动不动。

我恋恋不舍地离开了我的朋友和情敌。从此，我再也没有交流对象了，没有任何目光的注视，没有关怀，没有牵挂和向往，什么都没有了，只剩我一个。我哑了，我变成了聋子，我的表情已经僵硬，在茫茫的星空下面，我在想我活着的意义。

"我要复仇！"

我的兄弟姊妹，我的母亲就是这样暗示我的，他们在丛林的背后，在树丫上，在山壁上，在阴森恐怖的河谷里，在星空之上，不停地向我暗示。他们挤压我，敲打我，所有的影子都是他们的影子，所有的声响都是他们的声响。树、云彩、鸟的啁啾、水声和风声，统统是他们的。我不孤独，只要我复仇，我就不会孤独，他们就会跟随着我，出现在我的眼际，抓住我的意识，将我从绝望的深渊里拖出来。

我先是花了整整一年的时间，去了我该去和能去的地方，我抱着不存希望的侥幸，企图能寻到被遗漏的、被上帝遗忘的更孤僻的同类，我在半夜的呼唤只能坠入更深的星空，整个山野都麻木了。真的没有谁了。这就是现实。

我走的时候是风雪弥漫，我重返野猫河谷还是风雪弥漫，这是来年或是第三年的风雪了，我记不清了，时间对我已无任何意义。

我的复仇计划很简单：咬死他！咬死他们！

山里的冬天是极其美丽的。阔叶植物都落尽了它们的叶子，而油亮的针叶树在隘口上，任凭寒风的摧折也始终坚持着它们挺立的姿势，头上盖着雍容华贵的积雪。野柿子一树一树的，真像点燃的灯笼，给这残酷的季节增添着让人无比激动的暖意。暖意是从心头开始的，如果你望着那些冬日的野柿树。

我走在雪野之上，可是我的心里却充盈着齐天的仇恨。我在问这是真的吗？这的确是真的。我那天站在我童年和我母亲及兄弟曾生活过的山崖，那些熟悉的身影都成了无边的往事，而垫枪还在，套子还在，新的套子与老的套子。下套人因为下了太多的套子而将其遗忘在某一处树缝里、山罅中。它们套着的是一具小小的骨骸，是一个多年腐烂后的小动物，钢丝已经生锈了，扎进了树皮中，但它们依然暗藏杀机，露着狞笑。当你看到这些，仇恨不会直撞胸怀吗？

我在山上仔细搜索着老关下的套子，没有。老关的套子是极其残忍的，他总是把树扳弯了将套子下在那儿，所有的野兽只要触到套子，就会被吊在空中，除非你挣断了脚爪，否则死路一条。当然了，就算不是老关的套子，任何人下的套子，简简单单的一个结，要想解开，所有的野兽都没有这个智慧，因此，所有的野兽都无法逃脱人类的暗算。人类如此凶恶，而野兽又毫不设防，是不是上帝让我们注定要灭绝在他们手上？

没有老关的套子，老关去了哪儿呢？

老关死了。

大约在我游历远山的某一天，年近九旬的老猎人老关，早晨从他的床上爬起来，借着窗外强烈的光线掐着身上和衣领上的虱子。那些虱子一个个都饱累累的，肚子里装满了从老关身上抽出的血。老关征服了整个神农架，征服了老虎、豹子、熊和野猪，却无法征服小小的虱子，虱子是唯一敢短兵相接与他作对的野兽——如果它也叫野兽的话。难道它就不可以叫野兽吗！老关吸着我们的血，虱子吸着老关的血，这真是卤水点豆腐，一物降一物。多年来，老关和他的儿子、媳妇、孙子以及那忠实的雪地、草山，都在经受着虱子的折磨。这大约是每天早晨的功课，他掐着虱子，对他的大儿子说：

"给我弄一碗熊油炒饭！"

他的大儿子说："爹，我们早就没有熊油了。"

"明明有一坛子，我埋在屋后的石洞里的。"老关说。

他大儿子笑了起来："爹，那是三年前的事了，你不早挖出来吃了吗？"

"放屁！"老关骂了起来，硬着脖子。他的身上，只有脖子是硬的，九十岁，他还是一个犟人。

可在一旁锯木头的孙子却说："老糊涂了。"

"放屁！"老关又骂，"你以为我的耳朵不中听了？你这个小杂种！"

老关在厨房的大媳妇擤着鼻涕出来了，搭上话说："爹，您在骂哪个呐？"

"我想骂哪个就骂哪个。"

他们给老关端来了一碗猪油饭，还是大儿子亲自炒的。可是老关把碗摔掉了："我要的是熊油炒饭。"

"这难道不是熊油炒饭？"

"猪油熊油我还分不清白！"

白天清醒的老关一入夜便犯起了迷糊，有一天他在自己的枕头边掐死了一只老鼠，对家人说："看，这是从我手里跑掉的那只大猫。"他说的是虎。有一天晚上他爬起来用斧头剁掉了自己的一只手，送到大儿子床前，说："书记，把它掏空了做烟袋。"

那天晚上，他的大儿子、三儿子和孙子把他抬到了大队的医疗室，走了三十多里山路，天亮时才赶到。医生给他包扎之后天就亮了，他也清醒过来，到处寻找自己的一只手，他的后辈们说："您不是送给书记做了烟袋吗？"醒过来的老关疼痛不已，号啕大哭，死活咬着说是他孙子给他剁掉的。因为他的孙子恨他，他的孙子与他同睡一床，他的孙子做梦都想让这个老家伙死掉，好独霸一张床一床被子，想怎么睡便怎么睡。

"莫非你成了人精？"他的孙子有一阵子用木头雕了个木

人，正是九十岁的老关，他的孙子每天向木人扎一针，还用祖父的那杆土铳向木人射击。这事让老关发现了，唆使自己的大儿子把孙子揍了一顿，孙子老实了一段日子。

现在，他找他的孙子要他的那只手，他的孙子没有办法，只好逃到深山里去。三天以后才回来，回来先喝了两瓢凉水，就宣布了一个惊人的消息：他发现了一头老熊。

于是，孝顺的三儿子一个人背着浙江产的双管猎枪和他从小就使用的猎钩，独自上了山。他的三儿子长得五大三粗，是一个十分不错的小伙子，头发硬黑，鼻梁端正得像烟囱，脖子上的肉简直就是些鹅卵石，把山都扛得动。

这时大约是农历九月，山里的冬天已经来了，苞谷全部归仓了，老熊因为再也找不到吃的，只好过早地冬眠。落下的树叶遮蔽了老熊敞开的洞口，老关的三儿子跳下一个石坎时，刚好落到老熊的洞中。老熊刚刚进入冬眠，在微茫中见有人跳到它身上，怒火中烧，一巴掌打过来，就将老关的三儿子打出了洞。三儿子的腰遭到猛击，衣裳也全扯烂了，于是对着洞子打了一枪，又打了一枪，再打了一枪。

三四百斤的老熊，老关的三儿子一个人把它给背回来了。老关说："快下它的四个掌子给我！"他的三儿子就下了熊的四个掌子交给了卧床不起的老关。老关的大儿子赶忙割下一块熊肉来炼了给老父亲炒熊油饭吃。

当他们把一大碗热气腾腾的熊油饭端到老关床前，发现老关已经死了，一只熊掌给绑在老关的那只残手上。

老关的坟上还有几片没有落尽的纸幡，在风雪中飘扬着。当我端坐在老关的坟顶，我望着山下老关家的房子，在雪夜里好像坍陷了一般。我知道老关已经去了。他这一辈子，杀了无数美丽的生灵，使山林变得单一、沉寂、安全。可他的死竟是如此平淡。特别是当我看到搁置在他家门外一个蜂箱边的土铳时，我记得我当时心里不知是什么滋味，说不出的感觉。那把铳因无法使用被丢弃在门外，任风霜雨雪和地气的侵蚀，沉重的铁管锈穿了，枪托腐烂了。那不就是一块简陋的木头和一根破铁管吗？它并不威风也不珍贵，它搁在蜂箱上什么作用也没有了。难道就是它，一次又一次在牤筒的激励下发出使群山震撼的声音，喷吐出辛辣的火药，一次又一次钻进那些无忧无虑、自由自在的生灵的身体中去，将它们击倒，让它们鲜血四溅，让山林笼罩在暗无天日的恐怖之中？就是这样的一个东西，就是这样的一坨东西，让人不敢相信。

我嗅了嗅枪管，依然还有着丝丝火药味，背绳断成了两截，带着老关身上的咸味。这就是全部，让山林中、山峦上美丽的皮毛和行走奔突的姿势消失的全部答案。在它前面，多少勇猛的不再勇猛，矫健的不再矫健，欢笑变成了杀戮，春天变成了陷阱，阳光变成了黑暗，生命变成了怀念。

那个晚上，我在愈来愈肆虐的风雪中平静地哀伤着。我坐在老关的坟头，想着整个山林往日的欢乐，这个老杀手已经死了，就埋在这样冷冷落落的黄土山石之中，就这么冷冷清清地睡下了，无数的血债仿佛因这黄土的掩埋就不存在了，掩盖了，山林似乎本来如此，世道就是这样，没有罪恶和正义，没有仇恨和复仇。不可一世的猛士如此草草收场，一痕不留。可是，不，我复仇的烈焰突然在风雪中吱吱燃烧，不行，不是这样！老关没死！老关正向我走来！老关戴着平绒的瓜皮帽子，垂着双手，背着沾满血腥的背篓，腰间吊着牛卵子火药袋和镶着铜边的啄火的香签筒；老关麻木着脸，颧骨像悬崖一样冰冷突出，牙齿咀嚼着对山中所有生灵的不信任；老关多疑，神经质，野蛮，狡诈，小聪明，大愚蠢，老关通红的眼睛好像吃过他的同类一样。老关向我走过来了。老关突然两眼射出绿莹莹的光芒,老关匍匐下来,雪白的绒毛像苍耳果毛一样竖起,老关摇着他肥茸茸的尾巴……

那是雪地!

雪地蹲上了老关的坟头,而我已经悄悄地退到一棵野核桃树后。雪地用鼻子嗅了嗅,它似乎嗅到了什么气味,不过它发现不了我,我在下风头。

雪地老了,它的主人已经死去,它是每晚来坟上为老关守灵的,它与草山轮换。

这条忠实的狗现在对着风中的野猫河谷呜呜地哭起来。每晚如此。它的哭诉是如此真诚,跟狼的叫声没有两样。它老了,才这样无比深情地表达对主人的忠心。它哭着,瘪瘪的肚腹看得见清晰的肋骨。它浑身发抖,四肢打瘸,牙齿脱落。我一阵又一阵地惊悚,不是因为害怕,而是被它的哭诉唤醒了什么。

我不再那么柔情,我坚信,仇恨在风雪中会越煽越旺。我没有想什么,甚至连仇恨都来不及想,我就迅猛地扑了过去,一口咬住了雪地的脖子。

它不能再喊叫了,它还有气,它望着我,像我捕猎过的许多弱小动物一样,眼里充满了哀求。我把它压在爪子下。我不去想什么,我阻止了我想什么的念头,我只是看着深夜的群山,在风雪中喑哑的群山,没有声音,我也没有往常的喘息——因为制服它只花了我三四秒钟。我把它踏在地上。"我就这么抓住了它吗?"我朝四周东张西望着,我低低地怒吼着,我十分伤感和茫然,我甚至惶惑。

我放弃了它,雪地,我不想吃它的骨头喝它的血。我没有了食欲,我跌跌撞撞地走在荒野上,仇恨忽然被揪心的怀念取代了。我的同类,我过去恨过你们,为争抢食物和异性,我们大打出手,恨不得置对方于死地,现在你们都去了哪儿呢?你们回来

245

吧！回来吧！

我爬上了一座山冈，在呼啸着北风和雪子儿的悬崖上拼命地吼叫着，呼唤着："你们回来吧！回来吧！你们不能撇下我一个！"

又是一个黄昏到来的时候。

又是我们豹子觅食的时候到了。我从山上望去，老关的坟头出现了草山和老关的三儿子。大雪掩盖了我的足迹，北风吹走了我的气味，他们什么都不知道。然而他们警惕了。在老关的坟旁，又多了一座小坟，那是雪地的。

我瞄准了他们家的羊圈。

沉沉的风雪还在凌辱着这个山区，气温愈来愈低，我相信老关的三儿子和草山是扛不住这样的夜晚的。果然，在三更时分，老关的三儿子死拽着草山要它进屋去，可草山不干，高蹲在老关的坟头。这也是一条忠实的走狗！

我估摸着他们会在老关的坟周围下垫枪和套子，果不其然。四处都是套子。然后，我等着风向的变化，以便在进入羊圈时不被草山发现。我仔细观察，知道羊圈被他们疏忽了。

一直到五更时分，风向还没有转的意思，而山里传来了沉闷如雷的声音，估计是山岩垮了。我无法再等待，我冲了下去，我跨进羊圈咬死了老关家唯一的一只母羊，叼起就走。

我跃过一个山坎就听见了狗吠声，草山发现了我，并且赶来了。

我跑。不是因为我害怕，我想把它引得远远的，引出那家人的视线，引出那周围太多的垫枪和陷阱。我虽然成了一只灵豹，可在大雪中那些机关会让我防不胜防。

我的佯逃让草山中计了。草山是决不会放过我的，放过一只猎物。可是它不知道，它的后头没有了老关，没有了老关的儿子们，没有了枪和猎钩。老关家的人在草山追赶我时，正在爬满虱子的被窝里呼呼大睡呢。

我只好放下了羊，向有利的地形跑去，向更高的山上和更密的林子里跑去。

我有过两次闪失和趔趄，因为雪陷得太深。雪也把草山陷住了。有一次它猛跃过来，咬住了我的尾巴，我只有那条尾巴在外面，但我的尾巴一甩，就将这条狗甩到更远更深的雪地中去了。我反过来去扑它，扑了个空。积雪下面的树枝撑起的空洞里，灵巧的草山正飞快地爬到了我的前面，冲出雪面，而树枝牵扯着我的躯体，我钻出来时，我们几乎同时跃向空中，在空中我看见了草山不顾一切的牙齿和利爪。就是这些利爪，抓瞎过我母亲的一只眼睛。"我要杀死它！"我的利爪更有力，那里全冒着火。我的牙齿全是用仇恨磨砺的，因此它锐不可当。

我知道我出了血，而草山——这只本地山水喂出的草狗，流的血更多。好吧，就这么着，看谁的血流到最后！我想起了我母亲的话，只有你咬住猎物，你才是一只豹子。我是豹子！我是豹子！我时时提醒自己：我是一只豹子。虽然这很悲伤。我明确我的身份和遗传使我更加悲伤，我是得提醒自己，因为我要战胜一切——凡是落到我手上的东西。这一点上，没有正义和非正义可言。

我们翻滚着，打斗着，撕咬着。拳头大的冰雹砸下来，在这样的时刻，在白晃晃而又黑沉沉的雪夜里，鲜血和皮肉成了我们唯一看得见的东西。

我在一条一条地撕草山的皮。

它在一口一口咬我的花纹。

我从来没有见到过这样一条狗，它比老虎还凶猛，它究竟是什么做的？它与我搏斗的冲动来自于哪儿？它为什么会对我们这些山野的荒客产生如此大的夺命仇恨？谁教会的？人类，人，人们。

我终于咬死了它。胜利当然属于我。想到人类，胜利就会属于我。

我用牙齿啃出它的眼珠，再啃出它的眼珠。一共两颗，我数了数，只有两颗。我找遍了它的全身，再没有了。如果再有眼珠的话，有一百颗眼珠，我也要一颗一颗地啃出来把它吃掉。我宁愿撑死！

我的伤口疼痛难忍，在风中尤其如此。

我向山上爬去。

在渐渐发白的天色里，我流下了眼泪。我叼着草山，望着山野、河流和老关那低矮的坟冢。我疼痛且寒冷，草山的一腔热血没能给我御寒的力量。我走进一个避风的岩洞，躺在冰凉的石头上，舔着自己的伤口。谁能救我，谁来安慰我？只有我自己。

我在山洞里躺了七天，我把草山吃得一点都不剩了，只留下一个狗头。我不能停下来，趁我还有着没被冰雪横扫去的激情，我要找他们，直立行走的东西——人。

我跟踪老关的三儿子一直跟踪到春天来临。

可是，我看见他的肌肉越来越发达，胡子越来越硬，目光越来越阴鸷。

老关的三儿子叫太，老关的孙子叫毛。我听见他们这样喊的。毛喊他的叔叔叫太儿，太儿喊他的侄子叫毛儿。太和毛经常结伴而行。太的猎钩时时带在身上，我有一次看见他在河里甩钩，钩到了一条扁担长的娃娃鱼。我无法对老关的三儿子太下手。而老关的孙子毛更是了得。这个额头高耸，长着一个大耳轮的少年，在雪地草山死后，又喂了两条更狂暴的猎狗，一条叫黄土，一条叫高坡。黄土是一条黄狗，高坡是绿狗。高坡绿色的毛简直看起来就害怕。那是最好的猎狗,总是跑在所有猎狗的前面,而且咬住猎物决不松口,且有献身精神。而黄土就差多了,比较懒惰。于是毛就总是拼命地打它,训练它,让它为一只鞋子十遍二十遍五十遍地跑进灌木丛去,寻找,叼出来,每次黄土身上不是有树枝的划伤就是有毛的鞭伤,而且浑身沾满了掰都掰不掉的牛蒡子。黄土躺都躺不下来,毛从不给它摘牛蒡子,一躺下,牛蒡子就扎着它的皮肉。因此,我看到黄土总是站着睡觉。这是毛对付黄土的办法。黄土看毛的时候,除了乞求,更多的是愤恨,可是毛看不到狗的愤恨。狗就是狗,狗愤恨他又怎样呢?再歹的狗也不会咬主人,你就是剁掉了狗的四肢,剜下它的眼睛,它还是忠于你,对你俯首帖耳,唯命是从。这是狗的本性所决定的。

太和毛上山种苞谷。

太和毛上山打猪草。

太和毛上山挖药材。

太和毛上山下套子,打野物。

春天的山上开满了如火如荼的杜鹃。毛肋杜鹃、粉背杜鹃、麻花杜鹃……高山的杜鹃是杜鹃树,是巨大的花树,不是一丛丛的,是一蓬蓬的,一蓬蓬的火,一蓬蓬的太阳和女人,一蓬蓬的跳动的心脏。

我想让他们分开,还有那两条可恨的狗。他们总会分开的,杜鹃之火不能烧退我的仇恨,我站在前沿,手握着仇恨的火器,我要战胜他们。

我看见他们吵了起来。他们总是吵架。

太说:"毛儿,你不要这样驯黄土了,是什么样的狗就是什么样的狗,难道你爷爷没教你吗?"

"别提那个老不死的,"毛说,他的大耳轮在春阳里燃烧起来，像盛开的杜鹃，"我的狗肯定比他的好。"

"你骂你爷爷？"

"骂又怎样？骂了，太，你想把我怎样？"

"你这样跟你的叔叔说话？"

"我就是这样，因为我能超过你们。"

"你能有长辈的一半就不错了。"

"你算个什么东西啦，你打了几只老熊？那一只，洞里的一只，是瞎猫子碰到死老鼠。"

"你跟你的娘一样，你不是我们关家的种。你现在独霸了你爷爷的床和房子，又想霸占我那套铺盖，让我无家可归。回去跟你的娘说，我不会分家的。你回去问问你的娘，问她，为何昨晚在我的酒里下了三块羊角七？"

"那是想把你毒死。"

"好哇，毛，你有种。"

老关的三儿子太背着猎钩走了，吹着口哨。而毛站在那儿。他还小，可他并不小。他咬着牙齿的声音就像在嚼一头老熊。何况还有已经成形并准备随时投入战斗的高坡和黄土。

我知道我下不了口，我如果下口，虽然他们互相间争吵不断，充满敌意，可一旦我出现，他们就会团结一致来对付我。

我现在的回忆实在理不清我当时冲动的理由了。我现在记忆力衰退。我只能解释：因为那时我年轻，被仇恨烧灼的旺盛的生命，总会做出些意想不到的事。当然，还有，那就是我无法忘记的老关孙子的一双大耳朵。那活脱脱是老关的耳朵，是猎人的耳朵。所有猎人的耳朵都是这样的，他们为了攫取猎物，谛听山林的动静，长久的鬼鬼祟祟使他们的耳朵变大了，变长了，竖起来，耳轮上的每一根神经都外露，恨不得伸出爪子来。那些神经像树叶的经络，像雷达，因长久的亢奋变得紫红，更加诱惑着我的胃口。

我就直冲下去咬毛的耳朵,直截了当地咬,心无旁骛地咬。

只有半只耳朵在我的嘴里,黄土和高坡就扑向了我。而老关的三儿子太也调转头来。

"豹子——!"

他的声音跟他的父亲老关一样,如此苍劲和肯定。"豹子"这两个字出自他们之口,不意味着惊赏和赞美,是子弹上膛的前奏。那一天,可惜他们叔侄二人都没有带枪,猎钩离我还遥远。一道白光一闪,是太的开山刀甩了过来,但没有砍着我,砍到了黄土的一条腿,黄土汪汪惨叫夹起尾巴从我的身边退却了。

这帮了我的忙,我挣脱了高坡,向早已窥测好的线路逃窜。而这时太和毛可着喉咙大喊"打豹子",一时间,整个山梁上突然向这边涌来了几十人,都是扎在山缝里点苞谷和割猪草的人,他们手拿着锄头、镰刀,还有一些什么能下手和粗壮的东西,一起狂吼着:

"打豹子!打豹子!"

我跑啦!我快活地跑掉了,飞过一个梁子又一个梁子,一个垭口又一个垭口。我想起我嘴里含着毛的半只耳朵,等我停下来细嚼时,早就不知到哪儿去了,也许是因为紧张吞进了肚里。

我记得也就是那一年吧,我因为复仇的欣悦,心情说不清楚怎么一下就好了,至少看太阳是太阳,看山是山,看杜鹃是杜鹃。大群松鸦在树林上掠过的身影,短翅树莺清丽的鸣唱,都让我感动不已。我懒懒地睡在挑满紫花的还亮草中间,我看见树冠上一对依偎着的长尾雉,在另一棵山毛榉上面,一对豹猫正在暖融融的太阳里交媾。我还以为是两只小豹子呢,这种豹猫,皮毛上的花纹极像我们,但它们的样子更像猫而不像豹子。我看呆了,我看见它们呜呜叫喊着亲昵交配的场面,我直感到自己浑身发燥，身体的某一个部位正在悄然觉醒。

这天晚上，我梦见了红果。

我梦见红果投向我的怀抱，她口衔着一朵最漂亮的红晕杜鹃，她在山谷的岚烟和云海之上，她跑着，跃着，步态优雅。我说："是你吗，你是红果吗？"红果并不说话，红果只是深情地望着我，将那朵杜鹃放到我的面前。然后她后退着，支起前肢，依然深情地望着我。不回答我问话的红果跑了，在我问了十遍二十遍"你是红果吗"之后，她摇动起美丽的尾巴就跑了。她逢山过山，逢水过水。我追呀追呀，总是追不到她，快抓住她，她又跑了。那么宽的峡谷她一跃就过去了，可当我也跃起来时，我发现我在往下落，落，落……我醒过来，我知道这是做梦，还未落到谷底我就醒过来了，以免摔得粉身碎骨。我的胸口怦怦发疼，我大口地喘气。刚才我梦到了什么？我听见远山近水有各种野兽的呼唤。它们在寻找着爱，被爱，缱绻的时刻。它们同时也在寻找着搏斗，显示，胜利或者失败。

搏斗啊，搏斗啊！我灿烂的皮毛，强健的体魄，正当壮年，充满着憧憬和遐想，我的热血要为我的所爱而洒，肢体为我的所爱而残，我哪怕走到天涯海角，也要找到她！

我在半夜时分就启程了。说是启程，并不理智。在这样的日子里，没有什么是理智的。我的皮毛就是火，眼光像在燃烧。我要烧掉我自己，让梦想熔化在另一个身影之中。

山重水复，征程漫漫。

我知道最后的结果是什么，我不过是把我的绝望重走了一遍。

我在情欲的发作中像一头瞎驴那么乱撞着。我怪叫着，怒吼着，龇着牙齿，爬上树冠。我要冲向云海，我要跃过高山，我要跨过河谷，我要跳涧，我要撞崖，我要把世界踏平。

一个又一个的晚上，一个又一个的白天，我在雨中，在雾气里不停地走着，我无法使自己停下来。为什么这世上只剩下我一只豹子了呢？为什么上苍让我如此强壮，欲火如此浓烈？为什么这样惩罚我？让我的身子不能绚烂一道山梁，而只能焚烧自己？让我的热情不能沸腾另一块红炭，而只能消损在我的自戕中？我撞头，我咬自己的爪子。我围着我自己的尾巴不停地转圈，直到把银河和星星全转入峡谷中，我倒地而睡。

这个春天我咬死了二十多头山羊和绵羊，还有一些小猪。我只是咬死它们，我并不吃它们。因为我的心头撞着火，它们的血只会把它烧得更旺。

对我的围猎是空前绝后的，我是一只害兽。这一年，大约出动了上千人，守在野兽必经的道口，人们谈豹变色，他们说，至少有十只豹子涌向了神农架山区。有的人欢呼，豹的现身是一种吉兆，山林将重又充满活力，人们的枪声将更加清脆，光芒四射。

我能躲过所有的围猎，可我躲不过情欲。那些空守着我出现的围猎者并不知道，我独自在更远僻无人的老林里，经受着多么痛苦的煎熬。

最后与其说是我战胜了情欲，不如说是世界战胜了我，还有季节。

在瓦蓝发亮的充斥着马桑果醉意和鸦椿臭气的夏季里，我已经被我无处发泄的欲望折磨得形销骨立。我遽然之间衰老了，我弱不禁风，呆傻了，双眼麻木，嘴角流着老涎。我多肉的爪子也已经凹陷，走路失去了弹力，视物不清，老是生着眵糊，讨厌的苍蝇围聚在我的眼前，赶也赶不走。

到了这年的秋天，我的精神和身体又开始恢复了。我补充了许多营养，特别是我抓到了一只青鼬，我尝试着追击它，虽然我的肛门被它划开了一道口子，但我还是把它降服了，让它成了我金秋的祭品。

秋天洋溢着金黄色的激情,可是山里的秋天非常短暂,一晃而过。

树叶全都开始疼起来,它们全都憋红了脸。我要趁这个季节踏上白岩!

来日对我不多了,我清楚。关于我将怎样死亡我来不及想它,这也不是我想的事,死亡到来的时候,你怎么想都是无益的;我看见过太多的死亡,我知道死亡是怎么回事。

我要踏上白岩,这个愿望并不急迫。虽然它成了我此生最大的愿望。时间还有,总之,死亡不会太早到来,这一点我有足够的自信和预感。

我要一级一级地从台地跃上白岩之巅,我要弄清楚一个多年的谜:白岩究竟为何吸引了我的母亲,她的一生,她并没有去过那里,那个每天让她痴痴地遥望的、梦幻城堡似的白岩。

我在深秋的大雾中向白岩进发了。那儿当然可以躲避人们的围捕,那儿猿猴难攀。

我寻找着路径,这是一次苦旅。

说起来令人难以置信,我在一个相当陡峭的高台地上,遇见了一头老熊,熊瞎子,山林最笨重也最凶猛的黑影。它挡住了我的去路。

这头熊瞎子!它也许正在寻找着食物,也许它此生压根儿就不认识我,认识一种叫作豹的林中之兽。这是一个什么东西呢?这可吃吗?我要吃它!可怜的熊瞎子!可恼的熊瞎子!它挡住了我上山的路,它要吃我。它红棕色的鼻子和小眉小眼一看就是未见过世面的,它只会在白岩这块地方偷苞谷,偷蜂蜜,甚至捣毁山蚂蚁的窝,这样的黑贼简直太胆大妄为了。

它站了起来。它吼。它喘着粗气。它一点都不在乎我的眼神,它反正看不到。它是个近视眼,瞎子,瞎胡闹!

可恶的老熊,它逼近我,谁都知道它的手掌的厉害,它的手掌只要挨着你,你的皮肉就会像豆腐一样掉下一大块。这就是熊的掌子。它像一阵恶风,一巴掌就扒过来了,要不是我躲得快,我的脸也会像一些猎人那样没有了。它扒到了我旁边的一棵树,一棵冷杉,把它的皮扒掉了一大块。树皮粉碎着四散飞射时,我的尾巴狠狠地抽了它一鞭子。哈,这一鞭子抽得痛快,抽得它疼,疼愣住了。"这是什么山兽,它握着铁鞭子?"它一定这么想。它愣住后转过头来,又站了起来,鼻子里气咻咻的。我已经站到了它刚才进攻前的位置,我直视着它,我在想着往它的哪个软处下口。

可恶的老熊又一次扑过来了。你别看它笨拙,那是表面的笨拙,它是无比灵活的,有时候——当它受到侵害,它的反击比风还快,没有哪个猎人不怕它的,只要它没被一枪打死,剩下的就该猎人倒霉了。这就是我们神农架山区的猛兽。你要它的命时,它也会要你的命。野猪如此,熊如此,虎、豹、豺、狼也如此。

这一次它是无比恼怒地罩向我的,只要一发怒它就会没完没了,以死相拼。我当然不怕它。而它呢,它也不会怕我。我又从它的腋下钻了过去,我没抓住它,它也没抓住我。它把另一棵树,抓进去几寸深的凹槽,那也是一棵冷杉,上面留下了它新鲜的夺目的爪印。我也抓到了树,在那棵被它抓掉皮的地方,重新抓了一把,抓出了树筋,我还以为抓到它了呢。

再一次,它抓到了我,我也抓伤了它。

到了第五个回合,我们才都认识了对方,我们不再贸然行动。我们站在各自的树下,中间隔着大约五米远的距离,低吼着,有时候也带着一丝儿无法忍受的呻吟。

老熊在死劲地刨地,用以吓唬我。

我也刨地，刨脚下的土石，吓唬它。

它终于明白了，对面的这只山兽是无法打败的。

我也明白我很难让这头呼呼喘气的高大老熊投降。

我们彼此的肉都不好吃。

暮色慢慢垂下白岩，我还没看上白岩的夕照一眼，暮色就在我们的肉搏中来临。

山风忽然加大了，呜呜地吹着，吹得我的伤口发疼，它也疼痛吧，这头大笨熊，它会疼痛。然而这样的僵持不允许我们疼痛，我们时刻警惕着对方，以防再次向自己进攻。

再次进攻是在荒林的鸡叫头遍时。这样的僵持总会爆发的，不是你死就是我亡，不是你亡就是我死。我们都抱着这样的侥幸开始了第二次战斗。

这次战斗持续了一个多小时，北斗西斜，寒露深重，地上全覆上了一层白霜。树扒了更多的皮，被我们的爪子深入进去了。这一次我们都没有增添新伤。我们开始了小心翼翼的回避，但是气势依然如虹，吼声没有止息。低沉的吼声要尽量引起胸腔的共鸣。

天亮了，我们的脚下已经刨出了半米深的大坑，它一个，我一个。

苍蝇闻到了血腥，还有蚂蚁，还有更恐怖的飞临的松鸦，松鸦的鸣叫是十分瘆人的，它们以为又有什么死去了，它们将啄食。在这儿修简易的运木材公路时，松鸦就经常聒噪，因为在山壁上，经常有炸飞的人肉——都是哑炮和失手让炸药炸的。

松鸦的叫声让我的心乱了，它们黑色的翅膀比幽灵更可怕。我痛苦不堪。我想告诉它，我不想战胜谁，你放了我吧，让开一条路吧，我要上白岩，我只想上白岩，并不是掠食者。在这样的时刻我还称什么英雄好汉，没有必要啦。像我这样的命运我还争什么呢？我想告诉它，可它不懂，它不是我的同类，我说什么话都没有任何回应了，没有谁懂我，我的表达，我的语言，豹子的语言。无论我怎么说，那也是一个咆哮的哑巴，我就是哑巴！

又僵持了一天。

我们谁也不相让，谁也不能示弱。我想走开，绕开它。我看到它也想走开，到远处去。可是，我们谁都不敢先行一步。这是十分危险的，谁先走，就是开溜，另一个就会猛扑过去，咬住它。就是这样，我们只是不停地刨土，打过来，打过去，虚晃一枪也可以，拿树干出气，扒它的皮，抠它的筋。

又到了一个夜晚。

我们没有进一点食，喝一口水。我们也偶尔睡一会儿，那也是头对着头，在双方的默示下打个盹儿，眼皮会时常地睁开，以免对方偷袭。

我们已经达成了默契，我们如果行动，必须出声，吼着，告诉对方：我要行动了。

我们有时是佯攻，有时是真打。因为我们在这种漫长的对峙中都已经到了愤怒的边缘，它会发怒，会的，因此我们就撕咬。

"让开一条路！"我说。

"让开一条路！"它说。

我们听不懂对方的语言。我们只能不停地打斗。打一阵，歇一阵，各不相让。

我真的痛苦。那样的时刻我说不出的痛苦。何必呢，熊啊，我真的不想要你的命，你先走吧，我不会伤害你。我是想借一个道，一个便道，追猎的英气和贪婪和饕餮早就不属于我了，那样的豹子死了，死绝了，独剩下我，一道衰败的微风，一缕夕照，长着牙齿和爪子的树叶，徒有其表的枯涩皮毛，绝望的影子，流浪的尊严，渐渐消失的秘密，比天空还深的伤感。

257

我终于冲过去了！我想起我是一只豹子，我才冲了过去。这已经有两天两夜。我从自己刨出的一米深的坑里冲跃过去，那头老熊也在自己的一米多深的深坑里往外探出头，但是它已经来不及对我下手了。它也轻松了，呜呜地吼着向低山走去，去掰农人的苞谷。

我是在这年的第一场大雪来临时爬上白岩峰顶的。我走了四四一十六天。我试图从东、南、西、北四个方向往上爬。我爬过坡度平缓但人烟稠密的南坡，更登过荒无人烟但山势险峻的北坡。我更多的是从绝少围猎危险的北坡与西崖上山。一级一级巨大的台地是我的小憩之处。我滚落过，我又上去了；我颓丧过，我又站起来。

我在白岩高高的峰顶望着脚下及远处的千沟万壑，望着那深藏在岩缝里的蝼蚁似的人群、村庄和炊烟，望着一小块一小块补丁似的坡田，望着蓝色的河流和满头银发的群山。我的身边什么都没有，没有那巨大的城堡和想象中的在城堡里走来走去的人们，他们古怪的服饰、友善的面容和奇妙的音乐都不存在。我只是看到了两个鹰巢，一大群巫婆似的老鸹，一两棵在厉风中独自怒吼了千百年的巴山冷杉，一些杂草，一些光滑的石头。

天气极坏，风雪和泪水迷茫了我的视野。可是，母亲，你站在我们童年的故居望着我吗？假如有夕阳，假如你还存在，你会凝望着我，你的儿子。你一定能望见我！你看到我踏上了只有鹰才敢筑巢的白岩，看到我高昂着头，在你的目光所能企及的地方，在最高处，孤独站着。

我真正地伤感。再没有一双眼睛了，没有了，没有任何一双注视我的眼睛，除了我。

我摇摇晃晃地下山又花了半个月。我找不到来路，况且我差不多气血衰竭了。我是连滚带爬下山的。我滚啊滚啊，有一天竟滚到了老关的坟前。老关的坟都塌陷了,它的旁边又有了一座新坟。这是他三儿子太的。我完全知道事情的来龙去脉。我是一只豹精了,这儿发生的一切这块土地都会暗示给我。

有一天太和他的嫂子去赶集,他们经过一个叫松冈的山垭时,走进一家包子铺。太的嫂子给太买了二十个腌菜包子,太的嫂子说:"你若把二十个包子吃完,我的一袋烟还没抽完,你就不与我们分家。"太从来没吃过这么多包子,这么香的腌菜包子。他想,这些包子我几大口就吃完了,而嫂嫂的那袋烟至少要抽半个钟头。他咽着口水当即就点了头。

他的嫂子的那个烟袋正是他父亲老关的,是那只豹爪烟袋,铜烟锅,小酒盅那么大,太小时候经常被他父亲用烟锅敲脑袋。这烟袋没有成为老关的陪葬,让太的嫂子也就是老关的大儿媳给继承了。

太吃着包子,他以为包子太好吞了,又泡又软。可是那一天他嫂子的烟丝燃得太快。他越来越嚼不动,下颌无力,两颊发酸。嫂子的烟抽完了,那二十个包子总算被太塞进了嘴里。他嫂子磕烟锅的时候,看到这个小叔子头一歪,就困在了包子铺肮脏的桌子上,死啦。他的嘴里至少还含着三个没有下咽的包子,两只眼睛鼓鼓地瞪着面前的那个空盘子。

我已不再有报仇的意念。够了,一切都够了。过去,我的幻觉中我的兄弟唤我"斧头斧头",我会听成"复仇复仇";现在,我的兄弟再在我的意识中唤我"复仇复仇",我却听的是"斧头斧头"。是亲切地唤我的名字,与别人无关。

今夕何夕?如今,我饿坏了。我很难搞到食物,我——这地球上跑得最快的动物,却再也逮不到一只田鼠,或者一头小鹿了。我跑不动啦,我时常饥一顿饱一顿。好歹熬过了又一年,又一次听到山里春节爆竹的响声,又一次看到春天不紧不慢地到来了。

说实话，山上的野物也越来越少了，有时走上几天，看不到一只，如果多，我说不定广种薄收，能抓到一只打打牙祭。没有了，山下有羊，有猪，可是对付它们就是与强大的人类作对，我不愿冒犯人类，我服了他们，我怕他们。

我恍恍惚惚地经过一条峡谷，是一条干涸的峡谷。我觉得有些眼熟，我努力辨认，才记起这儿是石头落难的地方。然而现在这河里没水了，更没有鱼了。

太阳很好，可它们射出来的光线令我头昏眼花。我晃晃悠悠地迎着太阳走，再一睁开眼睛时，发现来到了一块平原上——我的眼前就是这样，我还站在山边，这块平地很大，被山围着。山上的树木并不多，到处是些灌木丛、马桑、海棠，还有一些不大的毛栗树，一些用来做香菌木耳棒的披头散发的栓皮栎，现在都发出了新枝，喷吐着它们的绿意。

大约是人们吃中饭的时候了吧，山下散落的房子上空飘来的炊烟和腊肉炖土豆的香味勾起了我潜伏的食欲，我有多少天没进食了？我没计算过，反正，我的牙齿已经忘记了食物，很久没有咀嚼过了，它只是在半夜磨砺着回忆。我先是看见不远处一家人家的后面有一只羊。我观察了半天，没有狗，也没有炊烟。没有炊烟就没有人。我慢慢朝羊接近。可是那只羊太大了，那只羊发现了我，拔腿就跑，还发出咩咩的叫声。我只好止步，伏在草丛里，以免惊动了人们，让我遭罪。

羊跑到了屋前，那是我不能去的地方，虽然我没有发现有人。

我沿着山根走，一直没有人，这个村庄是如此寂静，甚至狗都没叫一声。这使我放松了警惕。就在这时，我看见了一个小孩。我抬起头细看周围时，看到了一处石头下，有一个坐在地上玩耍的小孩。他是谁？他在干什么？我来不及问自己。我只是看到他很小,大约也就一两岁的样子,他津津有味地玩着一块石头,还不时把石头送到流涎的胖乎乎的嘴里去啃。

我看到了什么?我看到了他的两个耳轮——我当然是先看到他柔软的头发和胖乎乎的脸,再看到那耳轮。大耳轮!老关的耳轮,猎人的耳轮。这是美味!我突然想起了一句话,我记不清是谁这么给我说过:"你只有咬住猎物才是一只豹子!"我的天!谁在暗示我?我记不起是谁的声音,我却记起了我现在是谁,是豹子!豹子,两个灿烂的字!好久我都忘了我是什么,我是否还活着,我是谁。我咬住了小孩的耳朵,我的牙齿切到肉的深处,我才记起我是一只豹子!

几乎差不多在同一个时刻,在我咬、小孩叫的时刻,从旁边放土豆的地窖里冲出一个身影,像一头山兽扑向了我。我没有看清楚小孩的旁边有个地窖。我低伏住头,我放开小孩,我用牙齿迎向这个黑影,用尾巴抽它。我与那矫健灵活的黑影搏斗。那个黑影飞上了我的头顶的一块石头,然后飞身而下,我来不及躲闪,我的脊椎就被压断了。我像一张纸一样趴贴在地上,我想站起来,站不起来了,这里的人谁都知道,我们是铜头铁尾麻秆腰。接着,从地窖里又跑出来许多人,雨点似的棍棒砸向我。

我看见了我的母亲。

蒋王朝的罗曼史

一

　　风像刀子一样劈裂着他的骨架，浮肿的眼皮在慢慢收缩，要把一双眼珠子爆出来，掉进河水中，让他变成瞎子；心脏也在咚咚地收缩，就要停跳。浑身冰凉，腿筋抽搐，脚趾发硬，快要站立不稳了。他家的船，在那条狭窄的航道里挣扎。航道到处是淤沙，一个个沙渚像龟背露出水面。他家的是平底驳船，陷在了淤沙里，因为拥挤，因为百十条船要趁着退水的最后日子，挤进虎渡河中。这是十二月份，所有在长江上的船都要向内河迁移，修理，过冬，可他们的船却卡在了河道中。于是一百条船都开始骂他们，一千个船工水手驾长船长轮机长都开始骂他们，像一千只跳蚤，在那儿狂喊："撑呀！撑呀！"他们袖着手，脖子上围着鲜艳的围巾，一个个穿得像县长，锚都打在了沙滩上，看的就是这些驳船的挣扎。

　　"撑呀！撑呀！"他的爹蒋驾长龇着牙齿，用尖篙戳着他的屁股。他十八啦，还这么对他。现在雪卑鄙地落着。他在雪花里使力，可拼尽了力气，船纹丝不动。河滩到处是他爹骂他的声音："没有用的——狗卵人的——饭吃到屁眼里去了——憨逼——憨逼——憨逼——"

　　他的母亲，一个肥胖的妇人，十分疼爱他，可现在也急得大汗滚滚地骂他："不争气啊，我们老了，指望你，指望个啥呀！"

母亲不忍看自己的儿子出丑,把他往艄楼里推,要他去扳舵。他的父亲抓着胸口大哭:"这怎么办哪?"

他在艄楼里。他已经从人们的视线中逃脱了。他感谢母亲。他瑟瑟发抖。船底的涌流搅动黑沙四面翻腾起来,他年迈的父母咬牙切齿地撑篙。他要左右随时扳动舵柄,配合父母,可他在关键时候出了错,父母撑出的力量被他的舵给抵消了,刚离浅滩的船又向浅滩冲去。

就在这时,许多人都看到,他的父亲冲进艄楼,将他一掌推进了河里。一个优美的倒栽葱,蒋王朝就翻下船去,落在河中,水花四溅,惊起一只黑鸥,凄厉地叫着从他身边飞走了。水一直没过头顶,水从裆里和腋下哗哗而过,一下子把他打入了冰窟。他爬起来,大家希望他就此遭受灭顶之灾,再也爬不起来,可他跌跌撞撞地爬起来了!裤子里灌满泥沙。在众目睽睽之下,他浑身淌着水,仇恨的目光射向他的父亲。他捏着湿漉漉的拳头,内心诅咒着这个世界。河上的哄笑声和雪花纷纷扬扬,乱作一团。雪,下得更大一些吧,把他们所有的人都埋进去!

船却移动了。

船又被鸣笛的拖轮给拉拽走了,他鼻子里发出愤怒的抗议,却又不得不狼狈地去追赶自家的船,像电影中溃逃的匪兵。

现在,他的父亲拒绝他上船。他的父亲拒绝他回舱里换衣服。雪还在嚣张地下着,他就要冻成冰棍了。黄色的天空白幡滚滚,落到船上,却像优美的抒情诗,就像在粉刷着这个船体和那紧闭的艄楼,把它们打扮成清明节祭烧的灵屋。

"你进来老子打断你的腿!"

这是没有任何道理的,雪在看着他。他只好水淋淋地故作镇静去清理缆具,去拖甲板。后来他的母亲与他的父亲大吵起来,估计打了起来,两个人在艄楼里把东西撞得咚咚直响。河流荒野，大雪无情。他的母亲拿着干爽的衣服怒气冲冲地出来了，扔给他，说：

"王朝，你回岸上去吧，去吧，去吧。"

蒋王朝爬进了尖舱，那里面堆着乱七八糟的船上杂物，也是老鼠的世界，霉气冲天。

到了晚上，一家人已经是心平气和了。他的父亲要他回到虎渡河边那个叫红炉班的铁匠铺去。他们认为，这个儿子不适合驾船，不是吃水上这碗饭的料，迟早会被淹死。这样不机灵的蠢蛋，还是在岸上稳妥些，毕竟，他们就这么一个儿子。

蒋王朝第二天踏上跳板上岸去，提着一双换洗的布鞋和两条乌黑的毛巾。布鞋在他屁股后头掖着，随着脚步两边扑打扑打。他的娘说："儿啊，馒头争烟人争气，做点给你爸看看！"

蒋王朝走了很远还回过头来看自家的船，那是他的家。那木制艄楼里有许多往事，也有温暖。他走到了船业社，心想，爸妈要吃晚饭了吧？那艄楼顶上的两盆花，如果冻凌就会死掉化成水的，不晓得他们搬进舱了没有？晚上，水拍打船舷的声音，在下雪之后一定是更美的，一落枕就会睡着，妈给我暖壶哩。

二

红炉班里只有朱聋子。朱聋子是他的师傅。朱聋子是个铁匠。铁匠只对火说话，锤声是他的语言，铁砧是他的舞台。可朱聋子听不清楚，他是个"门板聋"，就是彻底聋掉的意思。

铁匠是一门过气的职业，就像写小说。可船业社需要一种机械造不出来的扁钉子，必须打，这样就有了红炉班。红炉班还浇铸、翻砂。偶尔，偷偷土葬的人家也需要这种扁钉子，钉棺材的，朱聋子还能捞一些外快，给蒋王朝分一点。钉棺材与钉船使

264

用同一种钉子，因此，从某种意义上来说，钉船就是钉棺材，钉棺材就是钉船。

十八岁的蒋王朝回到铁皮屋的红炉车间，他的师傅朱聋子可着嗓子喊：

"喂，哦，黑鬼，又回来了？"

憨头憨脑的蒋王朝大家都叫他黑鬼。黑鬼蒋王朝受到了他师傅的大声揶揄，同时接到了他师傅甩过来的皮围裙，像过去无数个不情愿的日子一样，期期艾艾地拿起了大锤，对准他师傅递过来的通红的铁坯，开始砸起来。

师傅砸了几锤，陡然想起来，问："你是第几次偷跑了？"

蒋王朝只顾砸。师傅说别砸了，你是第三次。你为什么要偷跑？单位对你蛮差吗？你一个月拿五六百块，有活干，现在，好多大学生毕业了还找不到活干咧！我一个侄儿，武汉名牌大学毕业的，还待业在家。你不来，我就让他跟我干的……

这天晚上，他又跟师傅睡在了一起。他发现他的床上有几颗干爽的老鼠屎。就是没有老鼠屎，他也不愿进屋去，屋里一股老年人的气味，一种聋人的气味。那种气味说不出的难受。他是一个哑巴——他不爱说话，等于是个哑巴；一个不说话的哑巴，一个听不明白的聋子。

到了晚上，虎渡河的水声远远地传来，沙洲雁叫，心情翻滚，世界安静了，他就要细细想自己悲惨的一生了。生活无望，只有回忆，远离父母，万事皆休。还没有开始想，虾咪咪就来拍门了。门是被砸开的，虾咪咪以为只有朱聋子在，只好砸，反正他听不到，破门而入是最好的选择。

"生意来了！"他说。

"生意来了！"蒋王朝的师傅朱聋子也跳脚说。

虾咪咪涂口红，脖子上围花围巾。他是个男人，可他喜欢这么打扮。听说他想做变性手术,变成个女儿身。他说,朱师傅,生意来咧,十八颗棺钉,还是老价钱,十块钱一颗。

"那就做。"大声地交涉过后,击掌成交。虾咪咪拿百分之三十的回扣,给整数五十块钱,朱铁匠答应给蒋王朝三十元,其余是师傅的。

虾咪咪虽身在船业社,却心在全人类,凡是死人和土葬的信息,他都能知道,所有棺钉的业务都是他联系的。他跟火葬场和医院太平间有许多生意往来。他有特殊的嗅觉,能嗅到哪儿死人。他真是个奇人!也是生活所迫,为了变性,他要赚更多的钱。听说割一条肉鸡挖一个阴道要五万,造一对奶子要三万。可他已经二十五岁了,胡子粗黑,喉结大如鹅头,等他赚够了钱割了肉鸡挖出个阴道,那也是半老徐娘了!可怜的木匠虾咪咪。

夜半开启红炉同样是偷偷摸摸的,毕竟不能让老总知道。须知,每一颗船钉每一两铸铁都是经理老总的私物。但船业社大家都在搞老总的鬼,大家都在偷东西,巴不得这个单位早点垮台,老总早点破产,由人大代表、十大民营企业家、虎渡河首富变为穷光蛋,跟大家一样,只能靠偷打几颗棺钉吃饭。

由虾咪咪放哨,车间大门紧闭,朱聋子就要蒋王朝拉起了风箱。这是暖意融融的夜,雪在下着,又一个人死了,加工棺钉的蒋王朝光着膀子,露出黑漆漆的肌肉。

师傅说:"三十咧。"师傅一笑就露出没了门牙的大嘴,"老子几时亏待过你?一回来就是三十!再跑,你就别回来了,事不过三,听见了吗?你咋像个聋子,说个话呀!"

聋子总说别人是聋子。蒋王朝就说:

"听见了,朱聋子!"

"绷子?你还想睡绷子?"师傅说。

"聋子会变话。"

"打架？哪个打架？"

十八颗钉子不是那么好打的，红汗白流忙活了几个小时。到了分钱的时候，已是半夜。虾咪咪唠叨他说："黑鬼，你妈的还想跑，你以为你是个什么人才吧？船业社屈了你？打铁先得本身硬，你看你——"虾咪咪就来摸他的膀子和胸脯。他连忙去避他。虾咪咪就有点恼了，说："各门功课平均四十分，初中毕业，还蛮骄傲咧！跟老子一样，心比天高，命比纸薄。"

"我没说我是个人才。"蒋王朝说。

"那你为什么要跑咧？搞得老子想你找不到你黑鬼老弟！"

"那你为什么要涂口红咧？"

"那我是有病撒，你个狗日的。"

"鸡巴病，性变态！"

"你妈的个黑鬼，虾咪咪我性变态？你不知这个病多痛苦。"

"把裆里的那个条子让我錾了不就了结了！"蒋王朝提着錾子说。

虾咪咪就拿出一个女性化的红色小手机，飞快地按了几下道：

"来来，我来给你算个命：从一到九中任选一个数，加九减八，再乘以五十减二百，得数代表你的命运……你算算，是多少？"

——虾咪咪是在翻读一条短信。蒋王朝才懒得跟他纠缠，揣上三十块钱拿着衣裳走了。

"是二百五！你怎么算得数都是二百五！你的命就是个二百五晓得啵？……"

现在，屋外雪花飘飘，已经没有颠簸的船了，没有呼啸的北风，虎渡河的水声在远远的风雪中穿行，发出催眠的、赞美世界的呓语。在硫黄味呛人的熊熊炉火旁冲了个热水澡，旁若无人，赤身裸体，然后拱进厚厚的被子中，温暖像一只兔子拱着他的心肺。现在想他十八岁的悲惨人生，比较中道理性没有偏激言辞了。他不禁反问——面对着聋子师傅如雷的鼾声和磨牙声：

"我就只配跟一个老聋子住在一起？我就只配打棺钉？我这一辈子，我的青春就是偷偷摸摸地与棺钉为伍？为死人送终？把死人的盖子给牢牢钉严？……"

这种质问铿锵有力，充满了说理性，逻辑严丝合缝，义正词严，让人感动。

谁要他生在这么一个船工家庭？唉！

他的父母中年得子，据说还是在哪个庙里求了多少次观音，香麻油提去了几桶，功德钱送去了几扎，这才让他出现在这个世界上。作为"八〇后"，他是一个悲剧。可船上的"八〇后"空有了一个令人尊敬的年代，他的生活与他人没有任何可比性。他渴望他不刮胡子的父亲用胡子扎扎他的脸，这是痴心妄想。他的父亲看过电视上一些中非南非原始黑人之后，还突发奇想是不是观音菩萨弄错了弄来个黑人托生到咱们蒋家？可蒋王朝有一双亮晶晶的眼睛和一口白牙，三岁即可嚼钢咀铁，喜欢吃蚕豆，越硬越好。其实在船上长大的孩子，哪个不是太阳的暴徒，无遮无拦的船板上，是他们成长的天地，没被太阳晒死就是命大。再则，蒋家往上算去，八代都是船工，都在太阳下暴晒，一代更比一代黑，那黑色素就成了基因传下来了。只不过，到了他这一代，集蒋家船工血脉之大成，黑得更彻底，更集中，更凶狠罢了。人家的孩子怕淹死，还背上个水葫芦在船上跑来跑去，还拴条绳子——船上的孩子都是拴大的，像狗。可蒋王朝从来不会这样，他父亲让他自由自在，自生自灭，准备破罐子破摔。也活该这兔崽子命大，有一次，掉进河中，是冬天，一件棉袄救了他；又有一次，掉进江里，被一头白鳍豚顶出了水面——白鳍豚是通人性的。为此，他的肥娘请人画了一张白鳍豚，在船上拜了几年，烧香无数。到了七岁,他的父母认为这孩子大难不死,必有后福,孺子可教也,就狠心把他一个人丢到岸上去读书。

一个最倒霉的"八〇后",因为不懂陆地上的交通规则,甚至不知道行人靠右,常常与人发生摩擦相撞。他被撞过 N 次。有一次被一辆汽车撞飞三米远,落到马路牙子上,竟毫发无损,爬起来就跑——他怕那开车人找他说他挡了人家的道哩。他有三辆自行车被盗过。这孩子因在船上诞生长大,平衡能力奇强,自行车不学自会。四年级就缠着他娘买了辆自行车。可没骑几天就被人偷跑了。不敢给父母说,只好克扣自己的菜金再买一辆。因此好几个月严重便秘,拉屎纯系惨叫。惨叫声没结束,自行车又被偷跑了。又克扣菜金。有一天晚上放学回"家",遇到了几个喝了酒的科级干部倒车,将他的自行车刮了一下,克扣菜金买的新车咧,于是就抗议。那几个喝了酒的科级干部哪容一个半大小逼抗议,恼羞成怒,干脆倒车擂他的自行车,将其擂成了麻花。好在一个过路老者拼尽全力,将那车拦住,大声叱骂,要与这几个科级干部拼命,说你们家也有小伢的咧,这么照着擂的!就是个鸡巴大的科长撒——老子晓得你们是交通局的,这么匪?要是当了局长,你不见什么擂什么?没了王法!就这么,硬是让他们拿出了三百元才了结此事。三百元让蒋王朝又买了一辆好车。另外,他一年四季除了寒冬腊月都穿拖鞋——这也是船上养成的不良习惯,不喜鞋子和袜子,以为十个趾头受到夹磨整个生命就受到夹磨,十个趾头舒畅了全身就舒畅了。扑打扑打地跋着拖鞋的蒋王朝在本县最高学府虎渡中学里走,给充满了文明气息的校园带来一股野蛮和胡搞气味,被老师鄙夷在情理之中,被学生值班岗多次拒之门外也不稀奇。老师甚至说这是流氓习气,让他百思不得其解。

还是说他小学的故事吧。那时他属尿床高峰期。黑漆漆的屁股总是浸泡在自己的尿液里,一个人憨睡,又把它熨干。因此他浑身是尿骚味,让同学和老师很不齿。加上真菌感染,头屑飞扬,谁见了他都捂着鼻子绕道走。家长又不管他,不学着给校长啊班主任啊提些礼品去,这孩子就像个超级孤儿,永远坐在最后一排最黑暗的地方,蚊子最多的地方,身上咬得大包小疖,奇痒难耐。而且看黑板是反光,永远看不清老师板书了什么,瞪着一双迷惘的眼睛看老师讲得唾沫乱飞,找光鲜的同学提问;看虚荣心强的同学们争先恐后举手。他的一双手也没闲着,啪啪打蚊子哩。

关于鬼魂和害怕也是煎熬出来的啊!

七岁离开父母住在一个死了多个老船工的屋子里,鬼影幢幢,阴魂飞来飞去。他永远记得第一天他关上门关上电灯一个人睡在那黑暗屋子里的情形,只差要疯掉了,要跑,要哭又不敢哭,怕一哭把鬼哭来了,就咬牙流泪,用被子死死捂住头。这以后,就尿床,尿床是惊吓的结果啊。晚上又不敢出去,门一开,就是黑魆魆的河滩,芦苇荡深广无边,船业社空寂无人。想拉就憋着,梦中就拉床上了。

还一个人在这鬼屋子里冷冷清清做"家庭作业"。

逢学校开家长会时,他就代表家长去参加。

他的肥娘一个月回港来看他一次,给他一把把的钱,还有他喜爱的泡菜,泡萝卜、白菜、豇豆、蒜子、大刀豆。还把一罐罐辣椒酱放在旁边,让他搛了泡菜再放些辣椒酱,味就更好了。刚开始,在初级小学时,他就每天盼啊盼啊,等他的肥娘来看他,等自家的船回到码头上。他在河边望啊望啊,望天际尽头那熟悉的船影。有时,他幻想半夜他的父母突然归来,拍他的门。等,等,总是空。早晨起来,还是一个人,揉揉眼睛去上学,腰里挂着那把永远只属于自己的钥匙,打开永远只迎接自己的锁。肥娘来了,船回来了,都要接他到船上去海吃一顿和数顿,吃饱喝足了,船又要开了,他就要被撵下船了。他就跟着那起航的船跑啊跑啊。有一次,跑了四五里路,沿着河堤。可还是跑不过船,只好回来,回到"家里"来,面对着留有肥娘体温和气味的泡菜、辣椒罐和衣物,呜呜呃呃地痛哭嗥叫,像一只可怜的被打被抛弃的小狼崽。他爹妈说:"老子们祖宗八代驾船,进入二十一世纪了,到你这辈还驾船,还在岸上没块地没个窝?'十年寒窗无人问,一举成名天下知。'总要读个大学撒!"

钱有,蒋王朝七岁就一个人下馆子喝酒,点红烧脚鱼,把钱吃光,喊穷,赊账,让他的父母来收拾残局。这是故意报复。后来他害怕那"家里"——就是那个鬼影幢幢的小屋子,就去游戏室打游戏。小屋子那几千斤的锚链,到了半夜,被拉扯得叮里哐啷地响,这是真的。据过去住过这个小屋的人说,一到夜里就是这样,锚链响,绞车转得呜呜地飞起来,又没有谁推它。他常常强迫自己想他被白鳍豚托起在水面上滑翔的美景,蓝天白云,碧波荡漾。白鳍豚滑溜的身子就像一张暖床,还用那鳍翅把他紧紧搂住,怕他滑下去。耳边呼呼风响,身子嗖嗖如飞,全是明亮和快意呀!可睁眼回到现实的小屋,怕!就去游戏室。后来这县城出现了网吧,他就成了第一批网吧客第一批网民,就不上学了,就泡在网吧里。他的父母一回来,就被老师叫去狠批,就说这孩子有了网瘾,网瘾可是比吸鸦片和白粉还难戒掉的东西。那还得了,写保证,再去了怎么办?再去了打断腿。这可是你自己说的。写的保证,白纸黑字,好好学习天天向上,坚持改革开放实践三个代表八荣八耻。可那个屋里还是太恐怖啊,鬼魂弄得他鸡飞狗跳夜不安眠,等父母离去后又偷偷去了网吧。可有一天,他爹妈的船提前回港,半夜去拍他的门,竟是大门紧锁,于是到网吧把他揪了出来,他的有暴力倾向的父亲硬是照他的保证书行事，活生生打断了他一条腿，用网吧的肮脏的键盘砍的。

那一次蒋王朝住了三个月医院，腿里钉了钉子，半年后才取出来。这是一次严重的身体伤害事件，被打折的痛感持久盘桓在他的心尖，只要一想到，就会痛不欲生，浑身如筛糠。就是这样，他不再去网吧，看见电脑就会尿裤子。这一辈子，他可是与先进的传媒绝缘啰！

在进入初中之后，他对那个长满粉刺的男老师恨之入骨。那时候他已开始有了喉结。有一次他的肥娘上岸来给他洗澡，他突然有了害羞，捂住下身，不让他娘洗——那儿，已经稀稀长出了几根小草，异常刺眼。那天晚上，他把小茅草全拔了，扔进垃圾桶里。长粉刺的男老师常在课堂上念那些小女生写的《我爱米兰》《我家的小花猫》之类的酸溜溜的文章，还组织了一个文学社，叫"立上头文学社"，办了一个叫《立上头》的刊物，据说是取"小荷才露尖尖角，早有蜻蜓立上头"之意。《立上头》上面发表的百分之九十是女生的乌七八糟的作品。还搞点评，或在作文本上写批语，盛赞这些女生的作文水平是如何的高，什么描写优美，语言清丽，把少女的心理刻画得细致入微，表现了"八〇后"女生内心的渴望和对生活的赞美，是充满了希望和幻想的佳构，言简意赅，生动流畅，思想健康，对米兰和小花猫的描写栩栩如生、活灵活现，拟人化手法用得恰到好处、炉火纯青，以物托志，以情咏志，让人叹为观止，等等。更为恶劣的是，这些发嗲的丑女生还与粉刺老师以兄妹相称，叫他春声哥（"春声"是粉刺大名），不叫不能上《立上头》。春声哥是主编加社长加老师，且挂着县文艺理论家协会常务理事和省青少年文明行为研究会会员等光辉灿烂的头衔，还负责将她们的作文推荐参加全国"中华中学生作文大赛"，可以一次捧回二十多个金银铜奖，奖章叮叮当当一大堆，就像发旺旺雪饼。不叫哥还不给你写评语,无论你写得多么好,见了只当没见着,只是批下两个字"已阅"。这个粉刺!操着全班"八〇后"文学爱好者的生杀大权啊,他让哪个出名哪个就出名,他让哪个拿奖哪个就拿奖,他想捧红谁就捧红谁。可蒋王朝每当听到粉刺老师在课堂念《我家的小花猫》《我爱米兰》时就浑身起鸡皮疙瘩,就会想到船上那惊心动魄风里浪里的事,想起父亲撑篙,雪鸥飞舞,船只摇晃,大雪纷纷;太阳晒得甲板不敢落脚;就想到风正帆悬,两岸青山如菜畦,船工绞锚抛缆,肥娘在船尾生火做饭,吊水洗菜;想到夜晚甲板上河风习习,萤火闪闪,夕阳西下,波光粼粼,如同画里;想到白鳍豚跃出河面,逐浪戏水,身姿优美不可名状,人鱼相亲,令人不知是梦是真;等等诸如此类的东西。可老师从来不出这类题目,他的命题作文基本上是紧扣时代,配合学校中心工作,书写小康情绪、生活点滴,还谓之以小见大、唱响主旋律。这粉刺是县师范毕业生,根本不懂文学,还想当文学军师,主宰虎渡中学文坛。试以蒋王朝写的一篇《我爱我家》为例,他在作文里写道:"我家是以船为生,漂无定所,常有船覆人亡的悲剧发生。可为了生活,没见哪一个船工想上岸来。船工生活艰辛,跑长水常常几天几夜不能靠岸,因隔了地气,人会四肢疲软,隔段时间船就必须靠岸踏地气。船工一年四季在太阳底下,晒得皮一层脱一层,风吹雨打,提心吊胆,就像他们说的:行船跑马三分命,真的是很苦。但是我爱水上的家,那里有我的母亲,有我栽的仙人掌。我家的船被我妈拖得干干净净,不染一丝灰尘,每年都要打桐油。美中不足的是没有厕所,大小便十分麻烦。常看见船工光着屁股在船尾方便,也是迫不得已。我亲眼见过一个年老体衰的船工,手没抓紧,掉下船去,屎没拉完,人生完了。"粉刺老师在这篇作文的后头愤然批道:"粗野、肮脏!污蔑底层人民,缺少提炼和升华。渲染苦难和不幸,不见温暖和希望。课外多读杨朔散文。"

这老师蔑视男生可以找到蛛丝马迹,在讲曹雪芹的《红楼梦》时,公然引用曹的话说:"女儿是水做的骨肉,男子是泥做的骨肉,我见了女儿便清爽,见了男子便觉浊臭逼人。凡山川日月之精华,只钟于女儿,须眉男子不过是些渣滓浊沫而已。"他还解释,这里的女儿不是自己生的女儿,是别人的女儿。他还办了个"立上头作文网",在网上发起了"八〇后小女子作文现象"大讨论。才讨论了两个月,这个粉刺老师就被逮进去了,罪名是流氓罪。但可叹的是,那些"别人的女儿"都超过了十四岁,都声称"是自愿的"。自愿投怀送抱,这老师只判了个缓刑三年。

初中毕业,终于让蒋王朝把那些乱七八糟的课本和作文本烧了,还把两本英语书也烧了。那上面标有他创造的"爷死""古都拜""油夜壶""豪都油都"之类的汉字注音。他在虎渡河畔的荒滩上,纸船明烛照天烧,烧得大汗淋漓,烧得七窍亨通,浑身舒畅。可他父母非得让他上高中不可,说花多少钱也要让他混个高中文凭。钱根本不是问题,父母说我们赚多少钱还不是给你留着的。但是蒋王朝将一根铁棒送了过去,对父母说:"你们就是打断我五条腿我也不会去上学了。你们干脆一棒把我夯死算了。"父母拿他没有办法,苦口婆心也不能让他回心转意,铁了心要与文明学校一刀两断。在船上玩了两个月,他的爹妈就把他弄到了社里,成了一名锻工,就是铁匠……

三

三月的桃花风抚慰着忧伤的他,三月的桃花汛叩打着一扇扇紧闭的心房。河滩上浅草返青、碧绿斑斑,碧绿的斑块连成一片,爬向远远的山冈,河流逶迤东去,雾霭在天穹下闪闪发光,到处是春的气息，人的鼻子里开阔芳香，几只大鸟声音鳞鳞地在天空碾压而去，静静的大地上暖意融融，仿佛母亲走过。

三月是繁忙的季节，所有的船都要加紧修理以便投入到一年一度的汛水中去。红炉班一改过去一三五开炉的时间，天天开炉。刚才，他与退休的老船工和师傅发生了争执。这个红炉车间里面有一蓬火，火来自那个用黄泥巴和猪鬃砌起来的红炉，风箱四面漏气，蒋王朝把它叫"喷气机"。天气已经很暖和了，可退休的老船工们仍然感到身上发冷，常来这儿凑热闹，免费烤火。这些老师傅属于端起碗来吃肉、放下碗来骂娘的人，对当今社会一概否定，牢骚满腹，认为过去的一切都好，来这儿就是发牢骚。虽然车间里粉尘弥漫，可这些老头儿把身上烤暖，把气发完把肺部理顺之后，一个个带着沾满煤灰的脑袋和鼻子离开时却变得很满意。

要扯风箱，灰是大一点，师傅要他扯，他就用力扯。老头儿们就大喊：

"黑鬼，就不晓得轻点？这么扯，撵我们啊？"

蒋王朝不能不扯，铁烧不红，今天灰真是大，估计风箱又有几个漏气孔，只好乱扯。

"黑鬼！"

他师傅朱铁匠这时凑过来问："你们说么事呀？"

"我们说，说你徒弟也是个聋子！"

"疯子？哪个是疯子？我徒弟不是疯子。"

"蒋驾长的黑崽。"

"黑海？"朱铁匠说。

"中午食堂吃肉。"

"星期六？"

这些被煤灰呛得灰头土脸的老头儿见朱铁匠总是岔话，瞪着

275

眼睛干着急，他的徒弟又胡扯，弄得空气污染，最后，捂着黑乎乎的鼻子狠狠地瞪他，只好起身走了，并说：

"个狗日的！"

师傅烦他，说是他把这些师傅的好朋友给得罪走了。跟聋子又讲不清道理，他只好偷跑出来到河边换换气。

河边是个回水湾，围了一大圈人，估计又是有死人。这回水湾子上游发水后，流下来的死猪死狗加死人到这里就不走了。围着人，还听到了哭声。他好奇地走到那儿，认出有几个是经常在船业社特别是在红炉车间偷铁的惯犯，无业游民，都是些半大的孩子和妇女，头发很乱，衣裳很旧，鞋子胡穿。

他挤了进去，果真躺着一具死尸。有两个女的跪着在哭，一个三十多岁，一个十多岁。三十多岁的肯定是十多岁的妈，不仅形似，而且神似。这两个人哭得可真伤心，鼻涕眼泪一大把，特别是那个头发焦黄、脖子细长、几根脆骨头撑着一个洋葱脑袋的小女孩，哭得更是惨，哭得快昏死过去，哭得几乎呼吸停顿，哭得人心撕裂，山河为之变色。可她母亲哭到后来，竟然骂起了死尸的众多恶行，有玩女人，好酒贪杯，好赌，不顾家，爱打骂母女俩，后来不顾家人规劝，一意孤行买码，借了亲朋好友银钱无数，近乎行骗。买码血本无归，被逼不过，只好投江自尽以结束生命。蒋王朝听见人们在议论是装卸公司的。

他细看那个死鬼，鼻子和脸被狗啃了，双手在河底泡得惨白惨白，就像烂透的竹笋，脚蹬着一双翻毛皮鞋。

在不远的避风处，有几个男人在挖坑。蒋王朝正在张望，一个人就拍了他的肩膀，转头一看，是虾咪咪。虾咪咪提着一把锯子，眼睛胡睃着像发嗲赌气的样子，嘴巴撕裂得像一道伤口，恶狠狠地小声说：

"黑鬼，这是我的地盘，你可要耐得住寂寞……"

蒋王朝起先不知他说的是什么意思,后来想到他到处搜集死人信息,是不是说这?……就听到那个死者的老婆对看热闹的求情说:

"帮帮忙吧,好人,帮帮忙抬抬我这死鬼吧,我们孤儿寡母忘不了你们的……"

这一说,许多人都点头却并不动,朝别人看,有人直往后退。

那小女孩见大家不动手,就用短促的哭腔一个一个拜托了,拉人家衣裳,拉到蒋王朝,说:

"大哥哥,做做好事帮忙抬一杠吧!"

这小女孩拉着他竟不放了,许多人都把眼光投过来,怂恿他去抬。蒋王朝没有退路了,可又踌躇,那死尸太恐怖。但看到那一对母女,也够可怜的,那小女孩两眼青色,连额角都是青的,也没什么营养滋润;她妈脸上还几个大疤,整个人像傍晚没卖完的青菜,两颊坍陷而又颧骨高昂,一看就是副造孽相。没有选择啦也义不容辞,他就定了,与另两个男人去准备破船板与绳索。

可还差一个人,四人才能抬,他去找虾咪咪,虾咪咪捂着眼鼻正往人缝里钻哩。蒋王朝就一把薅住了他,虾咪咪反应不及,抬扛已经压在肩头。

"喂,大、大姐,你就没想到,搞一口棺材埋?"

这小子又在拉业务!有了棺材就必须有棺钉,那他就又有几十块钱提成啦。

那女人哪在想棺材的事,只求赶快把丈夫丢进沙坑里埋了了事,免得引来更多野狗把他啃吃干净了。还有正在春风里苏醒的苍蝇。

"大哥,哪有这个花费呀!"

这一笔业务显然泡了汤,虾咪咪明显心中不快,没了动力,抬尸的步伐不协调,一个趔趄,大家都趔趄,死尸从绳子里滑了出来，跌到地上，腾起一股臭味。那两个可能是死者亲眷的男人就去拽死尸，重新放好。抬到挖好的坑里，丢了进去，几个人就铲沙土填埋。

不一会儿，坑填平了，那女孩的母亲跑过来，就一顿猛踩，哭着发狠话说：

"踩死你！踩死你！你这下不得出来买码了！"

这女人把沙土踩得严严实实，有人就给蒋王朝和虾咪咪发花露水，在场的看客人人有份，按人头点。另一个老头上来，拧开一瓶花露水，就在蒋王朝身上前后左右乱洒，就像进行一种神秘古老的仪式。也对虾咪咪洒。洒得香喷喷了，连向他们说"谢谢"。失望的虾咪咪拿起锯子，香喷喷地走了。蒋王朝也就香喷喷地走了。

一个人手里还拿着一瓶花露水。

"其实，"虾咪咪在一个地方候着他，说，"我晓得五多的妈拿不出棺材钱，可只要有一线希望，就要做百分之百的努力嘛！你说呢，黑鬼？"

"五多？"他问虾咪咪。

"我靠，五多哭得几多有味。五多越哭越靓丽，天生的美人坯子，我要是有她这张脸，就是当婊子也值！"

那个小女孩就叫五多。

四

五多来了。

五多是来偷铁的。

先说这天晚上，晚上一夜未睡，师傅朱聋子一夜梦话，侃侃而谈，天现亮光时才平静下来，蒋王朝这才眯了一会儿。这一天晚上是令人气愤的，朱铁匠一个劲在蚊帐里追问他：

"喂，我钱都拿给你了撒，那个镯子咧，弄哪儿去了？"

蒋王朝莫名其妙，师傅咋在半夜问我这话？什么钱？

"钱？哪个给我了？"

"你说给我生个崽的呢？"

"我给你生个崽？"蒋王朝直恶心，大骂道，"个鸨妈我会生崽？"

他突然想到是师傅在说梦话。

"你睡撒聋子，你要把人整死的！"

"哪个肿死了？"

"呸！我要呸你！"

"赔我？"

"π！π等于三点一四一五九二六。"

"喝酒吃肉？"

"芝加哥。"

"指甲壳？"

"黎巴嫩来打船钉！"

"床灯？"

"我爱米兰我家小花猫朱铁匠聋子！"

"疯子疯子，小羊疯子……"

随即打起了鼾声。

这个师傅在梦中还能跟人对话，完全是天下奇闻。蒋王朝就想另寻个地方搬出去住，起来到处乱窜侦察，就发现了船业社一栋老旧的房子上头有一层阁楼。他突然记起来这地方也是闹鬼的。听说若干年前一个叫"文革"的年代，有人被关在这里面，后来吊死了。那吊死的人是一个会计，常常在阁楼里喊叫，发出被绳子勒出的咯儿声，像鸡被杀时的声音。过去蒋王朝是不敢朝这边看的，可今天他无意识地走到了这里，是个死墙旮旯，尿骚味厚重，地上的砖石已铺上了厚厚一层尿垢，发出白冽冽的光。一条绿色蜥蜴正趴在上面打盹儿。他掏出家伙就朝那蜥蜴一顿猛射，蜥蜴鼓起灵活转动的凸眼瞪着他，受不了啦，赶快爬走了。那摇摇欲坠的、断了两级阶木的梯子就在这里，在外头的廊檐里。现在的蒋王朝是一个火气旺盛的青年，他根本不怕鬼了，倒是有一股子对恐怖邪恶世界探究个一清二白的好奇心。爬上去！爬上去！说不定在这里可以找个安乐窝哩！

他紧了紧皮围裙，把那双宽大变形的球鞋跺了跺，就向楼上爬去。

一个门，有锁，一把大铁锁，锈了。那是打不开的，但死劲去扭那个门锗，嗬，开了，从朽门里给拧出来了！推开门，一股老霉味扑面而来！一个昏暗的阁楼，头上还有两块亮瓦哩。阁楼异常干燥，到处积有寸厚的灰尘，堆着一些塞船缝的麻瓤。原来这里是堆麻瓤的！一屁股坐下去，有如腾云驾雾，深厚的霉味从里面挤出来，灰尘滚滚。站起来，一脖子灰，看到前面有个只剩两片叶片的纯铜螺旋桨。这家伙可是个重物，还值钱呢！

他怀着发现了一个新天地的巨大兴奋往里走，那吊死人的恐怖几乎不存在，全是探索的新奇，犹如一次梦境般的历险。踢到了一个什么东西，阁楼里便响起了尖锐悠长的碰撞声，仿佛在地道里穿行。

好多没有上锁的箱子。他跪下来，借着幽暗的光线看，嗬，全是一些账本。那不就是会计的？往里翻，啊，一堆碎纸片里，一窝红嫩嫩的小老鼠！吓了一下，就只一下。抬头一看，一截绳子赫然吊在梁子上，就陡然想到吊死的会计，莫非就是这截绳头？旁边一张床！嘿，有床哟，有床就可以在这儿睡哟！收拾了倒真是个安乐窝，至少安静，听不到人说梦话。床光光的，有一张小桌子，小桌子上有信笺：虎渡县船业社革命委员会。上头有毛主席语录："原有的反革命分子肃清了，还可能出现一些新的反革命分子。如果我们丧失了警惕性，那就会上大当，吃大亏。不管什么地方出现反革命分子捣乱，就应当坚决消灭他。"底下是用蓝墨水写的："我的第五次检查：我所犯的错误性质是恶劣的，立场是反动的，问题是严重的。组织对我的错误思想和经济问题进行了严肃的批评，清查了我的账务，确有多吃多占、化公为私、假公济私、贪污挪用的现象，另一方面组织又给我指明了出路，给了我重新做人和改造的机会。我出生在一个贫苦的船工家庭，旧社会受封建把头和船主河霸的剥削压迫，一九四九年后，自恃根红苗壮、苦大仇深，放松了思想改造和马列主义毛泽东思想的学习，躺在革命功劳簿上睡大觉，渐渐走上了……"看不清了，就从皮围裙的兜里掏出打火机，揿亮。这检查和书，还有信纸还多着哩。红色的火光照亮了阁楼，真的不错哦，有桌有床，还有书。拿起一本《学习手册》，翻开一页："野心家、阴谋家彭德怀。彭德怀，大野心家、大阴谋家、老牌机会主义分子。湖南湘潭人。出身于军阀的彭德怀，于一九二八年混入党内，三十多年来，每逢重要历史关头，他就跳出来疯狂反对毛主席的革命路线。"再翻开一页："断手断指再植获得成功。一九六三年八月，断手断指再植获得成功，上海第六医院广大革命职工遵循毛主席的教导，全心全意为人民服务，破除迷信，解放思想，怀着深厚的无产阶级感情，发扬共产主义大协作，成功地接活了工人王存柏完全轧断的手，使我国断手再植手术跃进世界先进水平……"再翻一页："'七·三'批示。这是毛主席一九六五年七月三日对北京师范学院调查材料报告的批示。全文如下：学生负担太重，影响健康，学了也无用。建议从一切活动总量中，砍掉三分之一。邀请学校师生代表，讨论几次，决定实行。如何请酌……"

凡是毛主席的讲话都用粗粗的黑体字标出来。嘿,这书怪哩,这书好看咧,好有意思!可一只老鼠跳出来,从梁上咚地跌到楼板上,一个活物。再朝头上一看,那断绳上还爬着一只老鼠,发出吱吱的叫声,就像在上吊一样。再大的胆也吓破了,蒋王朝拔腿就跑。跑出阁楼,跑下楼梯,来到阳光和尿骚味中,好像做了一场梦,美不可收。于是畅快地屙了一泡尿,甩几甩,逾墙而走。

红炉车间的门是掩着的,没有听到师傅叮叮当当的锤声,却听到了铁堆后头传来的响动。走过去一看,一个小女孩正在那儿躲着偷铁,提篮已经满了,全是小铁块。那就是五多,那个哭爹的五多。五多惊惶失措,想把篮子往铁堆后头藏,可已经来不及了,黑煞神一样的蒋王朝就站在她面前,这下可跑不了啦!跑不了就哭,于是,虚张声势地哭,哭爹一样地大嚎起来。

"哇——哇嘿呃——"

这一哭,蒋王朝蒙了,站在那儿不知如何是好。那女孩更加大嗓门,像死了一百个爹似的,比上次哭得还惨,乌黑的沾满铁锈的手揉着眼睛,三把两下脸上就花里胡哨了。

五多想用哭来解脱的战略战术奏了效,蒋王朝站在那里还真不知如何是好。那五多用哭先把蒋王朝镇住了,就不哭了,戛然而止,歪着头看他。

"哭呀,哭呀。"他说。

五多不哭,撅着嘴看他。

"胆子大咧,哪个要你来偷的?"

"虾咪咪。"

虾咪咪?那个狗日的。

"你还想偷什么?"逗她。

"偷人。"

这个女伢精怪,还笑了起来,还说:

"偷黑鬼哥哥。"

就叫上了哥哥啦,还晓得他的诨名。蒋王朝也不恼,就坐下了,那五多也坐下了。给他说,她妈妈被安排到装卸公司开拉坡机去了。她早就下了学,想捡点破烂帮妈妈还债。

"光捡铁?铜要不要?"

听说有铜,五多就说要。蒋王朝就自告奋勇带她去了刚去过的地方。从来没有人叫他哥哥哩,这丫头嘴甜。心里也就甜了,被喊甜了,什么坏事都可以带头去干了。

这就带着她爬阁楼。可五多说怕,他给她打气说不怕,说他天天来的,堆的麻瓢,有好大的铜。

拉着五多就上了阁楼,直奔那个破螺旋桨而去。船工叫"车叶子"。

"好大的车叶子,搬不搬得动?"他说。

有一两百公斤,他搬不动,五多也搬不动。

"搬不下去的,这个我不要,不敢要。"

"敲嘛。"

蒋王朝就找了块砖头,敲那个家伙。声音太大,也估计敲不动,五多就要他莫敲了。他感到也奈何不了这么个庞然大物,但仍不甘心,说:

"废纸要么?"

五多点点头。

点燃打火机,照到那堆装账本的箱子,又没有绳子,就看那梁上的那根绳子,吊过死人的,也解不下来,就解开自己的皮带,捆账本,短了,捆不了几本,就对五多说:

"你的皮带呢?"

那五多也不怕什么，就解开了自己的皮带，一根小的窄的皮带。一黑一红、一大一小、一男一女两根皮带，被蒋王朝连在了一起，再捆，就捆了一大捆。就对她说："皮带不要卖哦，卖了纸别忘了把皮带还我。"

那丫头就"嗯"了一声，就嘻嘻笑说皮带不会卖的。蒋王朝又问："你裤子松不松？"那丫头就说是牛仔裤，还好。蒋王朝说我也还好，也是牛仔裤。裤子掉了就出丑了。并要她下次带根长绳子来。

太阳可能进云里了，阁楼更暗了。蒋王朝捆出一头汗，就说坐坐。他一屁股坐进麻瓢堆里去，一拉五多，五多也坐进松软的麻瓢里了，还紧紧靠在他身上。两个人闹腾起来的灰呛得两个人打了几个喷嚏。五多说：

"黑鬼哥哥，有没有鬼呀？"

"屁的鬼！我不信鬼！"这就把五多揽住了，手就揽到了五多的胸脯上，也不敢动，就这么坐着。

五多仰起头望着他，说："这地方还有人住么？"

蒋王朝说："我想搬来的。"

他讲话见五多的嘴离他很近，就俯下头去，啃她的嘴。啃了几下，没啃出个滋味来，两个人就出来了。就这样，蒋王朝就亲了女孩子的嘴。在晚上他兴奋了一晚，没睡着，对着说梦话的师傅说：

"我啃了女伢的嘴。"

师傅说："你碰见了鬼？"

"嘴！女人的嘴！"

"鬼？你们的鬼？"

五

去拿皮带的蒋王朝跟五多往五多的家里去。因为这天五多说皮带忘了，放在家里了。这样船工子弟蒋王朝就第一次走进了一个孤儿寡母的空荡荡的家。

家在虎渡河边的一条杀牛巷里。那杀牛巷血流成河，苍蝇沸腾，到处是霍霍的磨刀声和嗷嗷的牛哭声。走过五多家旁边的那个杀牛场，蒋王朝看到几个老头子把一根横杠绑在一头老牛的双角上，几个老家伙将横杠子使劲一扳，那牛就倒在地上，四蹄朝天。一个大胖子就操刀一刀向牛的脖子砍去，脖子开了口，血找到了出路，争先恐后往外飙洒，冲出有一丈多高，一场血雨！那杀牛人又一刀砍去，牛的脑袋就掉了，身首异处。大胖子舒了一口气，已成个血人。这时那无头的牛身却挣扎起来，竟挣扎着站了起来，四腿站得稳稳的。而那牛头，这时睁着流泪的眼睛，望着自己的身子，嘴里发出低沉的"哞哞"声，好像是唤自己的身子过来。那身子——庞大的身子竟走出了两步，好像是要与自己的脑袋会合。走了两步，实在坚持不了啦，四蹄就像电击了一样，一下子软了，訇然倒坍，倒坍在牛粪、血水和稻草堆里。那牛头这时悲惨绝望地叫了一声，长睫毛的、大大的、流泪的眼睛就闭住了。一切都结束了。

蒋王朝没想到县城还有这样的去处，心里恐悚，也感觉很刺激，踏着血红腥臭的水洼，看到巷子里的孩子们在那里玩耍，大家都以向对方泼污水为乐。这就来到了五多家，因为看了杀牛惊魂未定，一头撞在低矮的门楣上，头上鼓出鸡蛋大个包。这个鬼地方，比咱烂糟污臭的船业社还不如哩。就见五多的疤脸娘站在门口，手捧着他的牛皮带说，不好意思，不好意思，我家五多不懂礼性，下了你的皮带咧。蒋王朝摸着头上的大包说，不碍事不碍事的，我是牛仔裤。五多的疤脸娘说，你这皮带旧了，赶明日我让杀牛场的老师傅给你再割一根好黄牛皮带。他就说谢谢姨娘，谢谢姨娘——这就叫上了姨娘。姨娘说小蒋你可是大好人了，你帮我们五多敲铜咧，还背了一大捆纸，她卖了二十多块钱。蒋王朝说没事没事，再拿大麻绳去捆。姨娘说你多大啦？十八九岁了。姨娘说我们五多十六了进十七，就是不长肉，没啥吃的哦。你初中毕业？我们五多初中读了一年，她爸那死鬼只顾买码就没钱读书了，连家里电视机都当了，逼债的天天上门，现在他死了还是这样。你来不要账，太好了，太好了——来我家全是要账的，今天一定要请你吃牛杂碎哦！

　　这姨娘就去杀牛场买牛杂碎。牛杂碎不知是牛身上哪个地方剥下来的残渣余孽，又烂又臭牛屎色，一锅煮。刚煮是臭味，像煮一锅潲水，放了干辣椒、桂皮、八角加生姜，就恶狠狠地把臭味压下去了，把香味抬出来了——锅里一片欢呼，咕咕咚咚冒香泡，冒辣泡。姨娘就说小蒋吃啦，叫五多抹桌子给小蒋哥哥添饭。五多添了饭，就说黑鬼哥哥吃，就给她妈说我叫黑鬼哥哥，船业社都叫他黑鬼的。蒋王朝见五多这么说姨娘就拿眼看他，把他看得不好意思了。这姨娘蛮会说话，说太阳晒黑为美，黑点健康，打铁有灰，没洗干净，洗干净了就好了。五多坚持说他就是这么黑，不是没洗干净。她娘就拦她说瞎说，是没洗干净的，你也不比小蒋哥哥白好多。这就给蒋王朝解了围。

　　——这一顿，可吃得太美了。天下最美的菜就是牛杂碎啊！过去咋没发现？这是蒋王朝自七岁在岸上独立生活以来，吃得最爽快的一次，也是第一次与自己不相干的女人一锅捞菜吃，像家人一样，没有礼让，不讲吃相，吃出了一头臭汗。牛杂碎呀牛杂碎，你比黄牛肉水牛肉犀牛肉都好吃，胜过山珍海味、大肉大鱼！五多的娘也就是那个新认的姨娘一个劲给他搛菜，自己在嘴里舔了的筷子又给他搛；五多也给他搛，也是在自己嘴里舔过的筷子再给他搛。这可以原谅，五多的嘴是他啃过的，两个嘴里的舌头交换过唾沫，就融为一体了，不分你我了。她的筷就是我的筷，她的人说不定就是我的人咧，这个家说不定就是我的家……就这么吃着互相关心互相爱护互相帮助地奉菜，三大碗饭加十几个尖辣椒加一大锅杂碎，就这么被消灭了。舌头辣成了炭火色，脸上辣出一层疹子。生活是如此美好啊，人与人还有如此亲切的劲儿啊！

蒋王朝酒足饭饱走出这个家的时候，还真有点想掉泪哩，五多的娘依依不舍，说慢走哦以后常来玩哦。蒋王朝辣着，就真的流出了泪。姨娘比妈还亲热咧。他踏着污脏的巷子，踏着水洼，就像踏着康庄大道。巷子里牛粪味浓郁，灯火闪烁，可有一种温暖，一种他从未感受过的温暖……

五多送他，送到河堤上，他胆子就大了，就抱着五多啃。这一回，啃出点名堂来了。女孩儿的嘴可不是一般的嘴，一般的亲物。粉刺老师讲得对，别人的女儿真有味咧。闭上眼啃着滑着，就好像身子动了，身子飘了，身子硬是在什么东西上坐着飞翔咧。是白鳍豚！在白鳍豚背上，白鳍豚赐我一命时，那感觉就是这样的。这样舌头就愈发搅得欢溜了，搅哪儿哪儿都是快感，带动全身，热气走窜，身子火烧火燎。这五多也会搅，他搅哪儿她就迎合到哪儿，两个舌头追逐缠绕，做着生动活泼的口腔游戏。又去摸五多的胸脯，五多胸脯太小啦，简直可以忽略不计。那手仔细探索研究还是有点小软糕的感觉，就像学校门口挑担卖的蒸"挺挺糕"，一毛一个，又小又甜。埋头啃了两口，大货车来了，两个人就分开了。他就说：

"长绳子啊！"

长绳子是一定的,长绳子没有半个月,就把船业社自一九五〇年合作化以来近六十年的账本搬光了。又卖铁,趁师傅不在,就给她传信来偷铁;不是偷,就是用篮子装,装多少是多少。这样就赎回了她爸爸当去的电视机和几件家具。

　　铁是少了咧,师傅说铁消得快呀?老总来了,说铁到哪儿去了?师傅就对虾咪咪说,棺钉还得付成本咧,扣你十块钱。虾咪咪说,棺钉几个铁?人家偷了找我的歪!

　　有一回虾咪咪看见蒋王朝往杀牛巷走,先是酸里酸气地说:"黑鬼,嫖娼去的?"又说:"老子晓得铁是哪个偷了。"虾咪咪上了假睫毛,睫毛扑闪扑闪的,就像准备挨刀的牛。蒋王朝不理他。蒋王朝幸福着哩。

　　蒋王朝可以常到五多家去吃牛杂碎了。牛杂碎成了五多家一道家常菜,饭一端上来,就是个咕嘟咕嘟的牛杂碎炉子。牛杂碎都是蒋王朝出钱买的,给五多娘也就是姨娘丢了两百块钱,够吃了。还帮她们偷了那么多铁和账本呢,还弄回了电视机呢,这就很受欢迎了。有一回,姨娘叫他王朝哥哥,五多说王朝是葡萄酒。姨娘就说还真想喝点葡萄酒。蒋王朝说,那就去搬。——那次他从东方超市硬是搬了一箱王朝葡萄酒。五多娘说:"喝王朝咧。"五多说:"喝黑鬼哥哥。"一家人就碰杯。就是一家人啦!衣裳,拿来洗;被子,拿来洗。五多说,我的鞋破了。蒋王朝就给她买了一双。五多说,虾咪咪还穿连裤袜咧。蒋王朝就给她买了一件。五多穿了连裤袜,还买了香水。又说,虾咪咪有假睫毛。蒋王朝就给她买了一副假睫毛,也扑闪扑闪了。蒋王朝说:"五多,是个洋娃娃了。"五多差不多是个洋娃娃了,胖了,天天有牛杂碎吃,腮肉就出来了,胸肉也出来了,由"挺挺糕"变成了大包子。五多就说:黑鬼哥哥,别人都减肥咧,我也要减肥。蒋王朝给她买芦荟减肥茶喝,喝了后,疯狂腹泻,泻得

有气无力,大包子又将变成"挺挺糕"。这天,虾咪咪就闯进了红炉车间,丢下一把刀子,说:

"打把刀子!"

那聋子师傅正在打铁,看到地上蹦出一把刀子,又看到是假睫毛扑闪扑闪的虾咪咪,说:

"生意来了?"

"是刀子!"虾咪咪说。

"钉子撒?"

"刀子!"

"销子?"

"刀子!"

聋子师傅终于弄清楚了,看着虾咪咪说:

"哪来这大的火气?"

"晚上河滩上见!"虾咪咪对蒋王朝说。

蒋王朝莫名其妙。我如何得罪他了?可也就明白了,有几次,蒋王朝都在杀牛巷口看到虾咪咪拦路,对他恶狠狠地说:"老子赶牛去杀咧。"又说:"嫖娼大王哪黑鬼?"蒋王朝可不想惹他。可五多提他,五多不齿他,说:"虾咪咪不男不女咧。"蒋王朝说他要做变性手术的。"可他要跟我耍,"五多说,"我烦他,他问我胸罩要买多大的。"

"老子不变性了,今天也要跟你拼个你死我活!"

这天晚上在河滩上,在埋着五多爹的沙滩旁,虾咪咪向蒋王朝发出了决斗战书。

"如果是别个,老子也就算了,是五多,老子就不干,打死也做回臭男人!

"五多不能让你得!这么清爽靓丽的女娃,你个黑鬼也配!我呸!……"

这个夜晚啊，河水哗哗。这个晚上在月光里蒋王朝看见虾咪咪的嘴像马嘴一样撕扯开了，看见他四肢抽搐，手握着寒光闪闪的刀子。这个夜晚，月亮铺了银子的水路，把河水送上了天空，月亮像一颗砍下的牛头，死尸般的眼珠子瞧着阔大星空，瞧着河岸平川，瞧着两个在河边决斗的年轻人。苇丛黑魆魆的影子摇动着尖锐的声响，夏日即将来临，汛水汹涌上涨，夜鹭惊慌失措，叫声透迤蹒跚。

那一刀啊那一刀，那一刀可把蒋王朝致命了！那一刀深入腹部，把完全没有防备的蒋王朝肾脏刺破了。蒋王朝捂着腹部，还是还击了一刀。他不还击是没有道理的。他捂着腹部大笑着说："虾咪咪，有种！有种！还留着我给你打棺材钉哩！"那一刀啊那一刀，只不过刺到了虾咪咪的皮毛，把他准备造假奶的胸部划了一道口子——他刀子孬，没准备，是从废铁堆里捡的一把刀子，磨了磨，仓促上阵。就这样，他就倒了，血溅到月亮上，溅成了太阳，唤醒了船业社的人和他的父母。

蒋王朝在医院昏迷了七天七夜，输了四千毫升血，割了一个腰子，后来醒过来了。

这一次可花去了不少的积蓄，这一次属于斗殴，也就是让虾咪咪赔点医疗费。可虾咪咪检举蒋王朝与捡破烂的妇女里应外合偷单位的铁和账本。蒋王朝丢了一个腰子和一脚盆血，还要丢工作咧。他的肥娘就跑去了杀牛巷，去骂五多和五多的娘。说老子家是什么家，你一个捡破烂的小叫花子小婊子跟老子儿子睡，为你这样的小逼争风吃醋把命都差点丢了，你们不就是看老子儿子憨、老实，骗他几个钱么？那五多的疤脸娘哪吃这肥船妇的一套，当下两个妇人就在杀牛的污血里打起来，五多在一旁哭劝。两个妇人打架，杀牛的拍手欢呼。那五多娘哪是蒋王朝肥娘的对手，在船上做活的，力量惊人，三把两下就把她打败了。

然后肥娘加爹一起提了烟酒找经理老总说好话，说千万不要开除他，偷了什么的他们赔就是了。但经理老总说几十年的账本赔多少钱也难挽回损失。不过经理老总看到他们提去的两条黄鹤楼满天星（烟）和两瓶五粮液，也就说留厂察看吧。

六

蒋王朝病愈后那脸就黑中带黄了，身子软塌塌的就像被人抽了筋一样。师傅问他，不死不活地沉默。拿起锤砸，铁就真像铁了，有一下没一下地。

"留厂察看咧。"师傅说。

他就扑哧扑哧拉风箱，拉得灰尘滚滚。

"不晓得轻点？报复哪？"

几个老船工推门进来，说：

"放烟幕弹？这娃子，一个腰子还这大的劲！"

蒋王朝就拉得更起劲。师傅就赶紧抢他手上的拉杆，大喊：

"师傅的朋友咧！"

"不进来了不进来，还没打怕哩，如今的伢们骨头痒！"

师傅没面子，抢了拉杆已呼呼喘气了，气愤地说：

"要是过去当学徒，老子不罚你跪三天瓦渣子！"

蒋王朝不太信邪，没听说跪三天的徒弟，就把大锤往地上一蹾，那锤柄一歪，正好砸到了师傅芦柴秆般的腿上。师傅疼得嘴都歪了，也不知哪来的胆气，过来就捆了他一耳光。他看着胆大包天的师傅，这聋子还这么张狂啊？抓起一把热滚滚的煤渣就朝师傅脸上撒去。师傅"哇"的一声大叫起来，捂着眼睛跌在铁堆上。这当儿，他拔腿就往外跑。后面是师傅嗷嗷的惨叫。

蒋王朝懒得理他，就往河边走去。

蒋王朝想在河边能碰见五多的。可一连几天,一连好多天,也没碰见五多。五多没来这儿捡破烂了。他就想到杀牛巷,那好吃的牛杂碎,那个他还躺过几晚的人造革旧沙发,那个让他头上撞出了大包的屋子,还有那个把人头变形的电视机。他想起还有一双球鞋让姨娘洗了没拿回来哩,于是就不由自主地朝杀牛巷走去。

多日不见,犹如游子归来,心中五味杂陈,见到了杀牛的熟悉场面,见到了小孩子们泼污水斗争,见到了熟悉的房子,见到了熟悉的人。没见到五多,五多的疤脸娘在门口端着筲箕在择蚕豆哩。

"姨娘……"

那女人抬头一见是蒋王朝,说:

"你来啦?还找我们五多?这儿没五多了,五多被你娘骂死了!"

"死了?"

"骂死了怎的?就是死了,你这下安心了,我们家也不攀你们那个高枝了。船业社好呀,天下第一好单位,个个都是百万富翁,我们穷家小户,高攀不上呀!"

"姨娘……"

"哪个是你姨娘撒!姨娘就跟你娘是姐妹呢。你娘在这儿骂大街,哪个是婊子?咱们五多清清白白,黄花闺女,哪个跟你睡了?快走快走,不撒泡尿照照自己是啥样的,这么黑,黑得像根叫驴子鸡巴,少开洋荤哟!……"

蒋王朝站在她家门口,她这么故意大声嚷嚷,杀牛的、街坊邻居就都出来了,都看着。他知道他不能多待了,他想那一双鞋她能给他……可容不得他说什么了,那么多人,他要找个地缝钻进去才好,只得赶紧溜掉,就溜掉了。有一辆三轮"摩的"开来，他就爬了上去，他就轻松了，杀牛巷也就拜拜了。

回到船业社他就卷铺盖。还是像来时一样，把那双娘做的布鞋掖在腰间，可他真不知道往哪儿去，无家可归，无地方可去，世界根本没他立足之地，心中凄伤。师傅这时进来了，拉住了他说：

"哪里去，个杂种！老子还没找你算账呢，你想跑啊！"

师傅的挽留给了他个台阶下。他就犟着脑壳坐在了床沿上。

"老子不跟你计较了，大人不计小人过，宰相肚里能撑船，我打了你一下，你撒了我一把灰，抵消了。我们现在和平解决。"

蒋王朝说："我要上船。"

师傅说："你老爹说了的呀，坚决不许你乱跑，好好跟老子学技术。你也不小了咧，游尸舞荡，不走正道。要改邪归正，重新做人。"

蒋王朝已经决定留下来了，大声喊问：

"那你还打我不？"

"哦？不打了不打了。"

"再打是什么？"

"再打是婊子养的！"

师傅像个小孩一样，又咧着没门齿的嘴笑了起来。

七

有一次刻骨铭心的见面。

——已经很多天了，已经很多天很多天了。过了夏，过了秋，快到冬天。蒋王朝每天在河边徜徉，先后看见了十几只死猪十几只死狗七八个死人，还见过一条几百斤的死去的中华鲟。他埋过几个死人。就是没见着他想见的五多。可是有一天,天冷得让人想死,河边浪大,他看见了五多,在河边捞浪渣。

"五多!"

是五多。

五多没跑。五多见了他,他以为五多见了他就跑的,可五多没跑。五多捞了不少浪渣,那是晒干了当柴烧的。

五多站在那里,在河边。

"五多!"他又喊。他还是扎着皮围裙,像第一次见到她一样。

"五多,我娘骂你,我没骂你。我跟虾咪咪打架,都是为你,他说我去你那儿,是去干坏事的。"他没说"嫖娼"两个字。

"别说了。"

"我要跟他拼了。他检举我跟你里应外合偷盗……"

"别说这些了。"

他过去要拉她的手,可她缩回去,不让拉。风很大,浪很森凉,哗哗哗哗响得人心烦。人心凉透了,鼻子里全是冷气,看人睁不开眼。看她头发吹乱了,头发是染的,染黄了。染黄了,年龄显得大多了,好像一下子成熟了,成大姑娘了。可她的眼睛躲他,五多躲他。不喊他了,不再喊"黑鬼哥哥"了,什么都不喊,形同陌路。多么无味啊,这世界再没哪个喊他黑鬼哥哥,这世界就干瘪了,死了,冷了,像这冬天,像这浪打沙洲的冰凉日子。

"你明年……清明节时能帮我给我爸烧几张纸么?"

"行行,我会烧的。"他说。那不远,没几步,就是埋她爸爸的地方,那地方在一个高坎上,记着的。可一想不对,她不会烧么?她莫非要到哪儿去?

"那你……"

"我要到广州去。"

"广州?干什么去?"

"你娘不是嫌我们家穷吗?我到广州去工作,有人领我去。"

"广州?"他无力阻止她,他只是这么说。

她就要走了,就要从他身边走了。

可他想起来他要送她点什么,因为是去广州,很远的地方。他就搜荷包,还好,还有几百元钱,一股脑全搜出来,除了硬币,全一把抓了,四百还是五百,差不多这么多,一大把,就赶上去,就塞到她荷包里。可五多不要,要抠出来退给他。他把她手紧紧按住,不让她抠出来。终于按住了,他先她跑了。他不让她退钱的。他快快地走了老远,回过头来,看到五多还站在那儿,站在风中,手放在他塞了钱的荷包里,朝他看着。她围着一条红围巾哩,那红围巾被风吹起来了,像一团火锅下的火哩,上头煮着牛杂碎的火,烧着,在冬日的河边,火扬了起来,远远地烧着。

他回到了红炉车间,火也在烧着。他捡起了沉重的大锤,照着师傅引锤的位置,师傅一下,他一下。他又开始砸起生活来。

八

这蒋王朝就更懒了,下了班,吃了饭,不洗碗,不洗脸,不洗脚,倒头就睡。这被子一年四季不洗,鞋子臭得蟑螂都怕,屋子里连老鼠都稀少。师傅就急了。师傅说你咋这懒了哩,是不是少了颗腰子的缘故?就给他爹妈说了。朱聋子说这伢是失恋哩,肯定是失恋,革命的朝气就没有了。

父母都在船上,与这个社会完全不相干,认识的全是浪花。

就给朱聋子说:"朱师傅,拜托你给咱孩儿说个亲吧,我们的儿子就是您的儿子,以后,我们的孙子也就是您的孙子。"朱铁匠说:"我乡下倒是蛮多亲戚的,留个心眼去问问。可王朝是城里户口,就怕他瞧不上乡下人呢。"蒋王朝父母说:"现在还讲什么户口不户口,乡下比城里还富些;再则,我们王朝就这个样子,又长得黑,掉了一个腰子,过去还让他爹打断过腿,没啥条件,只要看着周正就行哩。"朱铁匠说:"是这咧,你这一解说我就心里有底谱儿了。"

这么着,还真的说到了一个女孩,是朱铁匠的表侄女,跟蒋王朝一年生的。朱铁匠就拿来了一张这女孩的照片,给蒋王朝父母过目。蒋王朝父母一看,蛮标致呀,不错呀,有模有样,一看就是个能干女孩。又听说她父母年纪不大,只有一个弟弟,已是修摩托车的师傅了,在镇上开了个修理店。这女孩在广州打过一年工,现在在家,准备到县城来找个事做的。人家家里有五亩多田,有一口大鱼塘,有一亩多田的橘子,每年养的鱼可卖几千块,橘子也是几千块,每年还养几口大猪,基本没有负担。家境又好,人又有样儿。就跟蒋王朝说,见个面看看。蒋王朝没有兴趣,说要见面你们见去。

这伢睪,他的肥娘铁了心要这门亲事,就提了些礼物去了,说是路过,主要是想探探虚实,到底是否如朱师傅说的,也看看女伢的真模样。一看,比照片上的还经看,皮肤好得不得了,一把捏得出水来。这不就改良蒋家的品种了!女孩知书达理,高中毕业咧,没哪一样比蒋王朝差的,就只没有城市户口。肥娘回来给他爹说,那可真是不错,有山有水,人家家里也是楼房,在村里绝对是殷实人家,女孩父母身体好,都是能干飒辣人,家里还有摩托,对人又热情。乡下就是好啊,空气好,山清水秀,还有一个大鱼塘,咱们在水上一辈子,岸上一寸土地一间房子也没有。以后,跟他们结了亲家,就住到他们那儿去嘛,那可是养老的好地方,天天钓鱼都行。

可蒋王朝就是不去,打死也不去。

僵了半年,碰上了虾咪咪,这才让他答应了师傅和父母的请求。

——虾咪咪从广东回来了,说是变性去的,拿着两三万块钱,根本不够。有人传虾咪咪在手术台上,刚割了半条肉鸡,医生一问他的资金,就说不行,给你割了不能挖女性器官,你不男不女,多痛苦呀,就给他把肉鸡缝上了——如今虾咪咪的肉鸡上伤痕累累。虾咪咪回来就给蒋王朝说他看见了五多,说五多在广州哪干正经事,就是当小姐,卖逼。蒋王朝不信,说你这是胡说,诬蔑。虾咪咪发毒誓,说他说了假话不得好死!

蒋王朝还是不信,或者说将信将疑,师傅就催,说秋天来咧,不去乡下钓鱼?是好是歹你看看,又没哪个逼你,改革开放,自由万岁。

这就要说到这年古历十月初十这一天了,师傅算了个吉日,就与蒋王朝换洗一新,去乡下相亲了。两个人都穿皮鞋,两个人都把鼻子里的煤灰挖干净,两个人都戴上了新帽子,两个人——一老一少,一师一徒,一前一后,提着超市买来的大红礼盒、旺旺雪饼,清晨就出发了。

搭了车,还得走路,路是乡间路,路上全是风光。

有山,山上修竹茂林,红黄陈杂,朝气蓬勃。一些田坂丘陵上到处是成熟的橘子,一束束挂得枝头欲断,密密麻麻,有的树下还掉落了一地。苞谷一个个胳膊粗,全包在衣壳子里,煞是好看。向日葵脸盘圆溜溜的,亮在太阳底下。田坂里稻谷也熟了咧,稻谷金黄一片,丰收在望。牛在悠闲地吃草,东一头,西一头,青草黄牛,这牛不是那杀牛场的牛,这牛才过的是生活,那牛是在地狱。敢情杀牛巷是个地狱啊。这些牛,或站或卧,真是幸福安详,无忧无扰啊!这天,这地,这水塘鱼在游咧,鸭在叫咧,鸡在到处斗殴咧。还有村狗,见人叫几声,又不叫了,看天,吐着舌头好安逸。全是休闲店,这乡村处处休闲店,人畜都在休闲,干活的农人也是休闲一样地干活,还有晒太阳的老人、玩泥巴的小伢,在屋场上端出桌子打麻将的人也是休闲。这麻将打得清风悠悠,天高地阔,哪像城里的麻将室,人们局促在小窝里,拼命吸烟,烟又出不去,烟雾腾腾,人一进去就要闭气,不中风几个人才怪哩!这乡下打麻将就不存在了,安静得很,空气极佳。还有村庄房舍,也错落有致,不像城里那么挤,都有一定间隔,一个大屋场,还有菜地,有篱笆。蒋王朝哪里来过这样的乡下,过去在船上,还小,后来在学校,住船业社那鬼屋,再后来打铁,除了煤灰就是师傅的梦话,看到的全是污浊,全是垃圾,全是大便,这才是清凉世界啊,这才是广阔天地啊!

　　心情不错,进了未来丈人丈母娘的屋,还是蛮新奇。那女伢就出来了,就落落大方地给他们倒茶,喊朱聋子伯伯。就不喊他。朱聋子师傅说,按生辰你大他一个月,喊王朝哥还是弟都不好喊,那就不喊,嘿嘿嘿嘿。朱师傅多话哩。

　　未来的丈人说正请人在摘橘子,问他们钓不钓鱼,鱼已经用麻罩罩了几条来了,做中午的佳肴,未来的丈母娘又去捉鸡。杀了鸡,未来的老婆叫玲子的就帮她娘去厨房忙了。

　　"今天我徒弟高兴哩,你看他在笑。跟了我三年,这是第一次看见他笑。"师傅给蒋王朝的未来丈人说。

　　蒋王朝哪里是在笑,笑是在笑,是见了那些辣椒笑。辣椒肥大,一个个串挂在墙上,蒋王朝就想,这些辣椒可以做雪人的红鼻子。前一天他梦见了大雪,跟五多在河滩上堆雪人,就是用辣椒做红鼻子,雪人鼻子冻得通红的。寒号鸟说,冻死我了,冻死我了,我要做窝。后来五多把红鼻子摘了,放进牛杂碎火锅里,一下子吃了,辣得呵哧呵哧。寒号鸟又说,辣死我了,辣死我了,我要结婚,我要生崽……是这么,蒋王朝这么想,才笑的。

蒋王朝回过神来了,回到现实,坐在堂屋的桌子前,师傅问他钓鱼不?蒋王朝不置可否,师傅就跟他的表弟也就是蒋王朝未来的丈人出去了,就说不钓也可坐坐,休息等饭吃,他去看看。就是去商量事情去了。师傅说这里是他老家,其实没家,是一个人,老鳏夫,没有后人。

蒋王朝无事可做,肚子咕咕叫,本来不抽烟的,见桌上放的那包红金龙香烟,便拿过来,又不抽,就套烟,像有些烟瘾大的人,一支一支将烟套接起来。他发现技术不错,套接了五支。五支也没掐过滤嘴。船业社有个人,掐过滤嘴套接了抽的,一次套接三支,说过滤嘴没烟味,抽得不过瘾。就是这样,蒋王朝套接了五支差不多一尺长。一尺长的烟还能抬起来,抬起来就栽在了嘴里,做抽烟状。恰好未来的丈人这时进屋来拿东西,见他咂着烟在嘴里,还没点燃,就殷勤地掏出打火机对他说:"抽,抽,来——"火机就揿燃了。

蒋王朝"嗯嗯"地就把烟抬过去,一尺多长的烟,未来丈人竟给他点燃了,看他吸了一口,又吐出一口。烟栽在嘴上,像一根轮船上的烟囱。

这不是玩杂技么?未来的丈人看他抽着,他旁若无人,自个儿仰起脑壳,抽他的加长烟。这未来丈人就出去,抓住朱铁匠说:

"表哥,小蒋是么样搞的,这大的烟瘾?就是家有金山银山也要烧完撒!"

朱铁匠被问得糊涂了,说:"王朝不抽烟的呀。"

"这么长的烟,"朱铁匠表弟比画了一下,"这门婚事我不干了！坚决不干了。"

"莫反悔哪老表！"朱铁匠说。

"我反鸡巴悔，八字没一撇咧。这小子还左一个不同意右一个不同意，原来是个烟鬼咧。表哥，你可莫把你侄女往火坑里推！"

"我徒弟王朝他可是个好人了，老实人，不烟不酒，不要冤枉他。"

朱铁匠正在钓鱼，有鱼咬钩，又不想走，急了，说：

"真没有的事。你莫搞冤假错案。"

"不信你去瞧瞧，我说了假话不！"

朱铁匠好不愿意放下钓竿，进了屋一瞧，果然，这个徒弟正在吞云吐雾抽那支一尺长的烟哩！

"放下，王朝！"

蒋王朝正抽在自己的意境里，忽听师傅一声断喝，并打下了自己嘴里的烟。烟火落了一地。

"么事撒，肚子饿，不抽点烟难受咧。"他空了嘴巴嘟囔。

"差点醒黄了，王朝啊王朝，你不争气啊！"朱铁匠就把蒋王朝拉出来了，让他看看未来老婆家前水后山的环境。又把他拉到一个土墙小屋里，是个杂物间，拉开门来，是一口棺材。师傅说：

"我把钱给他们帮我打的。以后我百年归山，就是归这里，老家咧。我不想火葬，烧得疼哩。我死了，你可要把老子偷偷送回来，我这个都备好了，只差自己给自己打棺钉了。"

蒋王朝直直地去看师傅。师傅背驼了，头发掉光了，人老了，日落西山了。他惊异地看着师傅，看着这个单身老头，好凄凉。他鼻头一阵发酸，痒痒的，眼泪差一点掉了出来。望着那用稻草盖着的棺材，看着这个对自己最后睡下的东西指指点点的人，心里好不是滋味。

吃饭时，又听未来的丈母娘说玲子在广州做一年钱没赚到，看着玲子白净的脸上长了几颗骚痘子，想到在广州不就是做小姐，做小姐不就是得性病，这骚痘子不就是性病么？骚痘子反正不是什么好东西，反正很痒，这女的……

回去在车上，师傅说你那几根烟，差一点毁了一门好亲事，玲子瞧不瞧得中撒？人家强过你一万倍，你还是个半残身子咧，挑精选肥的，快定下来，我等着喝喜酒。

他没决定，那边却不同意了。一问，就是说蒋王朝抽烟厉害。玲子的爹怎么也不同意。说他不抽烟，骗得过我，脸都熏黑了。师傅为这事又回去过一次，强力解释，还代蒋王朝赔罪买了两瓶十年白云边陈酿。说这孩子天生的黑皮，在船上长大的，从小晒成这样的，也不影响后代。如果他真是抽烟，我说了谎诓了你们，你们以后不埋我，行吧？我还指望你们以后逢年过节给我烧点纸呢，我骗你们！

那边好歹说通了，这边蒋王朝却不点头。

九

不点头，说个道理撒，却没道理，闷着。师傅说，老子不管你了！师傅就呛得转不过气儿来。

全怪这烟煤。经理老总节约，买来的煤全是孬煤，说煤涨价了，将就着用。烟煤含杂质，烧出来全是硫黄味，呛得人难受死了，就像胸口堵了件破衣裳一样难受。

爹娘开辟第二条战线，又求他人介绍。介绍了几个，还不如玲子哩，有的还是寡妇。爹娘宽自己的心说，还小哩。可这样下去，像个痴子，不找个女人暖和他，怕就痴呆了。师傅又是个聋子。可师傅拼命咳嗽,还多话,话说得磕磕绊绊,骂老总是个抠鬼,老子打了一辈子的铁烧了一辈子的煤,还没见过这孬的煤。就要蒋王朝死劲拉风箱,灰更多,黄烟暴烈,全是黄烟,没有红火。

师傅二人在重重的硫黄味和黄烟中打铁,师傅就喘得不行了,夜里梦话加喘,折磨得人更难受。弄了些药吃,也不顶事。师傅本来平时就有些喘,又抽烟,现在就喘上劲了。有一天,师傅在炉前打着打着,一阵喘,一口气没顺过来,腿一软,就歪倒在炉子前。送到医院,怎么也没救活,就死了。

师傅最后吩咐的一句话是:"给我打棺钉。"

师傅哮喘加重的那几天,叨咕要给自己打棺钉了,到时就来不及了,可真没想到,一个人说死就死,就像玩一样。

现在,轮到他一个人给人打棺钉了,而且是给师傅。一个人打棺钉,一个人生火,一个人拉风箱,一个人化铁,一个人打。他发现,他根本打不了。过去,是跟着师傅打,师傅的引锤打哪儿,他打哪儿。怎么锤形,怎么淬火,将一块铁一点一点打成个东西,他没用心啊。现在他一个人又打引锤又打大锤。实际上没了大锤,他就是引锤和大锤,一个人砸,又是师傅又是徒弟。而且,他站在了师傅的位置上;他成了师傅,徒弟的位置空着了,那个蒋王朝,那个操蛋的,沉默寡言的,喜欢做点恶作剧的,多灾多难的蒋王朝去了哪儿呢?他成了朱聋子,朱师傅,驼着背、在火里夹铁、研究着砸成什么形状的朱聋子,钳着还要夹紧着,要动,要翻,一只手还要打,当师傅还真不容易啊。

无论怎么,他也要为师傅把这十八根棺钉打好的。慢慢地,他就有了感觉,就像师傅,能打钉子了,那种扁的,上大下小的,端端正正的,淬火之后泛着莹莹蓝光的钉子,一颗颗成了。

他把师傅送到了他的老家。他给师傅披麻戴孝。还要骑棺咧——他和那个玲子代表后代骑棺,他骑在前面,玲子骑在后面,两个人像骑着一匹大驴子,玲子用双手抱着他的腰。他想着玲子在广州,脸上长了不少的骚痘,怕她的手,怕传染了什么脏病。两个年轻人头上披着麻袋,两个人双双跪到坟头。蒋王朝就想这是拜天地么?这有点像拜天地的夫妻撒。蒋王朝看着师傅入土了,就大哭起来,哭得惊天动地。蒋王朝从来没这么哭过,不知道眼泪是什么玩意儿;现在,只觉一阵好哭,就哭出来了。山上松风飒飒,野草摇曳,天高地阔,鸟影嗖嗖,他哭得好不伤心,连自己也不知道是为什么。

这伢!这伢孝顺哩,孝子哩。未来的丈人玲子的爹这就铁心看中他了,就要坚持留他在这儿住上两天。可他不干,当晚就回去了,回到船业社那个与师傅共同生活过的小屋里去了。

没有了师傅的哮喘声和梦话声,没了师傅的身影。晚上,孤零零的电灯下孤零零一个人。他坐在床上,看着对面的床,空荡荡的,恍然又回到了七岁时一个人在岸上上学的情景,就像是真的,自己也变小了,害怕了。就一阵大喊大叫,跑去了河滩,下到河里,不顾冰冷的河水,洗澡。

水淋淋一个人上来,碰见了几个人,几个社里的人,老人和其他人,看着他说,这伢是不是疯了?救人了?冬泳?

"黑鬼,搞么事?"

这伢横竖不说话,就去红炉车间开炉,半夜了,还开炉,硫黄烟子大作,扯风箱,就去砸铁。没有砸出个什么东西来,把那块烧红的铁泥一会儿砸扁,一会儿砸圆,一会儿砸大,一会儿砸小。砸了一夜。第二天早上,退休的老工人进来看到,炉火熊熊,那块铁还是铁,在砧子上,像块没擀好的面团咧。

十

从此后,红炉车间就只有一个人的单调的叮叮当当的砸锤声了。真的很单调,没有两个人的应和合得热烈。黑鬼就去看电影。他喜欢看电影,深更半夜回来,也不与人打交道。船业社到县城电影院,要经过三里地的荒堤,近来时常有劫匪拦路抢劫,一到晚上便路断人稀,可蒋王朝不怕,一个人来来去去,半夜三更,从没碰到过什么劫匪。

那玲子来过两趟,那年春节,还上了蒋王朝家的船,提来了二十斤大鲩鱼和几刀新杀的年猪肉,还给蒋王朝洗了被子衣物。可蒋王朝根本没陪人家,一个人不知去了哪里,给爹妈说:"还小哩,我的事你们别管。"

奇遇就在某一天发生了。

蒋王朝晚上从广场电影院出来,就一眼看见了五多。五多从天而降,五多回来啦,五多拿着手机,在高高兴兴跟人打电话哩。五多穿着暴露的衣裳,两个奶子一半在外头,五多穿超短裙,红色高跟皮鞋,屁股大了,也野了,一身骚气,两个耳环大大的,头发是时兴的玉米烫。两个不像本地人的男人抽着烟,在她旁边,旁边还有一辆车,挂着"粤A"的车牌。两个男人很帅、很有钱、很黑社会很流氓很恶的样子,仿佛你惹他们他们就一刀子刺死你的样子。

"五多!"顾不得那些了,蒋王朝就喊。

五多在电话里兴奋,终于也听到外界有喊她的声音,转过头来,在人堆里探找,好像看见他了又好像没看见他。

"五多!"他又喊,就跑了过去。

五多还没看到他。可看到也就看到了,没跟他打招呼。那身旁的两个男人这时朝他看着。他站在那里，又说：

"五多，你回来了！"

五多向他笑笑，也许没笑。根本像不认识，没打算跟他说话，收了那翻盖的手机，放进她那大大的闪光的黑色时尚包里，拉开车门，钻了进去。车就开了，走了。

五多长大了，五多是个大姑娘了。他这么想，心里因为惊喜咚咚地跳着，惊叹着，五多越来越漂亮了。可车子一溜烟跑得没了影。

没有了五多。

他就去杀牛巷，坐了个三轮"摩的"。好多日子他都没来了，不敢来，像忘记了似的。可当他来到杀牛巷，看到五多家的房子，房子还在，但拆了四壁，成了敞棚，拴着一些牛，一些待宰的牛，五多的房子成了杀牛场啦。

五多不见了。

他爬上河堤，夜里河流哗哗，不舍昼夜。河滩上寂寂无声，连鬼火都没一团，一切都结束了，一切都没发生过，就是这样。

他打开红炉车间，对硫黄味的空气喊道：

"师傅，师傅，你去了哪儿啊？"

他拿大锤。他用大锤砸，仿佛师傅还在使引锤，夹着铁，引导他砸。

他一下一下地砸着空砧子。后来，他坐了下来，望着冷冷的炉火。

这以后他又经常去杀牛巷了，反正人家已不认识他。他老是围着那个敞棚牛栏转来转去，看别人杀牛。